CLAUDIA RIMKUS

Letztes Kapitel Hannover

MÖRDERISCH KOPIERT Zum Krimifestival werden hunderte deutschsprachige Autorinnen und Autoren in Hannover erwartet. Einer von ihnen wird kurz nach seiner Ankunft in der Leinemetropole brutal ermordet – auf die gleiche außergewöhnliche Weise, wie das Opfer in einem seiner Romane. Wenige Tage später entdeckt Charlotte Stern auf der Eröffnungsgala ein zweites Opfer, das nach demselben Muster getötet wurde. Alles spricht für einen Täter, der Jagd auf Bestsellerautoren macht und deren Mordszenen bis ins kleinste Detail kopiert. Das Motiv bleibt im Dunklen. Hauptkommissar Bremer bittet Charlotte und ihren Lebensgefährten Philipp um Unterstützung. Gelingt es ihnen, weitere Morde zu verhindern oder muss das Festival abgesagt werden? Die Ermittlungen laufen auf Hochtouren, als der Hauptkommissar einem Anschlag zum Opfer fällt. Ist womöglich ein zweiter Täter im Spiel?

Claudia Rimkus lebt und arbeitet in ihrer Geburtsstadt Hannover. Seit ihrer Jugend schreibt sie Gedichte, Kurzgeschichten und Romane. Ihre ersten Erzählungen wurden erfolgreich als Fortsetzungsromane in der Hannoverschen Allgemeinen Zeitung und den angeschlossenen Lokalzeitungen veröffentlicht. Ihre Werke sind trotz aller Spannung immer mit Humor gewürzt. Die Autorin ist oft mit der Kamera unterwegs. Das genaue Beobachten ihrer Umwelt inspiriert sie sowohl beim Fotografieren als auch beim Schreiben. Ihre Fotos haben schon mehrere Preise gewonnen.

CLAUDIA RIMKUS

Letztes Kapitel Hannover

KRIMINALROMAN

GMEINER

Immer informiert

Spannung pur – mit unserem Newsletter informieren wir Sie
regelmäßig über Wissenswertes aus unserer Bücherwelt.

Gefällt mir!

Facebook: @Gmeiner.Verlag
Instagram: @gmeinerverlag

Besuchen Sie uns im Internet:
www.gmeiner-verlag.de

© 2024 – Gmeiner-Verlag GmbH
Im Ehnried 5, 88605 Meßkirch
Telefon 07575/2095-0
info@gmeiner-verlag.de
Alle Rechte vorbehalten
1. Auflage 2024

Lektorat: Claudia Senghaas, Kirchardt
Herstellung: Mirjam Hecht
Umschlaggestaltung: U.O.R.G. Lutz Eberle, Stuttgart
unter Verwendung eines Fotos von: © blende11.photo / stock.adobe.com
Druck: CPI books GmbH, Leck
Printed in Germany
ISBN 978-3-8392-0612-6

Für unser geliebtes Nesthäkchen Matilda

PROLOG

Mit langen Schritten durchquerte der Autor die Lobby. Vor den Aufzügen zögerte er. Sollte er sich an der Hotelbar einen Schlummertrunk gönnen? Warum eigentlich nicht? Er hatte sich einen Drink verdient, nachdem ihn beim Abendessen das Geschwafel des Buchhändlers beinah zu Tode gelangweilt hatte. Ein boshaftes Lächeln glitt über seine Züge, während er daran dachte, dass dieser Spießer als Vorlage für ein Mordopfer in seinem nächsten Roman diente.

Nach kurzer Orientierung schlenderte der Schriftsteller zur Bar. Dort zog er sich einen der chromblitzenden Hocker heran, rutschte auf den Ledersitz und schnippte mit den Fingern. Mit einer Miene, die er für cool hielt, orderte er einen *Nikka Coffey Whisky Old Fashioned* auf Eis. Ein teurer Tropfen, den er sich, wie fast jeden anderen Luxus, leisten konnte. Mit geschlossenen Augen ließ er das frische Aroma mit Noten von Früchten, Minze und Moschus über seinen Gaumen rollen. Im Abgang schmeckte das Getränk leicht bitter. Dieses herbe Geschmackserlebnis auf der Zunge liebte er, sodass er sich nach dem Genuss fragte, ob er sich noch ein zweites Glas genehmigen sollte. Besser nicht, entschied er, und verließ die Bar über die Terrasse. Im Freien zog er sein Mobiltelefon aus der Tasche. Da sein Anruf ins Leere lief, ging er hinein und bestieg den Fahrstuhl. Während die Kabine aufwärts schwebte, dachte er daran, dass er am nächsten Morgen zu einer Fahrt mit dem Bogenaufzug zur Rathauskuppel eingeladen war. Von dort oben hätte man angeblich einen spektakulären Blick über die Stadt. Ob das zutraf, würde er bald herausfinden. Allerdings vermutete er, dass der einfältige Buchverkäufer maßlos übertrieben hatte.

Bis dato war er stets nur stundenweise wegen einer Lesung oder auf der Durchreise in Hannover gewesen. Seit zwei Tagen hielt er sich nun ununterbrochen in der Leinemetropole auf, die mancherorts immer noch als langweilig und provinziell betitelt wurde. Das, was er bislang gesehen hatte, bestätigte die Vorurteile nicht. Diese moderne Großstadt erfüllte alle Voraussetzungen für das jährliche Krimifestival. In einer knappen Woche würden Hunderte deutschsprachige Krimischreiber zum Austausch mit Kollegen, Verlagen und Lesern anreisen. Der Thrillerautor kannte diese Veranstaltungen bereits von anderen interessanten Orten. In diesem Jahr zählte er das erste Mal zum Organisationsteam. Das hatte ihm mehrere positive Presseberichte eingebracht.

Er verließ den Lift und wandte sich nach rechts. Der burgunderrote Teppichboden dämpfte seine Schritte. Vor dem Raum mit der Nummer 522 blieb er stehen, öffnete mit der Schlüsselkarte und steckte sie nach dem Eintreten in den Slot neben der Tür, sodass sich die Beleuchtung einschalten ließ. Warmes Licht einer Tischlampe vermittelte eine gemütliche Atmosphäre. Während er seine Jacke abstreifte und auf einen Sessel warf, bemerkte er die weiß gekleidete, maskierte Gestalt, die sich aus dem Schatten des Badezimmers löste.

»Endlich! Du kommst spät, mein Freund. Wo warst du so lange? Ich warte schon eine Ewigkeit auf dich. Heute ist es soweit. Bist du bereit?«

Diese dumpfen, gespenstisch klingenden Worte versetzten den Autor in eine Art Schockstarre. Sie waren in sein Gehirn eingebrannt, entstammten seiner eigenen Fantasie. Vor seinem geistigen Auge tauchten die dazugehörigen Bilder auf: grauenhafte Szenen, die einen schrecklichen Verdacht heraufbeschworen, der viel zu absurd war, um der Wirklichkeit zu entsprechen. Dennoch wusste er genau, was gleich passieren würde. Alle Überheblichkeit fiel von ihm ab. Die Panik lähmte ihn. Mit letzter Kraft zwang er sich zu einem Blick auf die Hände des Mannes. Entsetzt starrte er auf die todbringende Waffe und taumelte zurück. Sein Mund war völlig ausgetrocknet. Er wollte um sein Leben flehen, aber aus seiner Kehle drang nur ein heiseres Krächzen.

KAPITEL 1

Das serbische Zimmermädchen schob den Servicewagen über den langen Hotelflur und summte leise die Melodie mit, die aus den kleinen Ohrstöpseln erklang. Zwar war es verboten, während der Dienstzeit Musik zu hören, aber damit ging Branka die Arbeit leichter von der Hand. Vor Nummer 522 blieb sie stehen und bückte sich nach dem in acht Sprachen verfassten »Bitte-nicht-stören«-Schild, das anscheinend von der Klinke gerutscht war. Sollte sie es zurückhängen? Das würde ihr die Reinigung ersparen. Oder war es heruntergefallen, als der Gast das Zimmer verlassen hatte? Dann gäbe es Ärger, wenn sie das Putzen ausfallen lassen würde.

Behutsam klopfte sie. Keine Reaktion. Daher versuchte sie es kräftiger.

»Housekeeping!«

Drinnen rührte sich nichts. Entschlossen nahm sie die Schlüsselkarte aus der weißen Schürze, die sie über dem hellgrauen Kleid trug, und öffnete die Tür. Beim Eintreten machte sie sich abermals bemerkbar.

»Housekeeping!«

Scheinbar war der Gast bereits gegangen. Sie hängte das Schild an seinen Platz und durchquerte das Zimmer, um die geschlossenen Vorhänge aufzuziehen. Helles Sonnenlicht flutete den Raum.

Sobald sich Branka herumdrehte, bemerkte sie den halb nackten seltsam tätowierten Körper auf dem Bett. Ihre Augen weiteten sich erschrocken. Sie schlug die Hand vor den Mund, um den Schrei im Keim zu ersticken. Es war Jahre her, seit sie der Anblick einer Leiche um ihre Fassung gebracht hatte. Unkontrolliert begann sie zu zittern, konnte sich kaum auf den Beinen halten. Dass der Mann tot war, verrieten sein leerer Blick und das blutgetränkte Laken. Jemand hatte ihm offenbar die Kehle durchgeschnitten. Auch das sah sie nicht zum ersten Mal.

Sie war zwölf, als der Krieg in ihrer Heimat tobte. Fast überall im ehemaligen Jugoslawien wurde damals gekämpft. Sie hatte miterlebt, dass ihre Eltern erschossen und ihre kleinen Geschwister brutal abgeschlachtet wurden. Einer der Soldaten hatte sie in ihrem Versteck in der Scheune entdeckt und ins Stroh geworfen. Unbarmherzig hatte er ihr die Kleider vom Leib gerissen und sich auf sie gestürzt, um sie zu vergewaltigen. Im letzten Moment war ihr Onkel dazugekommen und hatte den Kerl mit einer Heugabel aufgespießt. Danach waren sie ständig auf der Flucht gewesen. Im Frühsommer 1995 flohen über 150.000 Serben aus der Krajina in Richtung Bosnien und Serbien, wobei es von kroatischer Seite zu massiven Racheakten und Kriegsverbrechen kam. Branka und ihrem Onkel gelang es jedoch, sich bis ans Adriatische Meer durchzuschlagen, von wo aus sie ein Freund in seinem Fischerboot nach Italien übersetzte. Bald gelangten sie über Österreich nach Deutschland und fanden schließlich in Hannover eine neue Heimat. Die Erinnerung an die schrecklichen Bilder aus ihrer Jugendzeit war nach und nach verblasst. Nun kehrten sie mit einer solchen Intensität aus den Tiefen des Bewusstseins zurück, dass Branka einige Minuten brauchte, um sich zu beruhigen. Schließlich verließ sie den Raum, fuhr mit dem Lift hinunter zum Empfang und meldete den Leichenfund.

Beim Durchqueren der Lobby sah sich Hauptkommissar Hannes Bremer interessiert um. Die Sitzgruppen aus weinrotem Leder harmonierten mit dem glänzenden Marmorfußboden und der modernen Rezeption. Gäste waren nicht zu sehen. Die Kollegen hatten sie bereits im Frühstücksraum versammelt, um sie zu befragen und die Personalien aufzunehmen. Deshalb war in der Hotelhalle kaum etwas davon zu bemerken, dass in diesem Haus ein Verbrechen geschehen war.

Mit dem Öffnen der Fahrstuhltür in der fünften Etage empfing Hannes emsiges Treiben. Kriminaltechniker in weißen Overalls sicherten im gesamten Flur Spuren. Der Chef der Kriminaltechnik begrüßte ihn und reichte ihm Schutzkleidung, die er protestlos überzog. Von früheren Fällen wusste der erfahrene Kriminalbeamte, wie komplex die Spurenlage in einem Hotel war. Er durfte sie nicht zusätzlich verschärfen, indem er den Tatort kontaminierte. An der weit geöffneten Zimmertür blieb er stehen und schaute hinein. Mehrere Scheinwerfer warfen ihr grelles, kaltes Licht gnadenlos auf die Szenerie.

Der wohlbeleibte Rechtsmediziner bemerkte den Freund und winkte ihn heran.

»Moin, Hannes.« Horst Fleischmann deutete auf den Toten. »Sieh dir das an. So was ist mir in all den Jahren noch nicht untergekommen.«

Der Hauptkommissar trat näher ans Bett. Nur mit einer Unterhose bekleidet, lag die männliche Leiche bäuchlings auf der Matratze. Die fahle Haut des Rückens zierte unverkennbar ein Schachbrett.

»Was ist das? Ein Tattoo?«

Nachdrücklich schüttelte der Mediziner den Kopf.

»Aufgemalt oder gesprayt – post mortem. Vielleicht wurde dazu eine Schablone benutzt. Das müssen die weiteren Untersuchungen ergeben.« Er reichte ihm einen kleinen Asservatenbeutel. »Diese Figur lag auf dem Schachbrett.«

Hannes drehte die Klarsichttüte in der Hand und betrachtete den Inhalt von allen Seiten.

»Ein König. Ob das Zufall ist?«

»Das musst du mit deinem Team rausfinden. Ich kann bislang nur sagen, dass der Mann etwa seit Mitternacht tot ist – plus/minus zwei Stunden. Todesursächlich war offenbar der Schnitt durch die Halsschlagader. Alles Weitere ...«

»Nach der Obduktion.« Diesen Satz kannte der Hauptkommissar zur Genüge. Geduld war nicht gerade seine Stärke, aber er hatte sich an das Warten auf die Berichte gewöhnt. Er nickte dem Schwergewichtigen zu und verließ den Raum. Auf dem Flur stieß er auf seine jüngere Kollegin Pia Wagner.

»Wie sieht es aus? Wissen wir, wer der Tote ist?«

Sie blätterte in ihrem kleinen Notizblock.

»Erpo Tennstedt, 59 Jahre. Wohnhaft in Hildesheim. Ist laut Rezeption am frühen Sonntagabend angereist.«

»Handy?«

»Haben wir nicht gefunden. Aber einen Laptop. Die Techniker haben ihn eingepackt.« Sie zeigte ihm eine Beweismitteltüte, in der ein Stück Papier steckte. »Dieser Zettel lag auf dem Nachttisch.«

Hannes beugte sich zu ihr hinüber und las die handgeschriebenen Worte durch die Kunststoffhülle: »Tod dem König«.

Die Buchstaben sahen aus wie sorgfältig gemalt.

»Merkwürdige Botschaft. Wir müssen so schnell wie möglich rausfinden, wer das geschrieben hat. Täter oder Opfer?« Er dachte kurz nach. »Wer hat ihn überhaupt gefunden?«

»Das Zimmermädchen.« Die Oberkommissarin berichtete, was deren Befragung ergeben hatte.

»Okay. Ich spreche nachher noch mit ihr.« Suchend sah er

sich nach dem zweiten Teamkollegen um. »Wo steckt Martin?«

»Unten am Empfang. Er besorgt die Adresse des Nachtportiers.«

»Außerdem müssen wir dringend mehr über den Toten erfahren. Hatte er Familie? Warum war er in der Stadt? Das Übliche. Danach sehen wir weiter.«

KAPITEL 1,5

Im Morgengrauen kam er nach Hause. Dabei vermied er jedes Geräusch. Auf dem Weg zu seinem Zimmer knarrte, trotz aller Vorsicht, eine Diele im Flur.

»Wer ist da?«, erklang es aus dem Wohnzimmer. »Bist du das, Sohn?«

Wer sollte es sonst sein? Sie wohnten allein hier, hatten weder Freunde noch Verwandte.

Notgedrungen ging er auf die Tür zu und drückte sie auf.

»Wo kommst du um diese Zeit her? Böser Junge! Weißt du nicht, wie spät es ist? Wo hast du dich die ganze Nacht rumgetrieben?«

Böser Junge, wiederholte er im Stillen. Das war er immer gewesen. Sogar mit knapp 40 musste er sich das noch anhören. Er hasste es, wenn sie ihn so nannte. Obwohl sie mit dieser Bezeichnung ins Schwarze getroffen hatte. Das wusste sie aber nicht. Er war wirklich ein böser Junge, ein sehr böser Junge. Seine Entwicklung in diese Richtung war fast vorprogrammiert gewesen. Die Alte war daran nicht unschuldig. Aber das war dieser verbitterten Hexe genauso wenig klar.

»Ich hatte wen zu erledigen.«

»*Was* zu erledigen«, korrigierte seine Mutter ihn. »Wie willst du ein berühmter Autor werden, wenn du unsere Sprache nicht richtig beherrschst?«

Müde winkte er ab. Sie hatte ihm nie etwas zugetraut.

»Eines Tages wirst du erkennen, was in mir steckt.«

»Was sollte das sein?« Der Hohn in ihrer Stimme traf ihn zutiefst. »Ein einfältiger Taugenichts, der ein großer Schriftsteller sein will. Sie wollten deinen Roman nicht. Keiner wollte ihn. Weil er nicht gut genug ist. Du bist ein Versager!« Unbändige Wut ergriff ihn. Gleich würde das Rauschen beginnen. Das passierte immer, wenn er unter Stress stand. Er konnte es nicht verhindern. Adrenalin verengte seine Gefäße, der Blutdruck stieg, sein eigener Herzschlag dröhnte in seinen Gehörgängen. Stöhnend presste er die Hände auf die Ohren, obwohl er wusste, dass er die aufkommenden Schmerzen in seinem Kopf nicht abwehren konnte. Sein linkes Augenlid begann zu zucken. Er schwankte und lief ins Bad. Dort riss er eine Tablettenpackung von der Ablage und fummelte einen Blister heraus. Die Pappschachtel ließ er achtlos ins Waschbecken fallen. Mit zitternden Fingern drückte er zwei Kapseln durch die Aluminiumfolie und steckte sie in den Mund. Rasch drehte er den Wasserhahn auf, füllte ein oft benutztes milchiges Glas und spülte die Pillen hinunter.

In seinem Zimmer ließ er sich aufs Bett fallen. Kaum hatte er die Augen geschlossen, stürmten die blutigen Bilder seiner Tat auf ihn ein. Schweiß lief ihm über den Rücken, während sein Körper wie unter einem Stromschlag zuckte. Er rollte sich zusammen, als wolle er sich in sich verkriechen.

Es war still im Haus. Nur das gleichmäßige Dröhnen in seinen Ohren war zu hören ... Böser Junge ... Böser Junge ...

KAPITEL 2

Wie gewöhnlich traf sich der Kollegenstammtisch im vierwö-
chigen Rhythmus donnertagabends in der Altstadtkneipe *Alibi*.

Die Kommissare Pia Wagner und Martin Drews saßen beim
Hereinkommen ihres Chefs schon am Tisch. Charlotte Stern
und Horst Fleischmann erschienen aus verschiedenen Richtungen und trafen vor dem Lokal aufeinander. In dieser Runde
kannten sie sich am längsten. Im Näherkommen musterte sie
den Freund. Sie war die Einzige, der er seine Diätpläne Anfang
des Jahres anvertraut hatte. Der Mediziner wusste, dass ihn
sein starkes Übergewicht ins Grab bringen würde, wenn
er nicht endlich dagegen ankämpfte. Neben Kurzatmigkeit
machten ihm Schweißausbrüche und Gelenkschmerzen zu
schaffen. Deshalb war er von seiner ungesunden Fast-Food-
Ernährung zu Low-Cab gewechselt, was ihm erstaunlicherweise nicht besonders schwergefallen war. Anders sah es mit
der Fitness aus. Er hatte sich selbst mehr Bewegung verord-
net und vorläufig damit begonnen, wann immer es möglich
war, die Treppe statt eines Fahrstuhls zu benutzen oder für
kurze Wege auf das Auto zu verzichten. Zu einem effekti-
ven Training in einem Studio konnte er sich noch nicht ent-
schließen. Immerhin musste man es ja nicht gleich übertreiben.
Eines Tages würde er Charlotte vielleicht in ihr Fitnessstudio begleiten.

»Gut siehst du aus«, sagte sie lächelnd und wechselte den Tragegurt ihrer Sporttasche von der rechten auf die linke Schulter. »Fühlst du dich auch so?«

»Viel besser, als ich zunächst befürchtet hatte. Die ersten 13 Kilo sind runter.«

»Gratuliere. Das ist eine tolle Leistung.«

»Danke. Aber das ist erst der Anfang. Du weißt ja, was ich mir vorgenommen habe.«

»Du schaffst das. Und wenn du mal einen Motivationsschub brauchst, sag mir einfach Bescheid.«

Er strahlte sie an. Sie war nach wie vor seine große Liebe, die er immer tief in sich bewahren würde.

»Verlass dich drauf.«

Zusammen betraten sie den Schankraum. Wie stets war die Begrüßung herzlich. Unaufgefordert brachte der Kellner bald alkoholfreies Bier, für Horst diesmal Mineralwasser. Nachdem sie angestoßen hatten, schaute Pia lächelnd zu Charlotte hinüber.

»Wird es dir nicht allmählich zu langweilig in deiner Alten-WG – so ganz ohne Mord und Totschlag?«

Charlotte ahnte den Grund dieser Frage. Bis zu ihrer Pensionierung hatte sie das Kriminalarchiv geleitet. Anstatt ihren Lebensabend nur mit angenehmen Dingen zu gestalten, ließ sie sich immer wieder auf Ermittlungen ein. Seit Mitte Dezember pausierte ihre Spürnase allerdings.

»Wir haben die letzten drei Monate ohne Verbrechen sehr genossen und sind noch enger zusammengewachsen.« Seit einem Dreivierteljahr lebte sie in einer Villa mit fünf befreundeten Senioren unter einem Dach. Das funktionierte sehr gut. »Warum möchtest du das wissen? Braucht ihr etwa meine Unterstützung?«

Während Pia den Kopf schüttelte, schaltete sich Hannes ein.

»Du sollst deinen Ruhestand genießen. Um die bösen Buben kümmern wir uns.«

»Dann kann ja nichts mehr schiefgehen.«

»Philipps Krimi ist zwar erst seit ein paar Tagen auf dem Markt, aber bald hast du sowieso keine Zeit mehr«, prophezeite der Rechtsmediziner. »Als Lebensgefährtin eines berühmten Autors wirst du ihn bestimmt auf seinen Lesereisen begleiten.«

»So weit ist es noch lange nicht. Erst mal findet die Premierenlesung auf dem Krimifestival statt.«

Interessiert beugte sich Pia etwas vor.

»Wie heißt der Roman des Professors eigentlich?«

»*Kopperloch*.«

»Was ist das denn? Davon habe ich noch nie gehört. Hat das irgendwas mit Forensik zu tun?«

Charlotte tauschte einen amüsierten Blick mit Horst. Außer ihr war nur er in diesem Kreis waschechter Hannoveraner. Zudem interessierte er sich für die Geschichte seiner Heimatstadt. Nicht nur deshalb wusste er, um was es sich handelte.

»Das Kopperloch oder für Zugezogene: Kupferloch ist eine historische Wasserstelle in der südlichen Eilenriede in der Nähe des Heiligers-Brunnens. Das war mal so was wie eine Badeanstalt, die aber im Laufe der Zeit zuwuchs und vergessen wurde.«

»Erst vor ungefähr 60 Jahren wurde sie zufällig wiederentdeckt und später originalgetreu restauriert«, fügte Charlotte hinzu. »Wegen des Schwefelgeruchs nannte man sie übrigens auch Teufelsbad. Am Morgen vor Philipps Lesung findet zur Einstimmung auf den Krimi eine Führung dorthin statt.«

Erwartungsvoll grinste Pia.

»Mit Leiche?«

»Das wollen wir nicht hoffen.«

»Aber dein Professor hat im Krimi eines seiner Opfer in dem Tümpel ersaufen lassen, oder?«

»Wenn du das wissen möchtest, solltest du das Buch lesen.«

»Das werde ich.«

»Es lohnt sich.« Horst hatte sich vor Jahren damit abgefunden, dass er sich auf seine langjährige Freundschaft mit Charlotte beschränken musste. Sogar ihre Beziehung zu Philipp Thaler, einem renommierten Forensischen Psychologen, akzeptierte er – zumal er mit ihm befreundet war. »Ich freue mich auf die Premierenlesung.«

»Bist du nicht auch ein Programmpunkt bei diesem Festival?«, fragte Martin, der Jüngste im Team. »Unter dem Motto: Der Geruch des Todes – Schnupperunterricht im Leichenkeller?«

Der Rechtsmediziner verzog keine Miene.

»Ich rangiere unter: ›Vorträge von Branchenexperten‹. Außer den Lesungen und Signierstunden finden noch Workshops für Autoren zu kriminalistischen Themen wie Leichenschau, Waffenkunde oder Profiling statt.«

Hannes Bremer konzentrierte sich auf die neben ihm sitzende Freundin. Da Charlotte mit Professor Thaler zusammenlebte, war sie bestimmt bestens informiert.

»Kommen zu diesem Event viele Leute nach Hannover?«

»Wie ich gehörte habe, sind etwa 200 deutschsprachige Krimiautoren angemeldet. Zu den Veranstaltungen werden circa 15.000 Gäste erwartet.«

»Die Schriftsteller werden vermutlich in verschiedenen Hotels, über das ganze Stadtgebiet verteilt, untergebracht.«

»Nicht alle. Die Autoren, die hier wohnen, wurden gefragt, ob sie einen Kollegen beherbergen möchten. Kurz nach dem Krimifestival findet die *Hannover Messe* statt. Da sind viele

Hotelzimmer bereits Tage vorher durch Aussteller belegt. Wir nehmen Loretta Lamar bei uns auf.«

»Wow!«, entfuhr es Pia. »Die kenne ich. Erst neulich habe ich beim Frisör gelesen, was für Riesenauflagen die hat. Über zehn Millionen – allein in Deutschland.«

Charlotte nickte.

»Ihre Krimis sind sehr spannend. Ich habe einige davon verschlungen.«

Hannes wollte mehr über das Fest wissen.

»Wahrscheinlich gibt es bei so viel Prominenz in der Stadt besondere Sicherheitsvorkehrungen, oder?«

Bedauernd zuckte Charlotte die Schultern.

»Darüber ist mir nichts bekannt, aber Philipp hatte öfter Kontakt mit Holger Beski, dem Hauptorganisator. Der müsste das wissen.« Ein plötzlich aufkeimender Verdacht ließ sie stutzen. »Allmählich glaube ich, dass deine Fragen etwas mit eurem aktuellen Fall zu tun haben.«

»Wie kommst du denn darauf?«

»In der Zeitung stand heute Morgen nur, dass es sich bei dem Toten aus dem *Arena Park Hotel* um einen 59-jährigen Mann aus Hildesheim handelt. Nichts weiter. Keine Information darüber, was ihn nach Hannover geführt hat, kein Wort zu den Todesumständen oder zur Todesursache. Das bedeutet, ihr habt eine Informationssperre verhängt. Nun willst du von mir alles Mögliche über das Festival wissen. Das ist doch kein Zufall.«

Hannes zwinkerte Pia vielsagend zu.

»So viel zu deiner Prophezeiung, dass Charly den Braten nicht riecht.«

Als die Kommissarin nur die Schultern zuckte, brannte Charlotte darauf, mehr zu erfahren.

»Was hatte der Tote mit dem Krimifestival zu tun? War er Autor? Lektor oder Verleger?«

Da sie am einzigen Tisch links von der Theke in einer Nische saßen, musste er keine Lauscher befürchten.

»Morgen steht es sowieso in der Zeitung. – Sagt dir der Name Erpo Tennstedt etwas?«

Mit einem so prominenten Schriftsteller hatte sie nicht gerechnet.

»Den kennt fast jeder, der gern Krimis liest.«

»Was weißt du über ihn?«

»Über ihn persönlich nicht viel. Ein paar Infos aus der Vita, die man unter dem Klappentext auf der ersten Buchseite findet. Soweit ich mich erinnere, war er Gerichtsreporter, bevor er seinen ersten Krimi veröffentlicht hat. Den Durchbruch hatte er später mit einer Trilogie.« Sie dachte kurz nach. »*Royal Flash ... Tödliches Roulette ... und Schachmatt*. Das waren Riesenerfolge. Danach hat er ein paar Thriller geschrieben, die mir aber zu brutal waren. Ich lese lieber welche, die mit möglichst wenig Blut und Gewalt auskommen, dafür aber psychologisch gut durchdacht sind und in die Abgründe der menschlichen Seele eintauchen.«

»Wie *Kopperloch*«, warf der Rechtsmediziner ein, der Philipp bei den rechtsmedizinischen Details beraten hatte. Als kleines Dankeschön hatte er ein Belegexemplar erhalten und es bereits gelesen. »Darin wird man mehrfach geschickt auf eine falsche Fährte gelockt.«

»Diese Trilogie ...«, erwartungsvoll wandte sich Hannes an die langjährige Freundin, »weißt du noch, worum es darin ging?«

»So ungefähr. Warum fragst du?«

»Wir stehen erst ganz am Anfang unserer Ermittlungen. Da wären ein paar Infos vorab nicht schlecht. Was ist mit dem Roman: *Schachmatt*?« Sein Blick wechselte abermals zu Pia. »Besorg den bitte gleich morgen früh.« Behutsam legte er die Hand auf Charlottes Arm. »An was erinnerst du dich?«

»In den drei Romanen ist immer das gleiche Polizeiteam auf Verbrecherjagd. *Schachmatt* handelt von einem Täter, der seinen Opfern die Kehle durchschneidet, bevor er ihnen ein Schachbrett auf den Rücken malt und darauf eine Schachfigur hinterlässt. Meistens einen Bauern, einmal eine Dame und bei dem für ihn wichtigsten Opfer den König.«

»Warum tut er das?

»Aus Rache an irgendeiner Verbrecherorganisation, die er für den Tod seiner Frau und seines Kindes verantwortlich macht.«

»Hmm ...«

Während sich Hannes ihre Worte durch den Kopf gehen ließ, war Martin weiter.

»Das Motiv passt nicht zu unserem Fall.«

»Aber der Rest?« Wie immer nahm Charlotte rasch Witterung auf. »Hat der Mörder seinem Opfer, wie im Buch, ein Schachbrett aufgemalt? Und eine Figur zurückgelassen?« Sie schaute in die Runde, erwartete im Grunde aber keine Antwort. Sie wusste, dass sich die Freunde bei laufenden Ermittlungen bedeckt halten mussten. »Dem Täter dienen anscheinend nicht nur die Morde im Roman als Vorlage für sein Verbrechen. Sein Opfer ist ausgerechnet die Person, die sich diese blutigen Szenen ausgedacht hat. Das ist ganz schön abgefahren.«

Wieder einmal bewunderte der Hauptkommissar ihre schnelle Kombinationsgabe. Obwohl er nicht viel mehr als den Namen des Opfers preisgegeben hatte, spann sie eine logische Verbindung zwischen dem Toten, dessen Roman und dem Vorgehen des Täters. Fehlte nur noch das Motiv.

Das plötzliche Schweigen am Tisch irritierte Charlotte.

»Was ist? Liege ich so falsch mit meiner Vermutung?«

»Nicht wirklich.« Sie hatte ihnen durch ihre unkonventionelle Denkweise öfter bei der Lösung eines Falles auf die

Sprünge geholfen. Deshalb ermunterte Hannes sie weiter-
zusprechen.

»Was glaubst du, was dahintersteckt? Wir sind für jeden
Denkanstoß dankbar.«

Sie zögerte einen Moment.

»Spontan würde ich sagen, dass ihr es hier mit einem
Serienmörder zu tun habt.«

»Kannst du das begründen?«

»Der Täter hat sich viel Mühe gegeben, einen Mord aus
dem Roman zu kopieren. Dazu war gründliche Planung und
Vorbereitung erforderlich. Außerdem musste er sich länger
als nötig in diesem Hotelzimmer aufhalten. Das wiederum
vergrößerte das Risiko, entdeckt zu werden. Warum hat er
das auf sich genommen? Weil es ihm wichtig war. Weil noch
weitere solcher Nachahmungstaten folgen sollen.« Ein Blick
in die erstaunten Gesichter der Freunde entlockte ihr ein kleines Lächeln. »Haltet ihr mich jetzt für völlig verrückt? Vielleicht bin ich das. Trotzdem ist es aus meiner Sicht sehr wahrscheinlich, dass der Täter erneut zuschlagen wird.«

Bei ihrer Heimkehr lag die Villa im Dunkeln. Offenbar hatten sich ihre Mitbewohner bereits zurückgezogen. Nur Kater
Grönemeyer nahm von ihr Notiz. Er streckte sich auf der
oberen Ebene seines Kratzbaumes, der neben der Treppe
stand. Charlotte streichelte über sein weiches Fell und murmelte ein paar sanfte Worte, bevor sie die Stufen hinaufstieg.
Auf der ersten Etage der rechten Hausseite bewohnte sie
zwei Räume und verfügte, wie alle Bewohner, über ein eigenes Badezimmer. Sie stellte ihre Sporttasche neben der Tür
ab und schaltete das Licht an. Dabei überlegte sie, ob sie sich
in ihr eigenes Bett legen oder zu Philipp hinaufgehen sollte.
Dagegen sprach, dass sie beim Nachhausekommen seine leere
Garage bemerkt hatte. Demnach war er noch nicht zurück.

So ging sie ins Bad, wusch sich die Hände und widmete sich der Zahnpflege. Geduscht hatte sie bereits im Fitnesscenter. Schließlich zog sie sich aus und ein knielanges Shirt mit einem *Snoopy*-Print an.

Auf dem Weg durch ihr Wohnzimmer schaute sie sich kritisch um. In der letzten Zeit war es ihr gelungen, halbwegs Ordnung zu halten, aber zufrieden war sie mit dem Ergebnis bislang nicht. Da war noch massenhaft Spielraum nach oben.

Im Schlafzimmer setzte sie sich auf die Matratze und verwöhnte Hände und Füße mit einer dezent duftenden Creme. Schließlich nahm sie ein Buch vom Nachttisch und machte es sich im Bett bequem.

Nach einer Weile hörte sie Motorengeräusche. Offenbar kam Philipp nach Hause. Es dauerte aber noch etwa 20 Minuten, bis er leise im Pyjama hereinkam.

»Hallo, Sternchen. Du schläfst noch nicht? Hast du auf mich gewartet?«

»Gut möglich.« Sie legte den spannenden Taubertal-Krimi aus der Hand und wartete, bis ihr Lebensgefährte neben ihr unter die Decke schlüpfte. »Wie war es?«

»Interessant.« Er kam von einer Veranstaltung, auf der sich hannoversche Autoren zu einem Austausch getroffen hatten. »Zuerst ging es um die Bewerbung Hannovers zur Europäischen Kulturhauptstadt 2025.«

»Daraus ist ja leider nichts geworden. Soviel ich weiß, hat Chemnitz das Rennen gemacht.«

»Das wurde von den meisten Anwesenden bedauert. – So wie die Tatsache, dass hannoversche Autoren kaum am hiesigen Bewerbungsverfahren beteiligt waren. Umso mehr freuen sie sich darüber, dass wenigstens das Krimifestival in unserer Stadt veranstaltet wird.« Er stopfte sich ein Kopfkissen in den Rücken und lehnte sich dagegen. »Nach dem offiziellen Programm war ich noch mit einer Handvoll Autoren zusammen, die dem ›Neuling‹ gute Ratschläge geben wollten. Einige von ihnen haben sich darüber beklagt, dass ihnen zu wenig Aufmerksamkeit zuteilwird.«

»Inwiefern?«

»Anscheinend richten sich viele der großen Buchhandelsketten überwiegend nach den Bestsellerlisten. Die Werke, die es darauf geschafft haben, werden auf großen Tischen im Eingangsbereich und in den Schaufenstern präsentiert. Bücher von Regionalautoren stehen meist wie Ladenhüter in der hintersten Ecke. Ausnahme ist anscheinend das Literaturschaufenster, das es mal in einem großen Geschäft in der City gab. In der Bahnhofsbuchhandlung sind sie angeblich gar nicht vertreten. Dabei wäre es gerade für Reisende interessant, etwas von Autoren aus der Stadt zu lesen.«

»In den kleineren, inhabergeführten Buchläden, wo man noch gut beraten wird, ist das anders. Deshalb kaufe ich so gern bei Cruses in der Südstadt.« Fragend hob sie die Brauen. »Haben dich deine schreibenden Kollegen am Ende davon überzeugt, dass sich die ganze Mühe im Grunde nicht lohnt?«

Nachdenklich schüttelte er den Kopf.

»Zunächst habe ich die Problematik dahinter gar nicht richtig realisiert. Auf dem Heimweg wurde mir klar, dass ich mir vorschnell ein Urteil gebildet hatte. Es steckte nicht einfach Geltungsbedürfnis hinter den Klagen.«

»Sondern?«

»Selbst, wenn ich nicht Hausbesitzer und Anteilseigner von *Thaler-Bau* wäre, befände ich mich in der glücklichen Lage, mit meiner Pension nicht nur über ein regelmäßiges, sondern über ein ausreichendes Einkommen zu verfügen. Meine Schriftstellerei ist ein Hobby. Natürlich wünsche ich mir, dass sich mein Buch bestmöglich verkauft, aber es wäre keine Katastrophe für mich, wenn es sich als Flop entpuppt. Ich würde …«

»*Kopperloch* ist richtig gut«, fiel sie ihm ins Wort. »Der Roman wird ganz sicher ein Erfolg. Das sagt mir meine jahrzehntelange Erfahrung als Krimileserin. – Aber ich wollte dich nicht unterbrechen.«

Philipp lächelte dankbar. Charlotte machte aus ihrer Überzeugung nie ein Geheimnis. Und sie war dabei immer aufrichtig.

»Mir wurde bewusst, dass ein Autor, der vielleicht ein Jahr oder länger an einem Werk gearbeitet hat, auf das Einkommen aus den Buchverkäufen angewiesen ist. Für einen Soloselbstständigen, wie man das heutzutage nennt, geht es um die nackte Existenz. Wovon soll er leben und seine Miete bezahlen, wenn seine Bücher nichts einbringen? Lesehonorare decken die Ausgaben nicht ab. Allein aus diesem Grund ist er auf Unterstützung angewiesen. Ein Verlag kann nicht alle Bücher mit dem gleichen Aufwand bewerben. Wohl aber könnte der Buchhandel helfen, indem er die Aufmerksamkeit der Kunden auf die Bücher der lokalen Schriftsteller lenkt.«

»So habe ich das bislang noch nicht betrachtet«, gab sie zu. »Allerdings weiß ich im Moment nicht, was man tun könnte, um die Öffentlichkeit darauf aufmerksam zu machen.« Nach seiner Miene zu urteilen, hatte er sich darüber bereits Gedanken gemacht. »Was hast du vor?«

»Morgen habe ich das Interview mit der *HAZ*. Mir fällt bestimmt etwas ein, das Gespräch auf die Situation freier Autoren zu lenken.« Er rückte etwas näher. »Jetzt bist du dran. Wie war es beim Stammtisch?«

Ohne etwas auszulassen, berichtete sie, was sie über den Toten aus dem Hotel erfahren hatte und was sie befürchtete. Philipp schloss sich ihrer Meinung an.

»Die Umstände deuten tatsächlich auf einen Täter, der noch nicht fertig ist. Hoffentlich wird er bis zum Krimifestival gefasst.«

KAPITEL 3

Für die Bewohner der Senioren-WG begann der Tag stets mit einem ausgedehnten Frühstück in der Küche der Villa. Dabei informierten sie sich gegenseitig über Termine, besprachen gemeinsame Vorhaben, den Speiseplan oder nötige Anschaffungen.

An diesem Morgen erschien Anneliese zuletzt.

Sie murmelte eine Entschuldigung für ihr Zuspätkommen und setzte sich neben ihren Lebensgefährten Conrad. Der reichte ihr den Brotkorb, während Charlotte der Freundin eine Tasse Kaffee einschenkte. Liesel griff nach einem Franzbrötchen mit Zimt und Zucker. Ihre Mitbewohnerin Elisabeth hatte den Teig dafür am Vorabend zubereitet und das Gebäck am frühen Morgen in den Ofen geschoben.

»In der Zeitung steht heute, wer der Tote aus dem Hotel ist.« Anneliese warf einen Blick hinüber zu Philipp. »Ein Kollege von dir.«

»Davon habe ich schon gestern Abend erfahren.«

Ihr war klar, woher sein Wissen stammte. Deshalb nahm sie Charlotte ins Visier.

»Wahrscheinlich habt ihr beim Stammtisch darüber gesprochen. Haben dir deine Freunde verraten, wie genau er gekillt wurde?«

»Was schreibt denn die *HAZ*?«

»Dass Tennstedt mutmaßlich durch einen Messerangriff zu Tode kam.« Sie teilte das Brötchen in der Mitte. Da Elli es mit Zimt und Zucker verfeinert und mit viel Butter gebacken hatte, war es verzehrfertig. »Hat man ihn erstochen oder ihm die Kehle durchgeschnitten?«

Gespräche über Mord und Totschlag konnte Elisabeth morgens noch nicht vertragen.

»Liesel! Muss das sein?«

»Sorry. Ich wollte dir nicht den Appetit verderben.«

Eine Weile war es still am Tisch. Der General, ältester Bewohner und Rollstuhlfahrer, hielt Charlotte seine leere Kaffeetasse hin, wobei er sie bittend anschaute.

»Wer ist denn dieser Tennstedt? Muss man den kennen?«

Sie griff nach der Kanne und schenkte ihrem Mitbewohner von dem aromatischen Gebräu ein.

»Das ist … war ein erfolgreicher Krimiautor.«

»Der war aber nicht aus Hannover, sondern aus Hildesheim«, fügte Anneliese hinzu. »Im Flyer vom Krimifestival wird er mit einer Lesung aus seinem neuesten Thriller angekündigt. Der Termin dafür ist allerdings erst in zwei Wochen. Stellt sich die Frage, weshalb er so zeitig angereist ist. – Um seinen Mörder zu treffen?«

Mit stoischer Gelassenheit rührte Charlotte je einen Löffel Honig und Nüsse in das Schälchen Skyr, das vor ihr stand. Von ihr war offenbar keine Auskunft zu erwarten. Deshalb wandte sich die Strick-Liesel, wie Anneliese gern wegen ihrer Freude am Handarbeiten genannt wurde, an Philipp.

»Loretta Lamar und Georg Sievers kommen erst kurz vor der Eröffnungsgala in die Stadt. Kann es sein, dass Tennstedt zur Planungsgruppe gehörte?«

»Möglicherweise.«

»Interessiert euch das gar nicht?« Frustriert blickte sie in die Runde. »Endlich passiert mal was Spannendes, und euch lässt das völlig kalt?«

»Hatten wir uns nicht darauf geeinigt, dass wir uns nur noch mit Straftaten in Fernsehkrimis oder Romanen befassen? Die Polizei fängt die Ganoven bestimmt ohne unsere Hilfe.« Ihr war klar, dass Philipp recht hatte. Seit Mitte des letzten Jahres waren sie von einem Kriminalfall in den nächsten gestolpert und dadurch in manch lebensbedrohliche Situation geraten. Auf eine Wiederholung tödlicher Gefahren legte keiner von ihnen Wert. Andererseits fühlte man sich so herrlich lebendig, wenn man mitten in verzwickten Mordermittlungen steckte. Dass es der Freundin ebenso erging, davon war Anneliese überzeugt. Erst durch Charlotte war sie mit echten Kriminalfällen in Berührung gekommen. Diese war durch ihre ehemaligen Kollegen meistens auf dem Laufenden, was aktuelle Verbrechen in der Stadt betraf.

Am Vormittag fuhr Charlotte mit der Strick-Liesel zur Seniorenwohnanlage Eichengrund, die zum Vermögen der *Christa-Bernhardt-Stiftung* zählte, die Anneliese seit dem Tod der Operndiva verwaltete.

»Ich finde es großartig, dass Sievers im Eichengrund nicht nur aus seinem Krimi liest«, sagte Charlotte unterwegs, »sondern außerdem dort wohnen kann.«

»Wenn man bedenkt, dass das eigentlich gar nicht so geplant war … Die Dame von seinem Verlag fragte mich bei ihrem Anruf, ob wir in der Residenz einen großen Saal für eine Lesung haben. Ich fand die Idee gut, beides miteinander zu verbinden. Die haben Eichengrund ja nur ausgewählt, weil der Schauplatz in Sievers' Thriller ein Seniorenheim ist.«

»Für Eichengrund ist das außerdem Werbung. – Obwohl die im Grunde gar nicht nötig ist. Die Residenz genießt einen ausgezeichneten Ruf.«

»Und die Warteliste ist lang.« Eine Weile schwieg Anneliese, bevor sie damit herausrückte, was sie brennend interessierte. »Tennstedt sollte ja im *Alten Schlachthof* lesen. Ob sie inzwischen Ersatz für ihn haben?«

»Keine Ahnung.«

»Über den Mord bist du bestimmt besser informiert. Natürlich sollst du nicht darüber sprechen, allerdings weißt du, dass ich damit nicht hausieren gehe.«

Insgeheim fragte sich Charlotte bereits seit der Fahrt vom Grundstück, wie lange Anneliese das Informationsdefizit wohl aushalten würde.

»Du bist ganz schön hartnäckig.«

»Ach, komm schon. Dich interessiert der Fall genauso wie mich. Philipp und Conrad müssen das ja nicht erfahren. Außerdem ermitteln wir nicht, wir reden nur darüber.«

»Das macht es nicht besser.« Nach kurzem Zögern erzählte Charlotte, was sie über den Mord an Erpo Tennstedt wusste.

Anneliese schien schockiert und fasziniert zugleich.

»Warum dieser ganze Aufwand? Der Täter hätte sein Opfer einfach abstechen und danach verschwinden können.«

»Um das zu beantworten, müssten wir sein Motiv kennen. Auf alle Fälle war sich unsere Stammtischrunde darüber einig, dass der Täter noch nicht fertig ist. Er wird weitermorden.«

Während sie den Wagen vor der Residenz ausrollen ließ, begründete sie diesen Verdacht, worauf sich Anneliese schüttelte.

»Einen Mord aus einem Krimi nachzustellen, ist echt spooky.«

»Ja, das ist wirklich ziemlich gruselig.« Charlotte löste ihren Sicherheitsgurt, stieg aber noch nicht aus. »Gestern Abend habe ich noch mit Philipp darüber gesprochen. Wir glauben wie die Polizei, dass der Mord mit dem Krimifestival zusammenhängen könnte. Warum sonst hätte der Täter Tennstedt ausgerechnet in Hannover umbringen sollen? Das ist garantiert kein Zufall.«

»Vielleicht sind nun alle Krimiautoren, die in die Stadt kommen, in Gefahr«, spann die Strick-Liesel den Faden weiter.»Die kann man unmöglich alle schützen. Am Ende wird das ganze Festival abgesagt.«

»Das fehlte noch. In den Vorbereitungen steckt jede Menge Arbeit.«

»Erst die Niederlage bei der Bewerbung zur Kulturhauptstadt und dazu das Aus fürs Krimifest wäre für alle Beteiligten ein harter Schlag.«

»Für die ganze Stadt ist es wichtig, dass das Krimifestival in Hannover stattfindet. Der Veranstaltungsort wechselt jedes Jahr. So bald werden wir hier nicht noch mal dran sein.«

»Zumal neben Deutschland auch die Schweiz und Österreich dazugehören.«

»Warten wir erst mal ab und hoffen, dass nichts mehr passiert.«

Auch Anneliese befreite sich von ihrem Gurt.

»Am meisten würde ich bedauern, wenn Philipps Premierenlesung ausfallen müsste. – Übrigens habe ich einen Ordner angelegt.«

»Wofür?«

»Erinnerst du dich an Christas Pressemappe? Ich werde alle Artikel sammeln und abheften, die über Philipp und seinen Krimi erscheinen. Irgendwann schenke ich sie ihm.«

»Darüber wird er sich bestimmt freuen.«

Seite an Seite betraten sie die Seniorenresidenz und durchquerten die Lobby, die durch die Sitzgruppen aus schwarzem Leder und vereinzelte große Grünpflanzen an ein modernes Hotel erinnerte.

Vor der Rezeption stand jemand, den die Freundinnen nur zu gut kannten.

»Grüß Gott, meine Damen.«

Amüsiert musterte Anneliese den alten Mann, der in diesem Haus für seinen Testosteronüberschuss bekannt war.

»Na, Herr Pippich, funktioniert noch alles, oder machen sich die ersten Ladehemmungen bemerkbar?«

»Keine Sorge, ich krieg ihn immer noch hoch.« Sein Blick wechselte zu Charlotte. »Darf ich Sie noch mal um Rat fragen, liebe Frau Stern? Sie sind die Einzige, mit der ich über alles reden kann.«

Vermutlich betraf das, wie so oft, sein Liebesleben. Dennoch mochte sie ihn nicht abweisen. Deshalb stimmte sie zu, worauf Anneliese ihr ein Zeichen gab und sich Richtung Verwaltung in Bewegung setzte. Charlotte würde sie später schon finden.

»Wollen wir uns in den Wintergarten setzen?«, schlug Josef Pippich vor und führte sie dorthin.

In diesem von Sonnenlicht durchfluteten Raum nahm Charlotte in einem der weißen Rattansessel Platz und schlug die Beine übereinander.

Aufmerksam schaute sie den alten Mann an, der sich ihr gegenüber in einen Sessel sinken ließ.

»Mich wundert, dass Sie noch hier sind. Wollten Sie nicht zu Ihrer Freundin ziehen?«

»Dort war ich. Es hat aber nicht so gut geklappt, wie ich mir das vorgestellt habe. – Was nicht am Sex lag.«

»Möchten Sie mir erzählen, woran es gescheitert ist?«

»In den ersten Tagen war alles sehr harmonisch zwischen uns. Aber dann hat Gerlinde ihren gewohnten Rhythmus wieder aufgenommen. Wahrscheinlich hat sie sich mit mir gelangweilt. Sie sagte, sie könne meinetwegen nicht ihr ganzes Leben umkrempeln.«

»Was genau bedeutete das?«

Leise seufzend strich er sich mit der Hand über den fast kahlen Schädel.

»Montags Gymnastik, dienstags Bridge, mittwochs Frauenkulturverein, donnerstags Kirchenkreis, freitags Bingo … Sie war jeden Nachmittag unterwegs.«

»Sind Sie nicht auf die Idee gekommen, sie zu begleiten?«

»Das waren fast alles so Frauendinger. Außerdem beansprucht Gerlinde diesen Freiraum für sich, um sich nicht eingeengt zu fühlen.«

»Tja …«

»Nach einigen Diskussionen blieb mir nur der Auszug. Ich bin sehr froh, dass Sie mir geraten haben, mein Apartment im Eichengrund nicht vorschnell aufzugeben. Wo hätte ich sonst hinsollen? Hier habe ich wenigstens so ziemlich alles, was nötig ist.«

»Bis auf ein bisschen menschliche Wärme, die jeder von uns braucht.«

Ein wehmütiges Lächeln breitete sich auf dem faltigen Gesicht aus.

»Ich wusste, Sie verstehen mich. Zwar sind hier in der Residenz immer Leute um mich herum, aber niemand, der mir nahesteht, mit dem ich so offen reden kann wie mit Ihnen. Von meiner Familie ist keiner mehr übrig. Einsamkeit ist in meinem Alter schwer zu ertragen.«

Obwohl sie in der glücklichen Lage war, eine wundervolle Familie und enge Freunde zu haben, konnte sie nachempfinden, was ihn quälte. Ihr war es nach dem plötzlichen Tod ihres Mannes vor fast vier Jahren ähnlich ergangen. Nie zuvor hatte sie sich so einsam und verlassen gefühlt, aber ihre Nächsten hatten sie aufgefangen. Das hatte ihr sehr geholfen. Damals musste sie lernen, den Verlust zu akzeptieren, und versuchen, ihrem Leben positive Seiten abzugewinnen. Sie war dankbar dafür, dass ihr das mit der Zeit gelungen war.

»Wahrscheinlich erwarten Sie nun ein Patentrezept von mir, was Sie tun könnten, um der Einsamkeit zu entfliehen.«

»Das wäre schön.« In seine Augen trat ein schelmisches Funkeln. »Aus uns beiden kann ja nun leider nichts mehr werden, weil der Professor Sie mir weggeschnappt hat. Oder läuft es zwischen Ihnen nicht gut? Dann könnten wir …«

»Herr Pippich!«, unterbrach sie ihn amüsiert. »Selbst, wenn ich nicht vergeben wäre, sind Sie mir viel zu temperamentvoll.« Sie dachte kurz nach. »Warum schauen Sie sich nicht in der Residenz nach einer geeigneten Partnerin um? Wie ich hörte, sind die Bewohnerinnen immer noch in der Überzahl. Glauben Sie nicht, es könnte eine darunter sein, die auf einen so netten Mann wartet? Die sich wie Sie nach Nähe und Geborgenheit sehnt?«

»Meinen Sie wirklich?«

»Sie müssen sich nur trauen. Setzen Sie sich hier im Wintergarten oder im Restaurant einfach mal zu den Damen. Wenn Sie nicht gleich Ihre fantastische Libido preisen, sondern es bei unbefangenen Gesprächen belassen, wecken Sie bestimmt Interesse.«

»Das klingt gut.« Er war sichtlich beeindruckt. »Warum bin ich nicht selbst darauf gekommen?«

Charlotte zuckte die Schultern, erhob sich und streckte ihm die Hand entgegen.

»Frau Grothe wartet auf mich.«

Flugs war er auf den Beinen, ergriff ihre Hand und beugte sich formvollendet darüber.

»Danke, Frau Stern.«

»Viel Glück!«

Sie verließ den Wintergarten und durchquerte kurz darauf das Foyer. Einige Senioren saßen dort plaudernd beisammen. Sie kannten Charlotte und nickten ihr freundlich zu. Am Empfang vorbei wandte sie sich zur breiten Treppe und stieg in die erste Etage hinauf. Hier lagen die beiden Gästewohnungen. Die Tür zum Apartment neben dem Fahrstuhl stand weit offen. Mit gemischten Gefühlen verharrte Charlotte auf der Schwelle. Diese Unterkunft hatte sie vor einem knappen Jahr zum Probewohnen bezogen, um herauszufinden, ob zwei Senioren tatsächlich durch Unfälle zu Tode kamen. Die damaligen Ermittlungen wären ihr fast zum Verhängnis geworden.

»Komm rein«, rief Anneliese ihr von drinnen zu. »Du hast hier drei Wochen gewohnt. Fällt dir irgendwas ein, was dir in dieser Zeit gefehlt hat?«

Nach kurzem Nachdenken schüttelte Charlotte den Kopf.

»Nein. – Allenfalls eine große Vase, nachdem Onno mir die Fliederzweige gebracht hat. Der Eimer unter der Spüle hat es aber auch getan.«

»Dann lassen wir erst mal alles so, wie es ist. Am Tag der Anreise stellen wir noch eine Obstschale und ein paar Blumen auf den Tisch.«

»Weißt du, wie lange Sievers deine Gastfreundschaft in Anspruch nehmen will?«

»Noch nicht. Aber ich habe mit seinem Verlag abgesprochen, dass ich ihm das Gästeapartment für die gesamte Festivaldauer reserviere. Sollte der Mörder noch mal zuschlagen, hoffentlich nicht hier.«

KAPITEL 4

Im Besprechungsraum des Polizeipräsidiums versammelten sich nach und nach alle, die an den Ermittlungen beteiligt waren. Außer Hauptkommissar Hannes Bremer und seinen beiden engsten Mitarbeitern Pia Wagner und Martin Drews, zählten vorläufig zehn weitere Kollegen zum Team der *SOKO Plagiator*. Dieser Name stammte von Frau Dr. Benita Pauli, der zuständigen Oberstaatsanwältin für Kapitaldelikte. Sie erschien kurz nach Rechtsmediziner Horst Fleischmann und setzte sich neben ihn. Im Hinblick auf die Befürchtung, dass es weitere Morde geben könnte, hatte sie persönlich das Ermittlungsverfahren eingeleitet, anstatt das einem ihrer Staatsanwälte zu überlassen. Dadurch würde sie über neue Erkenntnisse stets sofort informiert und könnte unverzüglich handeln. Außerdem sollte dieser Fall möglichst vor Beginn des Krimifestivals abgeschlossen sein. Die Berichterstattung in den Medien würde sonst womöglich darauf abzielen, die Sicherheit der vielen zu erwartenden Gäste in Hannover anzuzweifeln. Negative Presse für die Stadt sollte unbedingt vermieden werden.

Durch einen Blick verständigte sich Pauli mit dem Hauptkommissar.

»Lassen Sie uns anfangen, Herr Bremer. Was haben wir?«

Hannes erhob sich und trat an die Stellwand, an der zahlreiche Aufnahmen hingen.

»Fassen wir noch mal zusammen: Vorgestern hat eine Hotelangestellte den Toten morgens in seinem Zimmer entdeckt.« Er zeigte auf ein Porträtfoto. »Das Opfer heißt Erpo Tennstedt, 59 Jahre alt, Autor aus Hildesheim. Die Auffindesituation der Leiche ist uns allen bekannt.« Erwartungsvoll schaute er den Rechtsmediziner an, der den endgültigen Obduktionsbericht mitbringen wollte. »Was haben deine Untersuchungen ergeben?«

Horst Fleischmann schlug den vor ihm liegenden Aktendeckel auf.

»Todesursächlich war die Durchtrennung von Halsschlagader und Halsvene bei einer Stichlänge von etwa acht Zentimetern. Dabei wurde die Kehlkopfregion verletzt. Die Folge des Schnittes war ein massiver Blutverlust nach außen und innen. Innerhalb weniger Sekunden wurde das Gehirn nicht mehr durchblutet, was zu Bewusstlosigkeit führte. Nach allenfalls drei Minuten ist der Mann gleichzeitig verblutet und erstickt. Durch die Verletzung in den Rachenraum hinein hat er Blut eingeatmet, das in der Lunge nachgewiesen wurde.«

»Was ist mit dem Schachbrett auf dem Rücken des Toten? Gibt es dazu neue Erkenntnisse?«

»Es wurden definitiv eine Schablone und ein Farbspray benutzt, das laut Kriminaltechnik in jedem Baumarkt erhältlich ist.«

»Okay, danke.« Der Hauptkommissar hatte nichts anderes erwartet. »Aus dem vorläufigen Bericht der Kriminaltechnik geht hervor, dass es die komplexe Spurenlage in einem Hotelzimmer fast unmöglich macht, gesichertes Material einem Täter zuzuordnen. Außerdem müssen wir davon ausgehen, dass er Handschuhe trug. Trotzdem werden sämtliche Abdrücke und DNA-Spuren mit allem verglichen, was wir in unserem System gespeichert haben. Das dauert. An dieser Stelle kommen wir also vorläufig nicht weiter.« Sein Blick schweifte über die Anwesenden. »Wie sich herausgestellt hat, war Tennstedt tatsächlich wegen des Krimifestivals in der Stadt. Der zuständige Organisator hier in Hannover heißt Holger Beski. Der Mann ist nicht nur Buchhändler, sondern betreibt nebenbei ein Kulturbüro. Er hat sich gestern bei uns gemeldet, nachdem in der Presse stand, was passiert ist. In zwei Stunden kommt er ins Präsidium, um uns nähere Auskünfte zu geben.«

Die Oberstaatsanwältin schaute von ihren Notizen auf.

»Was ist mit dem Handy des Opfers? Wurde es mittlerweile gefunden?«

»Leider nicht. Inzwischen haben wir die Verbindungsdaten beim Provider angefordert.«

»Wie sieht es mit dem sichergestellten Laptop aus?«

»Unsere IT-Leute konnten das Passwort bislang nicht knacken, sind aber dran.«

»Wie wollen Sie weiter vorgehen?«

»Zunächst werden wir versuchen, ein lückenloses Bewegungsprofil von Tennstedt zu erstellen – seit seiner Ankunft in Hannover bis zu seinem Tod. Wo war er, mit wem hat er sich getroffen?« Er wandte sich an seinen Kollegen: »Martin, kümmere dich bitte darum, dass die Bevölkerung auf unseren Seiten in den sozialen Netzwerken zur Mithilfe aufgerufen wird. Wenn wir Glück haben, wurde der Autor von einigen Leuten auf seinem Weg durch die Stadt erkannt oder sogar angesprochen.«

»Hoffentlich bringt das mehr als die Befragung des Hotelpersonals und die Auswertung der Kameraaufzeichnungen.« Martin wirkte nicht sehr optimistisch. »Der Täter muss auf jeden Fall Ortskenntnisse haben. Sonst wäre er nicht wie ein Phantom ungesehen rein und raus gelangt. Der wusste, wo die Kameras hängen und wie er ihnen und dem Personal aus dem Weg gehen kann.«

»Was ist mit dieser Botschaft, die am Tatort gefunden wurde?« Benita Pauli blätterte in ihren Unterlagen. »*Tod dem König*. – Gibt es dazu etwas Brauchbares?«

»Zuerst dachten wir, es könnte sich um eine Notiz für seinen nächsten Roman handeln. Inzwischen wissen wir, dass diese Worte in *Schachmatt* vorkommen. Um ganz sicher zu sein, warten wir noch auf eine Schriftprobe des Opfers, gehen aber davon aus, dass die Nachricht vom Täter stammt. Was er uns damit sagen will ...« Ratlos zuckte er die Schultern.

»Das hat vielleicht was mit dem Mordmotiv zu tun«, schlug Pia vor. »Aber solange wir nichts über den Täter wissen, können wir nur spekulieren.«

»Auf jeden Fall ist der Autor auf die gleiche Weise zu Tode gekommen wie einige seiner Romanfiguren«, übernahm Hannes. »Wir haben die Stellen in seinem Thriller nachgelesen.«

»Sie haben mir immer noch nicht verraten, wie Sie darauf gekommen sind, dass die Tat mit den Morden im Roman übereinstimmt.«

Die Frage der Oberstaatsanwältin veranlasste ihn, noch einmal die Schultern zu heben.

»Das hat sich zufällig beim Stammtisch ergeben.«

»Ach ...« Verstehend lächelte sie. Ihr waren sämtliche Stammtischmitglieder bekannt. Sie wusste zu schätzen, wie oft Charlotte Stern durch ihre Intuition zu Ermittlungserfolgen beigetragen hatte. Anscheinend war der Hinweis ihr zu verdanken.

Holger Beski war ein drahtiger Mann mit wachen braunen Augen. Hannes erinnerte sich, mehrmals ein Foto von ihm in der Zeitung gesehen zu haben, und bot ihm Platz an. Er selbst setzte sich hinter seinen Schreibtisch.

»Danke, dass Sie gekommen sind.«

»Das ist selbstverständlich. Es fällt mir immer noch schwer zu glauben, dass Herr Tennstedt ermordet wurde.«

»Kannten Sie ihn schon länger?«

»Seit einer Lesung in unserer Buchhandlung vor etwa zwei Jahren.«

»Was für ein Mensch war er?«

Entspannt lehnte sich der Mann zurück.

»Autoren sind ein besonderes Völkchen. Die einen sind bescheiden und zurückhaltend. Andere wiederum sind regelrechte Diven.«

»Zu welcher Sorte zählte Tennstedt?«

Einen Moment lang zögerte Beski.

»Man soll ja nicht negativ über Tote sprechen, aber dieser Mann war ein arrogantes A... – furchtbar arrogant. Er hielt sich für den besten Thrillerautor aller Zeiten.«

»Sie scheinen ihn nicht besonders gemocht zu haben.«

»Überhebliche Menschen, die von ihrem hohen Ross auf andere herabsehen, sind nicht mein Fall.«

»Trotzdem haben Sie für das Krimifestival mit ihm zusammengearbeitet?«

»Davon kann bislang keine Rede sein. Er hatte sich zwar dem Organisationsteam angeschlossen, aber außer ein paar kritischen Bemerkungen keine brauchbaren Vorschläge geliefert.«

Nachdenklich nickte Hannes.

»Sehr beliebt war er offenbar nicht. Glauben Sie, dass er Feinde hatte?«

Beski hob die Schultern.

»Möglich ...«

»Fällt Ihnen jemand ein, mit dem er Streit hatte? Ein Autorenkollege, Ärger im Verlag ...?«

Bedauernd schüttelte der Buchhändler den Kopf.

»Davon weiß ich nichts.«

»Was ist mit seiner Familie? Von seinem Verlag haben wir die Auskunft bekommen, dass Herr Tennstedt nicht verheiratet war. Wissen Sie etwas über eine Freundin oder Lebensgefährtin?«

»Darüber ist mir nichts bekannt. Er hat sein Privatleben stets vor der Öffentlichkeit abgeschottet.«

Etwas Ähnliches hatte sein Lektor gesagt. Die Autorenvita gab in dieser Hinsicht ebenfalls nichts her.

»Wann haben Sie Tennstedt zuletzt gesehen?«

»Am Abend vor seinem Tod haben wir uns zum Essen getroffen.«

»Wo genau?«

»Beim Italiener in der Marienstraße. Später habe ich ihn vor seinem Hotel abgesetzt.«

»Ist Ihnen dabei etwas Ungewöhnliches aufgefallen?«

»Nein.«

Sie sprachen noch über eventuelle Auswirkungen auf das geplante Krimifestival. Dabei wurde deutlich, dass es äußerst schwierig werden würde, diesen von langer Hand vorbereiteten Event zu verschieben, falls es weitere Todesfälle geben sollte. Vom Vorstand des Vereins, der diese Veranstaltung jährlich ausrichtete, hatte er klare Anweisungen.

Schließlich wurde Hannes klar, dass er von Beski nichts erfahren würde, was für die Ermittlungen relevant sein könnte. Er nahm eine Visitenkarte aus einer kleinen Ablage und reichte sie über den Schreibtisch.

»Danke, dass Sie sich die Zeit genommen haben. Falls Ihnen noch etwas einfällt, rufen Sie uns bitte an.«

Etwas enttäuscht begleitete er den Buchhändler hinaus. Im Flur wurde der Mann von einem Beamten in Empfang genommen, der ihn zum Ausgang brachte.

Unterdessen betrat der Hauptkommissar das Dienstzimmer seiner beiden Teamkollegen.

»Und?«, fragte Pia gespannt. »Was hat er gesagt?«

»Nichts, was uns helfen würde. Tennstedt war angeblich ein arroganter Zeitgenosse. Dadurch könnte er einigen Leuten auf die Füße getreten sein. Mehr wusste Beski nicht.« Fragend schaute er seine Kollegin an. »Hast du Lust auf eine Spritztour?«

Sofort stand Pia auf.

»Wohin fahren wir?«

»Nach Hildesheim. Frau Dr. Pauli hat den Durchsuchungsbeschluss mitgebracht. Ich will mir ansehen, wie Tennstedt gelebt hat. Vielleicht bringt uns das weiter.«

Er ging nach nebenan, nahm seine Waffe aus der Schreibtischschublade und steckte die *Heckler & Koch* ins Holster an seinem Gürtel. Aus der Kunststoffbox mit den Asservaten fischte er eine Tüte. Darin steckte ein Schlüsselbund mit einem silbernen Anhänger in Form eines Revolvers.

Minuten später waren sie im Dienstwagen der Oberkommissarin in der Stadt unterwegs. Über die B3 erreichten sie bald die A7. An der Ausfahrt Hildesheim-Drispenstedt verließ Pia die Autobahn und folgte den Anweisungen des Navigationsgerätes in südliche Richtung. In einer offensichtlich feudalen Wohngegend ließ sie den Wagen am Straßenrand neben einem schmalen Grünstreifen mit altem Baumbestand ausrollen.

Das Grundstück des Autors war von einer etwa zwei Meter hohen weißen Backsteinmauer umgeben, die das Gelände gegen neugierige Blicke abschirmte. Ein breites Tor sowie eine Eingangspforte waren in die Umzäunung integriert.

Um etwaige Hausbewohner durch ihr Eindringen nicht zu erschrecken, drückte Pia auf den Klingelknopf unterhalb der Gegensprechanlage.

Die Kommissarin läutete zweimal, ohne dass sich etwas tat. Daraufhin schloss Hannes die Pforte auf. Über das gepflegte Grundstück erreichten sie die Haustür. Einer der Schlüssel passte hier ebenfalls. Sie betraten das Gebäude und durchquerten die Diele, die in einen großen Wohnraum mündete. Die Unordnung war nicht zu übersehen. Überall lag etwas herum: auf dem Tisch, den beiden Sofas, auf einigen Stufen der Treppe, die ins obere Stockwerk führte. Ein offener Koffer voller Kleidungsstücke befand sich mitten auf dem Parkettfußboden. Pia entdeckte die spaltbreit geöffnete Terrassentür und machte ihren Chef durch ein Zeichen darauf aufmerksam. Im nächsten Moment vernahmen sie ein Geräusch von oben. Automatisch glitten ihre Hände zum Holster, zogen die Pistolen hervor. Die Kommissare verständigten sich durch einen Blick und schlichen zur Treppe. Mit den Waffen im Anschlag stiegen sie hintereinander lautlos Stufe für Stufe hinauf. Abermals war ein Rascheln zu hören, dem ein leiser Fluch folgte.

Pia erreichte den Treppenabsatz als Erste. Sie riskierte einen Blick durch das Holzgeländer auf die nächste Wohnebene, sah aber nur noch einen Schatten durch die Tür auf der gegenüberliegenden Seite verschwinden. Der sichtbare gefliste Wandstreifen dahinter ließ auf ein Badezimmer schließen.

»Polizei! Bleiben Sie stehen!«

KAPITEL 5

Charlotte machte es sich mit ihrem Smartphone auf dem Sofa bequem und startete einen WhatsApp-Videoanruf. Nach wenigen Augenblicken meldete sich ihr elfjähriger Pflegesohn, der das Internat Rabeneck besuchte. Der Junge strahlte übers ganze Gesicht.

»Hallo, Charly. Ich wusste, dass du noch anrufst.«

»Kannst du neuerdings hellsehen?«

»Ne, aber du bist immer noch eine Glucke.«

Sie unterdrückte ein Lächeln.

»Findest du das schlimm?«

Seine Miene wurde ernst, während er den Kopf schüttelte.

»Du machst das ja, weil ich dir nicht egal bin.«

»Genau – freust du dich auf das Wochenende?«

»Ja, aber es ist das erste Mal, dass ich am Heimfahrtwochenende nicht bei euch bin. Das ist irgendwie komisch. Ihr seid doch meine Familie.«

»Trotzdem muss man nicht alles zusammen tun, sondern sich Freiräume zugestehen.«

»So wie du, wenn du ins Fitnessstudio oder laufen gehst?«

»Das ist ein gutes Beispiel. Ich brauche mehr Bewegung als die anderen. Deshalb ist es für sie okay, wenn ich mich zum Sport ausklinke. Genauso ist es in Ordnung, wenn du etwas mit Luca unternimmst. Wir freuen uns darüber, dass du im Internat einen Freund gefunden hast. Das werden bestimmt schöne Tage für dich. Gestern habe ich noch mal mit Lucas Vater telefoniert. Er hat ein tolles Programm für euch zusammengestellt.«

»Cool! Ich mache Fotos und schicke sie dir.«

»Prima. – Hast du alles eingepackt, was du in den nächsten zwei Tagen brauchst? Zahnbürste, Wäsche zum Wechseln, Socken ...«

»Logisch. Ich bin doch kein Baby mehr.« Wie stets fragte er nach dem Kater. »Was macht Grönemeyer?«

»Es geht ihm gut. Und Ronja auch. Wir haben gestern mit Schweden geskypt. Sie hat sich wunderbar in ihrem neuen Zuhause eingelebt.«

»Ihr habt gesagt, dass wir sie im Sommer besuchen.«

»Das machen wir bestimmt.«

Er sah Philipp, der sich über die Sofalehne beugte und neben Charlotte auftauchte.

»Na, Junior ...«

Die Freude war dem Jungen deutlich anzusehen.

»Hallo, Philipp.«

»Alles okay bei dir?«

»Alles super.«

»Ich wünsche dir eine schöne Zeit. Melde dich, wenn es Probleme geben sollte.«

»Mach ich. Und vergesst nicht, mich zur Premierenlesung abzuholen.«

»Versprochen ist versprochen«, übernahm Charlotte. »Bis dahin viel Spaß!«

»Danke. – Tschüss!«

»Ach, Anton, ich habe noch was vergessen ...«

»Schon klar: Ich soll mich anständig benehmen.«

»Daran muss ich dich nicht erinnern. Wir wissen, dass du das tust. Ich wollte dir nur sagen, dass wir dich liebhaben.«

»Ich euch auch! Bis bald!«

Sie schaltete das Telefon aus, legte es auf den Tisch und lehnte sich zurück. Im nächsten Moment spürte sie Philipps Hände an ihren Schultern, die sie sanft massierten.

»Hoffentlich irren wir uns mit der Theorie, dass der Mörder noch mal aktiv wird. Sonst fällt meine Lesung womöglich ins Wasser.«

»Was hat denn Beski gesagt? Du wolltest ihn doch anrufen.«

»Vorläufig bleibt es bei der Planung. Sollte es einen weiteren Mord geben, hat er sich was einfallen lassen.«

»Nämlich?«

»Wie ich das verstanden habe, möchte er bei allen eingeladenen Autoren nachfragen, ob das Festival abgebrochen oder fortgesetzt werden soll, falls einer von ihnen ums Leben käme.«

»Ist das nicht makaber? Nach der Devise: Egal, was passiert, the show must go on.«

»Wird das heute nicht oft so gehandhabt? Es soll Künstler gegeben haben, die auf der Bühne standen, obwohl sie Minuten vorher vom Tod eines nahen Angehörigen erfahren haben.«

»Wofür würdest du dich entscheiden? Das Festival abbrechen oder nicht?«

»Schwer zu sagen. Darüber muss ich noch nachdenken.« Seine Finger arbeiteten sich zu ihrem Nacken vor. »Warten wir erst mal ab. Was machen wir zwei Hübschen eigentlich mit dem freien Wochenende?«

»Der Anfang ist jedenfalls sehr angenehm.« Genüsslich

schloss sie die Augen. »Hast du noch mehr von diesen wunderbaren Einfällen?«

»Jede Menge. Mein Verwöhnprogramm lässt kaum einen Wunsch offen.«

»Klingt verheißungsvoll. Worauf darf ich mich denn noch einstellen?«

»Vorhin habe ich mit Ron telefoniert. Im *Musikladen* spielt heute eine Oldie-Band. Hast du Lust, Sternchen?«

»Immer.« Sie mochte Philipps Freund, dem dieser Klub gehörte. Dort hatten sie manch unterhaltsamen Abend verbracht. »Wollen wir unsere Mitbewohner fragen, ob sie uns begleiten möchten?«

»Gern.«

»Was ist mit Sophia und Axel?«

Seine Schwester und sein Schwager leiteten das familieneigene Bauunternehmen. Dadurch blieb ihnen wenig Zeit fürs Privatleben.

»Mit deinen guten Ideen kann ich anscheinend nicht mithalten. Ich rufe die beiden gleich an. Wir sehen uns ohnehin viel zu selten.« Er beugte sich vor und küsste sie auf die Schläfe. »Das Verwöhnprogramm setze ich später fort.«

»Ich kann es kaum erwarten.«

KAPITEL 6

Pia verständigte sich durch eine Kopfbewegung mit Hannes und sprang nach vorn auf die obere Wohnebene. Die Waffe beidhändig im Anschlag, blieb sie breitbeinig rechts von der Tür stehen.

Sie wartete, bis sich ihr Chef auf der anderen Seite positioniert hatte.

»Polizei! Kommen Sie langsam mit erhobenen Händen raus!«

Eine Sekunde verstrich, dann noch eine. Die Anspannung der Kommissare wuchs mit jedem Augenblick.

»Sie haben keine Chance!«, rief Hannes. »Das Haus ist umstellt!«

»Nicht schießen«, antwortete eine ängstliche Stimme. »Ich bin nicht bewaffnet.«

Im Türrahmen des Badezimmers erschien ein Mann, der nur ein Frotteetuch um die Hüften trug, das er seitlich zusammenhielt. Sein blondes Haar war noch feucht vom Duschen.

»Ich will Ihre Hände sehen!«, blaffte Pia, worauf er sie zögernd in die Luft streckte. Dabei löste sich das Tuch und fiel zu Boden.

Nicht übel, dachte sie, wobei ihre Augen über den nackten Körper glitten. Etwa Ende 30, gut in Form, aber nicht übertrieben muskulös. Offenbar trieb der Typ regelmäßig Sport. Langsam ließ sie die Waffe sinken.

Auch Hannes steckte die Pistole ins Holster zurück.

»Wer sind Sie?«

»Dennis Eisner.« Er trat auf ihn zu. »Sind Sie wirklich von der Polizei?«

»Kriminalhauptkommissar Hannes Bremer.« Er deutete zu Pia hinüber. »Meine Kollegin Wagner.«

»Können Sie sich ausweisen?«

»Selbstverständlich.« Mit einem Griff zog er eine Plastikkarte aus der Tasche und hielt sie dem Mann unter die Nase, der sich den Dienstausweis genau ansah.

»Der berechtigt Sie, hier einzubrechen?«

»Davon kann keine Rede sein.« Hannes steckte den Ausweis ein und holte das Schlüsselbund hervor. Entgeistert starrte der Nackte darauf. Anscheinend erkannte er den silbernen Anhänger. Instinktiv wich er einen Schritt zurück.

»Woher haben Sie das? Das gehört Erpo.«

»Vielleicht erzählen Sie uns erst mal, was Sie im Haus von Herrn Tennstedt machen.«

»Ich kümmere mich um alles ...«

Skeptisch runzelte Hannes die Stirn.

»Wie stehen Sie zu ihm?«

»Er ist mein ...« Durch seinen Körper ging ein Ruck. Anscheinend wurde ihm seine Blöße nun erst bewusst. Rasch bückte er sich nach dem Handtuch und schlang es um seine Hüften. »Wir sind befreundet.« Misstrauisch wechselte sein Blick zwischen den Besuchern. »Warum sind Sie hier? Ist was passiert?«

»Leider muss ich Ihnen mitteilen, dass wir Erpo Tennstedt vorgestern tot aufgefunden haben.« Ihm war klar, wie verstörend eine solche Nachricht für Angehörige war. Sie sprengte das ganze bisherige Leben aus den Fugen, brachte eine Welt zum Einstürzen. »Er wurde Opfer eines Verbrechens.«

Entsetzt riss Dennis Eisner die Augen auf. Er schwankte leicht und taumelte Richtung Fenster, unter dem ein breites Sofa stand. Schwer sank er auf das Polster und schlug die Hände vors Gesicht.

Hannes setzte sich zu ihm, während Pia ins Bad ging. Mit einem Glas Wasser und einem Bademantel kehrte sie zurück. Sie reichte dem geschockten Mann zuerst den Frotteemantel, den er mechanisch anzog und sich wieder aufs Sofa setzte. Nachdem Eisner einen Schluck getrunken hatte, schaute der Hauptkommissar ihn mitfühlend an.

»Sind Sie in der Lage, uns einige Fragen zu beantworten?« Wortlos nickte der Mann.

»Sie waren mit Herrn Tennstedt befreundet. Waren Sie ein Paar?«

Abermals nickte er.

»Wann haben Sie ihn zuletzt gesehen?«

»Am Sonntagnachmittag. Wir sind zusammen zum Bahnhof gefahren. Erpo hat den Zug nach Hannover genommen und ich den ICE nach Bremen.«

»Hatten Sie seitdem Kontakt?«

»Wir haben ein paarmal telefoniert.« Er überlegte einen Moment. »Das letzte Mal am Dienstagnachmittag. Danach kam immer die Ansage, dass der Teilnehmer nicht erreichbar ist.«

»Hat Sie das nicht stutzig gemacht?«

»Nicht wirklich«, gestand er. »Erpo hat mir gesagt, dass er eine Menge mit der Organisation des Krimifestivals zu tun haben würde. Außerdem wollte er für seinen neuen Roman recherchieren. Dafür schaltet er sein Telefon oft ab, damit er ungestört arbeiten kann.«

»Seit wann sind Sie zurück?«

»Ich bin gestern Abend kurz nach 20 Uhr in Bremen in den Zug gestiegen und war gegen 22.30 Uhr zu Hause.«

Pia, die mit vor der Brust verschränkten Armen am Fenster stand, blickte den Mann zweifelnd an.

»Gibt es dafür Zeugen?«

»Keine Ahnung ... der Taxifahrer, der mich vom Bahnhof heimgefahren hat.«

»Das beweist aber nicht, dass Sie tatsächlich in Bremen waren.«

Empört sprang er auf.

»Heißt das etwa, Sie verdächtigen mich, dass ich was mit Erpos Tod zu tun habe? Ich habe ihn geliebt!« Er stürzte zu einem Stuhl, über dessen Lehne eine Jacke hing. Mit bebenden Fingern zog er einige Papiere aus der Innentasche und warf sie auf den Tisch. »Hotelrechnung, Bahnfahrkarte, Taxiquittung ... Brauchen Sie sonst noch was?«

»Ihren Ausweis«, erwiderte sie prompt, worauf er diesen hervorholte und ihr reichte.

Pia notierte seine Personalien und gab ihm das Dokument zurück.

»Sind Sie nun endlich zufrieden?«

»Wir machen hier nur unseren Job«, erwiderte sie mit ruhiger Stimme und steckte die Belege ein. »Ihre Angaben werden wir überprüfen.«

Hannes erhob sich ebenfalls.

»Wissen Sie, ob Herr Tennstedt Feinde hatte?«

Kopfschütteln.

»Gab es jemanden, mit dem er kürzlich gestritten hat?«

Schulterzucken.

»War Ihre Beziehung glücklich?«

»Schon ...«

»Aber?«

»Na ja ... Wir waren nicht immer einer Meinung.«

»In welcher Hinsicht?«

»Im Gegensatz zu mir hatte Erpo Angst, dass jemand von unserer Liebe erfährt. Angeblich hätte das seinem Image geschadet. Deshalb hat er sich in der Öffentlichkeit oft mit einer schönen Frau an seiner Seite gezeigt.«

»Hat Sie das nicht gekränkt?«, fragte Pia, die sich gut vorstellen konnte, wie man sich in einer solchen Situation fühlte. »Ein Partner, der sich nicht zu einem bekennt ... Die ständigen Heimlichkeiten ... Immer aufpassen, dass man in Gesellschaft nicht was Falsches sagt ... Das muss quälend sein.«

Mit einem Seufzer nickte er.

»Damit musste ich mich abfinden.«

»Ist Ihnen das nicht schwergefallen?«

»Ich hatte keine Wahl.«

»Trotzdem leben Sie hier mit ihm?«

»Offiziell wohne ich in meinem kleinen Apartment.« Er rang um Fassung. »Das ist alles so schrecklich.« Er nahm eine Zigarettenschachtel vom Tisch, fummelte einen Glimmstängel heraus und steckte ihn zwischen die Lippen. Mit bebenden Fingern zündete er die Kippe an.

Hannes verstand seinen Schmerz und bemühte sich um eine sachliche Vorgehensweise.

»Dürfen wir uns hier ein bisschen umschauen?« Eisner zögerte. »Wir haben einen Durchsuchungsbeschluss«, schob der Kommissar nach.

»Meinetwegen.«

»Zeigen Sie uns bitte sein Arbeitszimmer.«

Der Lebensgefährte des Toten führte die Kriminalbeamten dorthin, wo Geschichten über menschliche Abgründe erdacht wurden. Eine gesamte Wandbreite nahm eine bodentiefe Fensterfront ein, die restlichen Wände waren mit vollgestopften Bücherregalen bedeckt, die bis an die Zimmerdecke reichten. Ein mächtiger, mitten im Raum stehender, aus Mooreiche geschreinerter Schreibtisch dominierte den Raum. Mehrere kleinere längliche Tische zu beiden Seiten dienten offenbar als Ablage für Recherchematerial.

Pia und Hannes streiften dünne Handschuhe über und fahndeten routiniert nach Auffälligkeiten, entdeckten aber zunächst nichts, was mit dem Mord an Tennstedt in Verbindung stehen könnte.

Schließlich widmete sich Pia dem Schreibtisch, auf dem ein kleiner Notizblock lag. Eisner bestätigte die Handschrift seines Freundes, worauf sie den Block für den ausstehenden Vergleich beschlagnahmte.

Eine der Schubladen enthielt Büromaterial. In der Lade darunter entdeckte Pia neben einigen Papieren eine Waffe.

»Was haben wir denn da?« Sie zeigte sie dem Mann im Bademantel. »Wussten Sie davon?«

Entsetzt starrte er auf die Pistole.

»Die habe ich noch nie gesehen.«

»Fühlte sich Herr Tennstedt bedroht?«

»Nicht, dass ich wüsste. – Allerdings hat Erpo nicht nur Fanpost erhalten.« Hastig drückte er die Zigarette im Aschenbecher aus. Vom untersten Fach eines Regals zog er eine stoffbezogene Faltbox. »Das sind die weniger netten Briefe.«

Hannes übernahm die Kiste und stellte sie auf die Tischplatte. Pia griff nach dem obersten Blatt; ihr Kollege fischte unter einigen Bögen ein Stück Seil mit einem Henkersknoten hervor.

»Wann hat er das bekommen?«

»Ungefähr vor drei Wochen. – Natürlich anonym.«

»Wir nehmen das alles mit, um uns ein Bild zu machen.« Zur Auswertung möglicher Spuren griff er sich den Laptop vom Schreibtisch. »Warum hatte Herr Tennstedt zwei Notebooks? Wir haben auch eines in seinem Hotelzimmer gefunden.«

»Äh ...« Der Mann war immer noch sichtlich durcheinander. »Das kleine hat er auf Reisen und für Recherchen genutzt – dieses hier nur zu Hause.«

»Das sehen wir uns im Präsidium genauer an.«

»Aber ...«

»Sie bekommen es zurück.«

Er gab seiner Kollegin einen Wink zum Rückzug und bat sie, das Arbeitszimmer zu versiegeln.

An der Haustür drehte er sich noch einmal zum Lebensgefährten des Autors um, der mit hängenden Schultern dastand.

»Sollen wir jemanden für Sie anrufen? Verwandte oder Freunde, die Sie nun unterstützen? Wir können Ihnen einen Polizeipsychologen zur Seite stellen.«

»Danke, ich schaffe das.«

»Wie Sie wünschen.« Er reichte ihm seine Karte. »Melden Sie sich, wenn Ihnen noch etwas einfällt. Egal, wie unwichtig es Ihnen erscheint.«

Unterdessen hatte Pia ein Beschlagnahmeverzeichnis ausgefüllt, das sie dem Mann im Bademantel in die Hand drückte.

Auf dem Weg zurück nach Hannover warf die Oberkommissarin ihrem Vorgesetzten einen kurzen Seitenblick zu.

»Was hältst du von ihm? Hat er die Wahrheit gesagt?«

»Zweifelst du daran?«

»Laut Statistik sind 60 Prozent aller Tötungsdelikte Beziehungstaten, und bei fast der Hälfte davon war es der Partner.«

»Das stimmt zwar, aber dieser Mord war sehr speziell. Traust du Eisner diese Brutalität zu?«

»Warum nicht?«

»Glaubst du wirklich, er ist der Typ dafür?« Leise lächelnd musterte er seine hübsche Kollegin. »Immerhin hast du ihn dir ganz genau angesehen.«

»Du nicht?«

»Im Gegensatz zu dir stehe ich nicht auf Männer.«

»Na so was. – Aber mal im Ernst: Tennstedt war Ende 50. Immerhin ist sein Freund 20 Jahre jünger. So ein Altersunterschied bringt manchmal Probleme mit sich. Solange wir nicht wissen, wie es um die Beziehung der beiden stand, sollten wir den Knackarsch auf dem Schirm behalten. Außerdem hatte ich den Eindruck, dass er uns nicht alles erzählt hat.«

»Ich hatte genau wie du das Gefühl, dass er uns was verschweigt. Deshalb ist er aber nicht zwangsläufig der Täter. Seine Erschütterung schien echt zu sein.«

Unmerklich nickte Pia.

»Oder er ist ein guter Schauspieler. Auf alle Fälle ist er vorläufig unser erster Tatverdächtiger.«

»Und unser einziger dazu.«

»Und was ist mit Beski? Du hast vorhin gesagt, dass er Tennstedt nicht leiden konnte. Vielleicht gab es Streit zwischen den beiden.«

Nach kurzem Nachdenken stimmte Hannes seiner Kollegin zu.

»Zumindest können wir das zurzeit nicht ausschließen.«

»Damit hätten wir zwei mögliche Täter.«

»Aber noch keine heiße Spur.«

»Erst mal setze ich auf den Aufruf in den sozialen Medien. Irgendwer hat immer was gesehen. Vielleicht bringt uns die eine oder andere Beobachtung weiter.«

»Oder der nächste Mord.«

KAPITEL 6,5

Er saß in seinem Zimmer. Vor ihm auf dem Tisch lagen Fotos des *HCC* und Grundriss-Skizzen der Gebäude. Es dauerte nicht mehr lange, bis im *Hannover Congress Centrum* eine Veranstaltung stattfinden würde, der er seit Wochen entgegenfieberte. Obwohl er perfekt vorbereitet war und alles bis ins kleinste Detail geplant hatte, feilte er beinah täglich an seiner Strategie. Es durfte nichts schiefgehen. Alles musste auf Anhieb klappen. Eine zweite Chance gab es nicht. Das Krimifestival fand nur in diesem Jahr in Hannover statt. Im Hinblick auf den Veranstaltungsort spielte ihm das Schicksal in die Hände. In seiner Heimatstadt kannte er sich aus und konnte alles bestmöglich in die Wege leiten. Autoren kamen kein zweites Mal so zahlreich in der Leinemetropole zusammen. Eine so günstige Gelegenheit bekäme er nicht noch einmal. Ihm war bewusst, dass seine Pläne auf diese Weise woanders kaum durchführbar wären.

Lange genug hatte er sich notgedrungen damit abfinden müssen, dass man ihn und sein Talent ignorierte. Damit war nun Schluss. Er würde aus dem Schatten seines Daseins heraustreten und der Welt zeigen, was in ihm steckte. Sein Werk war nicht seiner Fantasie entsprungen wie bei all den anderen. Sein Werk basierte auf der Realität – auf wahren, genial erdachten Verbrechen, die er so perfekt geplant und ausgeführt hatte, dass nicht der Hauch eines Verdachts auf ihn gefallen war. Dadurch unterschied er sich von zahllosen Schreiberlingen, die keine Ahnung hatten, was beim Töten wirklich in einem Menschen vorging. Was ein Mörder dachte, was er fühlte. Ob ihm seine Tat Befriedigung verschaffte und wie lange dieses Gefühl vorherrschte, bis es schließlich im Morast des täglichen Einerleis versank.

Seine ersten beiden Morde waren dank seiner sorgfältigen Vorbereitung unentdeckt geblieben. Mehrere Jahre lagen zwischen den Taten, die innerhalb der Familie geschahen. Sie waren nötig gewesen, damit er endlich frei sein konnte. Frei von Zwängen, von Hohn und Spott. Niemand durfte ihn je wieder wie den letzten Dreck behandeln, auf ihn herabblicken oder ihn demütigen. Nie wieder!

Nun war es abermals so weit. Er war gezwungen, seinen Aktionskreis zu erweitern. Zuerst hatte er eine Auswahl getroffen, schließlich die Gewohnheiten seiner Opfer studiert und viele Informationen zusammengetragen. Das Lesen ihrer Bücher zählte ebenfalls dazu. Dass es sich um Bestseller handelte, war eine Voraussetzung für seinen Plan. Leser, die einfach nur unterhalten werden wollten, die alles schluckten und Behauptungen im Text nicht hinterfragten, gab es genug. Das bezeugten die vielen Rezensionen und Meinungen auf verschiedenen Internetplattformen. Natürlich gab es auch kritische Stimmen, die sich allerdings selten auf grobe inhaltliche Fehler bezogen. Meist ging es um Ausdruck, Stil oder Langatmigkeit, um Vorhersehbares oder zu wenig Spannung.

Diese Mängel gab es in seinem Roman nicht. Davon war er überzeugt. Hinzu kam seine praktische Erfahrung. Erst durch eine realistische Täterperspektive wurde ein Krimi vollkommen, gelangte in die Königsklasse. Im Gegensatz zu ihm waren andere Autoren dieses Genres Dilettanten.

Mittlerweile hatte er seinen Roman auch kleineren Verlagen angeboten, aber bis er mit einer Rückmeldung rechnen konnte, würde es dauern. Er war ungeduldig, wollte endlich sein erstes gedrucktes Buch in den Händen halten.

Die Lektoren mussten erkennen, dass es sich bei seinem Krimi um einen Jahrhundertroman handelte. Ihm war bekannt, dass sogar Manuskripte renommierter Schriftsteller einen schweren Start zu verkraften hatten. *Moby Dick*, *Der große Gatsby* oder *Harry Potter* zählten dazu. Einige Autoren hatten bis zu 800 Absagen erhalten. Dennoch waren sie heute weltberühmt.

Abermals beugte er sich über den Lageplan des *HCC*. Zwischenzeitlich war er oft dort gewesen, hatte sich bei diversen Veranstaltungen alles genau angesehen und Fotos geschossen. Nicht nur vom Inneren der Stadthalle, sondern auch vom angrenzenden Stadtpark. Mittlerweile kannte er sämtliche Wege, die in die Gebäude hinein- und hinausführten. Er würde nichts dem Zufall überlassen. Erregung stieg in ihm auf. Sie signalisierte, wie sehr er sich auf sein nächstes Opfer freute. Vor Erwartung, erneut zu töten, wurde ihm leicht schwindelig.

Der warme Atem in seinem Nacken verriet ihm, dass seine Mutter unbemerkt hereingekommen war. Musste sie sich immer anschleichen, wenn er beschäftigt war?

»Was willst du?«

»Wieso hockst du hier stundenlang in deinem Zimmer?«

»Weil ich Wichtiges zu tun habe.«

»Was könnte das schon sein?«

»Ich plane etwas ganz Großes. Etwas, das noch nie dagewesen ist.«

Ihr hartes, spöttisches Lachen erklang.

»Egal, was es ist. Das klappt sowieso nicht. Du hast noch nie was auf die Reihe gekriegt!«

»Ich bin kein Versager! Das werde ich allen beweisen! – Und jetzt verschwinde!«

Nach einer Weile wagte er einen Blick über seine Schulter. Hinter ihm war niemand zu sehen. Die Zimmertür war geschlossen.

KAPITEL 7

Philipp fuhr nach dem Mittagessen zum Airport, um seinen Hausgast abzuholen. Kurz nach Betreten des Flughafengebäudes studierte er die Hinweistafel und las, dass die Maschine aus München etwa eine Stunde Verspätung haben würde. Deshalb nutzte der Professor die Wartezeit für eine Tasse Kaffee im *Gate 66*, dem Bistro mit Außenterrasse. Von dort aus genoss er einen interessanten Panoramablick über das Gelände. Dabei behielt er sein Smartphone im Auge, auf dem er die Seite mit den Flugplandaten aufgerufen hatte. Als der Status der Landung angezeigt wurde, begab er sich in die Ankunftshalle.

Nach einigen Minuten sah er die Autorin, die durch die Abfertigung kam. Alles an ihr war in der Realität genauso auffällig wie auf den Fotos ihrer Homepage: die bis auf die Schultern reichende rot gelockte Mähne, das perfekte Make-up, dazu die figurbetonte Kleidung. Aus ihrer Vita wusste er, dass die Krimiautorin Anfang 50 war.

Lächelnd blieb die attraktive Erscheinung vor ihm stehen. Offenbar hatte sie ihn ebenfalls anhand seines Autorenfotos erkannt.

»Herr Professor Thaler?«

Diese tiefe, rauchige Stimme passte zu ihr.

»Herzlich willkommen in Hannover, Frau Lamar.«

»Vielen Dank, dass ich bei Ihnen wohnen darf – und fürs Abholen.«

»Das gehört zum Rundum-Service. Da fällt mir ein, dass ich bei unserem Übernachtungsangebot vergessen habe, unseren kleinen Kater zu erwähnen. Hoffentlich sind Sie nicht allergisch.«

»Allergisch reagiere ich nur auf dumme Menschen.«

»Welch ein Glück. Die gibt es in meinem Haus nicht.« Zuvorkommend nahm er ihr den großen knallgelben Hartschalen-Trolley ab und schob ihn auf dem Weg zum Ausgang neben sich her. Im Freien deutete er nach links. »Mein Wagen steht dort drüben.«

Sie zog eine Zigarettenschachtel aus der Tasche ihres leichten Mantels.

»Wenn es Ihnen nichts ausmacht, werde ich vorher noch meinem Laster frönen. Im Flieger darf man ja leider nicht rauchen. Und in der *Deutschen Bahn* ebenso wenig. Deshalb nehme ich normalerweise das Auto. Darin kann ich so viel qualmen, wie ich will. Allerdings wollte ich die lange Strecke von München bis hierher nicht hinterm Steuer sitzen. Da war der Flug das kleinere Übel.«

»Kein Problem. Ich verlade inzwischen Ihr Gepäck.«

Auf dem Weg zu seinem Mercedes dachte er über seinen ersten Eindruck von der Autorin nach. Sie war sympathisch, selbstbewusst und sehr auf ihr Äußeres bedacht. Außerdem machte sie aus ihrem Tabakkonsum keinen Hehl. Vermutlich war der für ihre raue Stimme mitverantwortlich. Er konnte nur hoffen, dass sein Gast nicht erwartete, in seinem Haus rauchen zu dürfen.

Unterwegs nach Wülfel plauderte die Schriftstellerin unbefangen über Erlebnisse auf ihrer letzten Lesereise. Auch eine

Episode, in der ihr ein hartnäckiger Fan fast bis ins Hotelzimmer gefolgt war, ließ sie nicht aus.

»Deshalb mag ich keine Bettenburgen«, schloss sie, während er auf das Grundstück fuhr. »Wow!« Der Anblick der Villa schien sie sichtlich zu beeindrucken. »Nicht schlecht. Das ist ja riesig!«

»Ursprünglich war das ein Doppelhaus. Nach dem Tod meiner Großeltern hat mein Vater es aufwendig umbauen lassen.«

»Gefällt mir. Hier könnte man gut einen Krimi ansiedeln.«

»Besser nicht.«

Vor den Garagen stoppte er. Während Philipp ausstieg, stand sie bereits neben dem Wagen und schaute sich um.

»Ein schönes Anwesen.«

»Das macht viel Arbeit.« Er nahm den Trolley aus dem Kofferraum. »Ohne Hilfe ist das kaum zu schaffen.«

Beim Betreten des Hauses kamen Elli und Anneliese aus der Küche, um die Autorin zu begrüßen. Kurz darauf erschienen Conrad und Albert. Der Professor stellte seine Mitbewohner vor und deutete auf die Frau, die eben die Treppe herunterkam.

»Und das ist Charlotte Stern, meine Lebensgefährtin.«

»Wie schade. Ich hatte mich auf einen heißen Flirt gefreut.« Die perplexen Mienen schienen sie zu amüsieren. »Das war ein Scherz.« Lachend streckte sie Charlotte die Hand entgegen. »Freut mich.«

»Mich auch. Ich habe Ihre Krimis gelesen. Sie verstehen es, den Leser zu fesseln.«

»Danke. Das höre ich ausgesprochen gern.«

Charlotte schlug vor, dem Gast zunächst seine Unterkunft zu zeigen. Sie hatte sich bereiterklärt, der Autorin ihre beiden

Zimmer zu überlassen. Einerseits schlief sie ohnehin meistens bei Philipp, andererseits war sie dadurch gezwungen, endlich gründlich aufzuräumen. Trotz guter Vorsätze stand sie mit dem Ordnung Halten nach wie vor auf Kriegsfuß. Meistens verlor sie den Kampf gegen das Chaos. Darüber ärgerte sie sich nicht nur regelmäßig; es war ihr außerdem peinlich.

Nachdem sich Loretta in der ersten Etage eingerichtet hatte, traf sie sich mit den Bewohnern in der großen Küche. Den Kaffeetisch hatte Anneliese hübsch dekoriert. Ellis Käsetorte und die Auswahl an selbst gebackenen Plätzchen fanden den großen Anklang. Die Bestsellerautorin schien sich ausgesprochen wohlzufühlen.

»Es ist wunderbar gemütlich hier bei Ihnen. Hoffentlich haben Sie das alles nicht nur meinetwegen so nett arrangiert.«

»Die Kaffeerunde zählt zu unseren täglichen Ritualen«, erklärte die Strick-Liesel. »Gewöhnlich nehmen wir alle Mahlzeiten gemeinsam ein.« Sie erzählte von ihrer Aufgabenverteilung und dass sie sich gegenseitig dabei unterstützten. »Jeder tut das, was er am besten kann. Vieles machen wir aber gemeinsam. Dabei haben wir jede Menge Spaß.«

»Das klingt gut. Anscheinend ist so eine WG ein erfolgreiches Wohnmodell. Obwohl ich mir im Moment noch nicht vorstellen kann, so zu leben. Ich brauche meinen absoluten Freiraum. Besonders, wenn ich an einem Roman arbeite. Dann esse, schlafe und schreibe ich zu den unmöglichsten Zeiten. Außerdem trinke ich literweise Tee und rauche wie ein Fabrikschornstein. Das wäre eine Zumutung für jeden Mitbewohner. Deshalb hause ich allein in meinen vier Wänden.« Fragend schaute sie Philipp an. »Wie handhaben Sie das? Stört Sie das Gewusel um Sie herum nicht, wenn Sie mit einem Manuskript beschäftigt sind?«

»Im Gegenteil. Wenn ich konzentriert arbeite, höre ich die anderen gar nicht bewusst. Andererseits würde ich ständige Grabesstille eher als belastend empfinden. Ich brauche zwischendurch immer mal die Zuwendung meiner Nächsten.« Er warf Charlotte einen zärtlichen Blick zu. »Das fördert meine Kreativität.«

Man sah der Autorin an, dass sie sich mit dieser Arbeitsweise nicht anfreunden konnte.

»Im Flyer des Krimifestivals steht, dass *Kopperloch* Ihr erster Thriller ist. Nachdem klar war, dass Sie mir Asyl gewähren, habe ich das Buch vorbestellt. Zwei Tage vor dem offiziellen Erscheinungstermin lag es in meinem Briefkasten. Ich habe es sofort gelesen. Es ist hervorragend.«

»Besten Dank.«

»Ein forensischer Psychologe kann sich wahrscheinlich leichter in einen Täter hineinversetzen als unsereins. Zusätzlich hat mich beeindruckt, wie realistisch Sie sich in die weibliche Hauptprotagonistin eingefühlt haben. Anscheinend wissen Sie genau, wie Frauen ticken.«

Ein feines Lächeln legte sich um seinen Mund.

»Offen gestanden, hatte ich dabei Hilfe von meiner Lebensgefährtin. Außerdem ist sie meine strengste Kritikerin. Manchmal haben wir stundenlang über ein Kapitel diskutiert. Ohne sie wäre der Krimi nicht halb so gut geworden.«

Ihr Blick konzentrierte sich auf Charlotte, die an einem Keks knabberte.

»Sie sind das ›geliebte Sternchen‹, dem das Buch gewidmet ist. Richtig?«

»Damit hat er mich völlig überrumpelt. Aber ich habe mich sehr darüber gefreut.«

Am Abend saßen die WG-ler mit ihrem Gast zusammen. Bereits nach dem ersten Glas Wein nannten sie sich beim Vornamen. Zwischendurch verschwand Loretta immer mal auf die Terrasse, um eine Zigarette zu rauchen. Elisabeth hatte ihr einen zum Aschenbecher umfunktionierten Keramikteller auf den kleinen hölzernen Tisch gestellt, auf dem einige bunt bemalte Steine lagen.

»Die sind hübsch«, sagte Loretta und betrachtete sie genauer. Einer davon war mit dem hannoverschen Rathaus in Miniaturgröße bemalt, ein anderer mit einer der Nanas. »Wer von Ihnen hat so viel künstlerisches Talent?«

»Unser kreativer Kopf ist Anneliese, aber dies hier sind Leinesteine. Sie werden von Leuten bemalt und irgendwo in der Stadt verteilt, um anderen eine Freude zu machen.« Sie deutete auf einen davon. »Den hier haben wir bei einem Spaziergang am Maschsee gefunden und den daneben in der Eilenriede.«

»Eine schöne Idee.«

Während sie sich ihre Zigarette ansteckte, ging Elli hinein und zog die Terrassentür hinter sich zu, um dem Rauch den Weg ins Haus zu versperren.

Nach ihrer Rückkehr erkundigte sich die Autorin, ob es etwas Neues über den Mord an Erpo Tennstedt gäbe.

»Philipp, Sie haben doch gute Kontakte zur Polizei.«

»Woher wissen Sie das denn?«

»Ich habe Sie gegoogelt«, gab Loretta freimütig zu. »Haben Sie etwa nicht recherchiert, wen Sie in Ihr Haus einladen?«

»Touché.«

»Etwas anderes hätte mich gewundert.«

»In diese Ermittlungen bin ich aber nicht involviert.«

»Warum nicht? Nach meinen Informationen sind Sie ein gefragter Gutachter und Fallanalytiker.«

»Ihnen ist bestimmt nicht entgangen, dass ich mich seit Anfang letzten Jahres im Ruhestand befinde.«

»Das hat Sie laut Presseberichten nicht davon abgehalten, der Polizei in außergewöhnlichen Fällen weiterhin beratend zur Verfügung zu stehen.«

Die Gründe dafür würde er ihr nicht verraten.

»Das waren besondere Umstände. Mehr kann ich dazu nicht sagen.«

»Schweigepflicht, ich weiß.« Mit Unschuldsblick schaute sie ihn an. »Eine eigene Meinung zum Tod unseres Kollegen haben Sie sich bestimmt trotzdem gebildet. Was denken Sie? War das eine Beziehungstat, ein verrückter Fan oder eher ein Psychopath?«

»Bei der derzeitigen dürftigen Informationslage halte ich alles für möglich.«

»Auch, dass dies keine Einzeltat bleiben könnte?« Entschuldigend schaute sie in die Runde. »Der Fantasie von Krimiautoren sind in dieser Hinsicht kaum Grenzen gesetzt. Wir neigen dazu, einem Täter alles zuzutrauen. Ich habe mir ausgemalt, dass er Autoren verabscheut, die sich so schreckliche Dinge ausdenken. Wenn die haufenweise bei einem Festival zusammenkommen, wäre das eine günstige Gelegenheit, die Anzahl zu dezimieren.«

»Sie ziehen einen Serienkiller in Betracht?« Dass ausgerechnet Elisabeth darauf einging, die sich überhaupt nicht mit Kriminalfällen anfreunden konnte, wunderte ihre Mitbewohner. Sie schaute einen nach dem anderen vorwurfsvoll an. »Dann würden diese unseligen Ermittlungen wieder losgehen. Wie immer, wenn einer von euch auf irgendeine Weise betroffen ist.«

Beruhigend legte Charlotte die Hand auf den Arm der Freundin.

»Das sind alles nur Spekulationen. Sei unbesorgt, Elli. Nur weil Philipp zum Kreis der Krimifestival-Autoren zählt, bedeutet das nicht, dass wir uns da einmischen.«

In scheinbarer Verzweiflung verdrehte die Ältere die Augen.

»Das würde mich sehr wundern.« Sie schaute Loretta an. »Kannten Sie den … Verstorbenen gut?«

»Wie man sich so kennt, wenn man sich auf diversen Veranstaltungen trifft. Ganz schlau bin ich nie aus Erpo geworden.« Sie schwieg einen Augenblick. »Er hat mich eine Zeit lang hartnäckig angebaggert – auch nachdem ich ihm eine sehr deutliche Abfuhr erteilt hatte.«

»Manche Männer fordern das geradezu heraus«, gab Conrad zu bedenken. »Sie können sich ihre Niederlage nicht eingestehen.«

»Diese Erfahrung habe ich natürlich schon gemacht, aber bei Erpo lag der Grund woanders.«

Gespannt hatte Philipp zugehört.

»Verraten Sie uns sein Motiv?«

»Das war alles nur Show. Er war gar nicht wirklich an mir interessiert.«

Ihre Worte lösten allgemeine Verwunderung aus. Sogar beim General, der sich gewöhnlich zurückhielt, wenn die Rede auf das Gefühlsleben anderer Leute kam.

»Ist es nicht vermessen, so etwas zu behaupten? Man kann in niemanden hineinsehen.«

»Vielleicht halten Sie mich nun für arrogant, aber bislang konnte ich mich gut auf meine Menschenkenntnis verlassen. Eine Autorin muss sich außerdem bestmöglich in andere einfühlen können. Erpo hat nur aus einem Grund im Beisein von Kollegen oder Presse auf Teufel komm raus mit mir geflirtet.«

»Weil niemand wissen sollte, dass er schwul war?«, entschlüpfte es Charlotte, was ihr sofort unangenehm war. »Sorry, mir ist einfach rausgerutscht, was mir in den Sinn kam.«

»Das ist völlig okay. Damit haben Sie es auf den Punkt gebracht.«

KAPITEL 8

Anneliese freute sich darauf, dem berühmten Autor Georg Sievers persönlich zu begegnen. Seit der Veröffentlichung seines ersten Romans war sie ein Fan von ihm. Mehr als zwei Dutzend seiner Bücher waren seitdem erschienen. Dazu zahlreiche Geschichten in Anthologien. Die Strick-Liesel kannte sie alle. Sie war sozusagen mit ihm und seinen Krimis alt geworden. Dieser Mann war unwesentlich jünger als sie und sah auf Fotos blendend aus. Ob er tatsächlich attraktiv war, würde sie bald feststellen.

An diesem Morgen hatte sie sich mit mehr Aufwand zurechtgemacht. Statt bequeme Hosen, Pullover und Sneakers hatte sie ein schickes dunkelgraues Kostüm, eine altrosafarbene Schluppenbluse und elegante Pumps angezogen.

Charlotte, die sich bereit erklärt hatte, die Freundin zur Seniorenresidenz zu fahren, nahm es amüsiert zur Kenntnis.

»Du hast dich ganz schön rausgeputzt.« Kritisch schaute sie an sich herab. Sie trug enge Jeans, ein Shirt und eine blaue Steppjacke. »Anscheinend bin ich für diesen feierlichen Anlass nicht passend gekleidet.«

»Mach dich nur lustig über mich.« Sie öffnete die Beifahrertür und stieg in den Wagen. Während Charlotte auf den Fahrersitz rutschte, schnallte sich Anneliese an.

Bald waren sie auf dem Weg zur Seniorenresidenz Eichengrund.

»Weiß Sievers eigentlich, dass du für ihn schwärmst?«

»Wie kommst du denn darauf? Ich finde, dass er gut schreibt. Das ist alles.«

»Ich habe eher den Verdacht, dass du ihn dir in Lebensgröße an die Wand nageln würdest, gäbe es einen *Bravo*-Starschnitt von ihm.«

Anneliese verzog keine Miene.

»Das war nur mittelkomisch. Bist du nicht gut in Form?«

Ohne ihre Worte zu kommentieren, warf Charlotte ihr einen belustigten Seitenblick zu.

»Kommt er mit dem Zug?«

»Nein, mit dem Auto aus Hamburg. In einem Bericht im Internet habe ich gelesen, dass er eine Villa in Blankenese mit Blick auf die Elbe bewohnt.«

»Anscheinend verdient man mit Mord und Totschlag nicht schlecht, sonst könnte er sich das nicht leisten.«

»Seine Bücher sind fast alle Bestseller und wurden in viele Sprachen übersetzt. Sogar ins Japanische.«

»Du hast wohl gründlich über ihn recherchiert.«

»Nicht nur ihr habt euch über euren Übernachtungsgast erkundigt. Ich musste schließlich wissen, ob ich ihn den Residenzbewohnern zumuten kann.«

»Offenbar hat er alle Kriterien erfüllt. Erzähl mal.«

»Sievers ist 62, geschieden und hat drei erwachsene Kinder. Er lebt allein und wird von Kollegen geschätzt. Negatives habe ich nicht gefunden.«

»Scheint ein netter Zeitgenosse zu sein.« Charlotte lenkte den Wagen rückwärts in eine Lücke vor der Residenz und zog den Zündschlüssel ab.

Unterdessen klappte Anneliese die Sonnenblende herunter und warf einen Blick in den daran befestigten Spiegel.

»Du siehst gut aus. Oder willst du noch schnell beim Schönheitschirurgen ein paar Fältchen glätten lassen?«

»Da wäre eher eine Generalüberholung nötig.«

»Wem sagst du das!« Charlotte deutete durch die Frontscheibe auf den weinroten Jaguar, der vor ihrem Golf parkte. »Schau mal. Ein Hamburger Kennzeichen.«

»Wie peinlich! Er ist schon da.« Aufgeregt fasste sie nach dem Türgriff. »Komm, lass uns reingehen.«

Rasch stiegen sie aus.

Beim Betreten der Wohnanlage entdeckten sie den Autor an der Rezeption im Gespräch mit dem Residenzleiter. Irritiert blickte Anneliese die Freundin an, die sich Richtung Wintergarten wandte.

»Wo willst du hin?«

»Das ist deine Show. Ich warte nachher in der Lobby auf dich.«

»Aber ...«

Aufmunternd nickte Charlotte ihr zu und setzte ihren Weg fort. An der Ecke warf sie einen Blick zurück und sah, dass sich der Autor über Liesels Hand beugte.

Im Wintergarten saßen einige Senioren plaudernd zusammen. Charlotte wechselte ein paar Worte mit ihnen, schlüpfte aus ihrer Jacke und nahm etwas abseits in einem weißen Rattansessel Platz. In diesem Raum hatte sich vor fast genau einem Jahr regelmäßig eine Gruppe Bewohner nachmittags zum Kaffee getroffen. Hier hatte sie diesen kleinen Kreis kennen und schätzen gelernt, mit dem sie heute in der Villa zusammenlebte.

Durch die großen Glasscheiben fiel das warme Licht der Frühlingssonne. Charlotte holte ihr Smartphone hervor, öffnete den Browser und gab den Namen »Georg Sievers« ein.

Während sie die erste Eintragung las, führte Anneliese den Autor in der Etage darüber durch das Apartment. Sein Blick wechselte von der Ausstattung zu seiner Gastgeberin. Ihre lockere Art gefiel ihm. Sie wiederum mochte sein Hamburgisch, das vom ersten Satz an seine Heimatstadt verriet.

»Wunderbar. Das ist weitaus mehr als das Zimmerchen, das ich erwartet hatte. Eine richtige Gästewohnung mit Balkon – herrlich! Sie müssen wissen, dass ich mich in der Enge kleiner Räume gar nicht wohlfühle. Ich brauche Platz, um mich zu entfalten. Mit zunehmendem Alter hat man so seine Macken.«

»Davon kann ich auch ein Lied singen.«

»Macken kann ich mir bei Ihnen gar nicht vorstellen.«

»Obwohl Sie ein fantasiebegabter Autor sind?«

Sein volltönendes Lachen erklang.

»Sie sind ganz schön schlagfertig. Das mag ich sehr. Tun Sie mir einen Gefallen, Frau Grothe?«

»Wenn es im Bereich meiner Möglichkeiten liegt …«

»Daran zweifle ich nicht.« Treuherzig schaute er ihr in die Augen. »Begleiten Sie mich heute Abend zur Eröffnungsgala?«

»Ich?« Wollte er sie veralbern? »Das ist nicht Ihr Ernst.«

»Und ob. Oder spricht etwas dagegen?«

»Wir kennen uns kaum.«

»Warum so skeptisch? Ich schreibe zwar über Mörder, aber ich töte nur auf dem Papier.« Sein Lächeln wirkte jungenhaft. »Wollen Sie mich in dieser fremden Stadt ganz allein lassen? Bitte, tun Sie mir das nicht an.«

Anneliese fühlte sich hin- und hergerissen. Einerseits reizte es sie, so viele prominente Krimiautoren aus der Nähe zu erleben. Andererseits hielt ihre Beziehung zu Conrad sie davon ab, einfach zuzustimmen.

»Betrachten Sie die Einladung als kleines Dankeschön für …« – er beschrieb eine umfassende Geste – »all das hier.« Er hielt inne und hob in banger Erwartung die Brauen. »Oder gibt es einen Herrn Grothe, der Ihnen das Vergnügen nicht erlaubt?«

»Nein, aber …«

»Wunderbar! Also bleibt es dabei?«

Charlotte plauderte mit Michael Riedel, der an der Rezeption Dienst tat. Sie kannte den jungen Mann, seit sie sich vor einem Jahr zum Probewohnen in der Residenz angemeldet und undercover ermittelt hatte.

»Wie geht es Ihrer Großmutter?«

»Das Laufen fällt ihr schwer, aber sie fühlt sich gut. Das verdanken wir nicht zuletzt Ihnen.«

Lächelnd winkte Charlotte ab.

»Das liegt an ihrem Enkel, der sich liebevoll um sie kümmert.« Sie wusste, dass er sich hier etwas dazuverdiente. »Was macht eigentlich Ihr Studium?«

»Im Herbst bin ich fertig.« Erwartungsvoll schaute er an ihr vorbei, sah Anneliese näherkommen. »Ist der Autor mit seiner Unterkunft zufrieden?«

»Sehr sogar.« Fragend schaute sie Charlotte an. »Können wir?«

Die Freundin nickte und verabschiedete sich vom Rezeptionisten.

»Bis bald – und herzliche Grüße an Ihre Großmutter.«

»Danke, ich richte es aus.«

Unterwegs nach Hause war die Strick-Liesel ungewohnt schweigsam. Gedankenverloren saß sie auf dem Beifahrersitz und blickte abwesend auf das signierte Krimi-Exemplar in ihrer Hand.

»Was ist los?« Charlotte stoppte an einer roten Ampel. »Sievers scheint dich so sehr beeindruckt zu haben, dass du ihn gar nicht mehr aus dem Kopf bekommst.«

»Was? Ja … nein … Stell dir vor, er hat mich gefragt, ob ich ihn heute Abend begleite.«

»Erst ein Handkuss und als Zugabe eine Einladung zur Eröffnungsgala?« Amüsiert fuhr sie an. »Dass mir das nicht schlimmer wird!«

»Ich habe noch gar nicht zugesagt.«

»Weil du vorher mit Conrad sprechen willst?«

»Genau.«

»Fühlst du dich besser, wenn er dir den Ausflug in die böse Welt der Verbrechen genehmigt? Und wenn er es nicht tut, bleibst du zu Hause?«

»Wahrscheinlich.«

»Aber du triffst schon noch deine eigenen Entscheidungen?«

»Was willst du damit andeuten? Bin ich zu angepasst?«

»Nein, aber du solltest mal an dich denken, an das, was du möchtest. Du tust so viel für andere und vergisst dabei deine eigenen Bedürfnisse.« Sie bog in eine Nebenstraße ein, wobei sie Anneliese einen kurzen Blick zuwarf. »Nüchtern betrachtet, macht sich Conrad nichts aus solchen Veranstaltungen – und du möchtest gern hingehen. Deshalb musst du kein schlechtes Gewissen haben und verzichten.«

»Das weiß ich, aber …«

»Ich fahre ohne Philipp zum Stammtisch oder ins Fitnessstudio. In einer Beziehung muss man nicht alles gemeinsam machen, sondern auch mal persönlichen Interessen nachgehen. Eine gewisse Eigenständigkeit ist nicht nur wichtig, sie liefert außerdem neuen Gesprächsstoff.« Sie stoppte vor dem schmiedeeisernen Tor zum Grundstück und nahm die kleine Fernbedienung aus der Ablage. »Entschuldige, das klang wohl wie aus einem Ratgeber für die brave Hausfrau.«

»Du hast ja recht. Seit ich mit Conrad zusammen bin, unternehme ich kaum noch was ohne ihn.«

Während sie den Wagen aufs Grundstück lenkte, erinnerte sich Charlotte an ein ähnliches Gespräch, das sie kürzlich mit Anton geführt hatte. Anscheinend war diese Thematik nicht altersabhängig.

In der Villa gingen sie gleich in die Küche. Während sich Charlotte die Hände wusch, blieb Anneliese am Herd stehen, wo ihr Lebenspartner in einem Kochtopf rührte.

»Ist der Siebert gut angekommen?«

»Sievers ... ja.« Sie trat noch etwas näher. »Er hat mich gebeten, ihn zur Eröffnungsgala zu begleiten.«

»Traut sich ein Mann, der sich grausame Mordfälle ausdenkt, nicht allein auf gesellschaftliches Parkett?«

»Möglicherweise«, ging sie darauf ein. »Fakt ist: Er hat eine zweite Eintrittskarte und möchte sie mir als kleines Dankeschön für die Unterkunft im Eichengrund überlassen.«

»Es wäre schade, wenn sie verfällt«, fügte Conrad schmunzelnd hinzu. »Deshalb möchtest du dich opfern. Richtig?«

»Wenn du nichts dagegen hast.«

»Warum sollte ich einem so großen Krimifan den Spaß verderben, sich mal in einem Nest von Schreibtischtätern zu tummeln? Charlotte und Philipp nehmen dich bestimmt gern mit. Dann kannst du dich mit dem Autor direkt vor der Stadthalle treffen.«

»Das ist eine gute Idee. Ich rufe ihn nachher an.«

Sie drehte sich herum und sah, dass Charlotte ihr lächelnd den erhobenen Daumen zeigte.

Unterdessen erschienen Loretta Lamar und Philipp in der Küche. Sie setzten sich an den gedeckten Tisch. Der Professor erkundigte sich bei Liesel, ob ihr Gast eingetroffen sei. Daraufhin wiederholte sie, was sie Conrad erzählt hatte.

»Bei Georg sind Sie in guten Händen, Anneliese.«

»Kennen Sie ihn schon lange?«

Lächelnd nickte Loretta, wobei ihre roten Locken wippten.
»Er ist ein toller Kollege. In der Literaturszene nennt man ihn den Gentleman-Autor: immer freundlich, immer höflich, immer zuvorkommend. Dazu umweht ihn dieses hanseatische Flair. Man muss ihn einfach mögen.«

Charlotte beobachtete, wie Conrad die Stirn runzelte. Diese Beschreibung schien ihm ein wenig zu denken zu geben. Witterte er in dem Autor eine Konkurrenz um Annelieses Gunst?

Die Strick-Liesel hatte kaum Erfahrung mit Galaveranstaltungen oder Bällen. Was sollte sie anziehen? Die Auswahl in ihrem Kleiderschrank war für einen solchen Anlass spärlich. Umgehend bereute sie, dem Autor ihre Begleitung zugesagt zu haben. Das war eine Schnapsidee! Sie war eher der pragmatische Typ, der nicht in die feine Gesellschaft passte. Deshalb sollte sie Georg Sievers so schnell wie möglich anrufen und ihm mitteilen, dass sie leider nicht mitkommen könne, weil … Ja, warum? Eine Ausrede musste her, und zwar eine glaubhafte. Eine plötzliche Magenverstimmung? Würde passen. Ihr wurde schon schlecht, wenn sie daran dachte, sich womöglich zu blamieren. Vielleicht sollte sie vorsichtshalber gleich ins Koma fallen?

Charlotte stutzte, als sie mit Loretta aus dem Wohnzimmer kam, weil sie ihre Mitbewohnerin auf einer Treppenstufe sitzen sah.
»Alles in Ordnung mit dir? Du siehst aus wie Laus auf Leber.«
»Vor lauter Begeisterung habe ich vergessen, dass ich nichts Passendes zum Anziehen habe. Und für Power-Shopping ist es zu spät. Ich muss absagen.«
»Das kommt überhaupt nicht infrage. Wir finden bestimmt was für dich.«

»Und beim Stylen helfen wir Ihnen danach«, schloss die Autorin sich an. »Sie werden der Star des Abends sein.«

Skeptisch stand Anneliese auf.

»Zurzeit fühle ich mich eher wie eine alte Krähe.«

»Dann wird es Zeit für »*Germanys next Topmodel*«, behauptete Charlotte. »Das kriegen wir locker hin.«

Sie wechselte einen amüsierten Blick mit Loretta. Beide gaben der Strick-Liesel einen Wink, ihnen zu folgen.

Zusammen gingen sie nach oben und inspizierten den Fundus der skeptischen Freundin.

Die Autorin wurde am frühen Abend von ihrem Verleger abgeholt. Kurz darauf klopfte Philipp bei Charlotte.

»Bist du fertig, Sternchen?«

»Ich bin gleich soweit.«

Während er die Tür öffnete, kam Charlotte aus dem Schlafzimmer, wobei sie den zweiten Ohrring anlegte. Sie trug ein bodenlanges schwarzes Modell von *Versace*, das sie sich vor einigen Jahren in einem Designer Outlet geleistet hatte. Das eng anliegende Kleid war mit einem kleinem V-Ausschnitt und langen Spitzenärmeln gearbeitet. Für genügend Beinfreiheit sorgte ein weit nach oben reichender seitlicher Schlitz. Diese schlichte Eleganz verfehlte ihre Wirkung auf den Betrachter nicht.

Charlotte war etwas irritiert, da Philipp sie anschaute, aber kein Wort sagte.

»Too much?«

Er schüttelte den Kopf.

»Verzeih, ich wollte dich nicht anstarren, aber du siehst so wunderschön aus, dass es mir die Sprache verschlagen hat.«

»Ich dachte schon, es sei etwas Ernstes«, neckte sie ihn und hängte sich ihre Abendtasche über die Schulter.

Sie plauderten mit den WG-lern am Fuße der Treppe, bis Anneliese herunterkam. Die schwarze Marlenehose stammte aus ihrem eigenen Bestand; die hüftlange grün gemusterte Tunika aus weichfließender Wildseide umschmeichelte ihre Figur und gehörte Charlotte. Durch den großzügigen Schnitt passte auch die etwas rundlichere Anneliese hinein. Loretta hatte ihr einige Schminktipps gegeben und sie sogar zu einem feuerroten Nagellack nebst passendem Lippenstift überredet.

Etwas unsicher blieb die Strick-Liesel bei ihren Freunden stehen.

»Kann ich so gehen oder sehe ich aus wie ein Paradiesvogel?«

»Im Gegenteil«, sagte der General, der wenig Übung im Formulieren von Komplimenten hatte. »Also, damit meine ich nicht unscheinbar oder so …« Hilflos brach er ab, worauf Philipp ihm Schützenhilfe leistete.

»Albert wollte damit ausdrücken, wie toll du aussiehst, Liesel. Ich bin zu beneiden, dass ich mit zwei so schönen Frauen zur Gala fahren darf. Ob ich dich nachher dem Krimikollegen aus Hamburg überlasse, halte ich für äußerst unwahrscheinlich.«

»Charmeur«, erwiderte sie lächelnd. Ihr Blick wechselte zu ihrem Lebensgefährten. Conrad strich sich über den Schnurrbart, sagte aber nichts. Schließlich räusperte er sich.

»Versprich mir, dass du dem Hamburger Jung nicht den Kopf verdrehst.«

»Ich gebe mir alle Mühe, dass das nicht passiert.« Leicht küsste sie ihn auf die Lippen. »Bis später.«

KAPITEL 9

Der historische Kuppelsaal in der hannoverschen Stadthalle war der größte Konzertsaal Deutschlands sowie für Bankettveranstaltungen ein gefragter Ort. Dort hatte Charlotte mit ihrem verstorbenen Mann regelmäßig den Ärzteball besucht. Sogar die Abibälle ihrer beiden Kinder hatten hier stattgefunden. Für die Eröffnungsgala des Krimifestivals hätte man keinen passenderen Rahmen wählen können.

Ein Taxi brachte Philipp und seine Begleiterinnen ins Zooviertel. Das grüne Kupferdach der Stadthalle war durch die indirekte Beleuchtung schon von Weitem zu sehen. Vorbei an den unverwechselbaren Kastenlinden fuhr der Wagen zum Mittelpunkt des *Hannover Congress Centrums* und stoppte in einer Auffahrt rechts vom Haupteingang. Dorthin waren zahlreiche elegant gekleidete Gäste unterwegs. Anneliese sagte, dass sie mit Georg Sievers bei der etwa 100 Jahre alten Pappelgruppe verabredet sei, und dort auf ihn warten würde.

»Ihr könnt ruhig reingehen.« Und als Philipp zögerte: »Keine Sorge, ich bin ein großes Mädel.«

»Sollte er dich versetzen oder frech werden, rufst du mich sofort an.«

»Jawohl, Herr Professor.«

»Und lass dich nicht von Fremden ansprechen«, fügte Charlotte hinzu und griff nach Philipps Hand.

Seite an Seite gingen sie die wenigen Stufen zum Eingangsbereich hinauf, der von sechs Säulen getragen wurde. Im Foyer des Kuppelsaals nahm Philipp seiner Begleiterin den leichten Mantel ab und brachte ihn zur Garderobe. Charlotte blieb etwas abseits stehen und folgte ihrem Lebensgefährten mit den Blicken. Er sah gut aus in dem klassischen, dreiteiligen dunklen Anzug, was ihr weitaus besser gefiel als Outfits mit kurzen Sakkos und engen Hosenbeinen, die Männer neuerdings trugen und darin wirkten wie in ihrer zu knapp gewordenen Konfirmationskleidung.

Bis zum offiziellen Beginn der Veranstaltung flanierten die Gäste in den umlaufenden Foyers des Rundbaus oder standen plaudernd an Stehtischen zusammen. Die Dekoration war farblich in unschuldigem Weiß und auffälligem Rot auf das Motto des Abends abgestimmt: *Wege zum Himmel.*

Sie trafen auf Holger Beski und wechselten ein paar Worte mit ihm. Philipp sah einige Kollegen, die er kürzlich kennengelernt hatte, führte Charlotte zu dieser Gruppe und machte sie miteinander bekannt. Offenbar handelte es sich bei der kleinen Runde um Schreibende aus Hannover. Darunter war eine Autorin, die Katzenkrimis verfasste, ein echter Fallanalytiker, in dessen Romanen sich die Handlung um die Arbeit dieser Polizeiabteilung drehte, eine Autorin, die eine Handvoll Senioren ermitteln ließ, und eine Historikerin, deren Verbrechen in längst vergangenen Zeiten angesiedelt waren. Sogar ein Psychiater zählte zu dieser imposanten Mordsgesellschaft. Charlotte waren diese Namen nicht fremd, da sie von all diesen netten Menschen mindestens ein Buch gelesen hatte. Sie mochte Regionalkrimis mit ihrem

Wiedererkennungseffekt – wenn beim Lesen über Bekanntes aus der Stadt sofort das Kopfkino ansprang.

Zwischen den Gästen bewegte sich ein Pressefotograf, der das Ereignis für die Nachwelt festhielt. An seiner Seite machte sich Marlene Biber Notizen. Die Journalistin war nicht nur Charlottes Nachbarin in ihrer Südstadtwohnung, die sie nach ihrem Einzug in die WG nicht aufgegeben hatte. Die beiden Frauen waren außerdem locker miteinander befreundet. Durch sie hatte Marlene den Hauptkommissar näher kennengelernt. Mittlerweile war sie seit etwa vier Monaten mit Hannes Bremer verbandelt. Charlotte winkte Marlene lächelnd zu, und diese erwiderte den Gruß auf die gleiche Weise.

Bald füllte sich der Kuppelsaal, in dem die Sitzreihen durch festlich gedeckte Tischgruppen ersetzt worden waren. Charlotte und Philipp saßen im Parkett mit einem Schriftstellerpaar aus dem Schwabenländle und zwei Autoren aus Wien zusammen. Auch hier gab es blutrote Farbtupfer bei den Servietten und der Tischdekoration.

Während sie bei beschwingter und dem Anlass entsprechender Musik auf die feierliche Eröffnung warteten, schaute sich Charlotte um und entdeckte Anneliese mit ihrem Begleiter, die auf der anderen Seite des Saales Platz nahmen. Einige Tische weiter war die auffällige Mähne von Loretta Lamar unübersehbar. Die Autorin war ausschließlich von männlichen Gästen umgeben und schien deren Aufmerksamkeit zu genießen.

Nachdem die letzten Töne des *Kriminaltangos* verklungen waren, betrat die Kulturdezernentin, die Schirmherrin des Krimifestivals, die Bühne, um die Gäste zu begrüßen.

»Guten Abend, meine sehr verehrten Damen und Herren, liebe Gäste und Freunde spannender Lektüre. Ich begrüße

Sie herzlich zum diesjährigen Krimifestival.« Wie eine professionelle Moderatorin bewegte sie sich selbstbewusst einige Schritte auf der Bühne, während sie ins Publikum schaute.

»Hannover zählt zu den am meisten unterschätzten deutschen Großstädten. UNESCO City of Music, Kanzler, Obama oder Queen, WM, Messestadt und Expo 2000, Gravitationswellen und INI. – Zu Hannover fällt eigentlich jedem etwas ein. Aber passt das alles zu dem Ort, der gern mal ein bisschen spöttisch als ›Provinz‹ bezeichnet wird? Eher nicht. In den nächsten Tagen möchten wir unseren Gästen zeigen, wie vielseitig die Leinemetropole ist und was sie zu bieten hat. Nicht nur die zahlreichen Veranstaltungen rund um Mord und Totschlag werden Sie beeindrucken, sondern auch die Gastfreundlichkeit der Hannoveraner, die seit Jahrzehnten durch den Einsatz der Messemuttis über die Landesgrenzen hinaus bekannt ist. Vielfältige Kulturangebote am Rande der Events, Shoppingmöglichkeiten, Ausflüge in den Zoo oder die Eilenriede werden die Besucher unserer schönen Stadt begeistern …«

Sie übergab das Wort an Holger Beski. Der Organisator erzählte von den verschiedenen Veranstaltungen in den nächsten Tagen und verriet interessante Tipps zu den langen Nächten der Verbrechen. Den Höhepunkt sollte am Ende die Abschlussgala in der Orangerie in Herrenhausen mit der Verleihung der Krimipreise *Agatha* und *Edgar* bilden.

Während nach der offiziellen Eröffnung dezente Musik einsetzte, servierten emsige Kellner Platten mit Fingerfood und anderen Leckereien.

Brotscheibchen waren mit Landschinken, Hähnchenbrust, Rauchlachs oder Roastbeef belegt. Frikadellen- oder Gemüsebällchen, Nordseekrabben, Matjeshappen und Buchweizenpfannküchlein wurden ebenso angeboten wie Fuhrberger Spargelsalat, gegrilltes Gemüse, Bruschetta und verschiedene

Mini-Quiches. Zum Abschluss gab es eine Auswahl von in kleinen Gläsern angerichteten Desserts.

Loretta Lamar verzichtete auf etwas Süßes zum Abschluss und verließ den Saal, weil sie das dringende Verlangen nach einer Zigarette verspürte. Im Foyer blieb sie stehen, um sich zu orientieren. Sie hatte gelesen, dass der Stadtpark an dieses Gebäude grenzte. Vielleicht gab es hier irgendwo einen Weg ins Freie?

»Darf ich fragen, wonach Sie suchen?«

Lächelnd musterte sie den Mann, den sie im Laufe des Abends mehrfach gesehen hatte, und fragte ihn nach einer Möglichkeit, in den Stadtpark zu gelangen.

»Einen offiziellen Ausgang gibt es von hier aus nicht«, gab er bereitwillig Auskunft und deutete nach rechts. »Der Weg dort durch den Nebenraum ist eigentlich nur fürs Personal, aber viel kürzer als außenherum.«

»Anscheinend kennen Sie sich hier gut aus.«

»Ich habe öfter in der Stadthalle zu tun.« Sein Blick fiel auf das Zigarettenetui in ihrer Hand. »Offenbar haben wir das gleiche Laster.« Demonstrativ zog er eine mit einem Kamel bedruckte Schachtel und ein Feuerzeug aus der Tasche. »Darf ich Ihnen meine Begleitung in den Park anbieten, Frau Lamar?«

»Sie wissen, wer ich bin?«

»Ihr Foto ist auf der Rückseite Ihrer Bücher zu bewundern. Es ist mir eine Ehre, Sie persönlich kennenzulernen. Woher nehmen Sie nur diese tollen Ideen?«

»Das erzähle ich Ihnen bei einer Zigarette.«

Galant bot er ihr seinen Arm und geleitete sie in Richtung der sanitären Anlagen. Direkt daneben führte eine Tür in einen kleinen Lagerraum. Wenige Augenblicke später schnappte sie mit einem leisen Klacken hinter dem ungleichen Paar ins Schloss.

KAPITEL 10

Nach dem Essen verwickelte einer der österreichischen Autoren Philipp in ein Gespräch.

Eine Weile hörte Charlotte zu, empfand es allerdings zunehmend als ermüdend. Deshalb entschuldigte sie sich damit, sich frischmachen zu wollen, und erhob sich.

Sie betrat das Foyer, in dem einige wenige Gäste flanierten oder in Grüppchen zusammenstanden. Während sie mehrere Stehtische passierte, kam ihr Arm in Arm ein Paar entgegen. Kaum waren die beiden an ihr vorbei, bemerkte sie eine ältere Dame, die neben den Waschräumen aus einer Tür stürzte und sich von außen gegen den Rahmen lehnte. Im Näherkommen sah Charlotte, dass sie kreidebleich war und schwer atmete. Zwei jüngere Besucherinnen blieben stehen und kümmerten sich um die Hilfsbedürftige. Rasch trat Charlotte zu ihnen.

»Kann ich etwas tun?«

»Ich habe die falsche Tür ... Das ist nicht die Damentoilette ... Da liegt eine Frau ... Ich glaube, sie ist tot ...«

Obwohl eine böse Vorahnung in ihr aufstieg, blieb Charlotte ruhig.

»Womöglich ist ihr schlecht geworden. Ich schaue mal nach.« Sie wandte sich an die anderen beiden. »Bleiben Sie bitte bei ihr.«

Sanft, aber bestimmt schob Charlotte die Ältere etwas zur Seite und öffnete die Tür. Trotz der diffusen Beleuchtung war offensichtlich, dass es sich um einen kleinen Lagerraum der Gastronomie handelte. Erschrocken hielt sie inne. In der Frau zu ihren Füßen erkannte sie Loretta Lamar. Mit ausgestreckten Beinen saß die Autorin auf dem Boden. Rücken und Kopf lehnten an einem Stapel Getränkekisten; die rote Mähne verdeckte das Gesicht.

»Lassen Sie hier niemanden rein«, sagte Charlotte über ihre Schulter, trat ein und schloss die Tür von innen. Sie handelte wie ferngesteuert. Mit wenigen Schritten war sie bei der Autorin, ging in die Hocke und strich ihr behutsam das Haar zurück. Der leere Blick aus blutunterlaufenen Augen bestätigte ihre schlimmste Befürchtung. Loretta Lamar war tot. Das straff um den Hals gezogene Tuch deutete darauf hin, dass sie erdrosselt worden war. Dennoch tastete Charlotte nach dem Puls, konnte ihn aber nicht fühlen.

Sie atmete tief durch und richtete sich auf. Rasch zog sie ihr Smartphone aus der Tasche und informierte Hannes. Anschließend rief sie Philipp an. Sie hatten beide ihre Telefone vor Verlassen des Hauses auf Vibrationsmodus eingestellt. Dennoch dauerte es nicht lange, bis er sich meldete.

»Sternchen?«

»Komm bitte schnell zu den Waschräumen auf der rechten Seite. Es ist etwas Schreckliches passiert.«

Fluchtartig verließ sie den Raum und schloss die Tür, blieb aber davor stehen, damit niemand hineingehen und womöglich Spuren verwischen konnte.

Bis zum Eintreffen ihres Lebensgefährten hielt sie mehrere Leute vom Servicepersonal auf, die verständnislos reagierten, weil sie daran gehindert wurden, ihren Job zu machen. Charlotte wich jedoch keinen Millimeter zur Seite und verwies sie kurzerhand an den Geschäftsführer, der allerdings nirgends zu sehen war. Sie bat die ältere Dame, bis zum Eintreffen der Polizei auf einer der gegenüberliegenden Sitzgelegenheiten Platz zu nehmen und zu warten.

»Diese Inszenierung gehört sicher zum Programm«, hörte sie eine Frauenstimme. »Wahrscheinlich wollen sie uns demonstrieren, wie es bei einem Mordfall wirklich zugeht.«

»Bestimmt taucht gleich die Spusi auf«, stimmte ihr ein amüsiert klingender Mann zu. »Wie im Krimi. Es fehlen nur noch Professor Boerne und Hauptkommissar Thiel – und der Tatort wäre perfekt.«

»Die beiden sind nur in Münster zuständig«, antwortete die Frau vergnügt. »In Hannover müsste eigentlich Kommissarin Lindholm den Fall übernehmen – obwohl die nach Göttingen versetzt wurde. Warum die Fernsehleute das gemacht haben, verstehe ich allerdings nicht. Hier in der Stadt gibt es viele Plätze, die sich bestens für einen Mord oder das Auffinden einer Leiche eignen.«

Endlich sah Charlotte ihren Lebensgefährten, der sich durch die Menschentraube schob, die sich inzwischen gebildet hatte.

Dicht vor ihr blieb Philipp stehen. Ihm genügte ein Blick, um zu erkennen, wie erschüttert sie war.

Mit dem Kopf deutete er auf die Tür in ihrem Rücken, worauf Charlotte nickte. Ohne ein Wort legte er die Hand auf die Klinke und öffnete einen Spalt. Sein Blick fiel auf Loretta. Scharf sog er die Luft ein. Damit hatte er nicht gerechnet. Rasch zog er die Tür zu, legte den Arm um Charlottes Taille und beugte sich zu ihrem Ohr.

»Hast du dich davon überzeugt, dass sie …«

Erschaudernd nickte sie.

»Ich habe Hannes angerufen. Er müsste bald hier sein.«

Es dauerte aber noch, bis sich mehrere Personen durch die Menge zu ihnen durcharbeiteten. Allen voran der Rechtsmediziner, der wie seine Begleiter in einem weißen Kapuzenoverall steckte. Horst nickte Philipp kurz zu. Sein besorgter Blick traf Charlotte.

»Ich bin okay«, kam sie seiner Frage zuvor und deutete hinter sich. Die Umstehenden reckten die Hälse, indes er mit den Kriminaltechnikern im Gefolge in dem Raum verschwand.

Augenblicke später traf der Hauptkommissar mit seinem Team ein. Zunächst gab er den Kollegen in seiner Begleitung einige Anweisungen. Während zwei Uniformierte die Schaulustigen zurückdrängten, blieb Hannes bei Charlotte und Philipp stehen.

»Kannst du mir einen kurzen Lagebericht geben?«

So sachlich wie möglich erzählte sie, was sie wusste.

»Hast du die Leiche angefasst?«

»Um mich zu überzeugen, ob Loretta noch lebt, musste ich das tun.«

»Verstehe. – Ist dir unterwegs zu den Waschräumen jemand begegnet, der sich auffällig verhalten hat?«

Sie dachte einen Moment nach, schüttelte den Kopf.

»Nur gut gelaunte Gäste.«

»Videoüberwachung gibt es hier anscheinend nicht«, sagte er, während er Wände und Stuckdecke mit Blicken scannte. »Ich sehe mal nach, wie weit Horst ist. Bleibt bitte noch hier.«

Während Hannes hineinging, führte Philipp seine Begleiterin auf die andere Seite des Foyers zu einer der hellen Sitzbänke, die durch die Wandleuchten in sanftes rotes Licht getaucht waren. Er setzte sich neben Charlotte und griff nach ihren kalten Händen. Obwohl sie während ihrer Berufstätigkeit nie mit Ermittlungen zu tun gehabt hatte, war ihr Polizeiarbeit vertraut. Fast automatisch hatte sie nach dem Leichenfund professionell reagiert, bis die Kollegen eingetroffen waren. Erst danach machte sich der Schock bemerkbar.

Um die Kriminaltechniker nicht bei der Arbeit zu stören, blieb der Hauptkommissar in der Nähe der Tür stehen. Wie vorgeschrieben, wurde zunächst die Auffindesituation der Leiche dokumentiert. Erst danach konnte der Rechtsmediziner mit seiner Arbeit beginnen. Horst Fleischmann kniete neben dem Opfer und führte die erste Leichenschau durch. Dazu zählten das Feststellen sicherer Todeszeichen und der Todesart ebenso wie der Zeitpunkt des Todeseintritts. Für die ersten Untersuchungen war es notwendig, die Leiche zu entkleiden, um alle Körperregionen gründlich in Augenschein nehmen zu können. Neben dem Doc stand sein Aluminiumkoffer, der aufgeklappt wie der eines Handwerkers aussah und verschiedene Instrumente enthielt. Mit Hilfe eines elektronischen Thermometers ermittelte er die Körpertemperatur der Toten und die Umgebungstemperatur in unterschiedlichen Raumhöhen. Die Ergebnisse sprach er in ein Diktiergerät.

Hannes beobachtete, dass der Freund ein Glasröhrchen aus einer sterilen Verpackung zog und nach einer Pinzette mit stumpfen Enden griff, mit der er etwas auf die Entfernung nicht Erkennbares vom Gesicht der Toten aufnahm und es für weitere Untersuchungen in das Spurenröhrchen verbrachte.

Unterdessen waren die Kriminaltechniker nicht untätig. Einer der Weißvermummten fotografierte aus verschiedenen Blickwinkeln, was für die Ermittlungen relevant sein könnte. Zwei seiner Kollegen waren mit weichen Pinseln und Rußpulver dabei, Fingerspuren zu sichern.

Als der Rechtsmediziner auf die Beine kam, trat Hannes zu ihm.

»'n Abend, Horst. Wie sieht es aus?«

»Weibliche Leiche, Mitte 40 bis Anfang 50.« Er reichte dem Hauptkommissar einen Asservatenbeutel. »Sie wurde hiermit erdrosselt.«

Hannes betrachtete den Inhalt. In der Tüte steckte ein mit roten Rosen bedruckter Schal.

»War das ihrer?«

»Das kann ich nicht beantworten.«

»Wie lange ist sie tot?«

»Etwa eine bis eineinhalb Stunden. Erste Totenflecken haben sich bereits gebildet.«

»Das passt zeitlich mit Charlys Angaben zusammen. Sie sagte, dass Frau Lamar beim Essen noch am Tisch saß.« Er warf einen Blick auf seine Armbanduhr. »Charly hat den Saal gegen 21.45 Uhr verlassen und die Tote etwa sechs bis acht Minuten später entdeckt. Jetzt ist es 23.05 Uhr.«

»Dass ausgerechnet Charlotte mit dem Leichenfund in Berührung kam, gefällt mir genauso wenig wie die Tatsache, dass die Tote in ihrer WG zu Gast war. Wie ich unsere Super-Detektivin kenne, wird sie sich mit Freuden in die Ermittlungen einschalten.«

»Das werde ich verhindern«, versprach Hannes, obwohl er ahnte, wie schwer das würde. »Hast du sonst noch Informationen für uns?«

»Im Augenblick nicht.«

»Okay, danke.«

»Benno hat noch was.«

Der Kommissar schaute sich nach dem Chef der Kriminaltechnik um und gab ihm ein Zeichen. Benno Winkler kam sogleich zu ihm herüber.

»Wie sieht es aus? Hat der Täter Spuren hinterlassen?«

»Schwer zu sagen. Das Material muss erst ausgewertet werden. Eindeutig ist nur das hier. Es lag auf einer der Sektkisten.«

Er zog eine kleine Plastikhülle hervor, in der ein Zettel steckte. Darauf waren handschriftlich zwei Wörter geschrieben: »Atemlose Stille«.

Diese Nachricht wirkte akribisch angefertigt. Eine solche Übereinstimmung ließ kaum einen Zweifel daran, dass es sich um denselben Täter wie beim Mordfall Erpo Tennstedt handelte. Wahrscheinlich stammte der Satz auf dem Zettel aus einem Roman der Toten.

»Sonst noch was? Was ist mit ihrem Handy?«

»Haben wir noch nicht gefunden.« Er deutete zur gegenüberliegenden Raumseite. »Der Mörder ist möglicherweise durch die Tür dort drüben geflohen.«

Hannes setzte sich in Bewegung, aber Benno hielt ihn am Arm zurück.

»Wir sind noch nicht mit der Spurensicherung fertig. Ich zeige es dir später.«

»Wohin führt die Tür?«

»Auf einen Flur und von da aus in verschiedene Wirtschaftsräume. Hinter dem Küchentrakt kommt man zum Lieferanteneingang oder über die Verbindung zum *Parkrestaurant* in den Stadtpark. Von dort gibt es viele Möglichkeiten zu verschwinden.«

Nachdenklich nickte Hannes.

»Ich schicke ein paar Männer in den Park, die sich da mal umsehen sollen. Danke, Benno.«

Er zog sein Smartphone aus der Tasche, rief Martin an und gab ihm Anweisung, sich darum zu kümmern.

Nach dem Gespräch verließ er den Raum. In der Hand hielt er immer noch den Beweismittelbeutel mit dem Schal. Gedankenlos steckte er ihn in die Jackentasche.

Im Foyer sah er Charlotte und den Professor auf der anderen Seite sitzen und ging hinüber.

Er bedauerte, dass ausgerechnet die Freundin mit der

Toten konfrontiert worden war. Wie ein Häufchen Unglück saß sie da, an ihren Lebensgefährten gelehnt. Ihr Blick lief ins Leere.

Mitfühlend ging Hannes vor ihr in die Hocke.

»Wie fühlst du dich?«

Keine Reaktion.

Behutsam berührte er sie am Arm.

»Charlotte?«

Irritiert schaute sie ihn an.

»Tödliche Seide.«

Damit konnte er nichts anfangen.

»Was bedeutet das?«

Mit einem leisen Stöhnen riss sie sich zusammen.

»Der letzte Krimi von Loretta ist im Herbst erschienen. Darin erdrosselt der Täter seine Opfer mit einem Seidenschal – der mit blutroten Rosen bedruckt ist.«

Hannes richtete sich auf und tastete nach der Plastikhülle. Er zog sie hervor und zeigte sie Charlotte, die erschauernd nickte.

»Genau wie im Roman.«

Ehe Hannes weitere Fragen stellen konnte, stand Philipp auf.

»Das reicht für heute.«

»Wir melden uns morgen«, stimmte Hannes ihm zu. »Wie kommen Sie nach Hause?«

»Mit dem Taxi.«

Der Hauptkommissar schüttelte den Kopf und winkte Pia heran, die sich in der Nähe Notizen machte.

»Bist du so gut und bringst Charly und den Professor nach Hause?«

»Geht klar.«

Beim Durchqueren des Foyers sahen sie die Journalistin Marlene Biber, die mit Anneliese und deren Begleiter hinter der Absperrung stand.

Mit dem Sektglas in der Hand sprach die Strick-Liesel ihre Mitbewohner an.

»Was ist denn eigentlich genau passiert? Die sagen einem hier nichts.«

Wortlos nahm die Freundin ihr das Glas aus der Hand, leerte es in einem Zug und gab es zurück. Perplex blickte Liesel sie an.

»Wir fahren nach Hause«, erklärte Philipp. »Sind deine Personalien aufgenommen?«

»Noch nicht.«

»Nimm dir nachher bitte ein Taxi. Wir sprechen später.«

Er legte den Arm um Charlottes Schultern und führte sie zur Garderobe.

Minuten später saßen sie auf der Rückbank des Dienstwagens der Oberkommissarin.

Die Fahrt verlief schweigend. Vor dem schmiedeeisernen Tor stoppte Pia. Sie wartete noch, bis das Paar das Grundstück durch die im Tor eingelassene Tür betrat. Unverzüglich fuhr sie zum *HCC* zurück.

Conrad hörte die Heimkehrer und erschien in der Wohnhalle.

»Ihr seid schon zurück? Ich dachte, ihr durchtanzt die Nacht.« Verwundert blieb er stehen. »Wo habt ihr denn meine Liesel gelassen?«

Philipp wechselte einen Blick mit Charlotte.

»Ich gehe rauf«, sagte sie leise und wandte sich zur Treppe. Dort schlüpfte sie aus den hochhackigen Pumps. Mit den Schuhen in der Hand stieg sie auf Strümpfen die Stufen hinauf.

Auf dem ersten Treppenabsatz verhielt sie einen Moment. Hinter den Türen ihrer Etage befanden sich die Sachen von

Loretta Lamar. Obwohl Charlotte sich umziehen wollte, hinderte sie der Gedanke an die Tote daran, ihre Räume zu betreten. Sie setzte ihren Weg hinauf bis in Philipps Schlafzimmer fort. Dort zog sie sich aus. Nach kurzem Zögern nahm sie einen Pyjama aus der Schublade der Herrenkommode.

Wenige Minuten später kam Philipp mit einer bauchigen Tasse herein. Charlotte hockte, in einen seiner Schlafanzüge gekleidet, geistesabwesend auf der Matratze. Während er den Kakaobecher auf eine Kommode stellte, schlüpfte sie unter die Decke und lehnte sich gegen das Kissen. Rasch streifte Philipp das Jackett ab und hängte es über den stummen Diener, griff nach der heißen Schokolade und setzte sich zu Charlotte. Dankbar nahm sie das Getränk entgegen und nippte daran. Der kräftige Schuss Rum darin tat ihr gut.

»Ich kann es immer noch nicht fassen. Am Nachmittag hatten wir noch viel Spaß zusammen, und plötzlich ist sie tot.« Aus müden Augen blickte sie Philipp an. »Hätten wir das nicht verhindern können?«

»Nein.« Er versuchte, das Gespräch von der emotionalen auf eine sachliche Ebene zu lenken. Das würde es ihr hoffentlich ein wenig leichter machen. »Du hast Bremer vorhin die Antwort darauf geliefert.«

Sie überlegte einen Moment und nickte.

»Loretta war kein Zufallsopfer. Der Mörder hat sie ausgesucht.«

»Was spricht dafür?«

»Einen mit Rosen bedruckten Seidenschal bekommt man nicht an jeder Straßenecke. Der Täter hat ihn vorher besorgt und in der Absicht mitgebracht, Loretta heute Abend damit zu erdrosseln.«

»Demnach wusste er, dass sie an der Veranstaltung teilnimmt?«

»Das war nicht schwer zu erraten. Fast alle namhaften Krimiautoren sind derzeit in der Stadt.«

»Trotzdem konnte er nicht 100-prozentig sicher sein, wann sie nach Hannover kommt. Zumal ihre Lesung erst für den letzten Festivaltag im Flyer angekündigt wird.«

Darüber musste Charlotte nicht lange nachdenken.

»Entweder hat er sich seit ihrem Abflug in München an ihre Fersen geheftet, oder ...«

»Oder was?«

»Ich hätte bei ihrem Verlag angerufen und mich als Journalistin ausgegeben, die ... die im Rahmen des Krimifestivals über die Bestsellerautorin berichten oder ein Interview mit ihr führen möchte.«

»Weil die Aufmerksamkeit der Presse gute Werbung ist, würde man dir Auskunft geben, wann Loretta in der Stadt ist.«

»Genau.«

»Das Datum ihrer Anreise lässt darauf schließen, dass sie die Eröffnungsgala besucht, und du hoffst auf einen günstigen Moment, dich ihr zu nähern. Im Laufe eines langen Abends geht fast jede Frau mal zur Toilette ...«

»Oder sie sucht den Waschraum auf, um den Sitz ihrer Frisur zu prüfen und die Lippen nachzuziehen.« Sie hielt nachdenklich inne. »Wenn ich einen Mord plane, studiere ich vorher die Gewohnheiten meiner Zielperson. Dabei finde ich raus, dass sie ein Laster hat.«

Philipp folgte ihrem Gedankengang mühelos.

»Du beobachtest sie auf dieser Veranstaltung und wartest, bis sie sich von der Masse absondert, um eine zu rauchen.«

»Ich täusche das gleiche Bedürfnis vor ... sie folgt mir ohne Argwohn ... und sitzt in der Falle.«

KAPITEL 10,5

Mitten in der Nacht kehrte er heim. Hinter den Fenstern am Stadtrand war es dunkel. Das Licht der nächsten Laterne am Ende der Straße erreichte die schief in den Angeln hängende Pforte nicht. Dennoch konnte er sich orientieren. Immerhin wohnte er schon sein ganzes Leben lang im Haus seiner Eltern. Ein unebener Plattenweg führte durch den verwilderten Vorgarten zum Eingang.

Jedes Geräusch vermeidend, trat er ein und schlich in sein relativ großes, funktionell möbliertes Zimmer: Bett, Schrank, Kommode, der Tisch mit den zwei Stühlen und die Hantelbank, an der er häufig Kraftübungen machte, um stärker zu sein als seine Opfer.

Leise schloss er die Tür hinter sich. Im Schein der kleinen Nachttischlampe zog er sich bis auf die Unterwäsche aus und hängte den feinen Anzug über einen Stuhl. Mit einem zufriedenen Grunzen ließ er sich auf die Matratze fallen, löschte das Licht und verschränkte die Arme hinter dem Kopf.

Alles hatte hervorragend geklappt. Töten war so einfach. Vielleicht sollte er einen Ratgeber darüber schreiben, dachte er und kicherte in die Dunkelheit. Das würde bestimmt ein Bestseller. Andererseits würden diese Ignoranten bei den Verlagen wahrscheinlich wieder ablehnen, weil sie seine Tipps für unrealistisch hielten. In dieser Hinsicht waren sie äußerst kritisch. Immerhin konnte man seine Mordmethoden nicht auf Erfolgsaussichten überprüfen wie beispielsweise Anleitungen zum Heimwerken oder über gesundes Abnehmen.

Eines Tages würden sie sein Riesentalent erkennen und sich darum reißen, etwas von ihm zu veröffentlichen. Viele Genies wurden erst einmal verkannt. Er plante, dafür zu sorgen, dass seine Taten in aller Munde sein würden – das absolute Gesprächsthema weit über die Landesgrenzen hinaus.

Erst vor wenigen Stunden hatte er bewiesen, wie leicht es war, ein Leben auszulöschen, ohne Spuren zu hinterlassen. Er schloss die Augen und rief sich die Szenen ins Gedächtnis:

Mühelos gelang es ihm, möglichen Argwohn der Frau im Keim zu ersticken. Freundliche, unaufdringliche Zuwendung, der Hinweis auf Gemeinsamkeiten und gut dosierte Schmeicheleien führten meistens zum Ziel. Prompt folgte sie ihm dorthin, wo er sie haben wollte. Während sie sich in dem kleinen Raum umsah, wandte er ihr kurz den Rücken zu, schob rasch den Riegel an der Tür vor und streifte dünne Handschuhe über. Mit den Händen hinter dem Rücken betrachtete er sie. Sie war schön. Ein Jammer, dass er sie töten musste. So eine Frau hätte er gern zu Hause. Stattdessen lebte er mit der verbitterten Alten unter einem Dach. Dennoch zog er ihn aus der Sakkotasche und zeigte ihn ihr. Zunächst begriff sie nicht, was das bedeutete, doch im nächsten Moment wurde ihr der Zusammenhang zwischen dem mit roten Rosen bedruckten Seidenschal und seiner Absicht klar. Während sich ihr Mund zum Schrei öffnete, lag der schimmernde Stoff bereits um ihren schlanken Hals.

Er stand so dicht neben ihr, dass ihm der Duft ihres Parfums in die Nase stieg, der ihn an eine Sommerwiese erinnerte. Dennoch achtete er darauf, sie nicht mit seinem Körper zu berühren.

Viel Kraft musste er bei seiner Tat nicht aufwenden. Ihre Gegenwehr fiel dank seiner Überrumpelungstaktik gering aus und erlahmte rasch. Er hielt die Schalenden fest in den Händen und ließ sein Opfer behutsam auf den Boden gleiten, um sein Werk zu vollenden …

Beim Töten seines Opfers war er vollkommen ruhig gewesen, hatte sich akribisch an seinen Plan gehalten.

Nun, während er die Tat noch einmal durchlebte, wuchs seine Erregung. Und damit der Druck in seinem Kopf.

Adrenalin schoss durch seine Gefäße, jagte den Blutdruck in die Höhe. Schweiß brach ihm aus allen Poren; gleichzeitig wurde sein Mund trocken und sein Körper überzog sich mit einer Gänsehaut. In seinen Ohren hämmerte der eigene Herzschlag und trieb ihn an den Rand des Wahnsinns.

KAPITEL 11

Nach einer kurzen Nacht kämpfte sich Hannes Bremer widerwillig aus dem Bett. Auf dem Weg ins Bad wuselte er durch seinen eisgrauen Haarschopf und gähnte herzhaft. Ihm fehlten mindestens drei Stunden Schlaf. Unter solchen Umständen half erfahrungsgemäß nur eine Wechseldusche zum Wachwerden und tagsüber bis zum Feierabend literweise Kaffee.

Mit einem Handtuch um die Hüften ging Hannes nach dem Duschen in die Küche. Dort griff er nach der Dose mit dem Kaffeepulver und öffnete sie. Der kümmerliche Rest darin reichte nicht einmal mehr für eine halbe Tasse des dringend benötigten Gebräus.

Einen Fluch unterdrückend, knallte er die Dose auf die Arbeitsplatte. Sein Stimmungsbarometer sank gegen null. Seit Tagen war er nicht zum Einkaufen gekommen. Sie arbeiteten unter Hochdruck am Mordfall Tennstedt, hatten aber kaum neue Erkenntnisse gewonnen. Die Spurenlage war verheerend. Im Hotelzimmer waren Fingerspuren von mindestens sieben Personen gesichert worden, die einander teilweise überlagerten. Solange es keinen Tatverdächtigen gab, war eine mögliche Zuordnung ausgeschlossen. Allerdings war davon auszugehen, dass der Täter Handschuhe getragen hatte. Gesicherte Fremd-DNA aus der Gästeunterkunft brachte sie vorläufig ebenso wenig weiter. Selbst bei gründlicher Reinigung der Räume durch das Personal ließ sich eventuell noch eine Hautschuppe oder ein Haar finden. Asservate, die von einem längst abgereisten Hotelgast stammten. Möglicherweise war der Täter in das Zimmer eingedrungen und hatte auf sein Opfer gewartet. Deshalb war es nicht ausgeschlossen, dass er Schutzkleidung getragen hatte, um keine Spuren zu hinterlassen.

Inzwischen gab es eine weitere Tote. Abermals war die Wahl des Täters auf einen stark frequentierten Ort gefallen. Die Stadthalle war ein wichtiger Teil von Hannovers Kulturszene. Hier fanden Konzerte oder Bälle statt, hin und wieder sogar städtische Personalversammlungen. In diesem Gebäude fasste jeder irgendwo irgendwas an – egal ob Gäste, Veranstalter oder Angestellte. Die Spurenlage würde sich kaum von der im Hotel unterscheiden. Allerdings konnte der Mörder, um nicht aufzufallen, keine Schutzkleidung tragen. Dadurch bestand zumindest eine geringe Chance, etwas Ermittlungsrelevantes in unmittelbarer Nähe des Opfers zu finden. Es musste ihnen gelingen, diesen Verbrecher zu stoppen, damit er sich nicht an weiteren Autoren vergreifen konnte. Dass Schriftsteller seine Zielgruppe waren, davon ging Hannes inzwischen aus.

Barfuß betrat er sein Schlafzimmer. Während er das hellblaue Polohemd über den Kopf zog, hörte er den Signalton seines Smartphones. Er nahm es vom Nachttisch und wischte übers Display, auf dem der Eingang einer WhatsApp-Nachricht angezeigt wurde. Durch einen Fingertipp auf das Icon öffnete er den Messenger und sah, von wem die Mitteilung stammte. Auf seinem Gesicht erschien ein Lächeln.

Seit Ende des letzten Jahres war er mit Marlene Biber zusammen und verliebt wie am ersten Tag. Mit Mitte 50 hatte er nicht mehr damit gerechnet, dass es ihn noch einmal so sehr erwischen könnte, dass er unruhig wurde, wenn er nicht wenigstens einmal am Tag etwas von ihr hörte. Durch ihre unregelmäßigen Arbeitszeiten war es leider nicht möglich, sich täglich zu treffen.

99

Gespannt öffnete er die Nachricht und las: »Moin, Hannes. Hast du Interesse an den Fotos von der Gala? Ich habe sie zu Hause.«

Schlagartig besserte sich seine Laune. Einerseits sparte es Zeit, wenn er nicht erst einen Beschluss besorgen musste, um an die Aufnahmen zu gelangen. Die unkomplizierte Variante auf dem kurzen Dienstweg hatte zudem den Vorteil, dass er Marlene heute noch sehen konnte. Die Suche nach einem Serienmörder würde sein Privatleben erfahrungsgemäß erheblich einschränken.

Hannes antwortete, ob ihr sein Besuch in einer halben Stunde passen würde, worauf sie ihm ein Daumen-hoch-Emoji schickte.

Zehn Minuten später verließ der Hauptkommissar, vor sich hin pfeifend, das Haus. Unterwegs vom Flussviertel in die Südstadt stoppte er bei einem Bäcker. Neben einer Auswahl verschiedener Brötchen kaufte er vorsichtshalber mehrere Pakete Kaffee für den Fall, dass er es wieder nicht in den Supermarkt schaffen würde.

Das Haus seiner Freundin war ihm vertraut. Hier hatte Charlotte vor ihrem Umzug in die WG einige Jahre gewohnt. Ihr Apartment nutzte sie seitdem als Gästeunterkunft, sah aber regelmäßig nach dem Rechten. Dort hatte während der Ermittlungen im Fall Uhlenbrock sogar eine Polizeiaktion stattgefunden.

Marlenes Wohnung lag auf dem gleichen Flur. Ihre Tür stand einen Spaltbreit offen. Unbefangen trat Hannes ein, worauf seine Freundin aus der Küche kam. Da sie meistens erst am späten Vormittag in die Redaktion fuhr, trug sie noch bequeme Freizeitkleidung.

»Hallo«, begrüßte sie ihn lächelnd und küsste ihn auf den Mund. »Hast du schon gefrühstückt?«

Er schüttelte den Kopf und reichte ihr die Brötchentüte.

»Ich habe gehofft, dass ich bei dir einen Kaffee bekomme.«

»Der ist fertig.«

Sie gab ihm einen Wink, ihr zu folgen. In der Küche erwartete ihn ein liebevoll gedeckter Tisch. Inzwischen kannte die Journalistin Hannes lange genug, um zu wissen, was er morgens bevorzugte. Statt der chromblitzenden Maschine eine koffeinhaltige Spezialität zu entlocken, hatte sie eine Kanne Filterkaffee gekocht. In einer Thermoschüssel befand sich frisch zubereitetes Rührei.

Zufrieden lehnte sich der Polizeibeamte zurück. Das reichhaltige Frühstück in Marlenes Gesellschaft tat ihm ausgesprochen gut.

»Das lasse ich mir gefallen. An diesen Superservice könnte ich mich problemlos gewöhnen.«

»Ich auch«, parierte sie. »Das nächste Mal bist du dran.«

»Gerne.«

»Genau das wollte ich hören.«

»Allerdings fürchte ich, dass du dich gedulden musst, bis wir diesen Verrückten gefasst haben.«

Nachdenklich nickte sie.

»Der scheint eiskalt zu sein. Das war bestimmt der gleiche Täter, der Tennstedt ermordet hat. Wenn er es tatsächlich auf Autoren abgesehen hat, musste er sich nur eine Eintrittskarte für die Gala kaufen und konnte gestern Abend seelenruhig auf seine Chance warten, einen Schriftsteller zu erwischen. So schwer kann das bei der Riesenauswahl nicht gewesen sein.«

Diese Worte kommentierte Hannes nicht. Sonst hätte er widersprechen müssen. Aus seiner Sicht war klar, dass der Täter sein Opfer gezielt ausgewählt hatte. Das behielt er jedoch für sich. Er war nicht befugt, sich über laufende Ermittlungen zu äußern – schon gar nicht gegenüber jemandem von der Presse. Zwar wusste er, dass Marlene in der Lage war, für sich zu behalten, worüber sie sprachen, aber er wollte sie nicht in einen Gewissenskonflikt bringen.

»Mach dich mal locker.« Aus ihren grünen Augen schaute sie ihn gelassen an. »Allmählich solltest du wissen, dass ich dich nicht aushorchen will. Ich habe meinen Artikel noch vor Redaktionsschluss geschrieben.« Sie griff hinter sich und nahm die neuste Ausgabe der *HAZ* von der Anrichte. »Er ist längst gedruckt.«

»Entschuldige, ich wollte nicht …«

»Alles gut.«

Sie reichte ihm die Zeitung. Die betreffende Seite war bereits aufgeschlagen. Interessiert las Hannes den ganzseitigen Bericht, dem einige Fotos von prominenten Veranstaltungsbesuchern beigefügt waren. Dass der Täter diesmal ein weibliches Opfer gewählt hatte, war offenbar durchgesickert. Der Name der ermordeten Autorin war der Presse allerdings noch nicht bekannt. Ebenso wenig die genaue Todesart. Das war vorläufig gut so. Zu gegebener Zeit würden die Medien unterrichtet werden.

Hannes legte die Zeitung beiseite. Der Artikel war objektiv geschrieben und kam ohne reißerische Elemente aus.

»Mir gefällt deine sachliche Berichterstattung, und dass du dich an den zeitlichen Ablauf der Gala gehalten hast, anstatt mit dem Mord zu beginnen, finde ich gut.«

»Bis dahin war es ja eine gelungene Veranstaltung. Erst als deine Kollegen auftauchten und einen Teil des Foyers absperrten, wurde gemunkelt, dass etwas passiert sein musste. Aber niemand wusste genau, was. Einige Besucher vermuteten zunächst einen Gag.«

»Was hast du daraufhin getan?«

»Verschiedene Leute befragt – bis Doc Fleischmann und das Team der Kriminaltechnik eintrafen. Da wurde mir klar, dass es ein Verbrechen gegeben hatte.«

»Und du hast zwei und zwei zusammengezählt und eine Verbindung zum Mord an Erpo Tennstedt hergestellt«, fügte er hinzu. »Das brachte dich auf einen Täter, der Autoren nach dem Leben trachtet?«

»Dieser Gedanke kam mir erst beim Schreiben des Artikels.« Sie überlegte einen Moment. »Weißt du, was merkwürdig war?« Sie erzählte, dass Charlotte vor Verlassen der Stadthalle Annelieses Sekt hinuntergestürzt hatte. »Das war so was wie ein: *Jetzt-brauche-ich-dringend-einen-Schnaps-Moment.* Im Nachhinein habe ich mich gefragt, was Charlotte derart aufgewühlt haben könnte. Sie war so blass, als hätte sie einen Geist gesehen, und hat kein Wort gesagt. Und der Professor war deutlich besorgt um sie. Deshalb vermute ich, dass sie die Tote gesehen, möglichweise sogar gefunden hat.«

»Sie kam auf dem Weg zum Waschraum zufällig dazu und wollte Erste Hilfe leisten, aber es war zu spät. Das bleibt aber bitte unter uns.«

»Was denkst du denn? Ich bin mit Charlotte befreundet. Ohne ihre Zustimmung würde ich bestimmt nicht über sie schreiben. Genauso wenig wie über das, worüber ich mit dir spreche.«

Sofort bedauerte er seine Worte.

»Tut mir leid, dass mir das immer noch passiert. Wahrscheinlich, weil ich zum ersten Mal in eine Journalistin verliebt bin.«

»Das ist ja sehr interessant«, neckte sie ihn. »Du bist verliebt?«

»Schwer verliebt.«

»Wie äußert sich das denn?«

»In Herzklopfen, Kribbeln im Bauch, Sehnsucht ... In all dem, von dem ich dachte, dass ich es nie wieder erleben würde.«

»Weil deine Beziehungen meistens an deinem Job gescheitert sind? Vielleicht hättest du dich längst mal in der Medienbranche nach einer Partnerin umsehen sollen. In meinem Beruf hat man das gleiche Problem und Verständnis dafür.«

»Passt schon«, meinte er mit vielsagender Miene. Über den Tisch hinweg griff er nach ihrer Hand. »Das Warten hat sich auf alle Fälle gelohnt.«

Mit dem USB-Stick in der Hosentasche, auf dem sich die Fotos der Gala befanden, und einem Kaffeepäckchen in der Hand betrat Hannes sein Dienstzimmer. Sofort tauchte Pia in der Verbindungstür auf.

»Moin. Du bist spät dran. War was?«

Er gab ihr den Kaffee. Die Maschine stand nebenan im Büro, das sie sich mit Martin teilte.

»Ich habe die Pressefotos von gestern Abend besorgt.« Erwartungsvoll setzte er sich hinter seinen Schreibtisch. »Gibt es was Neues? Hat Horst den Obduktionsbericht geschickt?«

»Bislang nicht. Aber heute Morgen hat sich ein Taxifahrer nach seiner Nachtschicht gemeldet.« Sie berichtete kurz von dessen Aussage. »Die Kriminaltechnik hat bei der Auswertung der Spuren aus der Stadthalle noch nichts Relevantes entdeckt. Benno hat angerufen und uns erst mal die aktuellen Ergebnisse vom ersten Mord durchgegeben.«

»Und?«

»Er hat die Fingerspuren aus dem Hotel mit denen auf den beschlagnahmten Gegenständen aus Erpo Tennstedts Haus verglichen und mehrere Übereinstimmungen gefunden. Wahrscheinlich stammen sie von Tennstedt und Dennis Eisner. Bericht folgt.«

»Falls es sich um Dinge aus Tennstedts persönlichem Besitz handelt, sagt das erst mal nicht viel aus. Zuerst brauchen wir Vergleichsabdrücke von Eisner. Lasst ihn herholen. Das muss so schnell wie möglich geklärt werden. Heute finden die ersten Veranstaltungen statt. Wir dürfen keine Zeit verlieren. Wer weiß, wie viele Autoren der Täter noch auf seiner Liste hat.«

KAPITEL 12

Nach und nach betraten die WG-ler die Küche. In der Luft hing ein Duftgemisch aus frisch gebackenen Brötchen und aromatischem Kaffee. Zuletzt erschien Charlotte. Ihr war anzusehen, wie wenig sie geschlafen hatte. Sie murmelte einen Morgengruß, den die anderen erwiderten. Als sie sich neben den General setzen wollte, fiel ihr Blick auf das siebente Gedeck. Sie räumte es zusammen und stellte es auf die Anrichte. Verwundert registrierte Elisabeth ihr Tun.

»Kommt Loretta heute nicht zum Frühstück?«

Charlotte schüttelte den Kopf und setzte sich.

»Hat sie etwa woanders übernachtet? So was tut man nicht, wenn man Gast ...«

»Elli«, unterbrach Anneliese die Freundin. Conrad hatte in der Nacht auf sie gewartet und sie darüber unterrichtet, was er von Philipp erfahren hatte. »Loretta ist ... Hast du heute noch keine Nachrichten gehört?«

»Als ich vorhin das Radio eingeschaltet habe, lief schon der Wetterbericht.« Irritiert blickte sie von einem zum anderen. »Was ist denn passiert?«

Philipp übernahm es, sie und den General aufzuklären. Ellis Augen weiteten sich entsetzt, Albert wirkte genauso fassungslos. Gedankenverloren legte Charlotte ein Brötchen auf ihren Teller, machte aber keine Anstalten, sich weiter damit zu beschäftigen. Sie starrte auf die Tischdecke und knibbelte mit den Fingerspitzen an der Serviette.

»So schwer die Situation für uns ist«, sagte die pragmatische Strick-Liesel, da niemand mit dem Frühstück begann. »Wir müssen etwas essen. Danach sollten wir uns den gestrigen Abend noch einmal gründlich vor Augen halten.«

Unmerklich straffte Charlotte die Schultern.

»Du hast recht. Wahrscheinlich wird die Polizei heute noch hier auftauchen. Es wäre gut, wenn wir denen weiterhelfen könnten.«

»Gestern Nacht haben sie in der Stadthalle nur unsere Personalien aufgenommen und uns kurz befragt. Sie haben um Handy-Fotos von der Veranstaltung gebeten. Wenn uns noch was einfällt, sollen wir uns melden.«

Mit einem Seufzer griff Elisabeth nach der Kaffeekanne und schenkte Charlotte eine Tasse ein.

»Ich hätte wissen müssen, dass du gleich mit Ermittlungen anfängst.«

»Davon kann keine Rede sein.«

»Das liegt doch bei dir in den Genen. Wahrscheinlich war einer deiner Vorfahren Detektiv. Du kannst gar nicht anders. Und wenn du ermittelst, dauert es nicht lange, bis Anneliese auch darin verstrickt ist.«

»Das hast du nett formuliert«, sagte die Strick-Liesel anerkennend, und über Charlottes Gesicht huschte ein Lächeln.

»Loretta war unser Gast«, sagte sie sehr ernst. »Wir mochten uns und haben in den letzten Tagen eine Beziehung zueinander aufgebaut. Deshalb ist es selbstverständlich, dass wir dazu beitragen möchten, ihren Mörder aufzuspüren. Das sind wir ihr schuldig.«

Damit war Philipp wahrscheinlich nicht einverstanden. Unerwartet nickte er jedoch.

»In diesem Fall bin ich ausnahmsweise der gleichen Ansicht. Deshalb werde ich Herrn Bremer offiziell meine Unterstützung anbieten.«

»Hannes wird klar sein, dass ich dabei mitmischen würde. Das will er bestimmt verhindern.«

»Dann wende ich mich eben an Frau Dr. Pauli. Immerhin könnte ich indirekt betroffen sein – obwohl nicht zu befürchten ist, dass ein unbekannter Autor in Gefahr ist.«

Diese Worte waren Nahrung für Elisabeths Befürchtungen.

»Woher willst du das wissen? Es ist noch nicht lange her, dass es ein verrückter Stalker auf dich abgesehen hatte. Inzwischen bist du, genau wie die Ermordeten, ein Kriminalschriftsteller.«

»Mach dir keine Sorgen. Ich bin ein viel zu kleines Licht am Literaturhimmel. Der Täter will Aufmerksamkeit erregen. Deshalb sind seine Opfer Bestsellerautoren. Die bringen mehr Publicity.«

Im Verhörraum des Polizeipräsidiums wartete Dennis Eisner auf seine Befragung. Mittlerweile hatte man ihn erkennungsdienstlich behandelt, um ihn gegebenenfalls aus dem Kreis der Verdächtigen ausschließen zu können.

Der Hauptkommissar und seine Kollegin kamen herein und setzten sich ihm gegenüber. Der Mann wirkte nicht nur unruhig. Offenbar war er verärgert.

»Warum haben Sie mich abholen lassen wie einen Verbrecher?«

»Im Zuge unserer Ermittlungen haben sich noch einige Fragen ergeben.« Hannes öffnete die vor ihm liegende Handakte. »Wir haben mit dem Taxifahrer gesprochen, der Sie und Herrn Tennstedt an besagtem Sonntagnachmittag zum Hildesheimer Bahnhof gefahren hat. Der Mann hat ausgesagt, dass Sie auf der Rückbank gestritten haben. Worum ging es dabei?«

»Das ist maßlos übertrieben Wir hatten nur eine kleine Meinungsverschiedenheit.«

»Worüber?«

»Na ja, das war … nichts Wichtiges.«

Pia beugte sich etwas vor und blickte Eisner fest in die Augen.

»Geht es vielleicht ein bisschen genauer?«

Sichtlich nervös rutschte er auf dem Stuhl herum.

»Ich wollte … Also, ich habe ihm vorgeschlagen, zu ihm ins Hotel zu kommen, wenn ich aus Bremen zurück bin.«

»Aber das wollte er nicht?«

Kopfschütteln.

»Aus welchem Grund?«

»Er sagte, dass er mich dort nicht gebrauchen kann, weil er viel zu tun hat. Ich würde ihn nur ablenken.«

»Eine knallharte Ansage. Das muss Sie gekränkt haben.«

Eisner zuckte die Schultern.

»Wenn mich mein Freund so abgebügelt hätte, würde ich mich fragen, ob nicht mehr dahintersteckt. Ihnen erging es genauso, nicht wahr? Sie haben befürchtet, dass er Sie betrügt. Die Eifersucht nagte an Ihnen. Deshalb haben Sie sich in Bremen am Tatabend einen Wagen gemietet und sind nach Hannover gefahren. Wahrscheinlich haben Sie vor dem Hotel auf ihn gewartet. In seinem Zimmer kam es zum Streit. Erpo hat Ihnen vorgeworfen, dass Sie ihm nachspionieren. Er war empört, wollte sich von Ihnen trennen, und die Situation eskalierte.«

»Nein! So war es nicht!«

»Sagen Sie uns, was passiert ist«, verlangte Hannes. »Inzwischen wissen wir, dass Sie im Hotel waren. Wir haben dort Ihre Fingerspuren sichergestellt.«

Erschrocken zuckte Eisner zurück. Es entstand eine kurze Gesprächspause.

»Das kann nicht sein. Sie wollen mir was anhängen. Ich will sofort einen Anwalt.«

Am Nachmittag war Hannes unterwegs zur Senioren-WG. Benno Winkler, der Chef der Kriminaltechnik, folgte ihm in seinem Wagen. Die Fahrt endete am schmiedeeisernen Tor. Nach dem Läuten ließ Elisabeth die Besucher aufs Grundstück. Die Seniorin stand vor der geöffneten Haustür, als die Beamten aus den Autos stiegen.

»Hallo, Frau Seegers«, begrüßte Hannes die zierliche alte Dame. Er wusste, dass sie ihn mochte, was auf Gegenseitigkeit beruhte. »Geht es Ihnen gut?«

»Ausgezeichnet, Herr Wachtmeister.« Trotz der Ereignisse lächelte sie. »So sehr ich mich über Ihren Besuch freue, vermute ich, dass Sie hier sind, weil Loretta Lamar ermordet wurde. Unsere Miss Marple und ihre Assistentin stehen bereits in den Startlöchern, um Sie zu unterstützen.«

»Das kann ich mir gut vorstellen. Womöglich werden die beiden Sie noch einmal als Aushilfskraft aktivieren.«

Abwehrend hob Elli die Hände.

»Mein Einsatz bei der Stalkingsache war eine absolute Ausnahme, um Philipp zu helfen. Das alles ist mir mit zu viel Aufregung verbunden. Da backe ich lieber für die ganze Kompanie.«

»Die Kuchen von Frau Seegers sind besonders lecker«, wandte sich Hannes an seinen Begleiter.

Charlotte und Philipp erschienen in der Wohnhalle und begrüßten die Besucher.

»Heute bist du nicht mehr so blass, Lotti«, stellte Winkler fest, der wusste, dass sie sonst niemand so nennen durfte. »Das war gestern ein Schock für dich, nicht wahr?«

»Wenn man plötzlich vor einer Toten steht, die man kennt,

ist das schwer zu verkraften.« Mit einer vagen Geste deutete sie Richtung Treppe. »Du möchtest ihre Sachen sehen?«

Ohne eine Antwort abzuwarten, führte sie ihn in die erste Etage. Nach kurzem Zögern öffnete sie die Tür zu ihrem Wohnraum und trat ein. Benno folgte ihr. Ihm war klar, dass hier im Haus niemand etwas mit dem Tod der Autorin zu tun hatte. Dennoch streifte er gewohnheitsmäßig Einweghandschuhe über, während er sich umschaute. Was er sah, gefiel ihm.

»Eine sehr geschmackvolle Gästeunterkunft.«

»Das sind meine beiden Räume. Ich habe sie Loretta überlassen.«

Eigentlich hätte er sich das denken können. Den farblichen Kontrast zu den weißen Tapeten und der hellen Möblierung bildeten vereinzelte großformatige Farbfotos an den Wänden. Benno kannte nicht nur Charlottes Leidenschaft, Kriminalfälle zu lösen, sondern auch ihre Begeisterung fürs Fotografieren.

Beeindruckt wandte er sich der breiten Schiebetür zu, die beide Räume verband.

»Darf ich?«

Charlotte nickte, worauf er die Tür aufschob. Die Schlafzimmermöbel waren ebenfalls aus weißem Holz. Am Schrank hingen einige Bügel mit Kleidung, in einem aufgeklappten Rollkoffer auf den Holzdielen befanden sich Wäschestücke.

»Das nehme ich alles mit«, kündigte Benno an. »Hilfst du mir bitte? Du weißt am besten, was davon nicht dir gehört.«

Charlotte zeigte ihm Lorettas Eigentum. Nach der Kleidung packte er die Utensilien aus dem Bad in den Trolley. Den Laptop der Autorin legte er obenauf und schloss den Rundumreißverschluss.

Seite an Seite gingen sie hinunter.

»Möchtest du nicht zum Kaffee bleiben? Elli hat Butterkuchen gebacken.«

»Das nächste Mal gern. Wir müssen mit der Spurensuche vorankommen.« Zum Abschied legte er den Arm um ihre Schulter und drückte sie kurz an sich. »Pass auf dich auf.«

Nachdem der Kriminaltechniker vom Grundstück gefahren war, schloss sie per Knopfdruck das Tor. Das Stimmengewirr aus der Küche wies ihr den Weg zu den Freunden.

»Wo hast du denn den Benno gelassen, Lotti?«

Sie verzog keine Miene und setzte sich Hannes gegenüber.

»Er wollte gleich zurückfahren.« Im Nu war sie mit Kaffee und Kuchen versorgt. »Habt ihr inzwischen eine heiße Spur?«

In scheinbarem Bedauern zuckte er die Schultern.

»Du weißt, dass ich mit Außenstehenden nicht darüber sprechen darf.«

»Sollen wir Sie allein lassen?«

»Nicht nötig«, beantwortete er die Frage des Generals und zog einen USB-Stick aus der Tasche, den er Philipp über den Tisch hinweg reichte. »Frau Dr. Pauli hat gesagt, dass Sie mit an Bord sind, und mich gebeten, Sie über unseren bisherigen Ermittlungsstand zu informieren.« Mit wissendem Blick schaute er in die Runde. »Wie ich das beurteile, wird Ihr Dream-Team alles mitkriegen und fleißig dazu beitragen, den Täter zur Strecke zu bringen.«

»Ausschließen kann ich das nicht«, erwiderte der Professor. »Sie wissen ja, wie das hier bei uns läuft.«

Während Hannes nickte, beugte sich Anneliese gespannt vor.

»Erzählen Sie mal, Herr Kommissar. Was können wir tun?«

»Vorläufig nicht viel. Versuchen Sie, sich zu erinnern, ob Ihnen gestern irgendwas ungewöhnlich vorkam. Egal, ob es auf den ersten Blick unbedeutend wirkt. Das gleiche gilt für dich, Charly. Wir brauchen was, wo wir ansetzen können.« Hoffnungsvoll schaute er Philipp an. »Es wäre hilfreich, wenn das vorhandene Material ausreichen würde, ein Profil zu erstellen.«

»Ich werde sehen, was ich tun kann.«

»Danke.«

»Vielleicht solltest du mit mir eine kognitive Befragung durchführen«, wandte sich Charlotte an ihren Lebensgefährten. Erst kürzlich hatte sie das erste Mal so etwas miterlebt, als er diese Methode bei seiner Schwester erfolgreich angewandt hatte. »Unbewusst habe ich möglicherweise auf dem Weg zu den Waschräumen was registriert.«

»Das machen wir nachher.«

»In Ordnung.« Nachdenklich griff sie nach der Kaffeetasse. »Wie soll es denn mit dem Krimifestival weitergehen?«

»Frau Dr. Pauli berät sich mit Verantwortlichen von der Stadt und Herrn Beski. In einer Stunde findet eine Pressekonferenz statt. Deshalb muss ich mich bald verabschieden – aber nicht, bevor ich diesen so appetitlich aussehenden Kuchen probiert habe.«

KAPITEL 13

Die Pressekonferenz war für 17 Uhr im Polizeipräsidium anberaumt. Wegen des enormen Medieninteresses erschien die Oberstaatsanwältin persönlich. Dieser Fall berührte viele prominente Autoren, mit deren Umgang Fingerspitzengefühl erforderlich war. Außer der Juristin nahmen Hauptkommissar Bremer und eine Pressesprecherin der Polizei an dem langen Tisch Platz. Bunte Mikrofone verschiedener Radio- und Fernsehsender waren dort aufgebaut; Mineralwasserflaschen standen für die Teilnehmer bereit.

Die Stuhlreihen füllten sich rasch mit Pressevertretern. Foto- und Videokameras kamen zum Einsatz.

Die Begrüßung der Medienvertreter übernahm die Pressesprecherin, die anschließend den Ablauf der Veranstaltung erläuterte.

»Der Leiter der Ermittlungen, Hauptkommissar Hannes Bremer, wird Ihnen zunächst die näheren Umstände der gestrigen Tat schildern. Danach wird Oberstaatsanwältin Frau Dr. Pauli, über die Bewertung der Tat sprechen. Selbstverständlich haben Sie im Anschluss Gelegenheit, Ihre Fragen zu stellen.« Damit übergab sie das Wort an den Kriminalkommissar.

»Sehr geehrte Medienvertreter, im Rahmen dieser Pressekonferenz informieren wir Sie über die gestrigen Ereignisse –

soweit es der aktuelle Ermittlungsstand zulässt. Wir wurden gestern Abend gegen 22 Uhr zur Stadthalle gerufen. Während der Eröffnungsgala des Krimifestivals wurde in einem kleinen Lagerraum eine leblose weibliche Person aufgefunden. Bei der Leichenschau vor Ort stellte der Rechtsmediziner fest, dass der Tod durch Gewalteinwirkung gegen den Hals eingetreten war. Das bedeutete, dass schnell von einem Tötungsdelikt ausgegangen werden konnte. Die inzwischen erfolgte Obduktion ergab Tod durch Ersticken. Das Opfer wurde erdrosselt.« Er wechselte einen Blick mit der Oberstaatsanwältin, die unmerklich nickte. »Bei der Toten handelt es sich um die 52-jährige Kriminalschriftstellerin Loretta Lamar.«

Ein Raunen ging durch die Reihen der Journalisten.

Als sich die Unruhe legte, ergriff Benita Pauli das Wort.

»Die Staatsanwaltschaft war von Beginn an eng in die Ermittlungen eingebunden. Sie hatten und haben oberste Priorität. Seit dem Auffinden eines zweiten Opfers im Zusammenhang mit dem Krimifestival teilen wir die Mutmaßungen der Presse, die sich bereits in ihrer heutigen Berichterstattung auf einen Serientäter fokussierte. Wie im Hotel wurden in der Stadthalle umfangreiche Spurensicherungsmaßnahmen im Bereich des Tatorts durchgeführt. Die Auswertungen sind in beiden Fällen noch nicht abgeschlossen. An dieser Stelle möchte ich der gesamten *SOKO Plagiator*, die nahezu rund um die Uhr ermittelt, für die engagierte und unermüdliche Arbeit danken.« Ihr Blick schweifte über die Anwesenden. »Um Ihrer Frage zuvorzukommen, wie es nun mit dem Krimifestival weitergehen soll: Ich habe mich heute mit Vertretern der Stadt und dem Organisator des Festivals beraten. Wir sind zu dem Ergebnis gelangt, dass das Fest wie geplant stattfinden soll, da sich der Täter nach unserer Einschätzung kaum durch einen Abbruch aufhalten lassen würde. Im Gegenteil:

Es stünde womöglich zu befürchten, dass er aus Wut wahllos tötet. Allerdings wird es bei jeder Veranstaltung im Zusammenhang mit dem Festival weitere Sicherheitsmaßnahmen sowie eine erhöhte Polizeipräsenz geben, um Autoren und Gäste bestmöglich zu schützen.«

Die Staatsanwältin gab der Pressesprecherin ein Zeichen zu übernehmen. Daraufhin forderte die junge Frau die Pressevertreter auf, ihre Fragen zu stellen.

Zuerst meldete sich ein Reporter eines norddeutschen Rundfunksenders zu Wort:

»Frau Dr. Pauli, es ist kein Geheimnis, dass dem Täter für den Mord an Erpo Tennstedt ein Roman des Autors als Vorlage gedient hat. Er ist also tatsächlich ein Plagiator. Verhält es sich beim zweiten Opfer genauso?«

»Das kann ich bestätigen.«

»Tödliche Seide«, warf eine Journalistin ein. »Das habe ich gerade gegoogelt. Wenn sich der Täter akkurat an die Romanvorlage gehalten hat, müsste er das Opfer mit einem Seidenschal erdrosselt haben, der mit roten Rosen bedruckt ist. Trifft das zu?«

Die Oberstaatsanwältin zögerte einen Moment. Solche Details wurden normalerweise zurückgehalten. Allerdings konnte man bei diesem Tötungsdelikt im Krimi des Opfers nachlesen, womit dort getötet wurde. Deshalb machte es wenig Sinn, es zu verschweigen.

»Das ist korrekt.«

»Herr Bremer«, wandte sich ein Pressevertreter an den Hauptkommissar. »Sie suchen seit dem Mord an Erpo Tennstedt nach dem – *Plagiator*, kommen aber offenbar nicht voran. Hat er es deshalb noch einmal gewagt? Noch dazu während einer Veranstaltung mit mehreren 100 Gästen. Fühlt er sich so sicher?«

»Wir wissen es nicht – noch nicht.«

»Bedeutet das, Sie haben eine Spur?«

»Zu diesem Zeitpunkt kann ich Ihnen nur so viel sagen, dass wir einen Anfangsverdacht gegen eine Person haben, die nicht vorbestraft ist.«

»Hauptkommissar Bremer«, sprach Marlene Biber ihn an. »Können Sie uns erklären, was genau Sie tun werden, um Autoren und Gäste bei den Events zu schützen?«

»Bei sämtlichen Veranstaltungen wird es beim Einlass verstärkte Kontrollen und zusätzlich Videoüberwachung geben. Außerdem werden uniformierte Beamte präsent sein. Ziel dieser Maßnahmen ist nicht nur, die Anwesenden zu schützen, sondern zusätzlich das Sicherheitsgefühl zu stärken.«

Nachdem alle Fragen gestellt waren, wurde die Pressekonferenz beendet.

Hannes und die Staatsanwältin zogen sich zu einer kurzen Besprechung in sein Arbeitszimmer zurück.

»Das haben Sie gut gemacht«, sagte sie, während er für jeden einen Becher Kaffee auf den Schreibtisch stellte.

»Was meinen Sie?«

»Dass Sie der Presse von einem Anfangsverdacht erzählt haben. Dadurch können die Reporter ein bisschen spekulieren. Und wenn sie darüber schreiben, beunruhigt das den Täter hoffentlich ein wenig.«

»Das war der Plan. Außerdem entspricht es den Tatsachen. Zwar haben wir noch nicht genug gegen Eisner in der Hand, aber wir sind dran. Wir hoffen, dass wir jemanden finden, der ihn in der Tatnacht in Hannover gesehen hat. Zurzeit prüfen wir sämtliche infrage kommenden Verkehrskameras.«

»Haben Sie die Auswertung seines Handys vorliegen?«

»Das war durchgehend bei einem Funkmast in Bremen eingeloggt. Entlastet ist Eisner dadurch aber nicht. Er könnte das Telefon vorsichtshalber dort gelassen haben. Heutzutage weiß fast jedes Kind, dass man mithilfe der Handydaten ein Bewegungsprofil erstellen kann.«

Nachdenklich nickte sie.

»Was mich immer noch wundert ist die Tatsache, dass Erpo Tennstedt seine Beziehung zu Eisner unter allen Umständen geheim halten wollte. In einer Zeit, in der sich Homosexuelle outen und sogar heiraten, finde ich das zumindest ungewöhnlich.«

»Vielleicht wollte Tennstedt vorsorgen. Wäre das Verhältnis bekannt gewesen, hätte Eisner womöglich mehr gewollt – eine eingetragene Lebenspartnerschaft oder eine Ehe. Nur dadurch hätte er im Falle einer Trennung Ansprüche geltend machen können.«

»Möglich«, stimmte sie ihm zu. »Mir erscheint das verlogen. In meinen Augen ist das keine Liebe.« Sie trank einen Schluck und legte die Hände um den Kaffeebecher, während sie den Kommissar betrachtete. Er war knapp zwei Meter groß und muskulös. Sie wusste, dass er jahrelang Basketball gespielt hatte und sich mit Joggen, Rudern und Schwimmen fit hielt. Außerdem war er ein ausgezeichneter Schütze. Sein kantiges Gesicht mit der geraden Nase und den Lachfältchen in den Augenwinkeln wirkte anziehend.

»Darf ich Sie etwas Persönliches fragen, Herr Bremer?«

»Was möchten Sie wissen?«

»Wenn man dem Flurfunk glauben darf, sind Sie und Frau Biber ein Paar. Stimmt das?«

»Sehen Sie ein Problem darin, dass ich mit einer Journalistin zusammen bin?«

»Ich bezweifle nicht, dass Sie in der Lage sind, Berufliches und Privates zu trennen. Und ich schätze Frau Biber für ihre seriöse Berichterstattung. Fragen Sie sie bitte bei Gelegenheit, ob sie bereit ist, mit uns zusammenzuarbeiten, wenn es erforderlich werden sollte. Verbrecher lesen ja gerne über ihre genialen Taten in der Zeitung. Manchmal lassen sie sich durch einen Artikel verunsichern, was im besten Fall dazu führt, dass sie Fehler machen und dadurch gefasst werden.«

»Wie ich Marlene kenne, wird sie zustimmen. Aber ich will ihr nicht vorgreifen. Ich spreche sie darauf an.«

»Danke.« Sie erhob sich, worauf Hannes aufstand. »Machen Sie heute mal ein bisschen früher Schluss.«

»Daraus wird nichts. Nachher besuche ich das erste Mal eine Krimilesung. Vielleicht kommt der Täter auf die gleiche Idee. Dann nehme ich ihn fest, und der Fall ist gelöst.«

»Das wäre mir sehr recht«, ging sie lächelnd darauf ein. »Mit einer Erfolgsmeldung dürfen Sie mich mitten in der Nacht aus dem Bett holen.«

»Schaun wir mal.«

KAPITEL 14

Hannes Bremer tauschte im Präsidium das helle Polohemd gegen ein schwarzes aus seinem Vorrat und zog das Sakko vom Garderobenständer darüber. Die Jeans mussten für den Anlass genügen. Vom Präsidium aus fuhr er in nordöstlicher Richtung über die Walderseestraße ins Pelikanviertel. Für die Lesung von Bestsellerautor Hans-Werner Fuchs war ein besonderer Ort gewählt worden: der *Pelikan Tintenturm*. Seit der Gründung vor mehr als 180 Jahren gehörte die weltbekannte Marke zu Hannover. Erst seit einiger Zeit fanden im historischen Saal Veranstaltungen und Ausstellungen statt.

Vor dem Eingang wartete Marlene Biber bereits auf den Hauptkommissar. Er begrüßte sie mit einem Kuss. Wie alle Gäste mussten sie die Kontrolle durch zwei Uniformierte durchlaufen. Danach schlossen sie sich den anderen Krimifreunden an und betraten das Gebäude über die sechs Stufen. Da sie beide das erste Mal hier waren, schauten sie sich interessiert um. Dabei ließen sie sich im Strom der Gäste treiben. Wie alle neuen Besucher beeindruckte sie die breite Tür des Veranstaltungssaals mit der aufwendig bemalten Supraporte. Von dort aus schaute man im Saal direkt auf die Stirnwand, die mittig zwei breite, fast raumhohe Mosaike zierte, deren Farben durch den Lichteinfall der großen Sprossenfenster prächtig funkelten. Vitrinen mit Utensilien aus der langen *Pelikan*-Firmengeschichte weckten Neugier. Auf dem hellen Tafelmusterparkett standen zahlreiche Sitzgelegenheiten für ein gespanntes Publikum bereit. Seitlich davon war ein Büchertisch aufgebaut. Hannes erkannte dort den Organisator des Festivals und führte seine Begleiterin dorthin.

»Guten Abend, Herr Kommissar.«

»Hallo, Herr Beski.« Er deutete auf Marlene. »Sie kennen Frau Biber?«

»Selbstverständlich.« Erfreut lächelte er. »Schön, Sie zu sehen. Möchten Sie über die Lesung berichten?«

»Das habe ich vor. Allerdings hoffe ich, dass es nicht noch mal ein reales Verbrechen geben wird.«

»Bei den verstärkten Sicherheitsvorkehrungen dürfte das nicht passieren.«

»Ihr Wort in Gottes Ohr.« Sie trat näher an den Büchertisch und nahm das Angebot in Augenschein. Eine große Auswahl an Werken des Autors war werbewirksam präsentiert. Bislang hatte sie noch keinen dieser Küstenkrimis gelesen. »Welchen können Sie mir empfehlen?«

»Da fragen Sie am besten meinen Assistenten«, riet Beski ihr und deutete auf den Mann hinter dem Büchertisch. »Herr Harms ist unser Fachmann.«

Ihr fragender Blick wechselte zu seinem Mitarbeiter. Er wirkte etwas schüchtern, tippte aber zielsicher auf ein Buch. Das Cover zeigte eine stürmische Brandung.

»Dies ist der absolute Bestseller von Herrn Fuchs. *Angeschwemmt* ist sein neuester Krimi. Kürzlich ist er in die dritte Auflage gegangen – und das fünf Monate nach Erscheinen. Der Krimi ist sehr packend geschrieben.« Mit einem schnellen Griff nahm er ein Exemplar von einem Stapel. »Der Autor hat vorhin einige davon signiert.«

»Den nehmen wir«, sagte Hannes und zückte seine Geldbörse. Offenbar war Beskis Assistent ein Verkaufstalent.

Nach dem Bezahlen schenkte der Hauptkommissar das Buch seiner Begleiterin. Da sich der Saal zunehmend füllte, beschlossen sie, sich zu setzen. Um im Notfall schnell reagieren zu können, wählte Hannes die letzten beiden Plätze am Ende einer Stuhlreihe. Mit geschultem Blick lokalisierte er nicht nur die Kameras. Er entdeckte mehrere Kollegen unter den Anwesenden, die für die Sicherheit zuständig waren. Aus gutem Grund waren nicht nur Uniformierte im Einsatz.

Es dauerte nicht mehr lange, bis Holger Beski den bekannten Autor ankündigte, der an diesem Abend aus seinem erfolgreichsten Werk lesen würde.

Am Nachmittag hatte der Professor am Profil des *Plagiators* gearbeitet. Eine möglichst präzise Einschätzung war wegen der bislang dürftigen Informationen über den Täter nicht einfach.

Charlotte und Philipp gingen nach dem Abendessen hinauf in die erste Etage. In ihrem Wohnzimmer bat er sie, es sich auf dem Sofa bequem zu machen, worauf sie sich lang ausstreckte. Mit ihrer Erlaubnis aktivierte er die Aufnahmefunktion seines Smartphones und legte es auf den Tisch. Für diese einfache Form der Befragung hatte er eine eigene Methode entwickelt, die fast immer den gewünschten Erfolg brachte.

»Charlotte, schließe bitte deine Augen und folge meiner Stimme.«

Sie wusste, was sie erwartete, und begab sich vertrauensvoll in seine Hände. Ihre Lider schlossen sich. Sie konzentrierte sich ausschließlich auf seine sanfte Stimme, blendete alles andere aus.

»Du bist vollkommen ruhig und entspannt. Dein rechter Arm ist ganz schwer … Du bist vollkommen ruhig und entspannt. Dein linker Arm ist ganz schwer … Du bist vollkommen ruhig und entspannt. Dein Atem geht ruhig und gleichmäßig … Du bist vollkommen entspannt. Dein Herz schlägt ruhig und regelmäßig … Deine Stirn ist angenehm kühl. Du fühlst dich wohl.« Er sprach langsam und gedämpft. »Es ist der Abend der Galaveranstaltung. Du betrittst mit deinem Begleiter die Stadthalle. Was siehst du?«

»Elegant gekleidete Menschen, die im Foyer flanieren. Einige stehen zusammen und plaudern. Wir unterhalten uns mit einer Gruppe sympathischer Regionalautoren und lachen zusammen. Später gehen wir in den Kuppelsaal. An unserem Tisch haben vier Gäste Platz genommen. Wir setzen uns dazu und machen uns bekannt.«

»Was tust du dann?«

»Ich schaue mich um und entdecke Anneliese und ihren Hamburger. Ein paar Tischreihen weiter sehe ich Loretta. Sie sitzt schräg gegenüber mit einigen Herren zusammen, die ich nicht kenne.«

»Was geschieht nach der Begrüßungsrede und dem leckeren Essen?«

»Der österreichische Autor, der seit dem Dessert seine Lebensgeschichte zum Besten gibt, erzählt so langatmig, dass ich aufstehe, um mich frisch zu machen.«

»Wohin gehst du?«

»Zuerst ins Foyer. Von dort folge ich den Schildern zu den Waschräumen.«

»Siehst du andere Gäste?«

»Nicht viele. Die meisten sind noch im Saal. Mir kommen drei ältere Frauen entgegen. Sie tuscheln miteinander.«

»Sonst ist niemand zu sehen? Schau genau hin.«

»Nein … Doch, an einer Säule lehnt ein Mann.«

»Beschreib ihn bitte.«

»Groß, schlank, dunkler Anzug. Beim Näherkommen dreht er mir den Rücken zu.«

»Kannst du sein Gesicht erkennen?«

»Nur für einen kurzen Moment.«

»Du machst das sehr gut, Charlotte. Geh bitte einige Schritte rückwärts – bis du ihn das erste Mal wahrnimmst.«

»Ich bin an einem der Rundbögen. Von Weitem sehe ich den Mann an einer der Säulen.«

»Okay. Beweg dich bitte langsam auf ihn zu und konzentrier dich dabei auf sein Gesicht. Wenn du es klar und deutlich siehst, bleib bitte stehen.«

»Jetzt sehe ich sein Gesicht klar und deutlich.«

»Wie alt schätzt du den Mann?«

»Mittelalt ... um die 40.«

»Haarfarbe?«

»Blond.«

»Irgendwelche Auffälligkeiten?

»Nein.«

»Schau ihn dir ruhig länger an. Hat er vielleicht einen Bart, ein Muttermal oder Narben?«

»Nichts davon.«

»Geh bitte weiter zu den Waschräumen und sag mir, was du dabei siehst.«

»Ein Pärchen kommt mir Arm in Arm entgegen. Der Mann zieht eine Augenbraue hoch und taxiert mich mit einem unverschämten Grinsen von Kopf bis Fuß. Ich schieße einen vernichtenden Blick auf ihn ab und gehe vorbei. Dann sehe ich eine alte Dame bei den Waschräumen. Sie scheint völlig aufgelöst zu sein. Von der anderen Seite kommen zwei Frauen dazu.«

»Ist dort sonst noch jemand in der Nähe?«

»Nein.«

»Was tust du?«

»Ich biete meine Hilfe an.«

Philipp beschloss, die Befragung an dieser Stelle abzubrechen, um Charlotte eine erneute Konfrontation mit der Leiche von Loretta Lamar zu ersparen.

»Du bist immer noch entspannt. Beuge und strecke deine Arme. Einmal ... noch einmal ... Nun öffne die Augen. Du bist hellwach und zurück im Hier und Jetzt.«

Wortlos setzte sich Charlotte auf. Daraufhin schaltete Philipp die Aufnahmefunktion seines Telefons aus.

»Wie fühlst du dich?«

»Gut.«

Er wechselte vom Sessel zu ihr aufs Sofa und umschloss ihre Hände mit seinen.

»Erinnerst du dich an alles?«

»An jede Einzelheit. Es ist erstaunlich, was du zum Vorschein gebracht hast. Viele dieser Details habe ich gar nicht bewusst registriert.«

»Gewöhnlich liefert das Gehirn zunächst nur abrufbereit das, was uns wichtig erscheint. Es beschränkt sich sozusagen auf das Wesentliche. Wenn es um die genaue und umfassende Rekonstruktion von Ereignissen geht, wird bei einem kognitiven Interview versucht, die jeweilige Situation nachzuerleben und jedes gespeicherte Detail wiederherzustellen.«

»Das ist dir gelungen. Nun brauchen wir nur noch einen Tatverdächtigen. Den können wir mit den Bildern in meinem Kopf abgleichen. Mit viel Glück erwischen wir den Täter auf diese Weise.«

KAPITEL 14,5

Wie so oft in der letzten Zeit kam er spät nach Hause. Das machte ihm nichts aus. Im Gegenteil. Brachte es ihn doch seinem Ziel näher. Er schlich über den Flur an der Stube seiner verhassten Mutter vorbei. Auf ihre keifende Stimme hatte er so viel Lust wie ein Tier auf die Schlachtbank. Leise verschwand er in seinem Zimmer und schloss die Tür hinter sich. Schnell zog er sich aus und legte sich aufs Bett.

In der Vergangenheit hatte er viele Krimilesungen besucht. Wann immer es möglich war, nahm er daran teil – um den jeweiligen Autor agieren zu sehen und etwas von ihm zu lernen. – Und um die Reaktion des Publikums zu studieren. Die heutigen Nachmittagsveranstaltungen hatte er sich geschenkt. Vorträge waren für ihn nicht interessant. Auf Tipps, wie man eine realistische Story schrieb, war er nicht angewiesen. Die Fakten für seinen Krimi hatte er selbst geschaffen, den Rest sorgfältig recherchiert.

Mit geschlossenen Augen ließ er den Abend Revue passieren. Die Lesung von Hans-Werner Fuchs war für ihn ein besonderes Erlebnis gewesen. Dieser Autor verstand es, das Publikum in seinen Bann zu ziehen. Genauso würde er es eines Tages handhaben, wenn sein Krimi erst die Bestsellerlisten gestürmt hätte. Niemand würde ihn aufhalten. Keiner würde seine Pläne zunichtemachen. Diese Komiker von der

Polizei erst recht nicht. Ein abfälliges Lachen entwich seiner Kehle. Waren die wirklich so naiv zu glauben, dass sie ihn überlisten könnten? Er hatte die Pressekonferenz im Regionalprogramm gesehen und von den geplanten Sicherheitsmaßnahmen erfahren. Eingangskontrollen, Kameras oder verdeckte Ermittler sollten ihn aufhalten? Lächerlich. Für wie dumm hielten sie ihn? Anscheinend gingen sie davon aus, dass er nun während jeder Veranstaltung des Krimifestivals zuschlagen würde. So einfallslos war er nicht. Seine Pläne gestalteten sich brillanter und raffinierter. Unvergleichbar mit allem, was andere je geschrieben hatten. Wie die Bullen wohl reagiert hätten, wäre ihnen bekannt gewesen, dass er sich mitten unter ihnen bewegt und es genossen hatte, sie für dumm zu verkaufen? Er hatte nicht nur den Hauptkommissar und die Journalistin gesehen, sondern die Polizisten identifiziert, die sich so auffällig unauffällig verhalten hatten. Für so was hatte er einen Blick. Wahrscheinlich warteten sie ungeduldig auf seinen nächsten Schritt. Er würde ihnen bald ein weiteres Werk präsentieren. Mit jedem Mord würden sie seine Intelligenz mehr bewundern, aber nicht dahinterkommen, was ihn antrieb.

Seine Fantasie malte Bilder seines nächsten, in allen Einzelheiten geplanten Mordes. Wundervolle, farbige Gemälde des Tatorts und des Opfers, wie es um sein Leben winselte. Jedes seiner Verbrechen war ein Kunstwerk. Er war genial und gnadenlos. Erregung packte ihn. Sein Atem ging stoßweise, während in seinen Ohren das Blut pulsierte. Zunächst genoss er diesen Zustand – bis das Dröhnen in seinem Kopf einsetzte. Er presste die Hände auf die Ohren, während er sich auf der Matratze herumwälzte. Böser Junge, böser Junge …

KAPITEL 15

Am frühen Morgen saß Hannes mit seinen engsten Teamkollegen in seinem Dienstzimmer. Bei einer Tasse Kaffee berichtete der Hauptkommissar von der Lesung im *Pelikan Tintenturm*.

»Und was schließen wir daraus, dass der Täter gestern nicht aktiv wurde?« Pias Blick wechselte zwischen Hannes und Martin. »Wird ihm die Sache nach Erhöhung der Sicherheitsmaßnahmen zu brenzlig? Oder war er eh schon fertig?«

»Vielleicht waren die beiden Taten ein Racheakt«, meinte ihr jüngerer Kollege. »Dann hätten wir es gar nicht mit einem durchgeknallten Psychopathen zu tun.«

»Ginge es um simple Rache, hätte er sich nicht die Mühe gemacht, die Morde aus den Romanen zu kopieren«, wandte Hannes ein. »Ich halte es für wahrscheinlicher, dass er eine Verschnaufpause einlegt, um sein Vorgehen unseren Maßnahmen anzupassen. Das verschafft uns hoffentlich Zeit, ihn aufzuspüren.« Er blätterte in der vor ihm liegenden Akte. »Weder das Handy von Tennstedt noch das von Loretta Lamar wurde bislang gefunden. Aus welchem Grund hat der Täter die Telefone mitgenommen? Ihm dürfte klar sein, dass wir die Verbindungsnachweise trotzdem erhalten.«

»Auf beiden Smartphones muss etwas gespeichert sein, das uns zu ihm führen könnte«, überlegte Pia. »Kontaktdaten, Fotos …«

»Das würde bedeuten, er hat die Opfer gekannt – nicht nur als Autoren, sondern persönlich. Damit kommt wieder Dennis Eisner ins Spiel. Er war Tennstedts Freund und Assistent. Bestimmt hat er ihn oft begleitet. Da liegt es nahe, dass Eisner die Lamar bei einer solchen Gelegenheit kennengelernt hat. Möglicherweise waren die Autoren miteinander befreundet. Versucht rauszufinden, ob die sich zumindest mal begegnet sind.«

»Und Beski sollten wir weiter im Auge behalten«, warf Martin ein. »Der hatte nachweislich mit beiden Opfern zu tun.«

Während Hannes unschlüssig wirkte, klopfte jemand an der Tür. Pia stand auf und öffnete. Draußen wartete der Rechtsmediziner.

»Moin zusammen.«

»Moin, Horst.« Irgendetwas schien an ihm verändert zu sein, aber was? »Komm rein.«

»Hast du einen Kaffee für mich?«

»Wie immer mit Milch und Zucker?«

»Schwarz, bitte.« Er ließ sich auf dem Stuhl vor dem Schreibtisch nieder und reichte dem Hauptkommissar den mitgebrachten roten Aktendeckel. »Der endgültige Obduktionsbericht.«

Hannes warf nur einen kurzen Blick hinein.

»Das lese ich später. Kannst du uns eine kurze Zusammenfassung geben?«

Horst dozierte über die Verlegung der Atemwege durch Kompression des Kehlkopfes sowie die Beeinträchtigung der Kopfdurchblutung und deren Folgen. Er erwähnte die Drosselmarke, massive Einblutungen in die Halsmuskulatur, Brüche des Zungenbeins und des Schildknorpels. Die Lungen des Opfers waren akut gebläht; ein Randemphysem hatte sich gebildet. Außerdem war der Rechtsmediziner bei der inneren Besichtigung auf petechiale Blutungen in der Serosa von Lunge, Herz und Thymus sowie Hyperämie der inneren Organe, insbesondere der Leber und Niere, gestoßen.

»Sehr interessant«, kommentierte Hannes, obwohl er nicht alles verstanden hatte. »Du hast am Tatort etwas vom Gesicht der Toten gesichert. Was war das?«

»Ein Haar.« Dankbar nahm er den Kaffeebecher von der Kommissarin entgegen. »Ein blondes Haar mit intakter Haarwurzel. Mithilfe der PCR-Technik habe ich die wenigen Zellen vervielfältigt und dadurch den DNA-Code erhalten.«

Pia reagierte begeistert.

»Endlich ein Lichtblick! Das blonde Haar würde zu Eisner passen! Wir müssen uns eine DNA-Probe von ihm besorgen!«

»Nicht nötig. Das Haar stammt von Charlotte.«

»Woher weißt du das?«

»Erinnerst du dich an ihren Einsatz im Internat Rabeneck? Nach ihrem Verschwinden und dem Fund der Brandleiche hat mir Philipp die Zahnbürste von Charlotte für einen DNA-Abgleich gegeben. Ich dachte, ich erspare euch unnötige Arbeit, wenn ich erst mal ihren gespeicherten Code aus meinem damaligen Bericht mit dem aus dem Haar gewonnenen vergleiche.«

»Schade. Aber gut, dass du überhaupt soweit gedacht hast.«

»Immerhin hatte sie den ersten Kontakt mit der Leiche.« Verschmitzt lächelte er. »Wenn ihr verhindern wollt, dass sie in diesem Fall ermittelt, könntet ihr sie theoretisch als Hauptverdächtige einstufen und verhaften.«

Der Hauptkommissar grinste vielsagend.

»Diese Vorstellung hat was, aber das würde uns Charly nie verzeihen.« Er legte den Aktendeckel in eine Ablage. »Nun mal ernsthaft: Hat die Obduktion irgendeinen Hinweis auf den Täter ergeben?«

»Leider nicht. Außer dem Haar befand sich keine Fremd-DNA auf der Haut der Leiche. Soviel ich weiß, hat die Kriminaltechnik jede Menge Spuren gesichert. Auch von der Kleidung des Opfers, das ja am Boden lag. Wo Menschen arbeiten, finden sich beispielsweise unzählige Hautschuppen, weil sich die obersten Hautschichten permanent erneuern. Bis diese Fülle an mikroskopisch kleinen Spuren ausgewertet ist, können Wochen vergehen.«

»So viel Zeit haben wir nicht. Wenn wir den Kerl nicht schnellstens fassen, reichen deine Kühlfächer bald nicht mehr aus.«

KAPITEL 16

In der Villa der Senioren-WG verabschiedeten sich Charlotte und Philipp nach dem Mittagessen, um Anton abzuholen. Nach einer halben Stunde Fahrt erreichten sie das Internat Rabeneck. Dort ging der Professor in Richtung der Unterkünfte. Unterdessen betrat seine Lebensgefährtin das Verwaltungsgebäude. Zielstrebig stieg sie die wenigen Stufen zum Sekretariat hinauf, um der Schulsekretärin Ingrid Brandt einen kurzen Besuch abzustatten. Sie hatten sich im letzten Herbst während Charlottes Undercover-Einsatz kennen und schätzen gelernt. Sie übergab der Frau einen Beutel Nervennahrung in Form von Schokoladentrüffeln und plauderte eine Weile mit ihr. Dabei erkundigte sie sich nach Ingrids Ehemann, der eine besondere Rolle bei ihren damaligen Ermittlungen gespielt hatte. Durch ihre Aussage war er mit einem blauen Auge in Form einer Bewährungsstrafe davongekommen.

Charlotte verließ bald das Gebäude. Sie sah Philipp und Anton schon von Weitem. Der Junge lief auf sie zu und flog in ihre ausgebreiteten Arme. Liebevoll drückte sie ihn an sich.

»Alles okay bei mir«, kam er ihrer Standardfrage zuvor und grinste breit. »Ich freue mich auf das Wochenende mit euch.«

»Uns geht es genauso. Wir haben dich vermisst. Immerhin haben wir uns länger als üblich nicht gesehen.«

»Aber Philipp war inzwischen zweimal hier.« Er warf dem Mann, der ihm wie ein Vater war, einen dankbaren Blick zu. Der Professor besuchte ihn regelmäßig und unternahm etwas mit ihm, wobei er lange Gespräche mit ihm führte, damit der Junge seine Ängste überwand.

Beim Gang zum Parkplatz nahmen sie das Kind in die Mitte und bei den Händen – wie jede andere Familie.

Unterwegs nach Hannover erzählte Charlotte dem Jungen von einer Lesung aus einem Kinderkrimi, die am späten Nachmittag stattfinden würde.

»Hast du Lust, dort hinzugehen?«

»Lieber würde ich mit euch zu Hause bleiben. Ich möchte euch die Fotos vom Wochenende mit Luca zeigen und euch alles erzählen.«

»Gut. Wir machen das so, wie du möchtest.«

Sie freute sich über sein Interesse an der Fotografie. Zunächst hatte sie vermutet, es käme daher, weil sie meistens die Kamera dabeihatte, wenn sie zusammen unterwegs waren. Oft hatte er sich ihren Fotoapparat ausgeliehen und einen guten Blick für Details bewiesen. Deshalb hatte sie ihm zu Weihnachten eine Kamera geschenkt. In den ersten Wochen hatte er nur die Automatikfunktion genutzt, probierte aber seit einiger Zeit die manuelle Bedienung aus und diskutierte mit seiner Pflegemutter über Blende, Belichtungszeiten und Tiefenschärfe.

Zu Hause wurde Anton von allen WG-Bewohnern inklusive Kater Grönemeyer herzlich begrüßt. Ihnen allen hatte der Junge gefehlt, der inzwischen ein festes Familienmitglied war. Nachdem er seine Sachen hinauf in das kleine Dachstudio gebracht hatte, trafen sie in der Küche zusammen. Elisabeth hatte am Vormittag ein Blech Erdbeerkuchen mit Vanillepudding gebacken. Mit großen Augen schaute das Kind auf seinen Kuchenteller.

»Wow! Erdbeeren! Die gab es bei uns nie. Unsere Nachbarin hat mir mal ein paar geschenkt. Die waren voll lecker, aber wir hatten für so was kein Geld.«

Voller Mitgefühl strich Elli ihm über die Wange.

»Hast du denn nie Obst bekommen?«

»Manchmal einen Apfel oder eine Banane. Wenn die braune Stellen hatten, kosteten die viel weniger.«

Missbilligend schüttelte die Seniorin den Kopf. Sie brachte kein Verständnis für Menschen auf, die egoistisch nur an sich dachten. So wie Antons Vater, der das Geld vorzugsweise in Alkohol investiert hatte, sodass es für das Kind nur fürs Allernötigste gereicht hatte. Obendrein hatte er seinen Sohn in volltrunkenem Zustand oft verprügelt.

»Bei uns bekommst du so viele frische Früchte, wie du möchtest. Ich habe noch eine große Schale mit eingezuckerten Erdbeeren im Kühlschrank. Die darfst du heute Abend löffeln.«

Er strahlte sie an.

»Danke, Elli.«

»Und was ist mit uns?« Scheinbar vorwurfsvoll blickte Anneliese die Freundin an. »Für uns Gruftis sind Erdbeeren genauso gesund. Die haben mehr Vitamin C als Zitrusfrüchte oder Kiwis. Erst vor ein paar Tagen habe ich in der *Rentner-Bravo* gelesen, dass das wahre Energiebomben sind – und ein prima Anti-Aging-Mittel. Die glätten angeblich sogar Falten.«

Amüsiert schaltete sich Charlotte in das Gespräch ein.

»Muss man sie dazu pürieren und ins Gesicht schmieren?«

»Nicht nötig. Sie zu essen, reicht vollkommen.«

»Wir sollten die Erdbeerzeit nutzen. Wie viele brauchen wir wohl, um unsere Urnen-WG auf Vordermann zu bringen? Ein paar Kilo oder einige Tonnen?«

»Für deine drei Fältchen reicht ein Erdbeer-Milchshake«,

parierte die Strick-Liesel. »Bei mir sieht es da anders aus. Das sagt mir jeden Morgen das Spieglein, Spieglein an der Wand.«

»Glaub ihm nicht«, bemerkte Anton mit vollem Mund. »Dein Spiegel hat keine Ahnung. Ich finde euch alle schön.«

Der General nickte beifällig.

»Recht hat er. Und bei uns Männern kommt es sowieso nicht so darauf an.«

»Wer hat dir denn das eingeredet?«

»Das ist eine alte Soldatenweisheit.«

Unbefangen legte sich der Junge ein weiteres Stück Kuchen auf den Teller.

»Ist doch egal. Man kann Erdbeeren ja einfach nur essen, weil sie so lecker schmecken.« Mit der Kuchengabel zeigte er auf die Hände der Strick-Liesel, die auf dem Tisch ruhten. »Bei dir passen sie sogar zu den Fingernägeln. Coole Farbe.«

Prompt ließ Anneliese die Hände unter dem Tisch verschwinden. Plötzlich empfand sie es unpassend, immer noch diesen grellen Nagellack zu tragen.

Unterdessen verfolgte Conrad das Gespräch, kommentierte das Gesagte aber nicht. Ihn irritierte seit der Ankunft des Hamburgers, dass Anneliese offenbar einen Verehrer hatte. Dieser Autor rief sie seit dem Mord mehrmals täglich an. Das schreckliche Ereignis auf der Galaveranstaltung schien sie einander nähergebracht zu haben. Was wollte dieser Schreiberling von ihr – von seiner Liesel? Natürlich konnte er das Interesse des Mannes verstehen. Anneliese war eine wunderbare und attraktive Frau. Durch ihre Warmherzigkeit und ihren schlagfertigen Humor hatte sie ihn vor anderthalb Jahren ungewollt im Sturm erobert. Damals hatte er sich lange nicht getraut, ihr seine Gefühle zu offenbaren. Schließlich war Charlotte zum Probewohnen im Eichengrund eingezogen. Sie hatte rasch bemerkt, wie es um ihn stand und ihn ermutigt, Liesel zu gestehen, was er für sie empfand. Kurz danach wurden sie ein Paar. Manchmal fragte er sich, warum sie ausgerechnet ihm den Vorzug gegeben hatte. Seit einiger Zeit überlegte er sogar, ob er es wagen sollte, ihr zu ihrem ersten Jahrestag einen Heiratsantrag zu machen. Nun rückte das Datum immer näher, und er fürchtete mehr denn je, dass sie ihm einen Korb geben würde.

Nachdem der Küchentisch abgeräumt war, holte Anton das Weihnachtsgeschenk von Philipp, Conrad und Albert herbei, auf dem seine Fotos gespeichert waren. Mit dem Tablet setzte er sich an den Tisch, um seiner Familie die Bilder vom Wochenende mit seinem Freund Luca zu zeigen. Dessen Eltern waren geschieden, sodass der Vater seinen Sohn nicht oft sah. Deshalb dachte er sich zum Geburtstag seines einzigen Kindes stets etwas Besonderes aus. Luca besuchte das Internat Rabeneck etwas länger als Anton. Da sich die Jungen ein Zimmer teilten, waren sie nicht nur Mitbewohner, sondern mit der Zeit Freunde geworden. Ohne zu wissen, was sein Papa plante, hatte Luca ihn gebeten, seinen besten Freund mitbringen zu dürfen. Nach Rücksprache mit Charlotte waren sie in ein Abenteuerwochenende gestartet.

»Die Fahrt mit der Brockenbahn und die Wanderung auf dem Baumwipfelpfad waren toll, aber der Heißluftballon war echt mega.«

»Ihr seid also im Harz gewesen«, stellte die Strick-Liesel fest. »Hattest du keine Angst, mit einem Ballon zu fliegen? Mich würden da keine zehn Pferde reinkriegen.«

»Mit dem Ballon fliegt man nicht, man fährt«, erklärte der Junge mit wichtiger Miene. »Das ist echt krass. Da muss man keine Angst haben.« Er drehte das Tablet etwas, damit alle die Fotos sehen konnten, die in einer Slideshow auf dem Display angezeigt wurden. »Von oben sieht alles ganz klein aus, wie Spielzeug. Und hinterher war die Ballontaufe. Ich heiße Graf Anton von Rabenau, unerschrockener Niedersachse und kühner Ballonaut über den reifenden Rapsfeldern und mutiger Grashalmknicker.«

Alle lachten, und der General schlug sich vergnügt auf die Schenkel.

»Was für ein Name! Grandios!«

»Womit seid ihr denn schon mal geflogen?«, wollte Anton wissen.

»Mit der legendären *Transall*«, antwortete Albert. »Und mit anderen Bundeswehrflugzeugen oder Helikoptern.«

Durch einen Blick gab er die Frage an Conrad weiter.

»Bislang bin ich nur in einer *Boeing* oder im *Airbus* geflogen. Ansonsten habe ich oft Wetterballons steigen lassen. – Und du, Elli?«

»Wir sind immer per Auto, Zug oder Schiff gereist«, gestand sie. »Weil ich Flugangst habe. Wenn der liebe Gott gewollt hätte, dass ich fliege, hätte er mir Flügel wachsen lassen.«

»Ich bin kein Fan von umweltverpestenden Flugzeugen«, übernahm Anneliese. »Deshalb bin ich in meinem ganzen Leben nur zweimal geflogen.«

Erwartungsvoll schaute der Junge Charlotte an.

»Manchmal sind wir in den Urlaub geflogen oder ich habe meinen Mann zu medizinischen Kongressen begleitet. Mit meinem Sohn Ben bin ich mal in einen Hubschrauber gestiegen. Das hatte er sich zum zwölften Geburtstag gewünscht. Ein paar Jahre später hat mir mein Mann eine Ballonfahrt zum Hochzeitstag geschenkt. Das war ein tolles Erlebnis. Später wollte ich unbedingt einen Tandemsprung aus einem Flugzeug machen, aber das hat er mir ausgeredet.«

»Hammer.« Antons Blick wechselte zu Philipp. »Du bist dran.«

»Mit Mitte 20 hatte ich meinen Flugschein in der Tasche und durfte die *Cessna* meines Vaters fliegen.«

»Echt? Wow!«

»Das war ein guter Ausgleich zum Studium. Beim Fliegen bekommt man den Kopf frei.«

»Wo ist dein Flugzeug jetzt?«

»Verkauft.«

In Philipps Gesicht regte sich kein Muskel. Plötzlich wurde aus der lockeren Unterhaltung ein ernstes Gespräch. Das sensible Kind spürte die veränderte Atmosphäre. Dennoch überwog die Neugier.

»Warum?«

»Weil ein Freund von mir gestorben ist.«

»War der ein Pilot wie du?«

»Nein.« Nach kurzem Zögern sprach der Professor weiter. »Er sollte im Auftrag seiner Eltern Unterlagen zu einem Geschäftsfreund nach Helgoland bringen. Damals gab es noch kein Internet und keine E-Mails. Arno hat mich gebeten, ihn zu fliegen, aber ich hatte keine Zeit, weil ich für eine Prüfung lernen musste. Deshalb hat er eine kleine Maschine mit einem erfahrenen Piloten gechartert. Sie sind morgens in Hannover abgeflogen, aber nie auf der Insel angekommen. Offenbar ist das Flugzeug über der Nordsee abgestürzt. Die Suchaktion endete erfolglos. Erst Wochen später wurden Wrackteile an der Küste angeschwemmt.«

Mitfühlend legte Charlotte die Hand auf Philipps Rechte, sagte aber nichts, um ihrem Pflegesohn nicht zuvorzukommen.

»Es tut mir leid. Ich wollte dich nicht traurig machen.«

»Kein Problem, mein Junge. Das alles ist lange her – über 40 Jahre.«

»Bist du nie mehr geflogen?«

»Nein.«

»Aber es war nicht deine Schuld, dass dein Freund tot war.«

»Ich weiß. Trotzdem hat es sich so angefühlt. – Verstehst du das?«

Nachdenklich nickte Anton.

»Ich dachte immer, ich bin schuld, dass meine Mutter sich umgebracht hat, weil ich sie nicht vor meinem Vater beschützen konnte ...« Seine Augen füllten sich mit Tränen. »Dabei habe ich ganz vergessen, dass ich ihr egal war. Sie hatte mich überhaupt nicht lieb, weil sie gar keine Kinder wollte.«

»Wie kommst du denn darauf?«

»Das habe ich mal gehört, als meine Eltern sich ganz laut gestritten haben.«

»Wie alt warst du damals?«

»In der ersten Klasse – sechs.«

»Das hast du bestimmt falsch verstanden«, vermutete Charlotte. »Jede Mutter liebt ihre Kinder.«

»Meine war nicht wie du. Du liebst sogar ein fremdes Kind. Meine Mutter ...« Nun liefen ihm die Tränen ungehindert über die Wangen. »Sie hat Vater angeschrien: ›Du wolltest den Bengel, nicht ich! Wegen ihm ist alles noch schwerer! Ich hasse dich dafür!‹«

Philipp tauschte einen fragenden Blick mit Charlotte. Mit ernster Miene nickte sie. Daraufhin erhob er sich und legte dem Jungen die Hand auf den Rücken.

»Hast du Lust, mal mit mir an die frische Luft zu gehen? Ich möchte dir etwas erzählen.«

Anton wischte sich mit den Fingern die feuchten Spuren vom Gesicht, zog die Nase hoch und stand auf.

Seite an Seite verließen sie die Küche, gingen ins Arbeitszimmer und von dort aus über die Terrasse in den weitläufigen Garten.

Während sie Hand in Hand nebeneinander hergingen, berichtete der Professor mit ruhiger Stimme, was er über

Antons Mutter durch das Studium ihrer Krankenakte erfahren hatte. Auf kindgerechte Weise erklärte Philipp dem Jungen Depressionen und was sie bewirkten. Außerdem sprach er davon, dass sein Vater nicht mit der Krankheit der Mutter umgehen konnte. Auch deshalb sei er so aggressiv gewesen und hatte Frau und Sohn geschlagen. Antons Fragen beantwortete Philipp einfühlsam. Er wusste, dass er es dem Kind nur leichter machen konnte, indem er dessen Elternbild ein wenig zurechtrückte. Dabei lag es ihm fern, Anton zu manipulieren oder ihm etwas vorzumachen. Der Junge vertraute ihm. Das würde er niemals aufs Spiel setzen.

Eine Weile schwieg das Kind. Plötzlich blieb es stehen, zog seine Hand zurück und schaute mit einem forschenden Blick zu Philipp auf.

»Soll ich glauben, dass das alles gar nicht so schlimm war? Willst du das?«

»Nein. Ich wollte dir nur erklären, dass viele Dinge dazu führen können, dass Menschen Fehler machen. Irgendwann ist ein Punkt erreicht, an dem man nicht mehr zurück kann und die Fehler Gewohnheit werden. Dein Vater hat viel falsch gemacht. Ob du ihm und deiner Mutter eines Tages verzeihen kannst, liegt ganz bei dir.«

»Okay.« Er schob seine kleine Hand wieder in die seines Ziehvaters. »Ich denke darüber nach.«

KAPITEL 17

Obwohl Charlotte und Philipp im Besitz von Eintrittskarten für den Vortrag von Horst Fleischmann waren, kamen sie überein, wegen Anton zu Hause zu bleiben. Der bestärkte sie jedoch, die Veranstaltung zu besuchen. Immerhin sei der Doc ihr Freund, der über ihr Fehlen bestimmt enttäuscht und traurig wäre.

»Geht ihr nur«, schloss sich Anneliese an. »Wir machen uns über die Erdbeeren her. Ich habe noch einen großen Becher Vanilleeis, den wir dazu vernichten können. Dabei möchte ich mir die Fotos vom Ballonflu… der Ballonfahrt noch mal in Ruhe ansehen. Wer weiß, vielleicht schwinge ich mich doch mal in so einen Korb – aber nur wenn der Graf von Rabenau mitkommt. Allein traue ich mich nicht.«

Sie beschrieb eine scheuchende Handbewegung und Anton grinste.

So verließen Charlotte und der Professor bald das Haus und stiegen in das bestellte Taxi.

Der Vortrag fand in der Altstadt im geräumigen Gewölbekeller eines Restaurants statt. Nachdem sie die Einlasskontrolle durchlaufen hatten, begrüßte Holger Beski das Paar erfreut. Von den Organisatoren war nur er anwesend, da er den Vortragenden anmoderieren würde.

Einen Büchertisch gab es an diesem Abend nicht. Horst Fleischmanns Veröffentlichungen waren ausschließlich in medizinischen Fachzeitschriften zu finden.

Im Flyer des Krimifestivals wurde er ganz offiziell als Professor der Rechtsmedizin angekündigt. In seinem Umfeld nannte man ihn allerdings nur »Doc Fleischmann«. Daran war er seit seiner Promotion gewöhnt und es machte ihm nichts aus, dass ihn kaum jemand mit »Professor« ansprach.

Der Schwergewichtige stand am Rednerpult und rückte sein Vortragsmanuskript zurecht. Mit einem Blick in die Runde bemerkte er die näherkommenden Freunde. Auf seinem Gesicht breitete sich ein überraschtes Lächeln aus. Sogleich ging er auf sie zu.

»Mit euch hätte ich heute Abend nicht gerechnet.«

Charlotte umarmte ihn zur Begrüßung, Philipp gab ihm die Hand.

»Glaubst du etwa, wir hätten uns deinen Vortrag entgehen lassen?«, fragte Charlotte in vorwurfsvollem Ton. »Wir haben die Tickets seit Wochen. Trotzdem wäre fast etwas dazwischengekommen.«

»Hoffentlich nichts Dramatisches.«

»Es war wegen Anton. Philipp hat sich aber wunderbar um ihn gekümmert.«

»Hin und wieder stärke ich ihm den Rücken«, fügte ihr Lebensgefährte hinzu. »Um zu verhindern, dass du traurig bist, wenn deine Freunde nicht dabei sind, hat er auf unserer Anwesenheit hier bestanden.«

»Das wundert mich nicht.« Sein Blick wechselte zu Charlotte. »Als du im letzten Herbst einem Straßenkind nicht nur ein Zuhause, sondern eine Familie gegeben hast, war ich besorgt, dass du dir damit zu viel aufbürdest. Zugegebenermaßen hatte ich vorher ein völlig falsches Bild von ihm, weil ich vorurteilsbehaftet war: zerrüttetes Elternhaus, Vater

Alkoholiker … Da schienen die Probleme vorprogrammiert. Inzwischen weiß ich, was für ein großartiger Junge er ist.«

Dem stimmten Charlotte und Philipp zu.

»Und sonst?«, fragte Horst, wobei er den Freund erwartungsvoll ansah. »Hast du mit dem Profil angefangen?«

»Ja, aber es ist noch nicht fertig.«

Holger Beski kam herüber und riet ihnen mit einem Blick zur Uhr, sich zu setzen. Bald waren alle Plätze belegt. Emsige Kellner nahmen Getränkebestellungen auf.

Charlotte erkannte unter den Anwesenden einige Autoren, die sie auf der Gala gesehen hatte. Vermutlich waren auch mehrere Polizeibeamte unter den Gästen.

Bald trat Holger Beski nach vorn und stellte den Rechtsmediziner vor, der seinen Beitrag zum Krimifestival unter das Motto: *Leichenblass & gut gekühlt* gestellt hatte.

Souverän und mit Humor gewürzt unterhielt Horst Fleischmann das Publikum mit Anekdoten aus seinem Berufsleben und Informationen zu Leichenschau und Autopsie.

Plötzlich ertönte ein lauter Knall. Die Gäste zuckten erschrocken zusammen. Instinktiv griff Charlotte nach Philipps Arm. Was war das? Zwei Polizisten in Zivil sprangen auf und schauten sich misstrauisch um. Die beiden Uniformierten aus dem Eingangsbereich stürzten herein. Die Hände an den Waffen, blickten sie sichernd in die Runde.

Mit entschuldigender Miene tauchte ein Kellner hinter der Theke auf. In der Hand hielt er ein großes Edelstahltablett.

»Tut mir leid. Mir ist das Tablett auf den Steinboden gefallen. Hier unten hallt das leider sehr.«

Erleichterung war auf einigen Gesichtern zu lesen. Die Uniformierten zogen sich zurück; ihre Kollegen setzten sich.

Der Rechtsmediziner ließ sich durch die Störung nicht aus dem Konzept bringen.

»Nun sind wenigstens alle wach, die vor Langeweile eingeschlafen sind. Ein bisschen müssen Sie noch durchhalten – etwa 200 Manuskriptseiten lang.«

Während die Gäste lachten, zwinkerte er Charlotte zu.

Bis zum Ende des Vortrags dauerte es nicht mehr lange. Begeistert applaudierten die Anwesenden. Während sich einige Leute um den Rechtsmediziner scharten, verabschiedeten sich Charlotte und Philipp kurz von ihm und verließen das Gewölbe. Vor dem Gebäude zögerte Charlotte.

»Wir haben das Abendessen ausfallen lassen. Hast du Hunger?«

»Davon kannst du ausgehen.«

»Darf ich dich einladen?«

»Sehr gern. – Wohin?«

»Wir haben lange nicht zusammen gesündigt. Hast du Lust?«

»Mit dir sündige ich am liebsten.«

»Wie schön.«

Unternehmungslustig hängte sie sich bei ihm ein. An der Marktkirche vorbei schlenderten sie durch die erleuchtete City Richtung Steintor bis zum beliebten *Bratwurst Glöckle*. Hier hatten einst Gerhard Schröder, Christian Wulff und sogar Ernst August Prinz von Hannover gespeist.

Charlotte bestellte zwei *Kanzlerplatten mit Schranke* und dazu *Cola*. Bald stand vor beiden auf einem der Stehtische die beste Currywurst der Republik mit Pommes rot/weiß.

»Das war ein interessanter Abend«, bemerkte Charlotte, während sie die kleine Flasche aufschraubte. »Jemand, der an Leichen herumschnippelt, übt auf viele Menschen eine faszinierende, aber auch schaurige Wirkung aus. Horst ist es gelungen, den Gästen seine Arbeit auf leichte, aber nicht pietätlose Weise näherzubringen.«

»Diese Gratwanderung zwischen Unterhaltung und Respekt vor den Toten ist ihm gut gelungen.« Es schien, als wolle er noch etwas hinzufügen, aber er unterließ es. Stattdessen spießte er ein Kartoffelstäbchen auf die kleine Gabel und schob es in den Mund.

»Aber? Du wolltest noch was sagen.«

»Kein Aber.« Offen schaute er ihr in die Augen. »Schon häufiger habe ich bemerkt, dass zwischen dir und Horst etwas Besonderes, oder etwas ... Unausgesprochenes existiert. Aber ich komme nicht dahinter, was das ist.«

»Horst liebt mich seit vielen, vielen Jahren.«

Nun schien Philipp zu verstehen.

»Ihr hattet mal was miteinander?«

»Max war meine erste und einzige Liebe. Bis du in meinem Leben aufgetaucht bist.« Sie erzählte, dass sie den Kollegen ihres Mannes vor etwa 35 Jahren kennengelernt hatte. »Horst gehörte bald zu unserem Freundeskreis. Jahre später hat er einer gemeinsamen Freundin in Sektlaune anvertraut, was er für mich empfindet. Die hat es meinem Mann erzählt und er mir.«

»Hat dich das nicht belastet?«

»Nein. Er hat nie einen Annäherungsversuch unternommen oder versucht, einen Keil zwischen Max und mich zu treiben. Dazu ist er zu anständig. Vermutlich ahnt Horst gar nicht, dass ich es weiß.«

Nicht nur beruflich hatte Philipp mit vielen Arten von Liebe zu tun gehabt und erkannt, dass die schmerzhafteste davon die unerwiderte war. Als er Charlotte im letzten Jahr kennengelernt und sich in sie verliebt hatte, musste er zunächst befürchten, dass sie nicht das Gleiche für ihn empfinden konnte. Er hatte es kaum ertragen, sie täglich um sich zu haben, ohne ihr nah sein zu dürfen. Erst nach Wochen war ihr klargeworden, dass sie ihn liebte. Seitdem fühlte er sich wie von einer großen Last befreit.

»Hat Horst deinetwegen nie geheiratet?«

Sie zuckte die Schultern.

»Das kann ich dir nicht beantworten. Wahrscheinlich hat er gespürt, dass er für mich immer ein enger Freund sein wird – nicht mehr und nicht weniger. Deshalb hat er wohl nach Maximilians Tod weiterhin geschwiegen.«

»Es muss ihm aber zugesetzt haben, als du ...« – in seinen Augen blitzte es auf – »mit mir angebandelt hast.«

»Ich mit dir? Dein Erinnerungsvermögen ist nicht mehr ganz frisch, oder? Statt Currywurst mit Pommes solltest du Erdbeeren essen.«

Er lachte und aß genussvoll weiter.

»Jedenfalls rechne ich Horst hoch an, dass er keinem von uns beiden die Freundschaft gekündigt hat. Das zeugt von Format.«

»Er war immer ein selbstloser Mensch.« Nachdenklich betrachtete sie das Glöckchenmuster auf der blauen Tischplatte. »Auf den Knall vorhin hat er richtig cool reagiert. Im ersten Moment dachte ich, dass der *Plagiator* ...«

»Das würde er nicht wagen. Nicht bei diesen Sicherheitsvorkehrungen und nicht in geschlossenen Räumen in Anwesenheit der Polizei. Wenn er noch mal zuschlagen will, muss er sich was anderes einfallen lassen.«

»Sollte er das genauso sehen, wird deine Premierenlesung morgen Abend störungsfrei verlaufen.«

»Davon gehe ich aus.« Mit dem Zeigefinger tupfte er einen Ketchupklecks von ihrem Mundwinkel und leckte ihn mit der Zungenspitze ab. »Bist du fertig? Ich möchte ganz schnell nach Hause in unser Bett.«

Charlotte zog die linke Augenbraue hoch und lächelte verschmitzt. Rasch nahm sie noch einen Schluck aus der Flasche und räumte den Tisch ab.

Derweil holte Philipp sein Handy hervor, um ein Taxi zu

rufen, seine Lebensgefährtin sah jedoch einen der beigefarbenen Wagen langsam hinter dem Imbissstand entlangfahren. Kurzerhand pfiff sie unkonventionell auf den Fingern, worauf das Auto stoppte und die Fahrgäste aufnahm.

Auf dem Weg durch die City schaute Charlotte aus dem Seitenfenster. Dabei sah sie Holger Beski aus seiner Buchhandlung kommen. Offenbar arbeitete dieser Mann von früh bis spät.

KAPITEL 18

Munter durcheinander plaudernd saßen die WG-ler am Früh-stückstisch. An der bevorstehenden Führung zum Kopper-loch zur Einstimmung auf Philipps Premierenlesung wür-den alle Bewohner teilnehmen. Anton hatte den Akku seiner Kamera über Nacht aufgeladen, um das Ereignis fürs Fami-lienalbum festzuhalten. Der Junge freute sich, dass er dabei sein durfte, und war seit dem frühen Morgen aufgeregt.

Das Wetter schien für eine Veranstaltung im Stadtwald nicht optimal zu sein, da es seit der zweiten Nachthälfte ununterbrochen regnete. Kurz vor ihrer Abfahrt brach jedoch die Sonne durch die Wolken, was alle erleichterte.

Am Steuer des Hyundai Travel saß Conrad. Das Navi lotste ihn über Wülfeler-, Lange-Hop- und Tiergartenstraße bis zum Treffpunkt am Rande der Eilenriede. Hier stan-den genug Parkmöglichkeiten zur Verfügung. Die Freunde stiegen aus und halfen Albert in den zusammenklappbaren Reiserollstuhl.

An der Abzweigung zum Waldweg waren viele Interes-sierte versammelt. Unter ihnen Philipps Schwester Sophia und ihr Mann Axel sowie die Oberstaatsanwältin Benita Pauli, die sich mit Horst Fleischmann unterhielt. Mit gro-ßem Hallo wurden die Ankömmlinge begrüßt. Inmitten der Gruppe stand Holger Beski. Bis Punkt 11 Uhr wartete er auf weitere Krimifreunde. Mittlerweile war die Gruppe auf etwa 50 Leute angewachsen. Schließlich übernahm er die Führung.

Zunächst blieb Anton an Charlottes Seite, aber bald entdeckte er lohnende Motive. Knorrige Bäume und ein Blütenteppich aus Buschwindröschen ließen ihn auf den Auslöser drücken. Ein Eichhörnchen sprang von Ast zu Ast, war aber zu schnell, um es mit der Kamera zu erwischen.

Nach etwa einem halben Kilometer durch den Stadtwald passierten sie die links liegende Abzweigung zum Kopperloch. Um die Reihenfolge in Philipps Krimi einzuhalten, führte Beski die Gruppe einige Meter weiter geradeaus zum Heiligers Brunnen. Diese denkmalgeschützte Anlage einer schwefelhaltigen Quelle spielte im Roman eine untergeordnete Rolle, war aber zum Verständnis wichtig. Beski berichtete über die Heilwirkung des Wassers und wies auf die Inschriften auf jeder Seite des Steinbeckens hin. Danach übergab er das Wort an Philipp, der die Ausführungen ergänzte.

Anton fand den historischen Hintergrund nicht wirklich interessant. Er schoss ein Foto von Philipp in Aktion, und zog sich ein paar Schritte zurück, um alle Anwesenden aufs Bild zu bekommen. Anschließend ging er in die Hocke und fotografierte einen dicken schwarzen Käfer, der über den Waldweg krabbelte. Spontan beschloss er, schnell ein paar Aufnahmen vom Kopperloch zu machen, ehe ihm die Leute die Sicht darauf versperrten. Da der Waldboden wie oft im Frühjahr kürzlich überschwemmt und durch den Regen noch sehr feucht war, lief der Junge auf dem Pfad zurück bis zur Abzweigung und bog in den Weg ein. Von Weitem sah er das rot-weiße Polizeiabsperrband. Das wunderte ihn nicht. Charlotte hatte ihm erzählt, dass sich der Veranstalter etwas ausgedacht hatte, damit dieser Ort wie im Krimi wirken würde.

Deshalb machte das Kind ein Foto davon und ging unbefangen auf die historische Badequelle zu, von der es wusste, dass sie wegen des Schwefelgeruchs den Spitznamen *Teufelsbad* trug. Das nächste Bild machte Anton aus der Entfernung. Im Näherkommen sah er das Holzgeländer, die Einfassung des Tümpels und … Beeindruckt hielt er inne.

»Krass …«

Dort, wo das Wasser anscheinend ins Badebecken geleitet wurde, saß ein Mann mit den Füßen im Teich an einen noch kahlen Busch gelehnt. Mit dem großen Hut und dem Mantel wirkte er beinah wie ein Hirte. Quer über seinen Beinen lag ein Wanderstock, der Ähnlichkeit mit einer Baumwurzel hatte. Zuerst dachte der Junge, das gehöre zur Inszenierung. Neugierig zoomte er die vermeintliche Puppe heran, dann erkannte er seinen Irrtum. Das war ein Mensch! Automatisch drückte er auf den Auslöser. Wahrscheinlich war der Mann angeheuert worden, damit es wie im Krimi aussah.

»Hallo?«

Keine Antwort.

»Warum sagen Sie nichts?«

Keine Reaktion.

»Sie können sich ruhig bewegen. Die anderen sind noch am Brunnen.«

Der Mann regte sich immer noch nicht. Das fand Anton merkwürdig. Er schaute sich am Boden um, bückte sich nach ein paar Eicheln, holte aus und warf sie dem Mann vor die Brust. Der rührte sich jedoch nicht. Allmählich dämmerte es dem Jungen, womit er es hier zu tun hatte. Er machte auf dem Absatz kehrt und rannte, so schnell er konnte, zu der Gruppe zurück.

»Die Inschrift auf dieser Seite des Brunnens lautet: ›veni, vide, bibe‹«, sagte Philipp, derweil Anton atemlos bei Charlotte stehenblieb. »Das bedeutet: komm, sieh, trink.«

Während der Professor die Frage eines Umstehenden beantwortete, fasste der Junge nach Charlottes Arm und zog sie mit sich an den Rand des Weges.

»Was ist denn?«

»Ich muss dir was zeigen.«

»Kann das nicht warten, bis …«

»Nein!«, fiel er ihr eindringlich ins Wort. Er schaute sich um und dämpfte seine Stimme. »Ich glaube, ich habe einen Toten gefunden. Der sitzt im Kopperloch und …«

»Anton«, unterbrach sie den Jungen und legte die Hand beruhigend auf seinen Rücken. »Ich habe dir doch erzählt, dass der Veranstalter etwas vorbereitet hat, damit die Leute einen bildhaften Eindruck von der Szene in Philipps Buch bekommen.«

Er hob die Kamera, die vor seinem Bauch baumelte und holte das Foto aufs Display.

»Guck doch selbst, wenn du mir nicht glaubst.«

Obwohl sie überzeugt war, dass er auf eine Täuschung hereingefallen war, beugte sie sich zu ihm hinunter und schaute auf das Display. Tatsächlich wirkte die Szene sehr echt. Aber es war eine Inszenierung, die veranschaulichen sollte … Etwas daran ließ sie stutzen. Sie wusste nicht, was sie irritierte, nahm dem Jungen die Kamera ab und vergrößerte das Foto auf dem kleinen Monitor. Nun sah sie das Gesicht mit den leeren Augen ganz deutlich. Das war kein Fake! Entsetzt blickte sie sich um, registrierte, dass sich Beski mit der Gruppe in Bewegung setzte. Wie konnte sie die Leute daran hindern, zum Kopperloch zu gehen?

»Ist etwas nicht in Ordnung, Frau Stern?«, sprach Benita Pauli sie im Vorbeigehen an, worauf Charlotte sie aufhielt. Mit wenigen Worten erklärte sie, was Anton entdeckt hatte, und zeigte ihr die Aufnahme. Die Oberstaatsanwältin handelte sofort.

»Bleiben Sie bei Ihrem Jungen«, sagte sie und lief in ihren weißen Sneakers eilig an den Krimifreunden vorbei. Einige Meter vor ihnen blieb sie stehen und breitete die Arme aus.

»Hören Sie mir bitte zu!« Sie sprach so laut, dass sie von allen verstanden wurde. »Ich bin Oberstaatsanwältin Pauli. Leider muss ich die Veranstaltung an dieser Stelle unterbrechen.«

Enttäuschtes Gemurmel wurde laut.

Unterdessen hielt sie nach dem Rechtsmediziner Ausschau, konnte ihn aber nicht entdecken.

»Doc Fleischmann! Wo sind Sie? Ich brauche Sie hier!«

Während sich Horst einen Weg durch die Menge bahnte, blieb Beski bei der Staatsanwältin stehen.

»Liebe Frau Dr. Pauli, das wollen Sie uns nicht wirklich antun.«

»Tut mir leid. Wie es aussieht, haben wir keine Wahl. Warten Sie bitte mit den Leuten hier, bis wir das geklärt haben. – Und sorgen Sie dafür, dass uns niemand zum Kopperloch folgt.«

Erleichtert lächelte er.

»Geht es um die Leiche, die wir dort platziert haben? Das ist eine harmlose Puppe. Kein Grund zur Aufregung.«

»Tun Sie bitte, was ich Ihnen gesagt habe.« Sie wandte sich an Horst. »Kommen Sie.«

Sie marschierte so schnell los, dass der Rechtsmediziner Mühe hatte, mit ihr Schritt zu halten. Am Teich angekommen, war auf den ersten Blick nicht zu erkennen, ob es sich tatsächlich um eine Puppe handelte. Horst ging auf die rechte Seite hinüber. Um ans Ufer zu gelangen, musste er wohl oder übel vom Weg auf den durchweichten Waldboden wechseln. Jeder seiner vorsichtigen Schritte verursachte ein schmatzendes Geräusch. Im Nu sogen sich seine leichten Slipper mit schmutzig-brauner Brühe voll. Das nasse Laub des letzten Herbstes machte es ihm nicht leichter, zu der Gestalt vorzudringen. Als er sie erreichte, stand er bereits mit den Füßen im kalten Wasser. Aber das war nun auch schon egal. Er beugte sich vor und schaute in das bleiche, wächserne Gesicht. Das genügte ihm bereits, um festzustellen, dass es sich um einen toten Menschen handelte. Der Rechtsmediziner richtete sich auf und blickte über seine Schulter zur Oberstaatsanwältin, die ihm bis zum Wegrand gefolgt war.

»Rufen Sie die Kripo und die Spusi an.«

Sie hatte ihr Smartphone bereits in der Hand. Umgehend informierte sie Hannes und bat ihn, die Kriminaltechniker mitzubringen. Anschließend wandte sie sich an Horst.

»Haben Sie Ihre Ausrüstung dabei?«

»Im Wagen.«

»Okay. Legen Sie los. Ich löse die Versammlung auf.«

Während sie sich in Bewegung setzte, kam er in seinen völlig durchweichten Schuhen kaum hinterher. An der Wegbiegung schlugen sie verschiedene Richtungen ein. Die Juristin ging zielstrebig auf den Buchhändler zu.

»Herr Beski, haben Sie die Kontaktdaten der Leute?«

»Ja, auf den Anmeldungen.« Dicht trat er vor sie hin. »Sie haben statt unserer Puppe keinen echten Toten gefunden, oder?«

Darauf antwortete sie nicht, sondern trat zwei Schritte zurück.

»Ruhe bitte!«, verschaffte sie sich Gehör. »Ein unvorhergesehenes Ereignis zwingt mich leider, die Veranstaltung zu beenden. Die Kripo wird jeden Moment eintreffen. Das Gebiet rund um das Kopperloch ist abgesperrt. Sie dürfen es keinesfalls betreten. Ich appelliere an Ihre Vernunft. Wer sich nicht an diese Anweisung hält, riskiert eine Anzeige wegen Behinderung der Ermittlungsarbeit. Bitte verlassen Sie unverzüglich den Wald und bleiben dabei auf den Wegen. Falls wir noch eine Aussage von Ihnen brauchen, melden wir uns bei Ihnen.«

Niemand machte Anstalten, ihren Anweisungen Folge zu leisten. Im Gegenteil: Für die meisten wurde es nun offenbar erst richtig spannend. Das konnte ja heiter werden. Kurzentschlossen stellte sie sich auf die Zehenspitzen und versuchte, einen großen Mann mit schlohweißem Haar in der Menge ausfindig zu machen – vergeblich.

»Herr Professor Thaler? Kommen Sie bitte mal zu mir?«

Philipp, der mit seiner Familie etwas abseits stand, ging außen herum an der Gruppe vorbei. Die Oberstaatsanwältin nahm ihn am Arm und führte ihn außer Hörweite des neugierigen Publikums.

»Es tut mir leid um Ihre Veranstaltung, aber Anton hat das leider richtig erkannt, und Doc Fleischmann hat es bestätigt. Da sitzt ein Toter am Ufer des Kopperlochs. Bremer und die Kriminaltechnik sind informiert. Bis die hier eintreffen, müssen wir verhindern, dass sich einer der Gäste dorthin schleicht und womöglich Handyfotos in den sozialen Netzwerken oder in der Presse erscheinen.«

»Ich kümmere mich um ein paar Aufpasser.« Er überlegte kurz. »Meine Familie unterstützt uns bestimmt.«

»Um den Teich herum sind Polizeiabsperrbänder von Beskis geplanter Inszenierung an den Bäumen befestigt. Die helfen uns.«

Philipp nickte und eilte zu seiner Familie zurück. Mit gedämpfter Stimme informierte er sie und bat um Mithilfe. Conrad, Albert und Axel erklärten sich sofort bereit, den Fundort zu schützen und begaben sich dorthin. Zurück blieben die Frauen mit Anton.

Horst fuhr in seinem schwedischen Kombi den Waldweg entlang. Seine durchgeweichten Slipper hatte er gegen robuste Gummistiefel getauscht, in die er notgedrungen barfuß geschlüpft war. Wenige Meter hinter der Abzweigung zur historischen Badestelle stand ein Rollstuhlfahrer mitten auf dem Pfad. Der Rechtsmediziner hatte den alten Herrn bereits zu Beginn der Veranstaltung begrüßt, stoppte und stieg aus. Er streifte seine Jacke ab und zog einen weißen Overall über seine Kleidung. Geschäftig nahm er seinen Aluminiumkoffer mit der Ausrüstung aus dem Laderaum des Vans.

Bei Albert blieb er kurz stehen.

»Na, General, hat man Sie hier als Außenposten abkommandiert?«

»Für diese Aufgabe braucht die Staatsanwältin erfahrene Leute«, antwortete er. »Wir halten die strategisch wichtigen Punkte besetzt.«

»Gut so.« Horst nickte ihm zu und marschierte weiter, um die erste Leichenschau durchzuführen.

Unterdessen schickte Charlotte das Foto des Toten von der Digitalkamera an ihr Smartphone. Vorsichtshalber überzeugte sie sich davon, dass es angekommen war. Routiniert löschte sie die Aufnahme von der Speicherkarte der Kamera und leerte den digitalen Papierkorb.

Etwas enttäuscht nahm Anton den Fotoapparat entgegen.

»Warum hast du das gelöscht?«

»Weil ich nicht möchte, dass du das Bild eines Toten gespeichert hast.«

»Dann schaust du dir das ständig an und träumst schlecht«, fügte Anneliese hinzu. »Es ist schlimm genug, dass du den Toten entdeckt hast.«

»Finde ich nicht. Philipp hat mir das mit dem Tod ganz genau erklärt.«

Natürlich wussten sie, dass er den Jungen gründlich auf die Lesung vorbereitet hatte. Aber Theorie und Realität waren dennoch nicht vergleichbar.

»Außerdem sah der gar nicht aus wie ein Toter.«

»Woher willst du das wissen?«

»Weil ich schon zweimal einen gesehen habe. Obdachlose. Die Frau war ganz schön alt. Die hat unter einer Brücke geschlafen und ist morgens nicht mehr aufgewacht. Die sah immer noch aus, als ob sie schläft. Überhaupt nicht gruselig. Und der andere war wie mein Vater: immer betrunken. Ich hab dir doch mal von Rosi erzählt. Ich war mit ihr unterwegs, als wir den gefunden haben. Sie hat gesagt, dass er sich totgesoffen hat.«

»Darüber reden wir zu Hause noch mal.« Charlotte sah Hannes und sein Team sowie den VW T5 der Kriminaltechnik und mehrere Streifenwagen ankommen.

Sie kannte sich mit Polizeiarbeit aus und wusste, wie wichtig es war, den Toten so schnell wie möglich zu identifizieren. Deshalb schickte sie das Foto des Ermordeten an Hannes. Dazu schrieb sie, dass es sich vermutlich abermals um einen Autor handelte, den Beski kennen müsste.

Hannes antwortete mit einem kurzen »Danke« und wandte sich an die wartende Oberstaatsanwältin. Knapp setzte sie ihn über ihre bisherigen Maßnahmen in Kenntnis.

Auf seine Frage nach Beski führte sie ihn zu dem Buchhändler, der sich im Kreis der immer noch anwesenden Krimifreunde befand. Sie nahmen den Mann in ihre Mitte und dirigierten ihn außer Hörweite.

Der Hauptkommissar holte das Foto aufs Display seines Telefons und zeigte es ihm.

»Kennen Sie diesen Mann?«

»Wer kennt den nicht? Das ist Askold Radelsfahr, der

Dinosaurier unter den Krimiautoren.« Sein Blick wechselte zwischen Pauli und Bremer. »Ist er … das Opfer?«

»Das bleibt bitte unter uns«, ermahnte ihn die Oberstaatsanwältin. »Kein Wort zu niemandem. Ist das klar?«

»Aber …«

»Kein aber, sonst lasse ich das Krimifestival sofort abblasen.«

»Von mir erfährt niemand was«, kam es kleinlaut zurück.

»Wann und wo sollte er lesen?«

»Gar nicht. Er sollte auf der Abschlussgala den Ehrenpreis für sein Lebenswerk bekommen.«

Sie wandte sich halb um und sah Philipp auf sich zukommen.

»Aufgrund der Ereignisse wird meine Premierenlesung heute Abend ausfallen.«

»Um Himmels willen, nein!« Beski blickte ihn eindringlich an. »Diese Lesung ist das Highlight des Festivals! Die Veranstaltung ist bis auf den letzten Platz ausverkauft! Sie können so kurzfristig keinen Rückzieher machen!«

»Angesichts der Tatsache, dass ein Mensch im Zusammenhang mit meinem Roman zu Tode kam, halte ich es für unangemessen …«

»Radelsfahr hat nicht gewollt, dass Veranstaltungen abgesagt werden, falls ihm was zustößt. Das habe ich schwarz auf weiß.«

»Lassen Sie uns in Ruhe darüber nachdenken, was sinnvoll ist«, schlug Benita Pauli vor und bat den Buchhändler, sie einen Moment alleinzulassen. Daraufhin ging er zu der Gruppe zurück.

»Der Täter hat sein letztes Opfer im Freien inszeniert, weil es ihm durch die erhöhten Sicherheitsmaßnahmen zu gefährlich wurde, in einem Veranstaltungsgebäude zuzuschlagen.«

Ihr Blick wechselte zwischen Hannes und Philipp. »Was wird er tun, wenn wir das Festival abbrechen? Aufhören, obwohl er wahrscheinlich noch nicht fertig ist? Oder ab sofort wahllos morden?«

Hannes dachte noch weiter.

»Wenn alle Autoren abreisen, folgt er womöglich denen, die noch auf seiner Liste stehen, in andere Städte. Das verringert unsere Chance enorm, ihn zu fassen.«

»Sie haben es gehört«, wandte sich die Oberstaatsanwältin an den Professor. »Für die Ermittlungen ist es wichtig, dass der Täter seinen Standort nicht in eine andere Stadt oder gar nach Österreich oder in die Schweiz verlagert. Bislang wissen wir noch nicht mal genau, ob er in Hannover wohnt oder sich nur wegen der Morde hier aufhält. Ich kann verstehen, dass Sie die Lesung aus Pietätsgründen absagen wollen, möchte Sie aber bitten, es nicht zu tun.«

Zuerst seufzte Philipp, ließ sich aber umstimmen.

»Also gut, ich werde heute Abend lesen.«

»Danke.«

Sie winkte Beski heran und informierte ihn. Der Buchhändler bedankte sich wortreich bei Philipp.

»Eine Bedingung habe ich allerdings«, versetzte der Professor ihm einen Dämpfer. »Die nach der Lesung geplante Premierenfeier fällt aus.«

»Aber ...«

»Diese Entscheidung ist nicht verhandelbar.«

Damit drehte er sich herum und kehrte zu seiner Familie zurück. Albert, Axel und Conrad kamen von der anderen Seite dazu, worauf Philipp die Hand auf Antons Schulter legte.

»Wir werden hier nicht mehr gebraucht. Eigentlich wollte ich euch nach dieser Veranstaltung zum Mittagessen einladen, aber das verschieben wir unter den gegebenen Umständen besser. Lasst uns nach Hause fahren.« Er schaute seine Schwester an. »Kommt ihr mit?«

»Leider müssen wir noch ein bisschen arbeiten. Wir sehen uns heute Abend bei deiner Lesung. – Oder hast du die aus verständlichen Gründen abgesagt?«

»Das haben mir Polizei und Staatsanwaltschaft erfolgreich ausgeredet. Aber die anschließende Feier findet definitiv nicht statt.«

KAPITEL 19

Das auf 33 Beamte angewachsene Team der *SOKO Plagiator* arbeitete unermüdlich an den bislang drei Mordfällen. Durch die hohe Anzahl von Krimifreunden bei der vormittäglichen Führung durch die Eilenriede hatte sich die Nachricht vom Tod eines weiteren Autors wie ein Lauffeuer in der Landeshauptstadt verbreitet. Hannes hatte die Kollegen in drei Zehnergruppen eingeteilt, die sich intensiv mit jeweils einem der Morde befassten. Dadurch erwartete er schnellere Ergebnisse.

Oberkommissarin Pia Wagner saß am frühen Nachmittag allein in ihrem Büro, das sie sich mit Martin teilte. Er war unterwegs zu einem Zeugen, der Erpo Tennstedt an seinem Todestag angeblich in der Innenstadt gesehen hatte.

Pia nutzte die Ruhe, sich noch einmal den Stick mit den Fotos der Eröffnungsgala vorzunehmen. Zwar hatte ein junger Kommissar die Aufnahmen bereits gesichtet, aber sie hatte mehr Erfahrung und hoffte, auf etwas Auffälliges zu stoßen. Das war unter einigen 100 anwesenden Schreibtischtätern wie die Suche nach der Nadel im Heuhaufen. Die meisten Fotos waren gestochen scharf, einige jedoch etwas verschwommen. Hoch konzentriert klickte sie durch die umfangreiche Datei, vergrößerte einzelne Details auf den Bildern, damit ihr keine noch so winzige Kleinigkeit entging. Jedes Mal, wenn sie dachte, etwas Ungewöhnliches gefunden zu haben, erwies es sich als irrelevant. Das war frustrierend. Allmählich brannten ihr die Augen. Sie brauchte eine Pause, aber es waren nur noch wenige Fotos, bis sie damit durch sein würde. Plötzlich stutzte sie. Eine Person am linken unteren Bildrand kam ihr bekannt vor. Rasch vergrößerte sie den Bildausschnitt. Ihre Vermutung bestätigte sich.

»Yes!«

Per Mausklick druckte sie zuerst den Ausschnitt, danach das ursprüngliche Foto aus. Mit den beiden Seiten ging sie hinüber in das Büro ihres Vorgesetzten, der, über eine Fallakte gebeugt, an seinem Schreibtisch saß.

»Darf ich dich mal stören?«

»Nur, wenn es wichtig ist.«

»Ist es.« Sie gab ihm das Blatt mit dem Gesamtfoto. »Fällt dir auf dem Bild was auf?«

Eingehend betrachtete Hannes die Aufnahme, die das Foyer der Stadthalle zeigte, in dem elegante gekleidete Menschen flanierten.

»Ich kann nichts Ungewöhnliches entdecken.«

Sie tippte auf den unteren Bildrand.

»Was ist mit dem hier?«

Abermals schaute er auf das Bild.

»Ist das …?«

»Dennis Eisner«, vollendete sie und reichte ihm die Vergrößerung. »Diesmal vollständig bekleidet. Trotzdem habe ich ihn erkannt.«

»Erstaunlich«, neckte er seine Kollegin. »Gute Arbeit, Pia. – Was Eisner dort wohl ohne seinen Partner wollte?«

»Loretta Lamar ins Jenseits befördern?«

»Das soll er uns mal erklären. Diesmal kommt er nicht so einfach davon. Lass ihn so schnell wie möglich herschaffen.«

Gut zwei Stunden später saß Eisner im Verhörraum. Sie warteten noch auf seinen Rechtsbeistand, bis die Vernehmung beginnen konnte. Hannes übernahm es selbst, den Verdächtigen zu befragen, der mit verschlossener Miene und vor der Brust verschränkten Armen am Tisch saß.

»Herr Eisner, sagen Sie uns bitte, wo Sie am Dienstagabend zwischen 20 und 22 Uhr waren?«

Lässig zuckte Eisner die Schultern.

»Keine Ahnung. Wahrscheinlich zu Hause.«

»In der Villa von Erpo Tennstedt?«

»Ja.«

»Irrtum ausgeschlossen?«

»Ja, verdammt.« Er schien völlig neben sich zu stehen und ignorierte die leisen, beschwichtigenden Worte seines Anwalts. »Was wollen Sie von mir?«

»Ich möchte die Wahrheit hören.«

»Das ist die Wahrheit.«

Mit stoischer Gelassenheit öffnete der Hauptkommissar die Handakte, entnahm die Gesamtaufnahme und legte sie vor dem Mann auf den Tisch.

»Erklären Sie uns bitte, wie Sie auf ein Foto der Gala geraten konnten, wenn Sie sich angeblich etwa 40 Kilometer entfernt in Hildesheim aufgehalten haben.«

Eisner warf nur einen kurzen Blick darauf.

»Das bin ich nicht.«

»Das ist seltsam«, sagte Pia und legte die Vergrößerung neben das Bild. »Haben Sie einen Zwillingsbruder?«

Er war so deutlich zu erkennen, dass leugnen zwecklos war.

»Ach, das …«, sagte er gedehnt. »Sie meinen die Eröffnung des Krimifestivals.« Scheinbar angestrengt dachte er nach. »Das war am Dienstag? Tut mir leid, da habe ich wohl die Tage verwechselt. Erpos Tod ist mir ziemlich an die Nieren gegangen. Seitdem nehme ich ständig Beruhigungsmittel.«

»Sie geben also zu, dass Sie die Gala besucht haben?«

»Wird wohl so sein. Wir hatten ja Karten dafür. Aber ich war nur kurz da, wollte mal sehen, ob die Erpos Tod ansprechen – ihn vielleicht mit einer Gedenkminute würdigen. Aber da kam nichts, absolut nichts. Das war so erbärmlich.«

»Kannten Sie Loretta Lamar?«

Erneut antwortete er erst nach einer kurzen Denkpause.

»Nur vom Hörensagen. Erpo hat erwähnt, dass er ihr ein paarmal begegnet ist. Aber das war vor meiner Zeit.«

»Sie sahen, dass sie sich auf der Gala amüsiert hat, obwohl er ermordet wurde. Deshalb wollten Sie Rache für die Ignoranz der Branche. Sie haben einen günstigen Moment abgewartet, die Autorin in eine Falle gelockt und erdrosselt.«

Erregt schlug Eisner auf den Tisch.

»Jetzt reicht es!« Hasserfüllt starrte er den Polizisten an. »Wenn Sie nicht endlich aufhören, mich zu beschuldigen, werden Sie das bereuen! Ich habe Erpo geliebt!« Außer sich schob er die Fotos über den Tisch hinweg zu Hannes. »Falls Sie nichts gegen mich in der Hand haben als dieses lächerliche Foto, verschwinde ich sofort.«

Sein Anwalt bestärkte ihn in diesem Vorhaben.

Hannes wusste, dass er bei dieser dünnen Indizienlage keinen Haftbefehl bekommen würde, und ließ ihn notgedrungen gehen – aber nicht ohne ihn daran zu erinnern, dass er sich zur Verfügung halten sollte.

In seinem Dienstzimmer machte der Hauptkommissar seinem Ärger Luft.

»So kommen wir nicht weiter! Wir müssen dringend etwas Handfestes finden!«

Pia war mindestens genauso enttäuscht wie ihr Vorgesetzter.

»Tut mir leid, dass es nicht funktioniert hat. Ich hatte mir echt mehr davon versprochen.«

»Du kannst nichts dafür. Früher oder später kriegen wir ihn.«

»Eisner ist und bleibt auch mein Hauptverdächtiger. Trotzdem sollten wir erst mal mit Beski weitermachen. Er sitzt drüben im zweiten Verhörraum.«

Bei ihrem Eintreten lief der Buchhändler ungeduldig auf und ab.

»Hätte das nicht Zeit bis morgen gehabt? Uns steht heute Abend die größte Veranstaltung des Krimifestivals bevor. Da gibt es viel zu bedenken und vorzubereiten.«

»Wir brauchen nicht lange«, beruhigte Pia ihn und bedeutete ihm durch eine Geste, sich zu setzen. Die beiden Beamten nahmen ihm gegenüber Platz.

»Herr Beski, Sie hatten für die Krimifreunde, die sich zur heutigen Führung angemeldet hatten, rund um das Kopperloch eine Tatortatmosphäre geschaffen. Ist das richtig?«

»Es sollte authentisch wirken. Deshalb haben wir ein Absperrband um einige Bäume gespannt und eine lebensgroße Puppe an den Rand des Teichs gesetzt.«

An dieser Stelle übernahm Hannes.

»Wer ist *wir*?«

»Mein Assistent und ich. Wir haben uns an der Straße am Waldrand getroffen und sind in meinem Wagen zum Kopperloch gefahren.«

»Wann genau war das?«

»Vorsichtshalber erst heute Morgen gegen 6 Uhr, weil wir vermeiden wollten, dass womöglich jemand über Nacht alles zerstört.«

»Könnte Sie dabei jemand beobachtet haben?«

»Keine Ahnung. Darauf habe ich nicht geachtet. Jogger waren so früh noch nicht unterwegs. Es hatte ja bis gegen 10 Uhr geregnet. Gott sei Dank wurde das Wetter dann besser.«

»Was haben Sie getan, nachdem Sie am Kopperloch alles vorbereitet hatten?«

»Ich habe Harms bei seinem Wagen abgesetzt und bin nach Hause gefahren, um zu duschen und zu frühstücken.«

»Gibt es dafür Zeugen?«

Entrüstet zuckte der Buchhändler zurück.

»Wie darf ich denn das verstehen?«

»Das ist reine Routine«, behauptete Hannes. »Wir müssen alle überprüfen, die mit den drei Mordopfern Kontakt hatten.«

»Ist es ein Problem für Sie, der Polizei zu helfen?«, fügte Pia hinzu. »Es müsste in Ihrem Interesse sein, dass der Täter so schnell wie möglich gefasst wird. Sonst wird das Krimifestival am Ende abgeblasen.«

»Natürlich helfe ich gern«, beeilte er sich zu versichern. »Ob mich heute Morgen jemand gesehen hat, weiß ich nicht. Es war ja noch sehr früh.«

»Wann haben Sie denn das letzte Mal mit Herrn Radelsfahr gesprochen?«

»Wir haben vor ein paar Tagen telefoniert. Er ist … war weit über 80 und nicht mehr so gut zu Fuß, deshalb hat er die Eröffnungsfeier ausfallen lassen.«

»Hat er etwas Besonderes erwähnt? Eine Interviewanfrage, ein Treffen mit einem Krimikollegen, irgendwas Außergewöhnliches?«

»Tut mir leid, wir haben nur über den Ablauf der Preisverleihung bei der Abschlussveranstaltung gesprochen.«

Martin kehrte zurück und berichtete, dass die Befragung des Passanten nichts Auffälliges ergeben hatte. Hannes schickte den jungen Kollegen gleich wieder los, um Beskis Assistenten in der Buchhandlung zu den Vorbereitungen am Kopperloch zu befragen. Derweil saß der Hauptkommissar über den

Akten der Mordopfer Tennstedt und Lamar. Dabei blickte er mehrmals zur Uhr. Er wartete auf erste Ergebnisse aus der Rechtsmedizin und von den Kriminaltechnikern über den jüngsten Mord. Warum dauerte das so lange? Geduld brachte er nicht mehr auf. Sie brauchten dringend etwas, das die Ermittlungen vorantrieb. Allerdings wusste er, dass die Kollegen taten, was sie konnten. Deshalb sah er von einer Nachfrage ab. Bislang wusste er nur, dass weder das Handy des Toten noch die lebensgroße Puppe gefunden worden waren.

Warum nahm der Täter die Telefone an sich? Entsorgte er sie irgendwo oder behielt er sie als Trophäe? Hannes hielt es für ausgeschlossen, dass der Mörder nicht wusste, wie die Polizei bei der Auswertung von Handydaten vorging. Der Provider lieferte den Verbindungsnachweis, sodass jedes Gespräch und jeder Nachrichtenkontakt nachvollziehbar war.

Endlich kam Pia mit Neuigkeiten durch die Verbindungstür.

»Horst hat angerufen. Die Obduktion ist noch nicht abgeschlossen, aber er hat vorab die Todesursache durchgegeben.«

»Und?«

»Dem alten Mann wurde mit einer langen Nadel etwas ins Herz injiziert. Die Laboruntersuchung läuft noch. Deshalb habe ich eben mal gegoogelt. Radelsfahr hat einen Krimi mit dem Titel *Zuckersüßer Tod* geschrieben. Darin tötet ein verrückter Arzt seine Opfer mit einer Überdosis Insulin, die er ihnen ins Herz spritzt.« Sie wandte sich zum Gehen, drehte sich aber an der Tür noch einmal um. »Fast hätte ich es vergessen, das Opfer hatte einen Zettel in der Tasche, auf dem steht: ›Mitten ins Herz‹.«

KAPITEL 20

Für die Premierenlesung des renommierten Forensischen Psychologen Professor Philipp Thaler hatte das Organisationsteam des Krimifestivals einen besonderen Rahmen gewählt: den *Expo-Wal*. Ursprünglich war dieser das offizielle Wahrzeichen der Weltausstellung, die im Jahre 2000 in Hannover stattfand. Damals bewunderten über eine Million Besucher die einzigartige Architektur des *Pavillons der Hoffnung*, der auf die biblische Erzählung vom Propheten Jona hinweisen sollte, der von einem Wal verschluckt und nach drei Tagen an Land gespuckt wurde. Seit der Eröffnung wurden in diesem Bauwerk regelmäßig Gottesdienste gefeiert. Mit der Zeit entwickelte sich dieses außergewöhnliche Gebäude zu einem gefragten Veranstaltungsort, der idyllisch am dreieckigen Exposee lag.

Die WG-ler fuhren in ihrem südkoreanischen Achtsitzer zum Expo-Park und stellten den Wagen in der Chicago Lane auf dem Parkplatz ab.

Conrad war Albert mit dem Rollstuhl behilflich und schob ihn die Rampe hinauf. Zusammen betraten sie nach der Eingangskontrolle den Bauch des Wals. Im vorderen Bereich der rundherum verglasten See-Ebene war ein Tisch aufgebaut, hinter dem der Assistent des Buchhändlers nicht nur Philipps Krimi, sondern dazu seine psychologischen Werke,

Die dunkle Seite der Seele und *Gratwanderung*, verkaufs-wirksam präsentierte. Philipp ging zu ihm hinüber und gab ihm die Hand.

»Ich wusste gar nicht, dass Sie heute auch meine Sachbü-cher anbieten.«

»Warum nicht? Ich habe sie gelesen. Die sind sehr inter-essant und für den Laien verständlich geschrieben. Es kann nicht schaden, die Verkaufszahlen ein bisschen anzukurbeln.«

»Das ist eine gute Idee. Danke, dass Sie daran gedacht haben.«

Bescheiden winkte der Mann ab.

»Das ist mein Job.«

»Ich glaube, Sie tun mehr als nur Ihre Arbeit – weil Sie Ihren Beruf lieben. Beurteile ich das richtig?«

Die Überraschung stand ihm deutlich ins Gesicht geschrie-ben. Anscheinend wurde er nicht oft auf persönliche Dinge angesprochen.

»Bücher sind mein Leben«, gestand er etwas verlegen. »Als Kind habe ich alles verschlungen, was ich in die Hände bekam. Inzwischen lese ich sozusagen beruflich. Ich kann den Kun-den nur guten Gewissens ein Buch empfehlen, wenn ich von der Qualität überzeugt bin. Das ist wahrscheinlich ein biss-chen altmodisch, aber ...«

Er verstummte, weil sich sein Chef näherte, der den Autor mit den Örtlichkeiten vertraut machen wollte. Philipp warf seinem Assistenten einen bedauernden Blick zu.

»Wir haben später bestimmt noch Gelegenheit, unser Gespräch fortzusetzen.«

Von der lichtdurchfluteten See-Ebene gab es einen direkten Zugang zur Terrasse. Charlotte war in dieser Gegend mehr-fach mit der Kamera unterwegs gewesen. Ein Spaziergang in den *Gärten im Wandel*, dem *EXPO-Park Süd* oder dem *Parc*

Agricole lohnte sich zu jeder Jahreszeit. Sie machte Anton auf den See aufmerksam, worauf die Gruppe ins Freie trat. Auf der gegenüberliegenden Wasserseite standen die *Himmels-türme*, von denen aus man einen herrlichen Blick in alle Richtungen genießen konnte. Auf seine Bitte versprach Charlotte dem Jungen, bald mit ihm einen Ausflug dorthin zu unternehmen. Als sie sich herumdrehte, sah sie einen Mann die Terrasse betreten. Er blickte sich kurz um, ehe er zielstrebig auf die Strick-Liesel zumarschierte.

»Anne!« Er strahlte sie an, ergriff ihre Hand und beugte sich darüber. Sein Blick schweifte über die Anwesenden. »Sind das alles Ihre Mitbewohner?«

Anscheinend war Anneliese viel zu überrascht, um sofort zu antworten, besann sich aber und nickte. Nacheinander stellte sie die Freunde vor.

»Und das ist der Autor Georg Sievers.«

Der Wetterfrosch fiel aus allen Wolken. Dieser schlanke Mann in dem gut sitzenden Zweiteiler mit Einstecktuch war also der Schriftsteller, der im Eichengrund untergebracht war. Unwillkürlich zog Conrad sein Bäuchlein ein. Was wollte der Hamburger hier? War er nur zur Lesung seines Krimikollegen gekommen oder konnte er es nicht erwarten, Anneliese wiederzusehen? Anne! Warum nannte er sie so? Unglaublich! Kein Mensch tat das. Misstrauisch beäugte er den Schreiberling, der ihn etwas überragte. Er besaß volles, fast weißes Haupthaar und wirkte sportlich. Anscheinend war er das, was man als einen attraktiven Mann bezeichnete. Charmant plauderte er mit den Damen. Unter anderen Umständen würde Conrad ihn sogar sympathisch finden – wäre da nicht dieses Leuchten in seinem Blick, wenn er Anneliese anschaute. Seine Liesel! Am liebsten hätte Conrad ihm klipp und klar gesagt, dass sie zu ihm gehörte, und dass er die Finger von ihr lassen sollte, aber er fürchtete, er würde sich mit Eifersüchteleien vor den anderen zum Narren machen. Er musste sich eine Strategie überlegen.

Nachdem Beski den Professor herumgeführt und ihm den Lesetisch auf der kleinen Bühne gezeigt hatte, blieb bis zum Beginn der Veranstaltung noch eine halbe Stunde Zeit.

Philipp entdeckte seine Familie auf der Seeterrasse. Zunächst ging er jedoch zur beleuchteten *LED-Bar* hinüber, auf der gewaltige, mit Kristallen verzierte Kandelaber standen. Bei einer jungen Service-Mitarbeiterin orderte er zwei Tabletts mit Sekt und Orangensaft. Er bat darum, die Getränke auf der Terrasse anzubieten, den Buchhändler und seinen Assistenten nicht zu vergessen, und ging voraus. Im Freien blieb er bei Charlotte stehen, die ihrem Pflegesohn zusah. Anton war unten am Stahlgeländer, von wo aus er Enten und Blässhühner fotografierte, die auf dem Wasser dümpelten. Anscheinend hatte er die Blicke gespürt, denn er drehte sich um und nahm die beiden mit der riesigen Schwanzflosse des Wals im Hintergrund durch den Sucher ins Visier.

Während die Getränke serviert wurden, trafen Philipps Schwester Sophia und ihr Mann Axel sowie die Oberstaatsanwältin und der Rechtsmediziner ein.

»Hannes lässt sich entschuldigen«, sagte Horst nach der Begrüßung. »Er schafft es leider nicht.«

Damit hatte Philipp gerechnet.

»Das war nach den heutigen Ereignissen zu erwarten. Weißt du bereits Näheres über die Todesursache?«

An dieser Stelle übernahm Benita Pauli. Da sie den Professor in diese Ermittlungen eingebunden hatte, war sie berechtigt, ihm Auskünfte zu geben. Sie führte ihn ein Stück beiseite und setzte ihn mit gedämpfter Stimme darüber in Kenntnis, dass der betagte Autor durch eine ins Herz injizierte Überdosis Insulin ums Leben gekommen war. Ehe sie jedoch weiter darüber sprechen konnten, tauchte Holger Beski auf und bat die Gruppe, ihre Plätze einzunehmen.

Charlotte rief nach dem Jungen, flüsterte Philipp im Vorbeigehen »toi, toi, toi« zu und steuerte die reservierten Stühle in der ersten Reihe an. Wie selbstverständlich blieb der Autor aus der Hansestadt an Annelieses Seite, sodass sie schließlich zwischen ihm und Conrad saß. Amüsiert beobachtete Charlotte die drei. Sie konnte sich nicht vorstellen, dass sich Anneliese von Sievers becircen ließ. Die Freundin liebte ihren Wetterexperten, der allerdings ziemlich verunsichert wirkte. Am Ende der Stuhlreihe stand Albert in seinem Rolli neben Ellis Sitzplatz. Schräg hinter ihm war ein Pressefotograf mit seiner Kameraeinstellung beschäftigt.

»Guck mal nach oben«, sagte Anton in Charlottes Gedanken. »Das sieht echt aus, als wenn wir im Bauch von einem Wal wären.«

Die gewölbte Decke in fünf Metern Höhe mit den Holzverstrebungen erinnerte tatsächlich an das Skelett eines Wals.

Charlotte nickte und deutete nach vorn. Auf der kleinen Bühne stand der Organisator des Krimifestivals und wartete auf seinen Einsatz.

»Es geht gleich los.«

Anton machte seine Kamera einsatzbereit. Die letzten der 120 Plätze waren rasch besetzt. Routiniert hob Holger Beski das Mikrofon. Er stellte den vielversprechenden Newcomer unter den Krimiautoren vor, hielt sich etwas länger bei dessen Biografie auf und lobte sein Romandebüt in den höchsten Tönen. Nicht unerwähnt ließ er, dass der Professor sein Lesehonorar dem *Weißen Ring* gespendet hatte, einer Organisation, die unter anderem Opfer von Verbrechen unterstützte.

Mit dem Applaus der Gäste überließ er Philipp das Wort. Der trug ein Headset, das es ihm ermöglichte, ohne Handmikro an den Rand der Bühne zu treten.

»Meine sehr verehrten Damen und Herren, liebe Anwesende. Bitte erlauben Sie mir, an drei Menschen zu erinnern, die im Zusammenhang mit diesem Krimifestival ihr Leben verloren haben. Loretta Lamar, Erpo Tennstedt und Askold Radelsfahr haben uns jahrelang mit ihren spannenden, gut durchdachten Geschichten unterhalten. Sie gaben der deutschsprachigen Kriminalliteratur wichtige Impulse und hinterlassen eine große Lücke. Wir werden sie vermissen und nie vergessen.«

Im Saal war es so still, dass man einen Floh hätte husten hören können. Philipp trat an den Lesetisch, setzte sich auf den Stuhl und die Lesebrille auf die Nase. Nach einem Schluck Mineralwasser schaute er ins Publikum.

»Wenn man im Ruhestand ist, kommt man manchmal auf seltsame Gedanken. Bei mir war es unter anderem der Wunsch, einen Krimi zu schreiben.« Er nahm seinen Roman und hielt ihn vor sich. »Dadurch ist dieses Buch entstanden. Erstaunlicherweise konnte ich sogar einen Verlag für die Veröffentlichung gewinnen. Nun müssen die Leserinnen und Leser entscheiden, ob es eine Fortsetzung gibt oder ob ich besser Kreuzworträtsel lösen oder auf einer Bank an einem Teich sitzen und Enten beobachten sollte.«

Mit diesem kurzen Statement gelang es ihm, die ernste Stimmung zu vertreiben. Er schlug das Buch an einer Stelle auf, die durch einen kleinen Klebezettel markiert war ...

Eine knappe Stunde später lauschte das Publikum immer noch gebannt.

»Thomas, dieser freundliche und hilfsbereite Mann sollte ein gefährlicher Psychopath sein? Oder wollte sein Arzt nur ihre Angst schüren, weil er selbst Blut an den Händen hatte? Kaum war dieser Gedanke in ihr Bewusstsein gesickert, verlosch das Licht. Bedrohliche Dunkelheit umfing sie. Es war still, totenstill. Urplötzlich erfüllte ein unheimliches Grollen die Finsternis ...«

Philipp klappte das Buch zu und nahm die Brille ab. Im Publikum regte sich nichts. – Im nächsten Moment brach begeisterter Applaus los.

Überwältigt bedankte sich der Autor für die Aufmerksamkeit, beantwortete noch reichlich Fragen und signierte zum Abschluss viele Bücher.

Auf dem Heimweg lenkte Conrad den Van durch die spätabendliche Stadt. Hinter ihm tauschten seine Mitbewohner ihre Eindrücke aus.

Anton hörte zuerst nur zu. Schließlich schaute er den neben ihm sitzenden Professor mit großem Ernst an.

»Philipp, ich bin stolz auf dich.«

Das leise Lachen der Strick-Liesel irritierte den Jungen.

»Was denn? Wenn es doch stimmt.«

»Sorry, das war dumm von mir. Du hast vollkommen recht, Anton.«

»Und ich freue mich über deine Worte«, fügte Philipp hinzu. »Sehr sogar.«

KAPITEL 20,5

Die Nacht war kalt und sternenklar, ließ ihn auf dem Heimweg frösteln. Leise fiel die Haustür hinter ihm zu. Er war rechtschaffen müde und dennoch auf erregende Weise aufgekratzt. Er schlich in die Küche, öffnete den Kühlschrank und holte die Milchflasche heraus. Damit setzte er sich an den wackligen alten Tisch mit der rot karierten Wachstuchdecke.

So viel war heute passiert. Am frühen Morgen hatte er abgewartet, bis die Luft rein war, um seine eigene Inszenierung für die Führung zum Kopperloch zu gestalten. Es war sogar relativ einfach gewesen, die Puppe gegen den Methusalem auszutauschen.

Einerseits war ihm der anhaltende Nieselregen zugutegekommen. Bei solchem Schietwetter blieben sogar die Lauffreudigen zu Hause. Andererseits hatte der Alte, wie erwartet, der Versuchung nicht widerstanden, mit dem Auto bis ans Teufelsbad gefahren zu werden, um sich den Schauplatz der vormittäglichen Führung anzusehen.

Wären zufällig Leute vorbeigekommen, hätte er eine einleuchtende Erklärung parat gehabt und behauptet, er sei der Organisator des Festivals, der letzte Vorbereitungen traf. Das hätte sein ungewöhnliches Outfit erklärt. So ein weißer Kapuzenoverall war schließlich aus zahlreichen Fernsehkrimis bekannt.

Die Führung war nicht ganz nach seinen Vorstellungen verlaufen. Ausgerechnet dieses vorwitzige Kind musste den Alten finden. Das hatte er aus sicherer Entfernung durch seinen Feldstecher beobachtet. Es wäre eine kleine Sensation gewesen, wenn alle Krimifans bei der Entdeckung einer echten Leiche um das Kopperloch herumgestanden hätten. Viele hätten ihr Handy gezückt und Fotos geschossen, von denen dann bestimmt welche in den sozialen Netzwerken die Runde gemacht hätten. Das wäre ganz nach seinem Geschmack gewesen. Egal. Nun hatte er eben selbst dafür gesorgt und den Medien eine aussagekräftige Aufnahme zugespielt.

Alles in allem war er mit der morgendlichen Aktion zufrieden.

Die Abendveranstaltung war ebenso akzeptabel verlaufen. Für ihn war es ein besonderes Vergnügen, sich unter so vielen Krimifans zu bewegen, ohne dass die Leute seine wahre Identität ahnten. Der Autor hatte ihm sogar arglos seinen Roman mit seinem eleganten *Pelikan*-Füller signiert. Ihm wurde bewusst, dass er einen Forensischen Psychologen an der Nase herumgeführt hatte. Einen Mann, der von Berufs wegen über eine enorme Menschenkenntnis verfügte. Das bestätigte ihm, wie perfekt seine Tarnung war.

Den Krimi des Professors fand er großartig. Sauber recherchiert und spannend geschrieben. Nicht so brillant wie sein eigenes Werk, aber immerhin ein beachtenswerter Erstling. Die Menschen im Saal waren begeistert. Wenn erst sein eigener Krimi auf den Markt käme, würden sie noch euphorischer reagieren. Seine Leser würden ihn lieben!

Er schraubte die halb volle Milchflasche auf und setzte sie an die Lippen.

»Das darf nicht wahr sein!«, hörte er eine vorwurfsvolle Stimme hinter sich. »Wie oft habe ich dir verboten, aus der Flasche zu trinken? Das ist ekelhaft! Warum bist du nur so ein böser Junge?«

KAPITEL 21

Anderthalb Stunden vor Mitternacht stiegen Hannes und Pia in den Dienstwagen der Oberkommissarin. Da sein Fahrzeug zur Inspektion in der Werkstatt stand, hatte seine Kollegin ihm angeboten, ihn nach Hause zu fahren. Sie selbst wohnte in Laatzen, sodass das kein nennenswerter Umweg für sie war. Auf seine Bitte nahmen sie nicht die Route am Maschsee entlang, sondern über die Hildesheimer Straße. Der Hauptkommissar hatte tagsüber kaum etwas gegessen und freute sich auf eine herzhafte Mahlzeit aus seinem Lieblingsdönerladen. Kurz hinter dem mit dichtem Weinlaub bewachsenen Döhrener Turm lenkte Pia den Wagen auf dem Grünstreifen unter einen Baum und schaltete die Warnblinkanlage ein.

»Ich bin gleich zurück«, versprach ihr Kollege, stieg aus und eilte im Laufschritt über das rotgraue Pflaster, umrundete die Absperrgitter und sprintete an der grünen Fußgängerampel über die Stadtbahngleise auf die andere Seite der zweispurigen Straße. Während er im Imbiss verschwand, zog Pia ihr Smartphone hervor und vertiefte sich in ihre eingegangenen Mails. Nach einer Weile hörte sie ein dumpfes Geräusch. Ruckartig hob sie den Kopf und sah durch die geöffnete Seitenscheibe ihren Kollegen, der mit Wucht auf die Grünfläche geschleudert wurde. Ein Motor heute auf – und es war still.

»Hannes!«

Mit dem Telefon in der Hand sprang Pia aus dem Auto und rannte am Turm vorbei auf die andere Seite. Ihr Blick erfasste den dunklen Wagen, der sich mit hoher Geschwindigkeit stadteinwärts entfernte. Sie wirbelte herum und sank neben ihrem Kollegen auf die Knie. Seine Augen waren geschlossen; aus einer Wunde an der Stirn sickerte Blut.

»Hannes! Kannst du mich hören?«

Keine Reaktion. Offenbar war er ohne Bewusstsein. Pia zwang sich, nicht durchzudrehen. Sie atmete tief ein und handelte wie automatisiert. Über die Notruf-SOS-Funktion ihres Smartphones forderte sie bei der Rettungsleitstelle einen Rettungswagen an und bat darum, die Kollegen zu verständigen.

Mit den Fingerspitzen tastete sie nach dem Puls des Verletzten, konnte aber kaum etwas spüren. Sie platzierte den rechten Handballen etwa in der Mitte des Brustkorbs und legte die andere Hand darüber. Mit durchgedrückten Armen presste sie fest und rhythmisch, um den Herzschlag zu stimulieren.

»Eins, zwei, drei, vier ...«

Wie sie es in einem Ersthelfer-Kurs gelernt hatte, wechselte sie nach 30 Druckimpulsen zur Atemspende. Anschließend begann sie wieder von vorn. Endlich hörte sie Martinshörner. Kurz darauf fuhr der Rettungswagen in Höhe der Ampel auf das Pflaster und stoppte kurz vor dem verzierten Metallzaun, der Passanten daran hindern sollte, unachtsam auf die Gleise zu laufen. Ein Notarzt und zwei Sanitäter sprangen heraus, umrundeten die Absperrung und lösten Pia ab.

»Schwache Vitalfunktionen«, stellte einer der Männer fest und begann nach wenigen Handgriffen mit der Beatmung durch einen Beatmungsbeutel. Unterdessen machte sein Kollege den Defibrillator einsatzbereit.

Pia konnte das nicht mitansehen. Auf allen vieren kroch sie ein Stück beiseite und ließ sich ins Gras sinken. Sie fror und ihr war übel.

Sie bemerkte kaum, dass sich einer der Männer zu ihr hockte.

»Wir haben ihn stabilisiert. Sie haben alles richtig gemacht.« Ängstlich blickte sie hinüber und sah, dass der Arzt einen Zugang an der Hand des Bewusstlosen legte und eine Infusion anschloss.

Kurz darauf trafen zwei Streifenwagen ein. Gleichzeitig erschien Martin mit dem Fahrrad an der Unglücksstelle. Nachdem er informiert war, koordinierte er das weitere Vorgehen und gab eine Fahndung nach dem flüchtigen Fahrzeug heraus.

»Tut mir leid, dass ich den Wagen nicht besser beschreiben kann«, bedauerte Pia, der man eine graue Wolldecke umgehängt hatte. »Das ging alles so schnell. Ich konnte nicht mal die Rücklichter sehen, geschweige denn das Kennzeichen. Wahrscheinlich hatte der Fahrer die Scheinwerfer ausgeschaltet.«

Sie gingen ein paar Schritte. Der Inhalt der aufgeplatzten weißen Dönertüte lag auf der Straße verstreut, ein Schuh ihres Kollegen ein paar Meter weiter.

»Wenn wir Glück haben, fällt einer Streife der Schaden an dem Fahrzeug auf.« Martin ahnte, dass das nicht so einfach werden würde. Er legte den Arm um Pias Schultern. »Das war ein Schock für dich. Willst du trotzdem mit zur Klinik fahren?«

»Ich folge dem Krankenwagen.«

»Halt mich bitte auf dem Laufenden. Ich fahre ins Präsidium. Das wird eine lange Nacht.«

Sie sahen dabei zu, wie der Schwerverletzte auf einer Fahrtrage in den Rettungswagen geschoben wurde.

»Kammerflimmern!«, ertönte plötzlich die Stimme eines Sanitäters. Noch während sich das Team um Hannes kümmerte, warf der Fahrer die Türen zu. Nach einer gefühlten

Ewigkeit raste der Krankentransport mit Blaulicht und Sirene davon.

Pia stieg in ihren Dienstwagen und fuhr hinterher.

Charlotte erwachte durch ein Geräusch. Sie schlug die Augen auf und lauschte. Im Haus war es still. Deshalb vermutete sie, dass der Signalton ihres Handys sie aufgeschreckt hatte. Sollte sie nachsehen? Aber was sollte mitten in der Nacht so wichtig sein? Sie schloss die Augen, konnte aber nicht wieder einschlafen. Deshalb richtete sie sich auf und tastete nach dem Telefon. Jedes Geräusch vermeidend, erhob sie sich vorsichtig, um Philipps Schlaf nicht zu stören. Barfuß verließ sie den Raum und verschwand im Bad. Dort schaltete sie das Telefon ein. 3.18 Uhr zeigte das Display des Smartphones an – außerdem den Eingang einer WhatsApp. Sie tippte auf das Icon, sah, dass Pia sie geschickt hatte. Das war um diese frühe Stunde noch nie vorgekommen. Mit einem Fingertipp öffnete Charlotte die Nachricht: »Wenn du das liest, melde dich bitte bei mir. Es ist dringend.« Was konnte das bedeuten? Möglicherweise hatte Pia Dienst, und es war abermals ein Mord an jemandem aus der schreibenden Zunft passiert. Erwartete sie nun ihre Hilfe? Das konnte sie sich nicht vorstellen. Flink wechselte Charlotte zur Kontaktliste, um die Kommissarin anzurufen.

Pia meldete sich nach einmaligem Klingeln. Offenbar hatte sie das Telefon noch in der Hand.

»Charlotte … Tut mir leid … Ich wollte dich nicht wecken …«

Die Stimme der ehemaligen Kollegin klang zittrig.

»Was ist passiert?«

»Hannes hatte einen Unfall.« Stockend berichtete sie, was geschehen war. »Ich bin im Krankenhaus. Sie haben ihn stundenlang operiert.« Ihr leises Schluchzen war zu hören. »Er liegt auf der Intensivstation – im Koma.«

Trotz des Schreckens versuchte Charlotte, nicht die Fassung zu verlieren.

»Wie stehen seine Chancen?«

»Nicht gut. Die Ärzte können erst was sagen, wenn er die nächsten Stunden überstanden hat.«

Das musste Charlotte erst einmal verdauen. Hannes zählte zu ihren langjährigen engen Freunden. Schließlich erkundigte sie sich, in welcher Klinik er lag, und versprach, so schnell wie möglich zu kommen.

In aller Eile erledigte sie ihre Morgentoilette. Um den Mann in ihrem Bett nicht zu wecken, betrat sie ihr Schlafzimmer auf Zehenspitzen und griff nach dem großen Weidenkorb, in dem seit zwei Tagen die Wäsche aus dem Trockner ruhte. Damit schlich sie zur Tür. Prompt bewegte sich Philipp. Er drehte sich auf die Seite, erwachte aber nicht.

Charlotte klemmte sich den Korb unter den Arm und schloss mit der freien Hand die Tür. In ihrem Wohnzimmer zog sie sich an. Auf einen Bogen Papier schrieb sie ein paar Zeilen für ihren Lebensgefährten. Rasch räumte sie den Tisch ab und stapelte alles auf einem Sessel. Die Vase mit dem herrlich duftenden Flieder, den Philipp ihr im Garten geschnitten hatte, stellte sie auf die Kommode. Gut sichtbar legte sie das Blatt mit der Nachricht auf die Tischplatte und Philipps neue Lesebrille obendrauf.

Rasch steckte sie ihr Handy ein, hängte sich ihre Tasche über die Schulter, lief die Treppe hinunter und betrat die Küche. Sorgfältig schloss sie die Tür von innen. Mit wenigen Handgriffen setzte sie die Espressomaschine in Gang und nahm einen Zwieback aus der bunten Blechdose. Dabei bemerkte sie Grönemeyer, der von einem Stuhl sprang und um ihre Beine strich. Er schien sich über Gesellschaft zu freuen.

»Ich habe leider keine Zeit für dich.« Sie nahm den grauen Kater hoch, kraulte ihn kurz und setzte ihn auf den Boden.

Im Stehen trank sie den Espresso und knabberte an dem trockenen Gebäck. So hatte sie wenigstens etwas im Magen, wenn sie das Haus verließ.

Auf der Strecke von Wülfel nach Kirchrode herrschte um diese frühe Morgenstunde kaum Verkehr. In nur zwölf Minuten erreichte Charlotte das Krankenhaus. Sie stellte den Golf nicht auf dem gebührenpflichtigen Parkplatz, sondern an der Straße ab und ging den Weg zum Haupteingang hinauf. Dort zögerte sie einen Moment. In dieser Klinik war ihr Mann Chefarzt der Chirurgie gewesen. An diesem Ort hatte er vor etwa vier Jahren einen Herzinfarkt erlitten. Hier war er gestorben. Seitdem war Charlotte nur zweimal in diesem Gebäude gewesen. Unwillkürlich straffte sie ihre Haltung. Sie wollte nicht noch einmal einen ihr nahestehenden Menschen verlieren.

Im Vorbeigehen nickte sie dem Mann am Empfang zu und ging zielstrebig zu den Fahrstühlen. An der Tür zur Intensivstation läutete sie. Nach einem Moment des Wartens öffnete eine Schwester. Charlotte erkannte sie sofort.

»Guten Morgen, Schwester Damaris.«

Erstaunen malte sich auf das Gesicht der Mittfünfzigerin.

»Das glaube ich nicht. Frau Stern! Was machen Sie denn hier? Noch dazu in aller Herrgottsfrühe?«

»Ein guter Freund von mir wurde vor ein paar Stunden eingeliefert.« Sie erklärte, um wen es sich handelte. Natürlich wusste sie, dass nur Angehörige zu den Patienten durften. »Ich kenne die Vorschriften, aber wir stehen uns sehr nahe. Deshalb möchte ich für ihn da sein.«

Dafür hatte die Schwester Verständnis.

»Die Kollegin von Herrn Bremer ist auch hier.«

Sie ließ die Frau ihres ehemaligen Chefs eintreten. Sofort sprang Pia, die auf dem Flur saß, auf. Ihr war anzusehen, wie sehr sie die Ereignisse mitnahmen. Charlotte blieb vor ihr stehen und schloss sie in die Arme. Diese Geste löste einen Tränenstrom bei der sonst so toughen Kommissarin aus.

»Es war so furchtbar, Hannes reglos auf der Straße liegen zu sehen.«

Charlotte strich ihr beruhigend über den Rücken, führte die junge Frau zurück zur Wartezone und dirigierte sie auf einen Besucherstuhl. Sie nahm neben ihr Platz und ließ sich den Unfallhergang schildern.

»Der Wagen war unbeleuchtet? War der Fahrer so abgebrüht, dass er sofort die Scheinwerfer ausgeschaltet hat? Oder ...«

»Oder was?«

»Hältst du es für möglich, dass er ohne Licht gefahren ist, weil er geplant hat, Hannes zu überfahren, und sich danach unerkannt aus dem Staub machen wollte?«

Fassungslos riss Pia die Augen auf.

»Ein Anschlag? Daran habe ich überhaupt noch nicht gedacht.« Sie überlegte kurz. »Das bedeutet, er müsste gewusst haben, dass sich Hannes in dem Laden einen Döner holt und auf ihn gewartet haben. Ist das nicht unwahrscheinlich?«

»Er könnte euch vom Präsidium aus gefolgt sein. Dadurch hätte er gesehen, dass Hannes über die Straße zum Imbiss gegangen ist. Der Typ ist weitergefahren, hat an der nächsten Kreuzung gewendet und in der Nähe des Dönerladens im Wagen gewartet, bis Hannes zurückkommt.«

»Ausschließen kann man das nicht«, stimmte Pia ihr zu. »Das würde bedeuten, der hat Hannes mit voller Absicht ...« Ihr schauderte.

»Bislang ist das nur eine vage Vermutung. Haben dir die Ärzte etwas über das Ausmaß seiner Verletzungen gesagt?«

»Nein.« Pia zog ein Taschentuch hervor, wischte die Tränen ab und schnäuzte sich geräuschvoll die Nase. »Ich bin ja nur seine Kollegin.«

»Möglicherweise kann ich das nachher in Erfahrung bringen.«

»Meinst du, sie geben dir Auskunft, weil dein Mann hier gearbeitet hat?« Pia hatte Maximilian Stern gekannt und gemocht. Vor ein paar Jahren hatte er ihr sogar ein Geschoss aus der Schulter operiert, das sie sich während eines Großeinsatzes eingefangen hatte. »Mir wird gerade klar, wie schwer es für dich sein muss, in der Klinik zu sein, in der du ihn verloren hast. Ich hätte dich nicht anrufen sollen.«

»Das war genau richtig«, widersprach die Ältere. »Was damals passiert ist, gehört der Vergangenheit an. Wenn man sich schöne Erinnerungen bewahrt, kommt man irgendwann über den Verlust hinweg.« Ein weiches Lächeln legte sich auf ihre Züge. »Und wenn man das Glück hat, noch einmal einem Menschen zu begegnen, den man lieben kann, ist man dem Schicksal sehr dankbar.«

Pia nickte beeindruckt und seufzte leise. Mit einer fahrigen Geste strich sie sich über die Stirn.

»Ich sollte ins Präsidium fahren und die Kollegen bei der Suche nach dem Unfallfahrer unterstützen.«

»Das ist in deiner Verfassung keine gute Idee. Du stehst immer noch unter Schock. Fahr nach Hause und schlaf ein paar Stunden. Ich bleibe erst mal hier.«

»Vielleicht hast du recht.« Langsam kam sie auf die Beine, wobei sie zu einem Intensivzimmer hinübersah. »Wenn sich sein Zustand verschlechtert ...«

»Melde ich mich«, versprach Charlotte. »Hast du Marlene informiert?«

Kopfschütteln.

»Okay, das übernehme ich. Aber nicht am Telefon. Ich fahre später zu ihr.«

»Danke, Charly.«

Mit hängenden Schultern verließ Pia die Station. Charlotte blieb noch einen Moment nachdenklich sitzen. Erst beim Erscheinen der Schwester mit dem schönen biblischen Namen Damaris blickte sie auf.

»Kaffee, Frau Stern?«

Charlotte nickte und folgte ihr ins Schwesternzimmer. Sie setzten sich an den Tisch, auf dem alles bereit stand. Die grauhaarige Schwester schenkte die Tassen ein und schob die Milchtüte in Charlottes Reichweite.

»Wir haben uns ja ewig nicht gesehen. Geht es Ihnen gut – abgesehen von Herrn Bremers Unfall?«

»Ich kann nicht klagen. Seit dem letzten Sommer wohne ich in einer WG mit ein paar Freunden zusammen, habe einen neuen Partner und sogar ein Pflegekind.« Sie kannten sich seit fast 20 Jahren. Deshalb gab es keinen Grund, ein Geheimnis aus ihren Lebensumständen zu machen. Ihr verstorbener Mann hatte lange mit Damaris zusammengearbeitet und sie nicht nur fachlich, sondern auch menschlich geschätzt. »Und Sie? Sind noch ein paar Enkel dazugekommen?«

»Wenn man fünf Kinder hat, muss man immer damit rechnen. Inzwischen umfasst die Enkelschar sechs Jungen und acht Mädchen. Die Kleinste ist ein halbes Jahr alt und der reinste Sonnenschein.«

»Bei mir ist es bei den beiden Kindern meiner Tochter geblieben. Ben singelt nach wie vor durchs Leben. Hin und wieder eine Freundin, aber immer noch auf der Suche nach seiner Traumfrau.«

Während Charlotte die Tasse an die Lippen setzte, trat ein Mann von nebenan aus dem Bereitschaftszimmer.

»Diese Stimme kenne ich doch.«

Ohne sich herumzudrehen, wusste sie, wer das war. Sie stand auf und ließ sich von Dr. Kramke, dem ehemaligen Kollegen ihres Mannes, umarmen.

»Hallo, Rainer.«

»Charlotte.« Er musterte sie, nickte zufrieden. »Gut siehst du aus. Bei deinem letzten Besuch ging es um den Patienten mit dem *Viagra*-Experiment. – Wie war gleich sein Name?«

»Josef Pippich.«

»Richtig.«

Unaufgefordert holte die Schwester einen weiteren Kaffeebecher herbei.

»Um wen willst du dich diesmal kümmern, Charlotte? Um den verunfallten Polizisten? Ist das ein Kollege von dir? Wie heißt er noch?«

Sein Namensgedächtnis war noch genauso löchrig wie früher.

»Hannes Bremer. Er ist außerdem ein enger Freund.« Aus ernsten Augen blickte sie ihn an. »Ich weiß, dass ihr normalerweise nur nahen Verwandten Auskunft geben dürft, aber Hannes hat niemanden mehr. Dazu kommt, dass es sich womöglich nicht nur um einen Unfall mit Fahrerflucht handelt, sondern um einen Anschlag.«

Der Arzt ahnte, worauf sie hinauswollte.

»Du willst wissen, wie schwer er verletzt ist? Die größte Sorge macht mir, dass dein Freund ein Schädelhirntrauma erlitten hat. Am rechten Bein hat er eine Stoßstangenfraktur, dazu kommen eine Hüftprellung, zahlreiche Hämatome und Hautabschürfungen. Operativ versorgt haben wir zuerst den Milzriss, der starke innere Blutungen verursacht hat. Außerdem eine Bandruptur am linken Handgelenk.«

Das klang bedrohlich. Selbst wenn ihr Mann nicht Arzt gewesen wäre, wüsste sie, wie ernst Hannes' Zustand besonders durch die Kopfverletzung war.

»Das Schädelhirntrauma – wie schlimm ist das?«

»Soweit wir das im Moment beurteilen können, handelt es sich um ein mittelschweres Schädelhirntrauma.«

»Mit welcher Prognose? Werden Beeinträchtigungen zurückbleiben?«

»Genau kann man das zu diesem Zeitpunkt nicht sagen. Spätfolgen sind jedoch nicht auszuschließen.«

Hörbar stöhnte Charlotte auf.

»Und die Milz?«

»Zum Glück war es nur ein Riss der Milz-Kapsel, der zu Blutungen geführt hat. Deshalb konnte ich organerhaltend operieren.«

»Wie stehen seine Chancen?«

»Wir müssen erst mal abwarten und ihm Zeit geben, sich zu erholen.«

Seine ausweichende Antwort wirkte nicht gerade beruhigend. Dennoch hakte sie nicht nach. Sie fürchtete sich vor der Wahrheit.

»Darf ich ihn sehen?«

»Ich bringe dich zu ihm.«

Charlotte bedankte sich für den Kaffee und verließ mit dem Arzt das Schwesternzimmer. In einem Vorraum musste sie sich die Hände desinfizieren. Ohne Schutzkleidung durfte sie zu Hannes.

Sein Anblick versetzte ihr einen Schock. Sie hatte diesen großen, vitalen Mann noch nie so hilflos erlebt. Reglos lag er, an mehrere Schläuche angeschlossen, auf dem Bett. Er trug ein Patientenhemd mit grafischem Muster. Dennoch waren die Verbände und Schienen zu sehen. Auf seiner linken Stirnseite klebte ein viereckiger Wundverband.

Rainer Kramke erklärte ihr, wozu die zahlreichen medizinischen Geräte rechts und links des Bettes nötig waren. Die Nasenbrille mit Sauerstoffzufuhr hatte man Hannes zur

Unterstützung angelegt, weil die Spontanatmung wieder eingesetzt hatte.

Natürlich war Charlotte klar, dass sie nicht rund um die Uhr in der Klinik bleiben konnte. Sie erzählte Rainer von Marlene und dass sie sich mit ihr und vielleicht ein oder zwei anderen Freundinnen abwechseln würde. Das befürwortete er, weil komatöse Patienten viel Zuspruch benötigten. Sie solle die Besuche mit der zuständigen Schwester absprechen. Da sein Pager vibrierte, verabschiedete er sich und eilte hinaus. Die Tür schloss sich hinter ihm.

Nun war Charlotte mit dem Patienten allein. Sie rückte einen Stuhl von der Wand neben das Bett und setzte sich. Ihr Blick schweifte über die Apparate mit den roten Leuchtziffern, die bis auf die Signaltöne geräuschlos arbeiteten. Laut Rainer zeigten die Monitore die kontinuierlich gemessenen Vitalparameter wie Herzrhythmus, Blutdruck, Atemsystem, Körpertemperatur, Sauerstoffgehalt des Blutes und mehr an. Das alles wirkte beängstigend.

Lange betrachtete Charlotte den Freund. Sie wollte etwas tun, ihm helfen, wusste aber nicht, wie. Behutsam griff sie nach seiner auf der Matratze ruhenden Hand und drückte sie ein wenig.

»Ich weiß nicht, wo du im Moment bist, aber du sollst spüren, dass ich für dich da bin. Egal, wie lange es dauert. Mach dir keine Sorgen. Wir stehen das gemeinsam durch.«

Mit ruhiger Stimme erzählte sie ihm von Philipps erfolgreicher Premierenlesung im *Expo-Wal*, von Annelieses Verehrer und Conrads Reaktion auf den vermeintlichen Konkurrenten.

»Was meinst du? Kannst du dir vorstellen, dass unsere Strick-Liesel mit dem charmanten Herrn durchbrennt? Ich glaube, dafür ist sie zu bodenständig. Außerdem liebt sie ihren Conrad. Anderseits hat sie ein Faible für Krimis. Ob sie davon träumt, mit Sievers zusammen einen zu schreiben?

Allerdings hat sie sich von meinem Interesse für reale Mord-fälle anstecken lassen. Das Ermitteln würde ihr in Hamburg bestimmt fehlen. Und ich brauche sie hier zur Unterstützung, wenn ihr in einem Fall mal nicht weiterkommt.«

KAPITEL 22

Philipp reagierte wenig überrascht, dass Charlotte beim Erwachen nicht neben ihm lag. Das kam häufiger vor. Wenn sie nicht mehr schlafen konnte, zog sie ihr Laufdress an und joggte vor dem Frühstück mehrere Kilometer. Für ihn kam das nicht infrage. Sein Bewegungsdrang reduzierte sich auf Spaziergänge, gelegentliches Radfahren und Schwimmen. Früher hatte er regelmäßig Tennis gespielt. Nachdem sein langjähriger Freund und Sportpartner dem Ruf an die Wiener Universität gefolgt war, hatte er den Schläger an den vielzitierten Nagel gehängt.

Nach einem Blick zur Uhr stieg Philipp vorsichtig aus dem Bett, aber der Weidenkorb, der gestern noch am Fußende gestanden hatte, war verschwunden. Er zog nicht in Erwägung, dass sich sein Sternchen die Zeit damit vertrieben hatte, die Wäschestücke zusammenzulegen und wegzuräumen. Es war viel effektiver, sie nach dem Waschen ohne den Umweg über den Kleiderschrank anzuziehen. Auch dafür liebte er diese Frau. Sie war nicht nur herrlich unkonventionell, sie hatte die Gabe, sich auf das Wesentliche zu konzentrieren.

Barfuß ging der Professor ins angrenzende Wohnzimmer. Nach wenigen Schritten hielt er verwundert inne. Der Wäschekorb stand mitten im Zimmer, einer der Sessel hatte sich in einen Ablageort verwandelt, und der Couchtisch bot so leer gefegt einen beinah traurigen Anblick. Das Blatt Papier darauf erinnerte ihn an einen Film, in dem die Geliebte auf ähnliche Weise einen Abschiedsbrief platziert hatte. Das beunruhigte ihn in keiner Weise. Ihre Beziehung war glücklich und stabil. In ihm existierte immer noch der Wunsch, Charlotte zu heiraten, um der ganzen Welt zu zeigen, dass sie zusammengehörten, aber sie hielt das für unnötig. Conrad hatte ihm anvertraut, ähnliche Ambitionen im Hinblick auf seine Liesel zu haben. Das Interesse von Georg Sievers schien ihn allerdings zu verunsichern.

Philipp trat an den Tisch und musste unwillkürlich schmunzeln. Erst kürzlich hatte Charlotte prophezeit, eine Lesebrille aus dem Drogeriemarkt für ihn bei sich zu deponieren und das offenbar bereits in die Tat umgesetzt.

Er setzte die neue Brille auf und las:

»Guten Morgen, mein Lieber,

Pia hat mich benachrichtigt, dass Hannes heute Nacht einen schweren Unfall hatte. Er liegt auf der Intensiv. Ich fahre zur Klinik und melde mich später. Hdl – Charlotte«

Betroffen zog er die Brille von der Nase. Er war versucht, seine Partnerin sofort anzurufen, wusste aber, dass Handys auf Intensivstationen unerwünscht waren. Deshalb unterließ er es.

Gegen 10 Uhr saß Charlotte in ihrem Wagen. Sie schaltete das Telefon ein und entdeckte auf ihrer Mailbox eine Nachricht von Martin. Er bat sie, ihn so bald wie möglich im Präsidium zu treffen, um sich Fotos anzusehen. Sie rief zurück und teilte ihm mit, dass sie zuerst zu Marlene fahren und danach zu ihm ins Büro kommen würde.

Anschließend rief sie Philipp an.

»Endlich«, meldete er sich. »Wir sind alle sehr besorgt. Wie geht es Herrn Bremer?«

Niedergeschlagen berichtete sie über den Zustand des Freundes.

»Das klingt nicht gut. Können wir irgendwas tun?«

»Zurzeit nicht.«

»Kommst du nach Hause?«

»Ich fahre erst mal zu Marlene. Sie weiß noch gar nicht, was passiert ist. Anschießend muss ich ins Präsidium. Zum Mittagessen bin ich voraussichtlich zurück.«

Vor dem Losfahren rief sie bei ihrer Nachbarin an, um sich nicht vergeblich zu ihr auf den Weg zu machen. Marlene war, wie erwartet, um diese Uhrzeit noch nicht in der Redaktion und versprach, alles für ein Frühstück vorzubereiten.

Auf dem Weg in die Südstadt hielt Charlotte bei einem Bäcker und besorgte eine Tüte Brötchen. Allmählich machte sich bei ihr Hunger bemerkbar.

Die Journalistin führte ihren Gast direkt in die Küche. Es duftete nach frisch gemahlenen Kaffeebohnen.

»Cappuccino, Latte Macchiato, Milchkaffee oder lieber Espresso?«

»Gern einen Latte.«

Mit dem professionellen Kaffeevollautomaten war das Getränk schnell aus je ein Drittel Espresso, ein Drittel Milch und ein Drittel Milchschaum zubereitet. In den unverwechselbaren Latte-Macchiato-Gläsern sahen die drei Schichten sehr appetitlich aus.

»Wieso bist du so früh unterwegs?«, fragte Marlene beim Frühstück. »Alles in Ordnung zwischen dir und deinem Professor?«

»Dieser Mann ist das Beste, was mir in den letzten Jahren passiert ist.«

»Das freut mich für dich. Wie war seine Premierenlesung? Diesmal war ein anderes Team unserer Zeitung vor Ort.«

»Das Publikum war begeistert.«

»Dagegen war die Führung zum Kopperloch nicht so erfreulich. Mit einer echten Leiche hatte wohl niemand gerechnet. Bislang ist ja nur bekannt, was in den sozialen Netzwerken kursiert. Wir warten auf die Pressekonferenz. Hannes wollte sich melden und mir den Termin durchgeben, aber ich habe seit gestern Mittag nichts von ihm gehört.«

Charlotte stellte ihr Glas ab und schaute Marlene bedauernd an.

»Es fällt mir nicht leicht, aber ich muss dir was sagen ...«

»Ich glaube, ich will es gar nicht wissen.« Offenbar sah sie Charlotte an, dass es sich um etwas Unangenehmes handelte. Gefasst seufzte Marlene. »Also los: Was ist passiert?«

So schonend wie möglich brachte Charlotte ihr die Schreckensnachricht bei.

Die Journalistin reagierte zunächst erschrocken und ungläubig, starrte vor sich hin, sagte aber kein Wort, während sie das Gehörte verarbeitete. Charlotte ließ ihr Zeit, legte nur mitfühlend die Hand auf den Arm der Jüngeren.

»Das mit Hannes ist nicht nur eine Affäre.« Mit der Fingerspitze schob Marlene die Krümel auf ihrem Teller von einer Seite zur anderen. »Zuerst war ich nur interessiert, aber schnell verliebt. Mit jedem Treffen wurden meine Gefühle für ihn stärker.« Aus tränenverhangenen Augen schaute sie auf. »Wir hatten erst so wenig Zeit zusammen. Das darf nicht alles gewesen sein.«

»Hannes schafft das«, sagte Charlotte eindringlich. Sie war längst nicht so zuversichtlich, wie sie tat. »Daran dürfen wir nicht zweifeln. Aber wir müssen ihn unterstützen, ihn spüren lassen, dass wir für ihn da sind.« Außerdem schlug sie vor, sich gegenseitig in der Klinik abzulösen. Sie würde sich nach den Arbeitszeiten der Journalistin richten und gegebenenfalls die Nachtwachen übernehmen. Marlene war mit allem einverstanden.

»Danke. Ich fahre gleich in die Redaktion und bespreche mit meinem Chef, ob ich überwiegend Homeoffice machen kann. Mit dem Laptop könnte ich von der Klinik aus arbeiten.«

Charlotte schaute noch nebenan in ihrer Wohnung nach dem Rechten. Nach einem Abstecher in den Keller fuhr sie zum Präsidium.

Der diensthabende Beamte informierte Martin, der sie am Empfang abholte und in das Büro führte, das er sich mit seiner Kollegin teilte. Pia saß bereits an ihrem Schreibtisch.

»Wieso liegst du nicht zu Hause in deinem Bett?«

»Ich habe drei Stunden geschlafen, das reicht.« In banger Erwartung schaute sie die Ältere an. »Gibt es was Neues von Hannes?«

»Er ist stabil, liegt aber immer noch im Koma.« Sie berichtete, was sie mit Marlene besprochen hatte. »Martin wollte, dass ich mir Fotos ansehe. Worum geht es dabei?«

»Das sind Fotos von der Gala«, erklärte ihr Kollege. »Dein Professor hat uns über deine kognitive Befragung informiert.« Er deutete zu seinem Schreibtisch. »Setz dich bitte.« Nach ihrem Anruf hatte er eine Auswahl von zwölf Aufnahmen zusammengestellt. Nun trat er hinter Charlotte und bewegte die Computermaus etwas, sodass das erste Bild erschien. »Schau dir diese Fotos bitte genau an, ob darauf der Mann ist, den du auf dem Weg zu den Waschräumen gesehen hast.«

»Okay.« Konzentriert betrachtete sie die erste Aufnahme aus dem Foyer der Stadthalle, schüttelte den Kopf und wechselte per Mausklick zur nächsten. Das wiederholte sich, bis sie das neunte Foto erreicht hatte. Sie erkannte den Mann sofort.

»Das ist er!«

Martin beugte sich etwas vor; Pia kam von der anderen Seite dazu.

»Welcher?«

Charlotte bewegte den Mauszeiger dorthin.

»Hier unten links, der Blonde.«

»Sicher?«

»Verlass dich drauf.«

»Ich wusste es.« Pia war zufrieden. »Mit einer Zeugin und dem Zeitstempel auf der Fotodatei kann sein Anwalt nichts mehr ausrichten.«

»Verratet ihr mir, wer das ist?«

»Der Freund von Erpo Tennstedt.«

»Und was bedeutet das? Glaubt ihr, dass er der *Plagiator* ist?«

»Jedenfalls ist Eisner unser Hauptverdächtiger. Aber wir haben noch nicht genug gegen ihn in der Hand. Obwohl ...« Sie erinnerte sich an seine Worte bei der letzten Vernehmung. »Mir fällt gerade ein, dass er Hannes gestern gedroht hat: er würde es noch bereuen, wenn er ihn weiter beschuldigt.«

»Kommen Sie bitte mal zu mir«, erklang eine Stimme von nebenan aus dem Off. »Ich suche eine Akte!«

Konsterniert darüber, dass offenbar bereits ein anderer Hannes' Platz eingenommen hatte, folgte Charlotte den beiden Polizisten in den Nebenraum. Der etwa 40-jährige Mann hinter dem Schreibtisch stand überrascht auf.

»Wir kennen uns doch.« Er streckte Charlotte die Hand entgegen. »Frau Arndt ... Stern, nicht wahr?«

Lächelnd nickte sie und ergriff seine Rechte.

»Oberkommissar Münster vom Landeskriminalamt, richtig? Sie haben sich im letzten Herbst als Zielscheibe angeboten, damit ich die Kinder sicher ins Internat Rabeneck bringen konnte.«

»Stimmt. Inzwischen bin ich Hauptkommissar und habe zur Kripo gewechselt. Frau Dr. Pauli hat mich gebeten, den Kollegen Bremer zu vertreten.«

»Glückwunsch zur Beförderung.«

»Danke.«

»Ermitteln Sie im Fall der Morde oder der Fahrerflucht?«

»Beides. Obgleich für den Unfall eigentlich die Kollegen von der Verkehrspolizei zuständig wären. Wie ich hörte, könnte es sich aber um einen Anschlag handeln.«

»Darauf hat mich erst Frau Stern gebracht«, fügte Pia hinzu, worauf er Charlotte vielsagend anschaute.

»Anscheinend mischen Sie hier öfter mit. Sie sind wohl als Pensionärin überqualifiziert.«

»Könnte sein.« Sie wandte sich zur Tür. »Wenn das alles war, fahre ich nach Hause. Oder muss ich noch das Protokoll unterschreiben?«

»Das kannst du bei nächster Gelegenheit tun«, sagte Martin. »Ich bereite es vor. Danke, dass du gekommen bist.«

Nach diesen aufwühlenden Stunden sehnte sich Charlotte nach ihrer Familie. Dennoch erledigte sie unterwegs noch einige Besorgungen. Um die Mittagszeit fuhr sie aufs Grundstück, schloss das Tor mithilfe der Fernbedienung und lenkte den Wagen in die Garage. Nach dem Aussteigen warf sie einen Blick an die hintere Wand. Anneliese hatte ihren ungeliebten Fahrradhelm vor Kurzem so einladend auf dem Stapel Winterreifen deponiert, dass ein Rotkehlchenpaar sein Nest darin gebaut und sechs Eier mit zahlreichen rotbraunen Punkten und Linien hineingelegt hatte. Ein guter Grund für die Stick-Liesel, in den nächsten Wochen ohne Kopfschutz zu fahren. Bislang wusste sie noch nichts von dem Zweithelm, den Charlotte sogar ohne stundenlange Suche in ihrem Keller gefunden und mitgebracht hatte.

Auf dem Weg zum Haus blieb sie einen Moment stehen und atmete tief durch. Sie erfreute sich an der Blütenpracht, die der Frühling innerhalb weniger Tage im Garten gezaubert hatte. Diese Jahreszeit liebte sie besonders – wenn die Natur endlich aus dem Winterschlaf erwachte und sich in leuchtenden Farben entfaltete.

Kaum hatte sie die Villa betreten, erschien Philipp in der Diele und schloss seine Lebensgefährtin in die Arme. Still genoss sie die warme Geborgenheit. Worte waren nicht nötig. Erst als Anton aus der Küche kam, lösten sie sich voneinander.

»Essen ist fertig.«

»Wir kommen.«

Philipp half ihr aus der Jacke und hängte sie an die Garderobe. Zusammen betraten sie die Küche.

Dort stellte Charlotte ihre Taschen auf der Anrichte ab und wusch sich die Hände.

Sie setzte sich zwischen Albert und Philipp; Anton rutschte auf den Stuhl neben Elli. Normalerweise plauderten sie munter durcheinander. Nun schien die Stimmung gedämpft. Obwohl Charlotte wusste, dass die Freunde mehr über den Unfall erfahren wollten, brauchte sie erst einmal ein bisschen Abstand zu den Ereignissen.

»Wir reden später, okay?«

Die Freunde zeigten sich verständnisvoll.

»Hoffentlich hast du Appetit mitgebracht«, sagte Conrad, um einen lockeren Ton bemüht, und stellte die Platte mit den goldbraunen Schnitzeln auf den Tisch. Dazu gab es frischen Spargel, kleine Pellkartoffeln und Sauce Hollandaise.

Während Charlotte nickte, bemerkte sie Antons skeptischen Blick.

»Wenn du keinen Spargel magst, musst du ihn nicht essen.«

»Wir haben noch einen Rest Kartoffelsalat von gestern im Kühlschrank«, bot der Wetterfrosch an. »Oder soll ich dir schnell ein anderes Gemüse aus dem Tiefkühler holen?«

»Nein, danke.« Er wollte keine Extrawurst. »Ich kenne Spargel nicht, aber ich möchte ihn probieren.«

Das tat er und fand ihn lecker. Die von Conrad aus Butter, Eigelb und anderen Zutaten zubereitete Soße schmeckte ihm sogar »mega«.

Das Kind spürte, wie niedergeschlagen seine Pflegemutter war, und blickte mehrmals zu ihr hinüber. Sie aß nur wenig, obwohl sie gesagt hatte, dass sie sich jedes Jahr auf die Spargelsaison freue. Da sie später sogar den Nachtisch ablehnte, wuchs die Besorgnis des Jungen. Des Öfteren hatte Charlotte ihm gesagt, dass man darüber sprechen müsse, was einen quälte, damit es leichter würde. Schließlich hielt er es nicht mehr aus.

»Du musst nicht traurig sein, weil Hannes so schwer verletzt ist. Der wird bestimmt bald gesund. Du musst nur ganz fest daran glauben.«

»Das ist nicht so einfach«, sagte die Strick-Liesel, da die Freundin nicht reagierte. »Herr Bremer steht Charlotte sehr nahe – so ähnlich wie ein Bruder.«

»Näher als mein eigener Bruder ...«, murmelte sie, worauf nicht nur Anton überrascht reagierte.

»Du hast einen Bruder? Warum hast du mir das nicht erzählt? Wieso besucht er uns nicht? Wohnt der zu weit weg?«

»Keine Ahnung.« Sie erhob sich und griff nach ihren Sachen. »Entschuldigt mich.«

Anton wollte ihr nachlaufen, aber Philipp hielt ihn am Arm zurück.

»Lass ihr ein bisschen Zeit.«

Während die Freunde später den Tisch abräumten und den Jungen beschäftigten, folgte Philipp seiner Lebensgefährtin hinauf. Auf sein behutsames Klopfen reagierte sie nicht. Dennoch ging er hinein, traf sie aber im Wohnraum nicht an. An der Verbindungstür zum Schlafzimmer blieb er stehen. Die Jalousien waren geschlossen; Charlotte lag im Halbdunkel bäuchlings auf dem Bett.

»Darf ich reinkommen?«

Sie drehte sich herum und nickte. Im Näherkommen sah er, dass sie geweint hatte. Mitfühlend setzte er sich zu ihr und nahm ihre Hand.

»Tut mir leid, dass ich vorhin so zugeknöpft reagiert habe«, sagte sie mit leiser Stimme. »Die Tatsache, dass ich Hannes verlieren könnte, hat mich kalt erwischt. Und dazu die Erinnerung an meinen Bruder ... Das war ein bisschen viel.« Ein missglücktes Lächeln huschte über ihr Gesicht. »Leider bin ich nicht so stark, wie es manchmal den Anschein hat.«

»Du musst dich nicht rechtfertigen. Jedem in deiner Situation würde das zusetzen. Ich werde schon unruhig, wenn ich zwei Wochen lang nichts von meiner Schwester gehört habe. Und du musst damit leben, dass Andreas sich seit Jahrzehnten nicht meldet.«

Erstaunen malte sich auf ihr Gesicht.

»Woher weißt du, wie mein Bruder heißt?«

»Weihnachten war ich mit deinem Sohn im Keller, um Getränkenachschub zu holen. Ich habe gesagt, wie schön es ist, mal die ganze Familie beisammenzuhaben. Ben meinte, dass einer fehlen würde: dein Bruder Andreas. Er hätte sich seit Jahren nicht gemeldet. – Diese Geschichte solltest du mir aber selbst erzählen.«

»Warum hast du mich nie nach ihm gefragt?«

»Weil ich annahm, dass es dir wehtut, über ihn zu sprechen. Ich wollte warten, bis du das Bedürfnis hast, mir von ihm zu erzählen.« Er sah ihr an, dass sie im Moment nicht dazu bereit war. »Aber nicht jetzt«, fügte er deshalb hinzu, streifte die Schuhe ab und legte sich neben sie. »Du bist mitten in der Nacht in die Klinik gefahren. Versuch ein wenig zu schlafen. Das wird dir guttun.«

Gehorsam schloss sie die Augen und schmiegte sich an ihn.

KAPITEL 23

Am späten Nachmittag verließ Anneliese die Villa. Ursprünglich hatte Charlotte geplant, sie zur Lesung von Georg Sievers zu begleiten. Nun blieb sie lieber abrufbereit zu Hause, um jederzeit zur Klinik fahren zu können.

Conrad stand verloren am Küchenfenster. Er schien nicht zu bemerken, dass Charlotte hereinkam. Auf der Anrichte befanden sich stets Flaschen mit frisch gesprudeltem Wasser. Sie schenkte sich ein Glas ein und trank in durstigen Zügen.

»Warum bist du nicht mitgefahren?«

»Liesel hat noch mit Vorbereitungen für die Veranstaltung zu tun. Da bin ich überflüssig.«

»Ist das der einzige Grund?«

Er zuckte die Schultern.

»Hast du mit ihr über deine Befürchtungen gesprochen?«

»Was meinst du?«

»Tu nicht so ahnungslos. Es ist nicht zu übersehen, dass du dir Sorgen um eure Beziehung machst.«

Resigniert strich er mit zwei Fingern über seinen Schnauzer.

»Und wenn schon. Hast du dir diesen Schreiberling mal genauer angesehen? Mit dem kann ich in keiner Hinsicht konkurrieren.«

»So ein Quatsch!« Dicht bei ihm blieb sie stehen. »Anneliese lässt sich nicht von Äußerlichkeiten beeindrucken. Allerdings könnte Herr Sievers noch ein Ass im Ärmel haben.«

»Erfolg, ein tolles Haus, Geld wie Heu …«, zählte Conrad auf. »Damit kriegt der bestimmt jede Frau rum.«

»Es ist Frühling, Herr Lenz! Der wirkt sich auf das Balzverhalten aus. Wir wissen nicht, ob der Mann nur ein Abenteuer oder etwas Dauerhaftes sucht, aber beides wäre wohl nicht in deinem Sinne. Also tu etwas dagegen. Wenn du nicht um die Frau kämpfst, die du liebst, könnte sie auf den Gedanken kommen, dass sie dir gleichgültig ist. Dann verlierst du sie. – Denk mal darüber nach.«

Sie ließ den verdutzten Wetterfrosch stehen und ging hinaus.

Unterdessen stoppte das Taxi mit der Strick-Liesel an Bord vor der Seniorenresidenz Eichengrund. Am Eingang standen bereits zwei Uniformierte, die für die Einlasskontrolle zuständig waren. Anneliese betrat nachdenklich die Lobby. Sie war zuversichtlich, dass der Abend ohne Störungen verlaufen würde. Dafür sorgten die Sicherheitskräfte. Außerdem gab es in den frei zugänglichen Bereichen Videoüberwachung. Das schreckte zusätzlich ab. Zufrieden erkundigte sie sich beim Rezeptionisten, ob alles nach Plan verlief. Danach wandte sie sich zielstrebig nach links. Dabei registrierte sie die Aufsteller, die den Krimifreunden den Weg weisen sollten. An der Bibliothek vorbei steuerte sie auf den *Rittersaal* zu, der seinen Namen Hugo Ritter, dem ursprünglichen Besitzer der Immobilie, verdankte.

Seitlich hinter den Sitzreihen war Uwe Harms mit dem Aufbau des Büchertisches beschäftigt.

»Haben Sie alles, was Sie brauchen?«, fragte sie nach der Begrüßung und deutete auf das Kartenlesegerät. Auch hier konnte man bequem bargeldlos bezahlen. »Funktioniert die Technik?«

»Danke, alles in Ordnung.«

Interessiert nahm sie das Sortiment in Augenschein. Neben einigen Stapeln des neuesten Romans lagen Exemplare älterer Werke des Autors.

»Gute Auswahl.«

»Sie kennen die Bücher?«

»Die Krimis von Herrn Sievers gehören bei mir sozusagen zur Pflichtlektüre.«

Anneliese nickte ihm lächelnd zu und ging zur Bühne hinüber, um den Lesetisch zu inspizieren. Außer einer Leselampe befanden sich ein Headset, eine Flasche Mineralwasser und ein Glas darauf.

Unterdessen traf Holger Beski ein. Er blieb bei seinem Assistenten stehen und erkundigte sich nach dem Stand der Vorbereitungen. Anschließend gesellte er sich zu Anneliese.

»Guten Abend, Frau Grothe. Im Namen des Vorstands möchte ich mich noch einmal herzlich dafür bedanken, dass Sie die heutige Lesung in dieser wirklich schönen Residenz ermöglichen und sogar den Autor hier beherbergen.«

»Es ist uns ein Vergnügen, Teil des Krimifestivals zu sein. Freundlicherweise hat sich Herr Sievers zu einer Extra-Lesung für die Bewohner bereiterklärt. Das wirkt sich doppelt auf das Platzangebot und die Buchverkäufe aus.«

»Wie ich hörte, kam der Vorschlag, zwei Lesungen zu machen, von Ihnen. Sie sind ganz schön clever.«

»Das ist nur ein Gerücht.«

Sie blickte dem Autor entgegen, der hereinkam und zunächst den Mann am Büchertisch ansprach. Anneliese stellte fest, wie gut er aussah. Der cremefarbene Anzug über dem weißen Hemd wirkte maßgeschneidert. Dazu trug er bernsteinfarbene Lederslipper. Dieser Mann hatte Stil und Geschmack.

»Anne!« Nach den förmlichen Begrüßungen bei ihren letzten Begegnungen war er nun mutiger und küsste sie auf die Wange. »Ich freue mich, Sie zu sehen. Das wird heute ein besonderer Abend.«

»Das will ich hoffen. Eichengrund hat einen Ruf zu verlieren.«

»Ich werde mir extra viel Mühe geben, damit Sie zufrieden sind.«

»Dann kann ich mich ja beruhigt zurücklehnen.«

Georg Sievers las im vollbesetzten *Rittersaal* ausgewählte Szenen aus seinem neuen Krimi: *Angstschweiß*. Die Spannung stieg von Minute zu Minute. Das Publikum hing an seinen Lippen.

»Er verspürte einen Schlag im Rücken, stolperte, verlor das Gleichgewicht und stürzte auf den gefliesten Boden der Sauna. Hart schlug er mit dem Kopf auf. Benommen. Stöhnend versuchte er, auf die Beine zu kommen. Erfolglos. Mit letzter Kraft zog er sich an einer Holzverstrebung hoch, ließ sich auf eine Bank sinken. Sekundenlang verharrte er dort. Sein Blick irrte umher, blieb an der Tür haften. Geschlossen. Mühsam stand er auf, wankte hinüber, um sie aufzustoßen. Vergeblich. Sie gab keinen Millimeter nach. Gefangen. Von außen blockiert. Panik. Er hämmerte gegen das Holz, schrie um Hilfe. Ungehört. Schweißgebadet blickte er sich gehetzt um. Seine Augen suchten das Thermometer. Die Temperatur stieg rasant. Todesangst.«

Der Autor hob den Kopf und schaute zu Anneliese hinüber, die seinen Blick mit dem einsetzenden Applaus lächelnd erwiderte. Selbstverständlich stand Georg Sievers nach der Lesung für die Beantwortung zahlreicher Fragen zur Verfügung.

Beski und sein Assistent verkauften eine Menge Bücher, sodass sich eine lange Schlange vor dem Lesetisch bildete. Während der Autor beim Signieren einige Worte mit den Gästen wechselte, blieb die Strick-Liesel bei den Buchhändlern stehen, die nur noch wenige übrig gebliebene Exemplare zusammenpacken mussten.

Die Männer verabschiedeten sich und wünschten noch einen schönen Abend. Unentschlossen lehnte sich Anneliese an eine der Säulen und warf einen Blick auf ihre Armbanduhr. Kurz nach 21 Uhr. Allmählich verspürte sie Hunger. Immerhin war das Abendessen ausgefallen. Außerdem taten ihr die Füße weh. Die neuen Pumps drückten. Warum hatte sie die Schuhe nicht zu Hause ein paar Tage eingelaufen, statt sie sofort anzuziehen? Weil sie chic aussahen und ihre immer noch schlanken Beine zur Geltung brachten, gab sie sich selbst die Antwort. Das hatte sie nun davon. Trotz allem konnte sie nicht einfach heimfahren und den Autor sich selbst überlassen. Deshalb wartete sie ab, bis der letzte Krimi mit einer Widmung versehen war. Stolz trug die ältere Dame das Buch aus dem *Rittersaal*.

Mit seinem Manuskript in der Hand blieb der Autor bei seiner Gastgeberin stehen.

»Wie sieht es aus, meine Liebe? Habe ich Ihre Erwartungen erfüllt?«

»Zweifellos. Das war eine tolle Lesung.«

»Jetzt haben Sie bestimmt Hunger.«

»Deshalb räume ich nur noch ein wenig auf, bevor ich nach Hause fahre und den Kühlschrank plündere.«

»Sie wollen mich mit dem Rest des Abends alleinlassen? Ich habe mir erlaubt, einen kleinen Imbiss vorzubereiten.« Bittend schaute er sie an. »Leisten Sie mir noch ein Stündchen Gesellschaft, Anne. Wir essen etwas zusammen und besprechen dabei die Lesung für die Bewohner. – Einverstanden?«

Wer könnte diesem Blick widerstehen?

»Also gut, aber nur eine Stunde.«

Er lächelte sein charmantes Lächeln.

»Danke. Während Sie hier aufräumen, bringe ich rasch mein Manuskript rauf und mache mich etwas frisch. Wir treffen uns in 20 Minuten im Wintergarten. Ist Ihnen das recht?«

Sie nickte, worauf er hinauseilte.

Flüchtig fragte sich Anneliese, ob sie nicht doch besser hätte ablehnen sollen, und betrat die Bühne. An der rechten Seite befanden sich die Vorrichtungen für die Beleuchtung. Sie legte sämtliche Schalter um, trat an den Lesetisch und griff nach dem Glas und der Wasserflasche. Beim Verlassen des *Rittersaals* löschte sie die Deckenbeleuchtung. In der kleinen Teeküche des Verwaltungsbereichs stellte sie die Sachen ab. Nach einem Abstecher in die Porzellanabteilung durchquerte sie die Lobby und betrat den Wintergarten.

Überwältigt verhielt sie in der Nähe der Flügeltüren. Das, was Georg als »kleinen Imbiss« bezeichnet hatte, ähnelte eher einem Candle-Light-Dinner. Die kleinen Beistelltische ringsum waren mit gläsernen Gefäßen dekoriert, in denen brennende Teelichter flackerten. Mitten im Raum stand ein runder Tisch mit zwei Korbsesseln. Zögernd trat Anneliese näher. Auf weißem Leinen waren zwei Teller mit silbernen Abdeckhauben platziert. Langstielige Gläser und ein Kübel mit Champagner auf Eis sowie ein länglicher Brotkorb vervollständigten das Arrangement.

Unwillkürlich fragte sie sich, was Georg damit bezweckte. So ein intimes Dinner bereitete man nicht für eine flüchtige Bekannte vor. Sie wusste nicht, was sie davon halten sollte, wie sie sich verhalten sollte. Dieser Mann schien etwas in ihr zu sehen, was ihr einerseits schmeichelte, sie andererseits verunsicherte.

Unbewusst nahm sie eine kleine Baguettescheibe aus dem Körbchen und setzte sich damit auf einen Stuhl in Türnähe. Mit einem Seufzer streifte sie die hochhackigen Pumps ab. Ihr war klar, dass ihre Füße später kaum wieder hineinpassen würden, aber das war ihr egal. Notfalls würde sie sich aus dem Bereitschaftszimmer der Nachtwache für die Heimfahrt ein Paar Clogs ausleihen. Während sie an dem Stück Weißbrot knabberte, schaute sie nachdenklich in die Runde. Das Kerzenlicht spiegelte sich in den raumhohen Fenstern des Wintergartens. Diese romantische Atmosphäre passte für Verliebte, aber nicht … Sollte er etwa …? Nein, das konnte nicht sein. Dieser Mann war fünf Jahre jünger. Mit seinem freundlichen Wesen und seiner blendenden Erscheinung hatte er bei den Damen bestimmt Chancen ohne Ende. Nicht umsonst nannte man ihn den »Gentleman-Autor«. Dazu sein finanzieller Background, der kaum Wünsche offenließ.

Was sollte diesen Mann ausgerechnet an ihr reizen? Sie war nur ein einfacher Grufti, der sich dem Verfallsdatum näherte. Eine Sozialpädagogin, die 30 Jahre lang das Kinderheim *Sonnenhof* geleitet hatte. Nichts Besonderes. Eine Schönheit war sie nie gewesen. Normaler Durchschnitt, mehr nicht. Ihr Handarbeitstalent wirkte sich wohl kaum anziehend auf Männer aus. Wahrscheinlich erschien das langweilig und omahaft. Ihr wurde klar, dass sie dringend mit Georg sprechen und für klare Verhältnisse sorgen musste. Wo war er eigentlich? Müsste er nicht längst hier sein? Ein Blick zur Uhr bestätigte diese Vermutung. Es war bereits zehn Minuten über der verabredeten Zeit. Eine Verspätung passte gar nicht zu ihm. Was trieb er so lange? Selbst ein eitler Zeitgenosse musste sich nicht stundenlang für ein … Abendessen fertigmachen. Oder betrachtete er dieses Treffen etwa als Date? Das hätte ihr noch gefehlt. Sie brauchte eine Stärkung. Deshalb stand sie auf und holte sich ein weiteres Brotstück.

Wenn Georg nicht bald käme, wäre das Körbchen leer, bevor sie am Tisch säßen. Am liebsten hätte sie die Flasche Franzosenbrause geköpft, beherrschte sich aber.

Nach weiteren zehn Minuten wurde die Wartende unruhig. Hatte er den Wintergarten nicht gefunden und sich womöglich in der weitläufigen Residenz verirrt? Oder war Georg schlecht geworden? Wenn er nun Hilfe benötigte? Auf Strümpfen verließ sie den Wintergarten und durchquerte die Lobby. Zuerst betrat sie das Bereitschaftszimmer, in dem die Nachtwache ihren Dienst versah. Anneliese bat um Schuhwerk und erhielt ein etwas zu großes Paar pinkfarbener Clogs. Nicht schön, aber super bequem.

Im Lift fuhr sie kurz darauf in die erste Etage. Das Gästeapartment lag direkt daneben. Annelise bemerkte, dass die Tür spaltbreit offenstand. Statt zu läuten, klopfte sie.

»Georg? Alles in Ordnung?«

Drinnen blieb es still. Nach einem Moment des Zögerns drückte Anneliese die Tür auf. Ihr Blick fiel zuerst auf einen Apfel, der über das Parkett gekullert war, tastete sich weiter zu den Scherben der zerbrochenen Obstschale und blieb auf dem umgestoßenen Stuhl haften.

»Georg!«

KAPITEL 24

Conrad hatte lange über Charlottes Worte nachgedacht. Sie hatte ihn damals im Eichengrund mehrfach beraten und angespornt, Liesel seine Gefühle zu gestehen. Er war nun mal kein Draufgänger. Seine Erfahrungen mit Vertreterinnen des weiblichen Geschlechts waren seit der Trennung von seiner Frau überschaubar geblieben. Bis er Anneliese kennengelernt hatte. Sie war die Partnerin, die er sich immer gewünscht hatte. Und sie sollte es bleiben. Ihm war klar, dass er ihr vorläufig keinen Antrag machen konnte. Sonst würde sie denken, er täte das nur, weil sich plötzlich ein anderer Mann für sie interessierte. Dennoch beschloss Conrad, so schnell wie möglich mit Liesel zu reden. Er wusste, bis wann die Lesung ungefähr dauern würde. So blieb ihm genug Zeit, zum Eichengrund zu fahren, um seine Lebensgefährtin abzuholen. Danach würde er mit ihr in ihr kleines Lieblingsrestaurant gehen. Immerhin hatte sie lange vor dem Abendessen die Villa verlassen und war bestimmt hungrig.

Er tauschte Cordhose, kariertes Hemd und Pullunder gegen einen hellen Anzug, benutzte das Aftershave, das Anneliese ihm kürzlich geschenkt hatte, und betrachtete sich einigermaßen zufrieden im Schlafzimmerspiegel. Mit neuem Elan lief Conrad die Treppe hinunter.

Mit Grönemeyer auf dem Arm kam Charlotte aus dem

Wohnzimmer und setzte den Kater in der Halle auf seinen Kratzbaum. Seit Anton wieder im Internat war, streifte der Kater auf der Suche nach ihm unruhig durchs Haus.

Charlotte blickte Conrad entgegen. Ihr war klar, was es bedeutete, dass sich der Freund in Schale geworfen hatte und um diese Uhrzeit noch einmal wegfahren wollte.

Na also, dachte sie zufrieden. Geht doch. Laut sagte sie: »Viel Erfolg.«

Nach einem Abstecher in die Küche kehrte Charlotte ins Wohnzimmer zurück und erzählte ihren Mitbewohnern von Conrads Ausflug. Kaum hatte sie die Doppelkopfkarten in der Hand, läutete ihr Handy. Sie legte das Blatt auf den Tisch, griff zum Telefon und erhob sich. Auf dem Display las sie den Namen der Journalistin. Während Charlotte ans Fenster trat, nahm sie das Gespräch an.

»Marlene, ist was passiert?«

»Nein, alles unverändert. Du wolltest, dass ich Bescheid sage, wenn ich die Klinik verlasse. Ich muss noch mal für ungefähr zwei Stunden in die Redaktion. Und morgen früh um 8 Uhr habe ich einen Interviewtermin, den ich nicht verschieben konnte. Es ist immer dasselbe: Wenn ich mir mal freinehmen will, gibt es 1.000 Gründe, die dagegensprechen. Ich will Hannes nicht allein lassen, aber ich habe keine Wahl.«

»Mach dir keine Gedanken. In einer halben Stunde bin ich in der Klink. Dann besprechen wir alles Weitere.«

»Danke.«

Sie trat an den Tisch, setzte sich aber nicht.

»Wir haben es gehört«, sagte Philipp. »Du willst Marlene ablösen. Soll ich dich fahren?«

»Danke, das ist nicht nötig.« Sie beugte sich zu ihm hinunter und küsste ihn auf die Wange. »Warte nicht auf mich.«

Besorgt betrat Anneliese die Gästewohnung. Aus der Szenerie war zu schließen, dass hier ein Kampf stattgefunden hatte – oder zumindest eine heftige Auseinandersetzung.

»Georg?«

Da sie immer noch keine Antwort erhielt, inspizierte sie sämtliche Räume. Weder im Schlafzimmer noch im Bad war der Autor zu finden. Das Lesemanuskript lag auf dem Wohnzimmertisch. Er musste demnach zwischenzeitlich hier gewesen sein. Es war nicht anzunehmen, dass er plötzlich kalte Füße bekommen hatte und sich vor dem gemeinsamen Abendessen drücken wollte. Jemand musste ihn daran gehindert haben, die Verabredung einzuhalten. Dafür kam nur einer infrage: der *Plagiator*. Womöglich hatte er auf Georg gewartet. Vielleicht draußen auf dem Flur. Oder er hatte sich Zutritt zum Apartment verschafft und den Autor hier drinnen überwältigt. Warum hatte er sein Werk nicht dort vollendet, wo er ungestört war? Aus welchem Grund hatte er ihn fortgebracht? Weil die Gästewohnung nicht der passenden Umgebung aus einem Krimi entsprach? Wohin könnte er Georg verschleppt haben? Mit einer Geisel durch die Lobby zum Ausgang zu spazieren, war zu riskant. Er hätte jederzeit einem Bewohner oder jemandem vom Personal begegnen können. Demzufolge hielten sie sich noch in der Residenz auf. Zumindest Georg müsste irgendwo im Haus oder auf dem Gelände sein. Aber wo? Sie musste ihn suchen. Dabei war sie auf Hilfe angewiesen. Sie wünschte, Charlotte wäre bei ihr und würde sie unterstützen. Die Freundin wüsste, wie man in einem solchen Fall am besten vorging. Aber sie musste leider ohne die Erfahrung ihrer Mitbewohnerin klarkommen. So zog sie das Smartphone aus der Tasche ihrer Kostümjacke. Zuerst versuchte sie, den Autor zu erreichen, aber es kam die Ansage, dass der gewünschte Gesprächsteilnehmer nicht erreichbar sei. Deshalb griff sie auf eine andere

Nummer aus ihrer Kontaktliste zu. Nach wenigen Fingertipps kam die gewünschte Verbindung zustande.

»Riedel«, meldete sich der junge Mann, der am Abend Dienst an der Rezeption versehen hatte. »Hallo, Frau Grothe.«

»Sind Sie noch im Haus, Michael?«

»Ja, bei meiner Großmutter.«

»Ich möchte Ihnen nicht den Feierabend versauen, aber ich brauche Ihre Unterstützung.«

»Kein Problem. Was soll ich tun?«

»Wir treffen uns an der Rezeption. Dann erkläre ich Ihnen alles.«

»Bin schon unterwegs.«

Fast gleichzeitig trafen sie in der Lobby ein. Dem jungen Mann fielen Annelieses ungewöhnlichen Schuhe auf, worauf er grinste.

»Das ist eine andere Geschichte«, kommentierte sie und setzte ihn über das Verschwinden des Autors in Kenntnis. »Wir müssen das Haus nach ihm absuchen.« Sie deutete über den Tresen auf den zweiten Monitor, der nicht zum Arbeitscomputer gehörte. »Können Sie das Ding einschalten? Vielleicht finden Sie auf den Überwachungsbildern einen Hinweis. Ich sehe inzwischen im Untergeschoss nach.«

Da das Treppenhaus auf der anderen Seite des Gebäudes lag, entschied sie sich für den Lift neben der Bibliothek, der sie direkt in die Schwimmhalle brachte. Die Notbeleuchtung spendete wenig Licht, sodass Anneliese nach dem Schalter neben der Fahrstuhltür tastete. Augenblicklich wurde es in dem in verschiedenen Blautönen gefliesten Schwimmbad hell. Ihr Blick fiel auf das Becken mit dem ruhig wirkenden Wasser. Ohne dass sie es verhindern konnte, produzierte ihre Erinnerung tragische Szenen. Vor fast genau einem Jahr hatte sich an diesem Ort ein Drama abgespielt, das Charlotte um ein Haar das Leben gekostet hätte. Anneliese schüttelte die schrecklichen Bilder ab und schaute sich um. Sie war erleichtert, dass diesmal kein Mensch im Pool versunken war, und lief an großen Kübelpflanzen vorbei zum Fitnessbereich. Ertrinken würde ohnehin zu keinem seiner Romane passen, ging es ihr durch den Kopf. Das war es! Sollte tatsächlich der *Plagiator* hinter Georgs Verschwinden stecken, musste sie sich an die Romanvorlagen halten. Im nächsten Moment wurde ihr klar, dass es zu viele waren, um sich an alle zu erinnern. Fang mit dem letzten an, riet ihr eine innere Stimme, worauf sie herumwirbelte. Die Sauna! Hastig lief sie an Ruheliegen vorbei, passierte die breite Fensterfront und erreichte den Saunabereich. Beim Eintreten bemerkte sie die rot blinkenden Ziffern auf dem neben der Holztür angebrachten Display. Die Sauna lief auf Hochtouren! Mit wenigen Schritten stand Anneliese davor und sah, dass die Tür blockiert war. Jemand hatte in der Höhe der Griffstange eine zusätzliche Haltevorrichtung angebracht und durch beide Griffe eine starke Metallkette gezogen. Die Enden waren mit einem großen Schloss gesichert. Während Anneliese daran rüttelte, warf sie einen Blick durch die schmale in der Tür eingelassene Glasscheibe. Auf dem Boden der Sauna lag Georg Sievers. Entsetzt schlug sie mit der Faust gegen das Holz.

»Georg! Können Sie mich hören?«

Er rührte sich nicht. Entweder war er bewusstlos oder …

Sie wagte nicht, den Gedanken zu Ende zu denken und zwang sich, nicht die Fassung zu verlieren. Schließlich holte sie ihr Smartphone hervor und rief oben in der Lobby an.

»Michael, ich habe ihn gefunden. Rufen Sie einen Krankenwagen und die Polizei und kommen Sie zur Sauna. Beeilen Sie sich!«

Rasch ließ sie das Telefon in der Tasche verschwinden und wandte sich der Sauna-Steuerung zu, die Vorheizzeit, Temperatur, Luftfeuchtigkeit, Belüftung und Licht regelte. Dieses hypermoderne Bedienfeld wirkte wie eine Kommandozentrale und sah komplizierter aus als das Teil am Dampfbad im Souterrain der Villa. Allerdings war die Residenzsauna erheblich größer. Eine der Leuchtziffern zeigte 105 Grad an. Das war viel zu heiß! Wo konnte man das Ding abschalten? Ihre Augen huschten über die Tasten. Sie wünschte sich Conrad herbei. Sein Technikverstand wäre damit nicht völlig überfordert. Mutig hob sie die Rechte, bemerkte, dass ihre Finger zitterten. Nacheinander drückte sie auf jeden der Schalter. Zunächst tat sich nichts, doch plötzlich erloschen sämtliche Anzeigen. Erleichtert atmete Anneliese auf und wandte sich dem nächsten Problem zu. Sie musste einen Weg finden, Georg aus diesem Backofen rauszuholen – oder wenigstens die Hitze entweichen zu lassen. Die Eisenkette und das Schloss bildeten ein unüberwindbares Hindernis. Ihr fehlte etwas Hartes, um die Scheibe einzuschlagen. In der Fitnessabteilung! Sie eilte dorthin, schaute sich um und nahm eine Drei-Kilo-Hantel aus dem Regal. Damit lief sie zurück und versuchte, die Scheibe einzuschlagen. Vergeblich.

»So wird das nichts«, sagte Michael Riedel, der im Laufschritt dazukam. »Das ist Sicherheitsglas.« Er warf einen Blick durch das schmale Türfenster, sah, dass höchste Eile geboten war. Kurz checkte er die Lage, streckte die Hand aus. »Geben Sie mal her.«

Anneliese übergab ihm die Hantel. Daraufhin bat er sie, zur Seite zu treten. Aus einigem Abstand beobachtete sie, dass er mit beiden Händen die eine Seite umfasste, Schwung holte und die andere Gewichtsseite auf das Schloss niedersausen ließ. Einmal, zweimal, dreimal … Beim vierten Versuch gab das Schloss nach und sprang auf. Sofort war Anneliese bei ihm und half, die Kette zu entfernen. Michael zog die Tür auf, worauf die Strick-Liesel in die Sauna stürzte und sich neben den Leblosen hockte. Sie ignorierte den Schmerz in ihrem

Arthrose-Knie und tastete am Handgelenk nach Georgs Puls, war aber zu aufgeregt, um etwas zu fühlen. Deshalb legte sie die Hand auf die schweißnasse Brust des Mannes, spürte, dass sie sich kaum merklich hob und senkte.

»Er lebt!«

KAPITEL 24,5

Beim Heimkommen war er wütend – sehr wütend. Ohne Rücksicht auf seine Mitbewohnerin knallte er die Tür hinter sich zu. Ihm war egal, ob die Alte vor Schreck einen Herzinfarkt bekäme. Er musste sich abreagieren, seinen Frust loswerden.

In seinem Zimmer zog er sich aus und warf die Klamotten auf einen Stuhl. Nur mit der Unterhose bekleidet ließ er sich aufs Bett fallen.

Heute hatte er das erste Mal versagt.

Warum war das passiert, obwohl er jeden Schritt sorgfältig und minutiös geplant hatte? Ihm war unerklärlich, wieso der Autor noch lebte. Er musste unbedingt herausfinden, wo der Fehler lag und den Abend in Gedanken rekonstruieren.

Langsam rutschte er tiefer, um eine bequeme Position zu finden. Seine Lider senkten sich. Wie ein Film liefen die Ereignisse vor seinem geistigen Auge ab.

Erwartungsgemäß war es ihm gelungen, Sievers von hinten zu überwältigen. Der Mann war völlig arglos in sein Apartment gekommen – ohne zu ahnen, dass der Tod bereits auf ihn lauerte. Zunächst war alles planmäßig verlaufen. Er hatte Sievers die Augen verbunden, ihm einen Knebel in den Mund gestopft und die Pistole ins Kreuz gedrückt. Der Autor hatte keine Chance. Nicht einmal gewehrt hatte er sich. Zwar war er gegen den Stuhl gestoßen und hatte haltsuchend nach dem Tischläufer gegriffen, aber dabei war nur die Ostschale zu Bruch gegangen. Durchs Treppenhaus hatte er den Bestsellerautor ins Untergeschoss gebracht. Leichter wäre es mit dem Fahrstuhl gewesen, aber das war zu riskant. Die meisten Bewohner benutzten den Lift, weil sie nicht mehr gut zu Fuß waren. Diesen Weg über die Treppe hatte er während der Lesung einmal genommen, als er vorgegeben hatte, die Toilette aufzusuchen. Niemand war ihm begegnet. Knapp fünf Minuten waren nötig, um die Sauna einzuschalten, damit sie später auf Maximaltemperatur lief, und an seinen Platz zurückzukehren. Das hatte problemlos geklappt.

Als er Sievers später in die Sauna gestoßen hatte, war es darin brütend heiß gewesen. Anschließend hatte er sich erlaubt, die Krimiszene etwas abzuwandeln. Es war nur ein wenig Chloroform nötig, um sein Opfer ruhigzustellen. Die Augenbinde und den Knebel hatte er dem Bewusstlosen abgenommen. Beides hatte er eingesteckt. Die Halterung an der Tür war mit einem kleinen Akkuschrauber schnell angebracht. Genauso rasch wie Kette und Schloss. Im Grunde war Sievers so gut wie tot gewesen. Um seine eigene Sicherheit nicht aufs Spiel zu setzen, war er das erste Mal verschwunden, ohne zu kontrollieren, ob sein Werk vollendet war. Immerhin war ihm klar gewesen, dass man den Autor bald vermisst und gesucht hätte. Allerdings hatte er nicht damit gerechnet, dass das so schnell geschehen würde. So ein verflixtes Pech! Er hatte in der Nähe in seinem Wagen gesessen. Sein Blick war zwischen der Eingangstür der Residenz und der Borduhr an seinem Armaturenbrett gewechselt. Höchstens noch eine halbe Stunde, bis dieser Autor auf raffinierte Weise ins Jenseits befördert war. Plötzlich hatte er die Sirene eines sich nähernden Einsatzfahrzeugs gehört. Statt eines Leichenwagens war eine Ambulanz vorgefahren. Verdammt! Das war viel zu früh! Bald folgten Polizei und Spurensicherung. Er war tiefer in seinen Sitz gerutscht, um nicht zufällig entdeckt zu werden, und hatte mitansehen müssen, wie sein Opfer auf einer Ambulanzliege in das Rettungsfahrzeug verfrachtet wurde. Anscheinend war dieser alte Hamburger zäher als gedacht.

Eine zweite Chance würde er nicht bekommen, um sein Werk zu vollenden. Sie würden den Autor lückenlos bewachen.

Verärgert schlug er mit der Faust auf die Matratze und riss die Augen auf. Es war nicht schwer zu erraten, was die Presse morgen schreiben würde: »Der *Plagiator* ist ein Versager!« Dieser Gedanke war unerträglich. Niemand durfte ihn so nennen! Nicht heute und nicht morgen! Nie wieder! Trotzdem würde die Alte nebenan ihm ansehen, dass etwas nicht stimmte, und ihn verspotten – wie sie es immer tat.

Ein lautes Stöhnen brach aus ihm heraus. In diesem Moment hasste er nicht nur sie, sondern vor allem sich selbst. Das erste Mal fühlte er sich wirklich wie ein Versager. Das war kaum zu ertragen. Ein stechender Schmerz breitete sich in seinem Kopf aus. Als würden Millionen spitze Nadeln rhythmisch in sein Gehirn stechen. Sein ganzer Körper begann zu zittern. Speichel sammelte sich in seinem Mundwinkel, lief wie ein Rinnsal übers Kinn aufs Kissen. Während er leise wimmerte, hämmerte es ununterbrochen hinter seiner Stirn: Versager ... Versager ... Versager ...

KAPITEL 25

Anneliese war im Rettungswagen mit zur Klinik gefahren. Auf dem Flur vor der Notaufnahme wartete sie ungeduldig auf jemanden vom medizinischen Personal, der ihr Auskunft über Georg Sievers' Zustand geben konnte.

Endlich trat ein älterer Arzt mit einer randlosen Brille durch die Tür. Sofort sprang Anneliese auf.

»Frau Sievers?«, sprach er sie an, worauf sie zögerte. Einer flüchtigen Bekannten würde er keine Auskunft geben. Deshalb nickte sie stumm.

»Wie geht es …« *Meinem Mann* brachte sie nicht über die Lippen. »Georg?«

»Den Umständen entsprechend«, erwiderte Dr. Kramke. »Wäre er nur wenige Minuten später gefunden worden …« Mehr musste er nicht sagen, seine Miene verriet, wie knapp das war.

»Wann darf ich zu ihm?«

»Wir haben ihn stabilisiert. Er schläft jetzt. – Fahren Sie nach Hause und ruhen sich aus. Morgen sehen wir weiter.«

Abermals nickte Anneliese und bedankte sich. Erleichtert verließ sie die Notaufnahme. Auf dem Weg zum Ausgang zog sie ihr Telefon aus der Tasche, blieb stehen und öffnete den Messenger. Mit flinken Fingern tippte sie eine Nachricht an Charlotte.

»Bist du noch wach?«

Die Antwort ließ nicht lange auf sich warten.

»Ich bin in der Klinik.«

»Ich auch.«

»Ist was passiert?«

»Und ob.«

»Treffen wir uns in der Cafeteria?«

»Bis gleich.«

Charlotte hatte im Park frische Luft geschnappt und dabei ihre Mails gecheckt. Durch ihre besseren Ortskenntnisse wartete sie schon vor der Cafeteria, als Anneliese dort ankam. Amüsiert musterte sie die pinkfarbenen Clogs der Freundin.

»Tolle Farbe – und so unauffällig. Wo hast du denn deine eleganten Pumps gelassen?«

»Im Eichengrund. Mir haben die Füße wehgetan. Neue Schuhe können die Hölle sein. Außerdem bin ich so hohe Absätze nicht gewöhnt.«

»Da haben wir etwas gemeinsam.«

»Du trägst ja auch meistens Sneakers oder Ballerinas.«

»Und das aus gutem Grund. Einerseits ist das besser für Füße und Rücken, andererseits würde ich sonst noch größer wirken. Schon in der Schule habe ich meine Mitschüler überragt und musste mir blöde Sprüche anhören.«

»Dafür ist die Aussicht von da oben besser«, scherzte Anneliese, während sie eintraten. »Und die meisten Männer mussten zu dir aufsehen. Deiner auch?«

»Max war ungefähr so groß wie Philipp – über ein Meter 90. Hätte ich mich in einen kleineren Mann verliebt, wäre das für mich aber auch kein Problem gewesen.«

»Wahrscheinlich aber umgekehrt.« Während sie auf einen Tisch zusteuerten, schielte Anneliese zum Tresen hinüber.

»Ich könnte Menschen anfallen, solchen Hunger habe ich. Setz dich. Ich bin gleich zurück.«

Es dauerte nicht lange, bis sie mit einem großen Tablett zurückkehrte. Sie stellte zwei Teller mit je einer Riesenbockwurst und einem kleinen Brötchen auf den Tisch. Für Charlotte gab es dazu eine Tasse Kaffee; für Anneliese ein Glas Apfelschorle.

»Denkst du, ich bin am Verhungern?«

»Ich weiß doch, dass du kaum was isst, wenn du dir Sorgen um einen deiner VIPs machst. Also hau rein.«

»Danke.«

Die knackige Bockwurst schmeckte ausgezeichnet. Erst beim Essen bemerkte Charlotte, dass sie tatsächlich Hunger hatte.

»Nun erzähl mal«, forderte sie die Freundin auf und tunkte das Wurstende in den Senf. »Ist bei der Lesung was vorgefallen?«

»Hinterher.« Ausführlich berichtete die Strick-Liesel von den dramatischen Ereignissen.

»Der nette Doktor aus der Notaufnahme sagte, wie knapp das war. Wäre es uns nicht gelungen, die Saunatür aufzubekommen …«

»Ihr wart Sievers' Rettung – obwohl er die Pläne des *Plagiators* im Grunde mit der Vorbereitung des Abendessens durchkreuzt hat. Sonst wäre er nicht mehr am Leben.«

»Eine schreckliche Vorstellung«, erwiderte die Strick-Liesel und schob das letzte Stück Wurst in den Mund. »Wahrscheinlich hätte ich mir Vorwürfe gemacht, weil ich ihn im Eichengrund untergebracht habe.«

»Was sagt eigentlich Conrad dazu?«

»Conrad? Wieso?«

»Er wollte dich abholen.«

»Davon weiß ich nichts. Bist du sicher? Das war gar nicht verabredet.«

»Vielleicht habt ihr euch verpasst.« Eindringlich blickte Charlotte die Freundin an. »Er befürchtet, dass du bei Sievers schwach werden könntest. Rede mit deinem Wetterfrosch.«

»Ich denke gar nicht daran.« Sichtlich empört lehnte sie sich zurück. »Wir sind seit knapp einem Jahr zusammen, und er kennt mich immer noch nicht? Allmählich wird mir klar, warum er sich in den letzten Tagen so merkwürdig verhalten hat.«

»Er liebt dich und hat Angst, dich zu verlieren. So einfach ist das.«

»Anscheinend glaubt er aber nicht, dass ich ihn genug liebe, um der Versuchung zu widerstehen. Das muss er mir selbst sagen.«

Bald trennten sich die Freundinnen. Anneliese nahm ein Taxi nach Hause; ihre Mitbewohnerin kehrte auf die Intensivstation zurück und setzte sich an das Bett des Patienten. Sein Zustand war unverändert. In der Luft schwebte der Geruch von Hoffnungslosigkeit.

Aus ihrer großen Umhängetasche holte Charlotte eine kleine naturfarbene Schutzengelfigur aus Speckstein, die sie am Vormittag besorgt hatte, und stellte sie auf das Nachtschränkchen. Ein wenig Unterstützung von oben konnte nicht schaden. Sie selbst trug immer noch die Kette mit dem kleinen Schutzengelanhänger um den Hals, die Philipp ihr vor ihrem Einsatz im Internat Rabeneck geschenkt hatte.

Schließlich nahm sie das Buch, das aus dem Zimmer ihres Pflegesohns stammte. Hannes hatte Anton kürzlich erzählt, dass er von Kindesbeinen an Detektivgeschichten verschlungen hatte, wodurch wohl auch sein späterer Berufswunsch entstanden sei.

Durch viele Gespräche mit ihrem verstorbenen Mann wusste Charlotte einiges über Komapatienten, die durchaus taktile und andere Reize wahrnahmen. Das war kein passiver Zustand, sondern so etwas wie eine außergewöhnliche Form des Lebens am Rande des Todes. Durch Reize von außen veränderten sich Herzschlag, Atmung, Blutdruck und Körperspannung, was ein Erwachen anregen konnte. Deshalb wollte sie Hannes nicht nur Sicherheit und Vertrauen vermitteln, indem sie seine Hand hielt, sondern ihm von Menschen erzählen, die er kannte, und ihm etwas aus seiner Kindheit vortragen, das ihn mit geprägt hatte.

Charlotte schlug das neueste Abenteuer der drei Detektive auf und las daraus vor.

»Da! – Peter zeigte auf die rechte vordere Ecke der Schreibtischunterlage. In das Papier war mit einem spitzen Gegenstand ein Wort eingeritzt worden. Der zweite Detektiv schlug erschrocken die Hand vor den Mund. In krakeligen Buchstaben stand dort: HILFE!«

Nach einem Blick auf den Freund ließ Charlotte das Buch sinken. Leise seufzend stand sie auf und streckte sich. Sie bewegte sich einige Schritte durch den Raum, trat an den kleinen Tisch rechts von der Tür und griff nach dem Wasserglas. Sie leerte es in einem Zug und setzte sich müde auf den danebenstehenden Stuhl. Es war fast 3 Uhr. Mit Marlene hatte sie vereinbart, dass sie bleiben würde, bis die Journalistin ihren Interviewtermin absolviert hätte. Das würde eine sehr lange Nacht werden. Sie lehnte sich mit dem Kopf gegen die Wand und ließ den Blick über die vielen lebenserhaltenden Geräte schweifen. Einige gaben in regelmäßigen Abständen Signaltöne von sich. Diese monotonen Geräusche wirkten zusätzlich einschläfernd. Gedankenverloren hing ihr Blick an der

Infusionsflasche. Tropfen für Tropfen fiel in gleichmäßigen Abständen in die Tropfkammer und wurde von dort aus in die Vene des Patienten weitergeleitet. Charlottes Lider wurden schwer. Um sich wachzuhalten, lenkte sie ihre Gedanken zu den toten Autoren. Warum mussten sie sterben? Was trieb den *Plagiator* dazu, ausgerechnet diese Menschen zu töten? Es musste eine Verbindung zwischen ihm und den Krimischreibern geben …

Die Bilder vor ihrem geistigen Auge wurden unschärfer, verblassten langsam. Allmählich versank sie in einen schlafähnlichen Zustand. Die Geräusche der medizinischen Apparate wurden gedämpfter, leiser, kaum noch hörbar …

Die breite Tür zum Intensivzimmer wurde beinah lautlos so weit aufgeschoben, dass der Mann in den Raum schlüpfen konnte. Durch den langen blauen Kittel, den Mundschutz, die OP-Haube und die Handschuhe wirkte er wie einer der diensthabenden Ärzte, die auch nachts nach den Patienten sahen. Beim Schließen der Tür bemerkte er die Frau, die mit dem Arm auf der Tischplatte ihren Kopf stützte und offenbar fest schlief. Er zögerte kurz, kümmerte sich aber nicht um sie und schlich weiter, wobei er das leise Quietschen seiner Gummisohlen nicht vermeiden konnte. Er schenkte dem Patienten keinen Blick. Stattdessen taxierte er die Apparate zu beiden Seiten des Bettes und trat an das Aggregat aus Infusions- und Spritzpumpen. An jedem Gerät zeigte ein kleines Display das enthaltene Medikament und die verordnete Dosis an. Die Spritzen waren durch eine dazugehörige Infusionsleitung am entsprechenden Zugang des Patienten angeschlossen. Wenn er sich daran zu schaffen machte, würde es womöglich einen Alarm geben. Deshalb umrundete er das Krankenlager. Auf der linken Seite befand sich ein Infusionsständer, an dem eine Kunststofflasche mit einer klaren Flüssigkeit hing, die durch einen dünnen Schlauch in eine Vene des Patienten geleitet wurde. Der Mann fasste in die rechte Kitteltasche und brachte eine Spritze zum Vorschein. Mit einem schnellen Griff wollte er die Kunststoffkappe von der Kanüle ziehen, was ihm nicht sofort gelang, weil seine Finger vor Erregung zitterten. Ungeduldig zog er etwas fester, worauf sich die Kappe löste und im hohen Bogen davonflog. Mit einem leisen Klacken landete sie irgendwo auf dem Boden. Einen Fluch unterdrückend, streckte der Mann die Hand nach der Infusionsflasche aus.

KAPITEL 26

Im Präsidium wurde ununterbrochen gearbeitet. Freizeit war vorläufig gestrichen. Die Teammitglieder wechselten sich in der Nacht im vierstündigen Rhythmus ab. Während die einen schliefen, saßen die anderen am Schreibtisch. Obwohl Georg Sievers den Mordanschlag überlebt hatte, lief die Ermittlungsmaschinerie auf Hochtouren. Die Kriminaltechniker hielten sich seit Stunden in der Seniorenresidenz auf. Wieder war es ein Ort, der täglich von vielen Menschen frequentiert wurde. Dementsprechend schwer würde es werden, Täterspuren zu selektieren. Es würde dauern, bis mit ersten Ergebnissen zu rechnen war.

Hauptkommissar Münster war in die Akte über die Fahrerflucht vertieft. Die Kollegen hatten sämtliche Aufzeichnungen infrage kommender Verkehrskameras überprüft. Das Unfallfahrzeug war nicht erfasst worden. Mittlerweile lagen mehrere Zeugenaussagen von Leuten vor, die das unbeleuchtete Fahrzeug gesehen hatten, als es die Hildesheimer Straße entlang raste. Durch die hohe Geschwindigkeit des Wagens war es allerdings keinem möglich gewesen, das Nummernschild zu entziffern.

Auch der Zeugenaufruf in der *HAZ* zu dem Unfall mit Fahrerflucht hatte nicht den gewünschten Erfolg gebracht.

Noch einmal las Münster den Bericht über den Unfallhergang. Dabei gelangte er immer mehr zu der Überzeugung, dass sein Kollege Bremer ein Zufallsopfer war.

Zwar lag es im Bereich des Möglichen, dass es ein Anschlag gewesen sein könnte, aber bislang deutete nichts darauf hin. Routinemäßig waren die Fälle der letzten zwei Jahre des Kollegen überprüft worden. Ebenso die Haftentlassenen der vergangenen Wochen, die ihren Aufenthalt in einer Strafvollzugsanstalt den Ermittlungen des Kollegen verdankten.

Nachdem Dennis Eisner, der Verdächtige im Fall der Krimifestival-Morde, Hauptkommissar Bremer bei einer Vernehmung gedroht hatte, war der Mann abermals zum Verhör abgeholt worden. Er hatte sich nicht zu den Fragen geäußert und auf der Anwesenheit seines Anwalts bestanden. Erst nachdem der Rechtsbeistand eingetroffen war, hatte Eisner ausgesagt, dass er zur fraglichen Zeit in einer Gaststätte gesessen hätte. Die Überprüfung seines Alibis hatte dieser Behauptung standgehalten. Etwa ein halbes Dutzend Kneipenbesucher konnte das bezeugen. Somit wurde Eisner wenigstens im Hinblick auf die Fahrerflucht von der Liste der Verdächtigen gestrichen. Eine weitere Verbindung zu den Mordfällen bestand bislang nicht.

Niemand aus dem Team ging davon aus, dass der *Plagiator* etwas mit dem Unfallgeschehen zu tun hatte. Anders sähe es vielleicht aus, wenn sie eine heiße Spur hätten, wenn der Täter wüsste, dass er in den Fokus der Ermittlungen gerückt war. Wenn er glaubte, dass Bremer ihm auf den Fersen war und er seine Verhaftung befürchten musste. Davon waren sie jedoch meilenweit entfernt.

Nachdenklich griff Münster nach seinem Kaffeebecher und setzte ihn an die Lippen. Die starke schwarze Flüssigkeit war inzwischen kalt geworden und schmeckte bitter. Angewidert stellte er die Tasse zurück und griff zum klingelnden Telefon.

»Ja?«

Er hörte einen Moment zu.

»Wir sind unterwegs.«

Im Aufstehen warf er den Hörer zurück und nahm seine Jacke von der Stuhllehne. Durch die Verbindungstür betrat er das Büro der Kollegen.

»Kommen Sie, Frau Wagner. Auf dem Messegelände wurde ein brennendes Fahrzeug entdeckt. Offenbar handelt es sich um den Unfallwagen.«

KAPITEL 27

Charlotte zuckte unter einem Geräusch zusammen. Benommen schlug sie die Augen auf. War sie etwa eingenickt? Ihr erster Blick galt dem Freund. Neben seinem Bett stand ein Arzt, der am Infusionsständer hantierte. Sie sah die Spritze in seinen Fingern und dass er mit der Nadel von schräg oben in die Infusionsflasche stach. Wieso bekam Hannes mitten in der Nacht ein zusätzliches Medikament? Noch dazu auf diese merkwürdige Weise? Alarmiert sprang sie auf.

»Wer sind Sie?«, schrie sie ihn an. »Was machen Sie da?«

Der Mann wirbelte herum. Für einen Sekundenbruchteil trafen sich ihre Blicke. Mutig ging Charlotte auf ihn zu, worauf er an ihr vorbei zur Tür hastete, sie ein Stück aufschob und verschwand.

Die fast leere Spritze steckte noch in der Plastikflasche. Rasch zog Charlotte sie heraus und legte sie auf das Nachtschränkchen. Ihr Blick folgte dem Schlauch bis zum Zugang am Arm des Freundes. Wenn der Mann Gift in die Flasche gespritzt hatte, würde es mit jedem Tropfen Flüssigkeit … Sie musste Alarm schlagen! Oder war es womöglich zu spät, bis jemand käme? Kurzentschlossen griff sie nach dem Schlauchende und entfernte es behutsam vom Venenkatheter am Arm des Patienten. Anschließend rannte sie hinaus und rief laut nach der Nachtschwester.

Augenblicke später erschienen zwei Krankenschwestern und ein ihr bekannter Arzt, worauf Charlotte aufgewühlt über die Ereignisse berichtete.

Dann ging alles ganz schnell. Sie wurde gebeten, draußen zu bleiben; das medizinische Personal verschwand eilig im Intensivzimmer.

Ungeduldig ging Charlotte auf dem Flur auf und ab. Warum dauerte das so lange? Zwischendurch kam eine Schwester herausgelaufen – und kehrte wenig später mit einem kleinen Tablett zurück. Charlotte konnte nicht erkennen, was sich darauf befand, wollte die junge Frau aber nicht mit Fragen aufhalten.

Sie musste die ehemaligen Kollegen verständigen und zog ihr Smartphone hervor. Da man auf der Intensivstation nicht telefonieren durfte, öffnete sie die Tür, fischte zwei zusammengefaltete Papiertaschentücher aus der Gesäßtasche ihrer Jeans und klemmte sie von der anderen Flurseite zwischen die Tür, damit sie nicht zufiel.

Aus der Kontaktliste wählte sie Hannes' Dienstnummer in der Hoffnung, Hauptkommissar Münster zu erreichen. Mit müder Stimme meldete er sich, worauf es aus ihr heraussprudelte. Er versprach, so schnell wie möglich in die Klinik zu kommen. Daraufhin schaltete sie das Telefon aus und kehrte auf die Intensivstation zurück.

Es dauerte noch eine gefühlte Ewigkeit, bis der Arzt und die Schwestern das Patientenzimmer verließen.

In banger Erwartung schaute Charlotte den Mediziner an.

»Wie geht es ihm?«

»Keine Sorge, Frau Stern. Die Vitalwerte des Patienten haben wir zuerst geprüft und keine Unregelmäßigkeiten festgestellt. Hätten Sie nicht so schnell und umsichtig reagiert, sähe es womöglich anders aus.«

»Wissen Sie, was in der Spritze war?«

»Noch nicht. Wir haben eine Probe aus der Infusionsflasche entnommen, um sie in unser Labor zu schicken. Die Flasche übergeben wir gleich der Polizei.«

»Inzwischen habe ich die Kripo informiert. Hauptkommissar Münster wird bald mit seinem Team hier sein. Wahrscheinlich werden Flasche und Spritze zur Beweismittelsicherung beschlagnahmt.«

»Wir richten uns darauf ein.« Aufmunternd nickte er ihr zu. »Sie können jetzt zu ihm.«

»Danke.«

Sofort ging Charlotte hinein und schob den Stuhl näher ans Bett. Sie legte die Hand über die des Freundes und betrachtete ihn schweigend. Um ihn nicht zu beunruhigen, sprach sie nicht über die letzten Ereignisse. Stattdessen erzählte sie ihm von schönen gemeinsamen Erlebnissen.

»Da fällt mir noch was ein.« Sie schaltete ihr Smartphone an und zunächst das WLAN aus. Anschließend tippte sie auf die Audiodatei, die sie am Tag zuvor erstellt hatte. Die kernige Stimme von Peter Maffay erklang mit dem Song: »Über sieben Brücken musst du gehn ...« Hannes mochte diesen Rockstar, war mit seiner Musik aufgewachsen.

»Manchmal scheint die Uhr des Lebens stillzustehen ...« Diese Textzeile trieb Charlotte Tränen in die Augen. Sie hoffte so sehr, dass die Musik, das Vorlesen oder einfach nur die Anwesenheit von Menschen, die ihm nahestanden, ihn erreichten und dazu beitragen würden, dass Hannes erwachte.

Mit dem Eintreffen von Hauptkommissar Münster und seinen Kollegen verließ Charlotte das Zimmer. Trotz der frühen Morgenstunde war die Cafeteria geöffnet. Um ihre Müdigkeit zu vertreiben, trank sie einen großen Becher Kaffee. Bei ihrer

Rückkehr saß ein Uniformierter neben der Tür zur ITS. Auf Nachfrage erklärte der junge Mann, dass von nun an rund um die Uhr ein Beamter aufpassen würde, um Unbefugte am Zutritt der Station zu hindern.

Der Hauptkommissar war mit seinen Leuten bereits verschwunden. So setzte sich Charlotte zu Hannes ans Bett. Ein Blick zur Uhr verriet, dass es kurz vor 6.30 Uhr war. Noch mindestens drei Stunden, bis ihre Ablösung kommen würde. So lange würde sie durchhalten, keine Frage. Dem Freund zuliebe würde sie noch viel mehr auf sich nehmen. Sie griff nach dem Buch und las die nächste Detektivgeschichte vor.

Nach wenigen Sätzen wurde sie von Schwester Damaris unterbrochen, die den Kopf zur Tür hereinsteckte.

»Können Sie mal rauskommen, Frau Stern? Draußen steht eine Dame, die behauptet, zu Ihrem Team zu gehören.«

Überrascht stand Charlotte auf und folgte ihr hinaus. Auf dem Flur vor der Intensivstation wartete ihre Mitbewohnerin Elisabeth.

»Elli, was machst du denn hier?«

»Du bist seit gestern Abend in der Klinik und brauchst dringend Schlaf. Ich bleibe bei Herrn Bremer, bis seine Journalistin kommt.«

»Aber …«

»Kein Aber. Fahr nach Hause und frühstücke mit unseren Freunden. Der Tisch in der Küche ist bereits fertig gedeckt. Und danach legst du dich in dein Bett.«

Gerührt umarmte Charlotte die zierliche alte Dame.

»Du bist wunderbar, Elli.«

»Ach was. Ich will einfach mal die Gelegenheit nutzen, mit dem Wachtmeister allein zu sein. Du weißt doch, dass ich ein Faible für ihn habe.«

Amüsiert nickte Charlotte. Sie nahm Elisabeth mit auf die

Station, informierte Schwester Damaris und verabschiedete sich von Hannes.

»Deine Lieblingsseniorin ist hier. Deshalb verschwinde ich für eine Weile. Aber ich komme bald wieder.« Sie beugte sich über ihn und küsste ihn auf die Wange.

Minuten später war sie unterwegs nach Hause.

Auf dem Grundstück fuhr sie den Wagen in die Garage. Die Vogelmutter flüchtete ins Freie, worauf Charlotte einen Blick ins Rotkehlchennest warf. Alle sechs Eier waren intakt. Bis zum Schlüpfen der Kleinen würde es wohl noch dauern.

»Du kannst reinfliegen«, rief sie dem Vogel zu, der auf einer der Edelstahllampen saß und sie beobachtete.

Kaum war sie die wenigen Granitstufen hinaufgegangen, wurde die Tür von innen geöffnet.

»Guten Morgen, Sternchen.«

Philipp zog sie an sich, worauf sie sich in seine Umarmung fallen ließ. In seiner Nähe und Wärme fühlte sie sich sicher und geborgen. Ein tiefer Seufzer löste sich von ihren Lippen.

»So schlimm?«

»Nicht jetzt«, bat sie. »Ich bin hundemüde und will nur noch ins Bett. Bitte, lass uns später reden.«

Dafür hatte er Verständnis. Er begleitete Charlotte bis zur Treppe, küsste sie auf die Schläfe und wünschte ihr einen erholsamen Schlaf.

Beim Betreten ihrer Räume war die Unordnung nicht zu übersehen. Charlotte hatte jahrelang das Kriminalarchiv geleitet, war für die punktgenaue Verwahrung und Auflistung von etwa 100.000 Akten verantwortlich, aber nicht in der Lage, in ihrem kleinen privaten Reich Ordnung zu halten. Im Grunde wusste sie, woran das lag, wollte sich aber nicht damit auseinandersetzen.

KAPITEL 28

Anneliese war gegen Mitternacht in einem Taxi nach Hause gekommen. Auf dem Weg über das Grundstück hatte sie gesehen, dass nicht nur Charlottes, sondern auch Conrads Wagen nicht in der Garage stand. Hätte er nicht längst zurück sein müssen? Obwohl sie nicht wusste, wo er steckte, war sie ins Bett gegangen. Dunkel erinnerte sie sich, dass ihr Lebensgefährte später hereinkam, aber sie war gleich wieder eingeschlafen. Deshalb bemerkte sie erst am Morgen, dass weder Conrad noch sein Bettzeug neben ihr lagen. Ein Blick in ihr gemeinsames Wohnzimmer bestätige ihren Verdacht: Ihr Lebensgefährte schlief auf dem Sofa. Sie entschied, das so lange zu ignorieren, bis er von selbst das Gespräch mit ihr suchen würde.

Leise schloss sie die Tür und ging ins Bad.

Später betrat sie die Küche, um Elli bei der Vorbereitung des Frühstücks zu helfen. Es war das erste Mal, seit sie unter einem Dach lebten, dass Elisabeth um diese Zeit nicht in der Küche rumorte. Der Tisch war allerdings gedeckt. Auf der Anrichte entdeckte die Strick-Liesel einen großen Zettel, auf dem Elli alles Wissenswerte notiert hatte. So holte Anneliese die vorbereiteten Platten mit Käse und Wurst aus dem Kühlschrank und stellte das Kännchen mit Kaffeesahne dazu. Ansonsten war alles Nötige vorhanden.

Nach und nach erschienen die Bewohner. Conrad brummte einen Morgengruß und setzte sich. Der General lenkte seinen Rollstuhl auf seinen Stammplatz. Zuletzt kam Philipp herein.

»Moin zusammen.« Er setzte sich neben den General. »Charlotte ist erst vor ein paar Minuten nach Hause gekommen und gleich nach oben gegangen.«

»Elli hat sie in der Klinik abgelöst«, sagte Anneliese und schenkte für jeden aus der Warmhaltekanne Kaffee ein. Zunächst erzählte sie von Elisabeths Nachricht. »Übrigens war ich gestern Abend auch noch im Krankenhaus.«

Auf Alberts Nachfrage berichtete sie vom Mordanschlag auf Georg Sievers. Im Gegensatz zu den beiden Freunden nahm Conrad diese Information scheinbar ungerührt zur Kenntnis. Philipp warf ihm einen forschenden Blick zu, aber der Wetterexperte beschäftigte sich stumm mit seinem Frühstück.

Vor der Seniorenresidenz Eichengrund hatten bei seiner Ankunft am Abend ein Rettungswagen und mehrere Polizeifahrzeuge gestanden. Beunruhigt war er ausgestiegen, wurde aber am Betreten der Residenz gehindert. Bei seinem Versuch, Anneliese telefonisch zu erreichen, war nur die Mailbox angesprungen. Notgedrungen hatte Conrad gewartet. Nach einer Weile waren die Nothelfer mit Georg Sievers auf der Fahrtrage herausgekommen – begleitet von Liesel, die seine Hand gehalten hatte. Sie waren so schnell im Krankenwagen verschwunden, dass Conrad keine Möglichkeit hatte, sich bemerkbar zu machen. Durch die großen Scheiben des Eingangsbereichs hatte er Michael Riedel gesehen und ihn kurzerhand angerufen. Der junge Mann hatte ihn zur Seitentür gelotst, hereingelassen und zum Wintergarten geführt, da er noch die Kerzen löschen sollte. Dabei hatte er dem späten Besucher von den Ereignissen des Abends berichtet – und dass diese romantische Atmosphäre für Anneliese bestimmt war.

»Hattest du gar keine Angst, dass sich der Täter noch da unten aufhalten könnte?«, fragte der General, worauf Anneliese die Schultern zuckte.

»So weit habe ich gar nicht gedacht. Trotzdem haben mir ganz schön die Zie geknittert.« Sie ignorierte Alberts Grinsen und bestrich eine Brötchenhälfte mit Honig. »Nachher fahre ich zur Klinik und besuche Georg. Er hat hier ja sonst niemanden.«

Conrad rang sich zu einem Angebot durch.

»Ich könnte dich fahren.«

»Das ist nicht nötig. Solange Elli nicht da ist, hast du genug mit dem Küchenmanagement zu tun. Ich rufe mir ein Taxi.«

»Du kannst meinen Wagen nehmen«, schlug der Professor vor. »Ich bleibe zu Hause und helfe Conrad bei der Küchenarbeit.«

»Da sage ich nicht nein. – Danke.«

Philipp vertraute ihr seinen Mercedes nicht zum ersten Mal an. Diesen sportlichen Wagen zu fahren, bedeutete ein Highlight für die Strick-Liesel. Im Gegensatz zu Conrad, der niemanden freiwillig ans Steuer seines 50 Jahre alten Opel Rekord Cabrios ließ, sah Philipp in seinem Auto einfach nur ein bequemes Fortbewegungsmittel. Anneliese nahm es ihrem Lebensgefährten nicht übel, dass er im Hinblick auf seinen gepflegten Oldtimer eigen war. Jeder Mensch hatte eben seine kleinen Macken. Sie selbst bildete da keine Ausnahme. Unterwegs zur Klinik gestand sie sich ein, dass sie das Autofahren manchmal vermisste. Es bedeutete ein Stück Unabhängigkeit. Sie konnte verstehen, dass es vielen betagten Leuten schwerfiel, ihren Führerschein abzugeben – selbst wenn es triftige Gründe dafür gab. Sie hatte ihren schnuckeligen kleinen Fiat zunächst nach ihrem Umzug in den Eichengrund behalten. Da sie kaum damit gefahren war, weil sich die nächste Bushaltestelle gegenüber der Residenz befand, hatte sie ihren liebevoll *Vagabondo* genannten Flitzer vor anderthalb Jahren schweren Herzens verkauft. Wirklich bereut hatte sie das nie.

Anneliese stellte den Mercedes auf dem Klinikparkplatz ab. Am Informationsschalter erkundigte sie sich nach Georg Sievers' Zimmernummer. Hinweisschilder wiesen ihr den Weg dorthin. Beim Betreten des Flurs sah sie den Uniformierten, der neben einer Tür saß. Prompt stand der junge Mann auf und stellte sich der Besucherin in den Weg.

»Zu wem möchten Sie?«

»Zu Georg Sievers.«

»Wer sind Sie?«

Wahrscheinlich hatte er Anweisung, außer nahen Verwandten niemanden hineinzulassen. Während sie in Gedanken nach einer glaubhaften Antwort suchte, wurde die Tür von innen geöffnet, und eine Krankenschwester mittleren Alters kam mit einer Nierenschale in der Hand heraus. Sie schloss die Tür und musterte Anneliese interessiert. Ein Lächeln breitete sich auf ihrem runden Gesicht aus.

»Sie sind Anne, oder? Ihr Mann hat mir eben von Ihnen erzählt.« Mit einer Hand öffnete sie die Tür in ihrem Rücken. »Gehen Sie ruhig rein. Er wartet ungeduldig auf Sie.«

»Danke.«

Flink schlüpfte sie hinein, um zu verhindern, dass der Polizist sie womöglich nach ihrem Ausweis fragen würde. Anneliese trat ans Bett, in dem der Autor in den Kissen lehnte. Er war noch blass, lächelte aber.

»Endlich, Liebling. Ich hatte schreckliche Sehnsucht.«

»Ist das nicht ein bisschen übertrieben?« Sie setzte sich auf den Stuhl neben dem Bett, wobei sie sich fragte, ob Georgs Verstand in der Hitze der Sauna womöglich Schaden genommen hatte. »Erinnern Sie sich überhaupt noch, wer ich bin?«

»Meine Angetraute.«

»Das wüsste ich aber.«

»Dr. Kramke sagte, meine Frau wäre bei meiner nächtlichen Einlieferung dabei gewesen. Ich war wohl noch etwas durcheinander, deshalb hat er mir meine Liebste beschrieben. Dadurch war mir alles klar. – Und nicht nur das. Mir hat die Vorstellung sehr gefallen, mit Ihnen verheiratet zu sein.«

»Das vergessen Sie mal ganz schnell wieder.«

»Das kann ich nicht. Unser Kennenlernen ist für mich nicht nur angenehm, ich halte es sogar für extrem ausbaufähig.«

Das kommentierte sie nicht.

»Erzählen Sie mir lieber, wie es Ihnen geht.«

»Viel besser. Das ist allerdings keine Kunst, wenn man bedenkt, dass ich vor einigen Stunden mehr tot als lebendig war. Die wollen mich ein paar Tage zur Beobachtung hierbehalten.«

»Nach dem Aufpasser vor der Tür zu urteilen, war die Polizei schon bei Ihnen.«

»Eine junge Kommissarin hat mich besucht und mir erzählt, was passiert ist. Was das betrifft, habe ich leider einen totalen Blackout. Ich weiß nur noch, dass mich jemand in der Gästewohnung überfallen hat. Wem ich meine Rettung verdanke, hat mir die Kommissarin auch gesagt.« Sein Blick suchte ihre Augen. »Ihnen ist hoffentlich klar, dass man auf ewig für jemanden verantwortlich ist, dem man das Leben gerettet hat? Das ist eine gute Voraussetzung, es miteinander zu versuchen.«

Dieser Mann war hartnäckig wie ein Schluckauf.

»Daraus wird nichts. Sie wissen, dass ich in unserer WG mit einem Mann zusammenlebe.«

»Aber Sie sind nicht verheiratet. Warum eigentlich nicht?«

»Weil das heutzutage nicht mehr nötig ist.«

Sie hatte sich noch nie Gedanken darüber gemacht. Außerdem war Conrad noch bis vor Kurzem verheiratet gewesen. Vor vielen Jahren gab es mal einen feschen Franzosen, der ihr einen Antrag gemacht hatte. Aber Jean-Pierre wollte mit ihr in die Bretagne ziehen, deshalb hatte sie abgelehnt. Sie liebte ihre Heimatstadt und konnte sich nicht vorstellen, woanders zu leben.

»Ist es nicht herrlich, wenn man sich auf diese Weise vor aller Welt zueinander bekennt? – Und so romantisch.«

»Sie sind Krimiautor«, erinnerte sie ihn. »Wenn man Sie so reden hört, könnte man meinen, Sie würden Liebesromane schreiben. Und damit sollten wir das Thema beenden. Es führt zu nichts.«

Gegen Mittag betrat Philipp leise das Schlafzimmer. Im gedämpften Licht, das durch die Jalousien fiel, sah er, dass Charlotte offenbar noch schlief. Deshalb wollte er sich zurückziehen.

»Bleib bitte«, hielt ihn ihre Stimme zurück. »Ich bin wach.«

Während sie sich in Sitzposition aufrichtete und gegen das Kissen lehnte, kam Philipp näher und setzte sich auf die Bettkante.

»Hast du gut geschlafen?«

»Das weiß ich nicht genau. Nach allem, was passiert ist, war ich ziemlich fertig.«

»Frau Dr. Pauli hat eben angerufen, um zu hören, wie es dir geht. Sie hat mir erzählt, was heute Nacht auf der Intensivstation los war. Wir können froh sein, dass der Kerl nicht auch dich angegriffen hat.«

»Ich glaube, dazu war er viel zu erschrocken, weil ich ihn plötzlich angeschrien habe. Entweder hat er meine Anwesenheit vorher nicht bemerkt oder er dachte, dass ich nichts mitbekomme, weil ich fest schlafe.«

»Du warst aber nur eingenickt, oder?«

Sie überlegte einen Moment.

»Das war ein Zustand wie ... wie man ihn von jungen Müttern kennt. Sie bekommen durch ihr Baby viel zu wenig Schlaf und fallen abends völlig erschöpft ins Bett. Sowie ihr Nachwuchs aber ein leises Krähen von sich gibt, sind sie sofort hellwach, während der Kindsvater nichts hört und seelenruhig weiterschnarcht.«

»Verstehe.« Sein besorgter Blick forschte in ihrem Gesicht. »Wie fühlst du dich?«

»Geht schon«, wich sie aus. Er sollte sich keine Sorgen um sie machen. »Ich werde gleich eine Runde laufen, damit ich den Kopf freibekomme.«

Bald verließ Charlotte das Haus. Am Tor wandte sie sich nach rechts und lief um das Grundstück herum Richtung Leinemasch. Sie erinnerte sich, dass dort vor Jahren eine blutige Plastiktüte mit einer menschlichen Plazenta entdeckt worden war. Ihres Wissens lag diesem Fund allerdings kein Verbrechen zugrunde. Unheimlich war es dennoch. Charlotte schüttelte diesen Gedanken ab und trabte bis zu den Wülfeler Teichen. Von dort aus schlug sie einen Bogen zurück zur Villa. In der Wohnhalle traf sie auf Anneliese, die mit einer Gießkanne aus dem Wohnzimmer kam.

»Warst du in der Klinik bei Georg Sievers? Wie hat er den Anschlag überstanden?«

»Ihm geht es bereits so gut, dass er mir das Eheleben schmackhaft machen wollte.«

»Ernsthaft? Der scheint es ja ganz schön eilig zu haben.«

»Davon erzähle ich dir später. Geh duschen. Das Mittagessen ist gleich fertig.«

Beide bemerkten nicht, dass sich Conrad, der in der Küchentür stand, niedergeschlagen an den Herd zurückzog.

Später beim Essen wurde Charlotte gebeten, ausführlich über den Vorfall im Krankenhaus zu berichten.

»Gekleidet wie ein Arzt hatte der Attentäter wahrscheinlich leichtes Spiel, überall reinzukommen«, vermutete der General. »Außerdem kann ihn durch die Maskerade niemand beschreiben.«

»Trotzdem kam er mir bekannt vor«, erwiderte Charlotte nachdenklich. »Er war nicht so groß wie ich und untersetzt. Und diese Augen … Ich bin sicher, dass ich die schon mal gesehen habe. Wenn ich nur wüsste, wo.«

»Vielleicht fällt es dir später ein«, meinte Elisabeth. »Obwohl bei Herrn Bremer ein Polizist vor der Tür sitzt, kannst du mich weiterhin einplanen. Das habe ich auch mit Frau Biber besprochen.«

»Auf mich kannst du auch zählen«, bot Anneliese an. »Das verbinde ich mit Besuchen bei Georg. Bei ihm sitzt übrigens genauso ein Aufpasser auf dem Flur.«

Philipp griff nach der Salatschüssel.

»Ich schließe mich an.«

»Du musst mich nicht entlasten.«

»Darum geht es gar nicht. Es ist noch nicht lange her, da hat mir dein Freund eine Schutzweste aufgezwungen, die mir das Leben gerettet hat. Jetzt habe ich die Gelegenheit, mich wenigstens ein bisschen zu revanchieren. Dass du dadurch entlastet wirst, ist ein erfreulicher Begleitumstand.«

Alle am Tisch wussten, dass für Philipp beides wichtig war.

Gerührt über die Hilfsbereitschaft der Freunde schaute Charlotte in die Runde.

»Ich muss mal was loswerden: In dem einen Jahr, das wir uns nun kennen, ist schrecklich viel – oder viel Schreckliches – passiert. Auf irgendeine Weise haben wir uns dabei immer gegenseitig unterstützt, waren füreinander da. Das hat uns zusammengeschweißt. Außerdem haben wir seitdem viele tolle Momente und wunderbare Erlebnisse miteinander geteilt. Durch all das sind wir so was wie eine Familie geworden, in der jeder seinen Platz gefunden hat. Ich möchte mich einfach mal bei euch bedanken, dass ich ein Teil davon sein darf.«

»Du hast mir aus dem Herzen gesprochen«, sagte Elisabeth. »Hoffen wir, dass unsere Gemeinschaft noch lange so harmonisch bleibt.«

KAPITEL 29

Nach dem Mittagessen zog sich Philipp zurück, um weiter am Profil des *Plagiators* zu arbeiten. Vor ein paar Tagen hatte er die Ermittlungsakten ausgedruckt. Sein Schreibtisch war von Unterlagen übersät. Um die Beurteilung zu ergänzen, studierte er noch einmal einzelne Seiten und tippte seine Erkenntnisse in den Laptop. Schließlich lehnte er sich nachdenklich zurück. Erneut beschlich ihn dieses merkwürdige Gefühl, dem Täter schon einmal begegnet zu sein. Andererseits hielt er das für unmöglich.

»Wer bist du?«, murmelte er und suchte in seiner Erinnerung nach einem Menschen, der dem Profil entsprach.

Unterdessen saßen Charlotte und Anneliese im Stiftungsbüro. Die Strick-Liesel sichtete als Vorsitzende der *Christa-Bernhardt-Stiftung* die eingegangene Post.

Auf der anderen Seite des Schreibtisches legte die Freundin am Computer einen Ordner über die Autorenmorde an. Dort hinein verschob sie die Akten vom USB-Stick, den Philipp ihr überlassen hatte. Anschließend öffnete sie *Excel*, um eine Tabelle zu erstellen, in der sie alle Auffälligkeiten oder Gemeinsamkeiten der einzelnen Morde sammeln und vergleichen wollte.

Zuerst trug sie untereinander die Namen der toten Auto-

ren ein: Erpo Tennstedt, Loretta Lamar, Askold Radelsfahr –
und zuletzt Georg Sievers, der ebenfalls den Tod finden sollte.
In die nächste Spalte schrieb sie die Todesarten: durchschnit-
tene Kehle, erdrosselt, Spritze ins Herz, Hitzekollaps in
Sauna. Dazu kamen die passenden Romantitel: *Schachmatt,
Tödliche Seide, Zuckersüßer Tod* und ... Den betreffenden
Krimi des Hamburger Autors konnte sie nur raten. In seinem letzten Buch hatte der Täter in einer Sauna zugeschla-
gen. Deshalb trug Charlotte *Angstschweiß?* ein. Schließlich
fehlten noch die Notizen, die der Täter hinterlassen hatte:
Tod dem König, Atemlose Stille, Mitten ins Herz und ...
Die Information, was auf dem Zettel bei Georg Sievers stand,
fehlte ihr ebenfalls noch.

Charlotte hob den Kopf und schaute zu Anneliese hinüber.

»Darf ich dich kurz stören?«

»Immer.«

»Weißt du, ob bei Georg Sievers eine Notiz vom Täter
gefunden wurde?«

»Darauf habe ich in der Aufregung nicht geachtet. Aber
weil wahrscheinlich auch bei ihm der *Plagiator* am Werk war,
hat die Spusi die Nachricht bestimmt entdeckt.«

»Davon gehe ich aus.«

Da nun ein Signalton erklang, blickte Charlotte auf den
Monitor. Am unteren Rand zeigte ein Briefsymbol den Eingang einer Email an. Mit einem Mausklick wechselte Charlotte zu ihrem Postfach und öffnete die Nachricht. Philipp
schrieb, dass er für die Erstellung des Profils die ersten
Berichte über den Anschlag auf Georg Sievers erhalten hätte
und ihr die betreffende Datei weiterleite, damit sie die neuen
Fakten in ihre Überlegungen einbeziehen könne. Sie antwortete mit einem lächelnden Smiley und speicherte den Anhang
in ihrem Ordner. Von dort aus öffnete sie die Datei. Inter-

essiert las sie die ersten Ermittlungsergebnisse. Die fehlende Notiz wurde mitgeliefert.

»Gefangen, Panik, Todesangst ...«

Anneliese hielt inne.

»Sag das noch mal.«

»Gefangen, Panik, Todesangst. – So steht es im Polizeibericht, den Philipp mir eben geschickt hat.«

»Diese drei Worte sind aus *Angstschweiß*. Georg hat eine Szene gelesen, in der sie vorkommen.«

Das bestätigte Charlottes Annahme. Sie löschte das Fragezeichen hinter dem Titel und fügte in der nächsten Spalte die Notiz des Täters hinzu.

Anschließend las sie nacheinander die Polizeiberichte in der Reihenfolge der Morde.

Dabei fragte sie sich wiederholt nach dem Motiv des Täters. Könnte es sich bei ihm um einen Autor handeln, der nicht mehr verlegt wurde, weil die Verkaufszahlen seiner Bücher stark gesunken waren? War ein erhoffter Wechsel zu einem anderen Verlag gescheitert? Dadurch könnte der Mann, von Rache getrieben, seine Wut auf Mitautoren projiziert und deshalb gemordet haben. Das setzte allerdings voraus, dass diese im gleichen Verlagshaus veröffentlichten. Oder nicht? Möglich war auch, dass der *Plagiator* einen Verlag ruinieren wollte, indem er seine besten Autoren ins Jenseits beförderte. Aber würde er dadurch nicht das Gegenteil erreichen? Würde nicht eine große Nachfrage nach den Büchern von so spektakulär ums Leben gekommenen Autoren herrschen? Oder war der Mörder selbst Verleger oder von einem beauftragt, weil der Verlag durch die Morde profitieren sollte?

»So wird das nichts«, murmelte sie, worauf Anneliese den Kopf hob.

»Sprichst du mit mir?«

»Das war meine innere Stimme.«

»Meine ist auch manchmal so vorlaut«, sagte die Freundin und grinste. »Daran ist dein Alter schuld.«

»Lass das bloß nicht Philipp hören.«

Sie zwinkerte der Strick-Liesel zu und konsultierte das Internet. Von der Seite eines Online-Buchhändlers suchte sie die Verlage der Getöteten plus den von Sievers heraus. Diese vier Namen trug sie ebenfalls in ihre Liste ein. Die Vielleserin sah sofort, dass sie deutschlandweit zu den größten Verlagshäusern zählten. Jedes von denen würde den Verlust eines seiner Bestsellerautoren locker verschmerzen. Warum also ausgerechnet diese Schriftsteller – oder diese Verlage? Zur Strafe für schlechte Bücher? Für grausame Krimis? Was kam noch infrage? Während sie darüber nachdachte, schoss ein ganz anderer Verdacht durch ihren Kopf, der so ungeheuerlich war, dass sie mit Philipp darüber reden musste.

Am späten Nachmittag fuhr Charlotte mit ihrem Lebensgefährten ins Präsidium. Pia war bei Hannes im Krankenhaus. Deshalb holte Martin die Besucher am Empfang ab und führte sie zum Besprechungsraum. Dort wurden sie von Hauptkommissar Münster begrüßt. Kurz darauf traf auch Oberstaatsanwältin Pauli ein.

»Danke, dass Sie es so kurzfristig einrichten konnten«, sagte sie und gab zuerst Charlotte und danach Philipp die Hand. »Uns läuft die Zeit davon.« Sie setzte sich und schaute den Professor erwartungsvoll an. »Können Sie uns etwas zum Profil sagen?«

»Es ist soweit fertig.« Er nahm einen Stapel Klarsichthüllen aus seiner Aktenmappe, in der seine Ausführungen steckten, und reichte sie weiter. Benita Pauli und Ralf Münster erhielten dazu jeweils einen Stick, auf denen Philipp seine Einschätzung gespeichert hatte.

»Geben Sie uns vorab bitte eine Zusammenfassung? Was ist das für ein Mensch, der Morde aus Romanen kopiert?«

»Der Täter ist männlich, zwischen 25 und 45 und intelligent. Außerdem ist er Einzelgänger, kein Teamplayer. Er fühlt sich vom Leben betrogen, ist körperlich fit und verfügt über gute Kenntnisse in der Stadt, was den Verdacht nahelegt, dass er in Hannover zu Hause ist. Hier ist seine Komfortzone. Nach meiner Einschätzung handelt es sich nicht um einen typischen Serientäter. Möglicherweise begann seine Karriere mit Tierquälerei und führte über Körperverletzungen hin zum ersten Mord. Wir haben es hier mit einem Täter zu tun, der nach außen völlig normal wirkt, aber voller Hass ist. Er genießt den Machtrausch, während ihm seine Opfer wehrlos ausgeliefert sind. Sie haben in ihren Büchern über Leben und Tod entschieden. Das tut der *Plagiator* nun in der Realität. Er ist Perfektionist. Will, dass alles zu 100 Prozent mit der Buchvorlage übereinstimmt. Dafür hat er akribisch recherchiert. Nicht nur über die Morde in den Krimis, sondern auch über die Autoren, die sie geschrieben haben.«

»Trotzdem ist ihm bei seinem letzten Opfer ein Fehler unterlaufen«, warf Münster ein.

»Georg Sievers ist der erste Überlebende. Das muss dem Täter sehr zu schaffen machen. Er wird bald wieder zuschlagen.«

»Glauben Sie, er versucht noch einmal, Sievers zu töten?«

»So unvorsichtig ist er nicht. Er weiß, dass der Autor nun rund um die Uhr bewacht wird. Wahrscheinlich hat er den nächsten Mord längst bis ins Detail geplant.«

»Was ist mit seinem Motiv?« Fragend hob die Oberstaatsanwältin die Brauen. »Was treibt ihn zu diesen Gräueltaten?«

»Über sein Motiv können wir nur spekulieren. Möglicherweise will er die Verlage oder die Autoren verhöhnen, indem er die Morde aus den Krimis nachstellt. Charlotte hat aber einen viel interessanteren Verdacht.«

»Lassen Sie hören, Frau Stern«, bat Benita Pauli. »Ihre Spürnase hat uns oft geholfen.«

Charlotte wusste, dass sich ihre Herangehensweise an einen Fall meistens von der Ermittlungsarbeit der Profis unterschied. Sie vertraute ihrer Intuition als Grundlage, einem Täter auf die Spur zu kommen. Daraus ergaben sich meistens Überlegungen, die in eine erfolgversprechende Richtung führten. Dennoch überdachte sie ihre Vermutungen ständig, zweifelte an ihrem Spürsinn und fing von vorne an.

»Das ist nur eine von vielen Möglichkeiten, die mir durch den Kopf gegangen sind. Ich habe mich gefragt, warum seine Opfer ausgerechnet Bestsellerautoren sind. Neid? Wäre er gern selbst ein erfolgreicher Autor? Das brachte mich auf den Gedanken, dass er vielleicht einen Krimi geschrieben hat, den keiner haben will. Vielleicht hapert es an der Logik oder an der Glaubwürdigkeit. Angeblich ist der Verfasser eines Romans stets der Leser, der am wenigsten objektiv ist. Manchmal hört man von Schriftstellern, deren Manuskripte hundertmal oder öfter abgelehnt wurden. Das muss frustrierend sein. Wer ein Buch schreibt, ist von der Qualität seines Werkes überzeugt. Er sieht sich als gefeierter Autor in den Medien, aber wenn nicht eine einzige positive Reaktion kommt …«

»Müsste der nicht ziemlich gestört sein?«, warf Martin ein. »Ein Psychopath?«

»Jemand, der zum Serienmörder mutiert, ist selten ein ›normaler‹ Zeitgenosse.«

»Stimmt.« Sein Blick wechselte zu Philipp. »Was meinen Sie zu Charlys These?«

»Je länger ich darüber nachdenke, umso wahrscheinlicher erscheint es mir, dass wir es hier mit jemandem zu tun haben, der in jeder Hinsicht durch Ablehnung tief gekränkt ist. Mit jemandem, der mit einer Niederlage nicht umgehen kann, der sich nun wie ein Versager fühlt. – Und der sich an denen rächen will, die scheinbar zu Unrecht auf dem gleichen Gebiet erfolgreich sind. Deshalb hat er für seine Rache das Krimifestival gewählt. Mit dem Kopieren der Romantaten zeigt er allen, wie schnell Fantasie Wirklichkeit werden kann. Dadurch wird ihm sehr viel Aufmerksamkeit zuteil. Er fühlt sich stark und unbesiegbar.« Philipp schaute einen nach dem anderen an. »Mutmaßlich könnte unser Täter ein verhinderter Krimiautor sein.«

»Das hilft uns allerdings nicht viel weiter.« Die Oberstaatsanwältin war sichtlich unzufrieden. »Wenn wir bei den betreffenden Verlagen anfragen, von wem die in den letzten Wochen oder Monaten Krimimanuskripte abgelehnt haben, bringt uns das nichts. Falls sie die Kontaktdaten der Betreffenden überhaupt gespeichert haben. Da greift wohl auch der Datenschutz. Außerdem habe ich gehört, dass sie unaufgefordert eingesandte Manuskripte ungelesen zurückschicken. Die können die vielen Angebote gar nicht bewältigen.«

»Um sicherzugehen, sollten wir trotzdem eine Anfrage starten«, meine Hauptkommissar Münster. »Wenn das keine neuen Erkenntnisse bringt, müssen wir eben noch mal zurück auf Anfang.«

»Nicht unbedingt.«

Aller Augen richteten sich auf Charlotte.

»Wie meinen Sie das?«

»Vor ein paar Tagen habe ich in einer Literaturzeitschrift geblättert, die Philipp mitgebracht hat. Darin habe ich von einem Kurzgeschichtenwettbewerb gelesen. So etwas könnte man auch für Krimis veranstalten.«

Die Staatsanwältin schien das Gehörte abzuwägen.

»Wie stellen Sie sich das denn vor? Dafür sind bestimmt aufwendige Vorbereitungen nötig. Außerdem muss man wahrscheinlich mit einer Flut von Einsendungen rechnen, alles lesen und die Spreu vom Weizen trennen. Kostet das nicht enorm viel Zeit?«

Sekundenlang überlegte Charlotte.

»Man müsste die Wettbewerbsbedingungen unserem Bedarf anpassen«, schlug Philipp unterdessen vor. »Nur fertige Krimis, nur Autoren, die einen Bezug zu Hannover haben, ein kurzfristiger Einsendeschluss ... Und der Rechtsweg muss ausgeschlossen werden.«

»Außerdem könnte man versuchen, die *HAZ* mit ins Boot zu nehmen, um einen offiziellen Veranstalter zu haben«, fügte seine Lebensgefährtin hinzu. »Ich kann Marlene Biber darauf ansprechen. Der Wettbewerb sollte im Rahmen des *Krimifestivals* stattfinden. Falls der Täter tatsächlich wegen eines abgelehnten Manuskripts tötet, sollten wir für den Gewinner eine Buchveröffentlichung ausloben, um ihn zu ködern. Dem kann er hoffentlich nicht widerstehen.«

»Klingt vielversprechend«, meinte Ralf Münster. »Aber wer soll die Einsendungen lesen? Wir arbeiten jetzt schon fast rund um die Uhr. Und die *HAZ* wird dafür vermutlich auch keine Leute abstellen.«

»Das machen wir WG-ler«, bot Charlotte nach einem Blickwechsel mit Philipp an. »Außer uns beiden wird sicher die krimierfahrene Anneliese Grothe mitmachen. Zuerst legen wir eine Liste mit den Einsendern an. Die müssten Ihre Leute überprüfen. Wenn wir Glück haben, ist er schon mal auffällig geworden. Das Lesen der Manuskripte ist im Grunde nebensächlich. Wir machen das trotzdem. Dabei fällt uns hoffentlich etwas auf, was zum Vorgehen des Täters oder zum Profil passt.«

Beeindruckt nickte Benita Pauli.

»Schaden kann das Lesen jedenfalls nicht. Der Wettbewerb müsste in der *HAZ* angekündigt werden. Zusätzlich lassen wir Flyer drucken, die bei den Veranstaltungen des Krimifestivals ausgelegt werden.«

Nachdem sie noch Einzelheiten besprochen hatten, erkundigte sich Charlotte nach dem Stand der Ermittlungen im Fall der Fahrerflucht. Bereitwillig antwortete der Kommissar. Inzwischen war er über Charlottes und Philipps Rolle bei den Ermittlungen informiert.

»Bei dem abgefackelten Auto vom Messegelände handelt es sich tatsächlich um das Fluchtfahrzeug. Es war Tage zuvor in Stadthagen gestohlen worden. Durch den Brand konnten leider keine verwertbaren Spuren gesichert werden. Zeugen haben ausgesagt, dass sie an besagtem Abend noch einen weiteren Wagen auf der Hildesheimer Straße gesehen haben, der mit stark überhöhter Geschwindigkeit unterwegs war. Entweder waren das sogenannte Auto-Poser, die gern durch die nächtliche Stadt kacheln, oder es hat ein illegales Rennen stattgefunden.«

»Zum jetzigen Zeitpunkt gehen wir davon aus, dass Hauptkommissar Bremer ein Zufallsopfer war«, fügte die Staatsanwältin hinzu. »Ich war heute Vormittag kurz in der Klinik. Leider ist sein Zustand noch immer unverändert.« Dankbar schaute sie Charlotte an. »Wir alle sind froh, dass Sie Herrn Bremer in dieser schweren Zeit zur Seite stehen, Frau Stern. Wären Sie nicht bei ihm gewesen, hätte der Attentäter sein Ziel erreicht.«

»Könnte das bedeuten, dass es außer dem Unfallfahrer einen zweiten Täter gibt? Oder glauben Sie, der Fahrer befürchtet, dass Hannes ihn gesehen hat und ihn identifizieren könnte?«

»Beides ist möglich.«

»Weiß man, womit der Kerl Hannes umbringen wollte?«

»In der Spritze wurde Morphium nachgewiesen. Unbemerkt wäre die Dosis tödlich gewesen.«

»Wir müssen deine Aussage noch zu Protokoll nehmen, Charly«, sagte Martin. »Schade, dass du den Mistkerl nicht genauer beschreiben kannst. Den würde ich mir gern mal zur Brust nehmen.«

»Ich bin davon überzeugt, dass ich ihn kenne oder zumindest schon mal gesehen habe, aber ich kann ihn leider nicht einordnen. Mein Gedächtnis ist anscheinend nicht mehr das, was es mal war.«

»So vermummt, wie der Typ war, wundert mich das nicht.«

»Mich ärgert, dass ich euch nicht weiterhelfen kann.«

»Sie sind uns oft eine große Hilfe«, widersprach Frau Dr. Pauli. »Mit etwas Glück finden wir den Täter auf einem der Überwachungsvideos der Klinik oder auf einer Verkehrskamera. Die Bilder werden noch ausgewertet. Zurzeit sind die Kollegen mit den Aufnahmen im Umkreis der Seniorenresidenz beschäftigt. Leider konnte Herr Sievers den Täter nicht beschreiben, weil der ihn von hinten angegriffen hat.«

Münster war wenig zuversichtlich, dem Verbrecher durch Videoaufzeichnungen auf die Spur zu kommen.

»Ich fürchte, dieser Dreckskerl war so gut vorbereitet, dass er die Standorte der Kameras ausgekundschaftet und umgangen hat. Das wäre nicht das erste Mal.«

Zu Hause verließ Charlotte am frühen Abend den Wohnraum und lehnte sich in der Nähe der Treppe an eine Wand. Dort wartete sie, bis Philipp in Richtung seines Arbeitszimmers ging.

»Pst, pst …«

Amüsiert blieb er vor seiner Lebensgefährtin stehen.

»Meinen Sie mich, schöne Frau?«

»Wen sonst?«

Sie umrahmte sein Gesicht mit beiden Händen und küsste ihn leidenschaftlich.

»Oh!« Erwartungsvoll drückte er sie an sich. »Willst du mich hier in der Halle verführen? Unsere Freunde werden schockiert sein.«

»Um sie zu schonen, müssen wir das wohl auf später verschieben«, ging sie darauf ein. »Hast du inzwischen mit unseren beiden Sturköpfen gesprochen?«

»Ich habe sie eben in mein Arbeitszimmer gebeten. Sie werden gleich kommen.«

Zufrieden nickte Charlotte. Philipp würde bestimmt mehr erreichen. Deshalb zog sie sich in die Küche zurück.

Der Professor stand am Fenster und schaute in den Garten, als Anneliese und Conrad nach kurzem Anklopfen eintraten.

»Setzt euch bitte.«

Die Strick-Liesel nahm auf dem kleinen Sofa Platz, der Wetterfrosch wählte einen Sessel gegenüber.

»Worum geht es?«, fragte er dabei, worauf Philipp nähertrat, aber stehen blieb.

»Ihr zwei seid zusammen fast 140 Jahre alt. Und ihr habt jede Menge Lebenserfahrung. Richtig?«

Beide nickten.

»Habt ihr trotzdem noch nie davon gehört, dass man miteinander reden muss, wenn Probleme auftauchen?«

Conrad blickte verlegen auf seine Schuhspitzen, Anneliese auf ihre im Schoß verschränkten Hände.

»Eure Mitbewohner machen sich Sorgen um euch. Tut uns bitte den Gefallen und sprecht euch aus.« Damit verließ er den Raum und schloss die Tür von außen.

Zunächst herrschte Stille. Nachdenklich kam Conrad auf die Beine und ging ein paar Schritte auf und ab. Schließlich fasste er sich ein Herz und schaute Anneliese niedergeschlagen an.

»Mir ist klar, dass der Gentleman-Autor all das ist, was ich nicht bin: gut aussehend, charmant, aufmerksam, erfolgreich, vermögend … Er kann einer Frau so ziemlich alles bieten, was ihr Herz begehrt. Und jetzt – nach dem Anschlag auf ihn – muss ihm jemand beistehen. Ich weiß, dass ich gegen ihn keine Chance habe.«

»Schläfst du deshalb neuerdings auf dem Sofa?«

»Ich wollte dich nach der Lesung abholen und dich in unser kleines Restaurant zum Abendessen ausführen. Vor der Residenz sah ich die Einsatzkräfte. Du bist mit den Sanitätern rausgekommen und hast Sievers' Hand gehalten. Michael Riedel hat mir später erzählt, was passiert ist. Dazu die romantische Atmosphäre im Wintergarten …«

»Daraus hast du was geschlossen?«

»Dass der Typ dich mir mit allen Mitteln wegnehmen will. Dass es ihm verdammt ernst ist. Aber das ist es mir auch.«

»Du bist also eifersüchtig.«

»Natürlich bin ich das.«

»Eifersucht ist eine Leidenschaft, die mit Eifer sucht, was Leiden schafft.«

»Was meinst du damit?«

»Habe ich dir je einen Grund gegeben, an mir zu zweifeln?« Betreten schüttelte er den Kopf.

»Warum fragst du mich nicht einfach, was *ich* will?«

»Weil ich Angst vor der Antwort habe«, gestand er leise. »Rena ist damals mit einem anderen durchgebrannt. Deshalb habe ich mir geschworen, nie wieder zu lieben. Das hat jahrelang funktioniert, bis ich dich getroffen habe. Da ist es einfach passiert. Seitdem fürchte ich, dass auch du eines Tages genug von mir haben könntest.«

Mitfühlend stand sie auf und kam näher.

»Kennst du mich so wenig?«

»Eigentlich nicht ...« Schuldbewusst schaute er zu Boden. »Mit der Zeit war ich nicht mehr so verunsichert, aber der Krimischreiber hat sofort versucht, dich zu erobern. Plötzlich habe ich mich so unbedeutend gefühlt. Sievers ist ein Mann von Welt, und ich ...«

»Du bist der Mann, den ich liebe«, vollendete sie schlicht. »Das habe ich Georg heute Morgen nach langem Hin und Her unmissverständlich gesagt.«

»Wirklich?« Ein zaghaftes Lächeln huschte über sein Gesicht. »Kannst du mir altem Esel überhaupt verzeihen?«

»Habe ich eine Wahl? Unsere Mitbewohner bringen es fertig und sperren uns irgendwo zusammen ein, bis wir wieder auf der gleichen Welle reiten.« Sie fasste ihn bei den Schultern und drückte einen Kuss auf seinen Mund. »Das nächste Mal redest du sofort mit mir. – Nun lass uns in die Küche gehen. Die anderen warten sicher mit dem Abendessen auf uns.«

Tatsächlich saßen die Freunde bereits um den Eichentisch herum. Elli schenkte den Neuankömmlingen Tee ein, Charlotte rückte den Brotkorb in deren Reichweite. Dabei wechselte sie einen Blick mit Anneliese, die nickte.

»Alles im grünen Bereich.«

»Das wurde aber auch Zeit«, grummelte Albert. »Gute Stimmung ist wichtig für eine Kompanie.«

»Jawohl, Herr General!«

Da nun Louis Armstrong in ihrer Jackentasche »What a wonderful world« sang, legte die Strick-Liesel das Messer aus der Hand und zog ihr Smartphone hervor.

»Sorry.« Sie sah, dass es sich um den Eingang einer WhatsApp-Nachricht handelte, und tippte auf das Icon. »Anscheinend hat Georg ein neues Telefon. Er schreibt, dass ihn nichts mehr in Hannover hält und seine Tochter ihn abholt.« Sie legte das Handy auf den Tisch. »Nur schade, dass dadurch die Lesung für die Eichengrund-Bewohner ausfällt. Die Nachfrage war groß.«

Spontan bot Philipp seine Hilfe an.

»Im Vergleich zu einem Bestsellerautor wie Sievers bin ich nur ein unbedeutender Schreiberling. Trotzdem würde ich seinen Termin übernehmen, wenn du das möchtest.«

»Sehr gern sogar«, freute sich die Strick-Liesel. »Dein Krimi ist mindestens genauso spannend. – Und ich muss nicht fürchten, noch mal angebaggert zu werden.«

Vielsagend zwinkerte er ihr zu.

»Bist du sicher, Anne?«

KAPITEL 30

Die zweite Hälfte der Nacht verbrachte Philipp auf der Intensivstation am Bett des Hauptkommissars. Am frühen Morgen löste Anneliese den Professor ab, der beim Verlassen der Klinik sein Handy einschaltete. Auf der Mailbox fand er eine Nachricht der Oberstaatsanwältin, die um Rückruf bat, was er sofort tat.

Das Frühstück hatte Elli wie stets verlässlich vorbereitet. Die Freunde ließen sich die erste Mahlzeit des Tages schmecken. Philipp gesellte sich zu seinen Mitbewohnern und wünschte einen guten Morgen. Behutsam legte er die Hand auf die Schulter seiner Lebensgefährtin und setzte sich neben sie. Unaufgefordert schenkte sie ihm eine Tasse Kaffee ein und reichte ihm den Korb mit den knusprigen Brötchen. Wie gewöhnlich griff er nach dem dunklen Kornkrüstchen und schnitt es auf.

Auf Charlottes fragenden Blick hin schüttelte er den Kopf. Es gab keine Veränderung. Wie gern würde er mit besseren Nachrichten heimkommen und Charlotte von der Sorgenlast befreien.

Während die Damen später den Tisch abräumten, ging er nach oben, um zu duschen.

Erfrischt erschien er bald bei Charlotte, die in ihrem Wohnzimmer mit dem Tablet-PC auf dem Sofa saß.

Ein verwunderter Blick traf ihn.

»Solltest du nicht in deinem Bett sein?«

»Ich lege mich nach dem Mittagessen ein Stündchen aufs Ohr.« Er schob ein paar Klamotten beiseite und setzte sich neben Charlotte. »Bist du wieder eingeschlafen, nachdem ich heute Nacht aufgebrochen bin?«

»Zuerst nicht«, gestand sie. »Ich werde einfach die Augen von dem Kerl nicht los, der Hannes umbringen wollte.« Leise seufzte sie. »Vor ein paar Minuten hat Frau Dr. Pauli angerufen. Der Flyer ist fertig.« Sie übergab ihm das Tablet, worauf er den Werbezettel auf dem Bildschirm studierte.

»Sieht professionell aus.«

»Münster hat einen Freund, der Grafiker ist. Der hat die halbe Nacht daran gearbeitet, nachdem Marlenes Chef sein Okay gegeben hatte. Morgen steht der Wettbewerb in der *HAZ*. Die ersten Flyer werden heute Abend bei der Lesung im Landgericht ausgelegt.«

»Das hat ja schnell geklappt. Hoffentlich fällt der Täter auf den Schwindel rein.«

»So könnte wenigstens der *Plagiator* verhaftet werden. Ich wünschte, dass sie in dem anderen Fall auch endlich weiterkämen. Allerdings sagt mir mein Bauchgefühl, dass der Unfallfahrer nicht mit dem Attentäter aus der Klinik identisch ist. Somit gäbe es zwei Täter.«

»Nach allem, was wir bislang wissen, halte auch ich das für wahrscheinlicher.«

Niedergeschlagen strich sie sich über die Stirn.

»Wenn ich mich nur erinnern könnte, woher ich diese Augen kenne!«

»Am Bett deines Freundes hatte ich Zeit, darüber nachzudenken, wie man deine Erinnerung mobilisieren könnte.«

»Und?« Erwartungsvoll schaute sie ihn an. »Dir ist bestimmt etwas eingefallen. Was muss ich tun?«

»Nicht so hastig«, bat er. »Was mir vorschwebt, ist intensiver und geht tiefer als eine kognitive Befragung.«

»Hypnose?«

»Forensische Hypnose etwas abgewandelt – ja. Es gibt einen Raum in uns, in dem wir vollkommene Freiheit empfinden können, frei von Ängsten, Blockaden, Erwartungen und negativen Erfahrungen. Viele Patienten vergleichen das Erleben einer Trance mit dem angenehmen Zustand kurz vor dem Einschlafen, wenn man eher in Bildern denkt und der Körper zur Ruhe kommt. Allerdings kann ich nicht vorhersagen, wie du auf diese Methode reagierst und ob es überhaupt den gewünschten Erfolg bringen würde.«

»Mach einfach. Ich vertraue dir voll und ganz.«

»Das ehrt mich, Sternchen, aber wir müssen vorher darüber sprechen, was dich erwartet.«

Zuerst berichtete er von der soliden Hypnoseausbildung, die er vor Jahren absolviert hatte. Er sprach von der häufigen Angst des Patienten vor Kontrollverlust und auf welche Weise ein Therapeut jemanden durch gezielte Formulierungen in einen veränderten Bewusstseinszustand geleitete. Fast jeder Mensch könne durch Hypnose in einen Trancezustand versetzt werden. Vorausgesetzt, er war in der Lage, sich zu konzentrieren und eine bildhafte Vorstellung zu aktivieren. Das Gehirn bräuchte seine volle Konzentration und blende alles Unwichtige aus. Gegen den eigenen Willen könne Hypnose nicht gelingen. Eines der Ziele war, das kritisch-rationale Denken in den Hintergrund treten zu lassen, während eine bildhafte Informationsverarbeitung einsetzen und Vorstellungen auf allen Sinneskanälen aktiviert würden. Auf diese Weise war es dem Hypnotiseur möglich, sich mit dem Klienten in eine Situation hineinzubegeben, als würde er sie tatsächlich erleben. Anschließend würde dieses neue Bild verankert und für das Hier und Jetzt nutzbar gemacht.

»In der Trance behältst du die Kontrolle über dich. Wenn du willst, kannst du den hypnotischen Prozess jederzeit unterbrechen oder beenden«, schloss der Professor seine Ausführungen. »Hast du Fragen dazu?«

Charlotte schüttete beeindruckt von seinen Aufführungen den Kopf.

»Gut. Denk darüber nach, ob du diese Vorgehensweise wirklich möchtest. Falls du inzwischen Bedenken hast, verstehe ich das.«

»Meinetwegen können wir sofort anfangen.«

»Bist du sicher?«

»Ja.«

»Okay.«

Er stand auf und räumte die Klamotten vom Sofa auf einen Sessel. Charlotte streckte sich auf dem Polster aus. Auch diesmal hatte sie nichts dagegen, dass er die Sitzung mit seinem Smartphone aufzeichnen wollte.

Philipp rückte einen Sessel nahe an die Couch und setzte sich. Zunächst begann er mit der Entspannungsphase.

»Du bist vollkommen ruhig und entspannt«, sagte er schließlich mit gleichbleibend sanfter Stimme. »Dein Atem geht ruhig. Du fühlst dich wohl. Nun zähle bitte von 100 langsam rückwärts.«

»100 ...«

»Nach jeder Zahl verdoppelt sich deine Entspannung.«

»99 ...«

»Du bist körperlich und geistig vollkommen entspannt.«

»98 …«

»Du bist noch tiefer entspannt. Du lässt los.«

Die nächste Zahl war nur noch ein Murmeln.

»Wenn ich deine Stirn berühre, öffnen wir zusammen die Tür zur Vergangenheit.« Behutsam strich er mit den Fingerspitzen über ihre Stirn. »Ich zähle jetzt von drei rückwärts bis eins. Bei eins wirst du ein paar Tage in die Vergangenheit zurückgeführt – bis in die Klinik, in der dein Freund Hannes auf der Intensivstation im Koma liegt.« Abermals strich er über ihre Stirn. »Drei: Du gehst rückwärts in der Zeit, bis du erfährst, dass Hannes einen Unfall hatte. Du bist sehr besorgt um deinen Freund. – Zwei: Am nächsten Abend ruft Marlene an. Du löst sie in der Klinik ab. – Eins: Du sitzt mitten in der Nacht bei Hannes auf der Intensivstation. Was tust du?«

»Ich lese ihm eine Detektivgeschichte vor«, kam es leise über ihre Lippen. »Aber auch darauf reagiert er nicht.«

»Du bist müde, sehr müde. Du nickst ein. Was nimmst du wahr?«

»Ein Geräusch … Ich schrecke auf …«

Ihre Augen zuckten unruhig unter den geschlossenen Lidern.

»Was siehst du zuerst?«

»Hannes … An seinem Bett steht ein Arzt …«

»Was tut er?«

»Er steckt eine Spritze in die Infusionsflasche. Das kommt mir merkwürdig vor …«

»Wie reagierst du?«

»Ich schreie ihn an: Wer sind Sie? Was machen Sie da?«

»Antwortet er?«

»Nein, er dreht sich zu mir um und starrt mich an.«

»Jetzt halten wir die Zeit an. Beschreib mir bitte den Arzt.« Philipps Stimme wurde noch sanfter. »Hab keine Angst. Lass es einfach zu. Er wird dir nichts tun.«

»Er trägt einen langen blauen OP-Kittel. Die OP-Haube

hat er weit in die Stirn gezogen. Sein Gesicht verdeckt ein breiter hellblauer Mundschutz. Nur die Augen sind zu sehen.«

»Welche Farbe haben sie?«

»Ich glaube, grau.«

»Halte seinem Blick stand. Schau dir seine Augen an – solange du willst.«

»Sie kommen mir bekannt vor ...«

»Du kennst diese Augen, diesen Blick. Du kennst dieses Gesicht.«

»Wahrscheinlich ...«

»Ganz bestimmt. Du hast es schon mal gesehen.«

Philipp beugte sich etwas vor. Nun näherten sie sich dem wichtigsten Punkt. Er war gespannt, ob es funktionierte.

»Schau dir diese Augen ganz genau an, Charlotte. Und nun stell dir vor, der Mann hebt die Hände und nimmt die Maske ab. – Wen siehst du?«

»Oh, mein Gott!«

KAPITEL 31

Die Oberstaatsanwältin hatte am Vormittag kurzfristig einen Besprechungstermin anberaumt, zu dem ein Beamter der Stadtverwaltung aus dem Bereich Kultur geladen war. Außer Benita Pauli nahmen noch Holger Beski und Hauptkommissar Münster daran teil.

Die Frage, ob die Entscheidung noch haltbar war, das Krimifestival unter den gegebenen Umständen weiterhin stattfinden zu lassen, wurde lebhaft diskutiert. Laut einer Umfrage der Tageszeitung hatten sich 52 Prozent der Befragten für eine Fortsetzung ausgesprochen, 39 Prozent dagegen – dem Rest war es egal.

Benita Pauli hielt einen Abbruch für angebracht, Beski wollte das Festival bis zum Ende durchziehen. Münster war zunächst gegen einen vorzeitigen Abbruch, weil er fürchtete, der Täter könne sich deswegen aus dem Staub machen. Der Abgesandte der Stadt tendierte zum Fortsetzen, erbat sich aber Bedenkzeit.

»So kommen wir nicht weiter«, beendete Frau Dr. Pauli die Diskussion. Sie wandte sich an Beski und den Kulturvertreter. »Ich kann Ihren Standpunkt durchaus verstehen, meine Herren. Nachdem es Hannover nicht zur Kulturhauptstadt geschafft hat, wäre das vorzeitige Ende des Krimifestivals eine weitere Niederlage für den Kulturbereich. Andererseits können wir eine Fortsetzung nicht länger verantworten. Trotz zahlreicher Schutzmaßnahmen gelingt es dem Täter anscheinend problemlos, sich einem Autor in Tötungsabsicht zu nähern. Dass Georg Sievers den Anschlag überlebt hat, ist nur einem glücklichen Umstand zu verdanken. Vielleicht wurde der Mörder vor Vollendung seines Werkes gestört. Oder er fürchtete, die Residenz nicht rechtzeitig verlassen zu können, ohne entdeckt zu werden. Wir können nicht riskieren, dass der *Plagiator* beim nächsten Opfer so präzise vorgeht wie bei den ersten Morden.«

Wie vor einigen Minuten brachte Beski ein Gegenargument vor.

»Es gibt aber keine Garantie, dass er aufhört, wenn das Krimifestival abrupt endet und die auswärtigen Autoren abreisen. Hier in der Stadt leben über 100 Schriftsteller. Da hat er freie Auswahl. Es ist vollkommen unmöglich, die alle zu schützen.«

»Es lässt sich kaum vorhersagen, was der Täter als Nächstes vorhat. Auch sein Motiv liegt noch im Dunkeln.« Ralf Münster würde kein Wort über das Profil verlieren. Über den fingierten Wettbewerb ebenso wenig. Der Kreis der Eingeweihten musste so klein wie möglich gehalten werden. »Fakt ist, dass wir ihm so viele Steine wie möglich in den Weg legen müssen, um Zeit zu gewinnen.«

»Deshalb habe ich mir eine für beide Seiten zufriedenstellende Lösung überlegt.« Erwartungsvolle Blicke trafen die Oberstaatsanwältin. »Das, was ich Ihnen vorschlage, ist technisch machbar und kann aus psychologischer Sicht bedenkenlos umgesetzt werden.« Sie ließ ihren Blick von einem zum anderen schweifen. »Die restlichen Veranstaltungen werden online stattfinden. Immerhin leben wir in der Stadt, in der eine Firma den *Location-Award 2021* für Online-Formate gewonnen hat.«

»Und was ist mit den verkauften Eintrittskarten?«

»Die können zurückgegeben oder bei einer späteren Veranstaltung benutzt werden.«

»Aber das ist … ein finanzieller Verlust«, stotterte Beski.

»Diese Einnahmen sind fest eingeplant. Ebenso wie die der Buchverkäufe.«

»Betrachten Sie es mal von der anderen Seite«, sagte sie geduldig. »Mit Online-Lesungen erreichen Sie viel mehr Interessenten – weltweit. Bieten Sie einen sofortigen Bestellservice für signierte Exemplare an. Wenn der Kunde bezahlt hat, unterschreibt der Autor nach der Lesung seine Werke, und Sie verschicken sie.«

»Hmm …«

Während er das Für und Wider abwog, schaute sie den Hauptkommissar an.

»Was sagen Sie dazu?«

»Wie sieht es mit dem Schutz der Autoren aus?«

»Ich plädiere dafür, dass alle, die für keine Veranstaltung gebucht wurden, so schnell wie möglich abreisen. Dazu geben wir noch eine Pressemitteilung raus, damit wir wirklich alle Betroffenen erreichen. Die noch anstehenden Lesungen werden mit den verbleibenden Autoren an einem geheimen Ort aufgezeichnet. Anschließend sollten sie sofort die Stadt verlassen. Die hannoverschen Autoren werden gewarnt.«

»Diese Vorgehensweise klingt Erfolg versprechend. Und sie würde uns auf alle Fälle Zeit verschaffen.«

Ihr Blick wechselte zum Buchhändler.

»Herr Beski?«

Dem Mann schien klar zu sein, dass er keine andere Wahl hatte.

»Kann ich auch bei den Online-Lesungen die Anmoderation übernehmen?«

»Meinetwegen.«

»Was ist mit der Lesung heute Abend im Landgericht? So kurzfristig können wir die nicht absagen.«

»Das wird die letzte öffentliche Veranstaltung sein.«

»Okay.« Ihm fiel noch etwas ein. »Bekomme ich Unterstützung bei der Einrichtung des Bestellservices?«

»Wir kümmern uns darum.«

»Danke.«

Ungefragt stimmte nun auch der Mann aus dem Kulturbüro zu.

»Wir werden in den sozialen Medien für die Online-Lesungen werben und dabei hervorheben, wie flexibel die Stadt Hannover mit dem Problem umgeht.«

KAPITEL 32

Erschrocken über Charlottes entsetzen Ausruf legte Philipp die Hand auf ihre Schulter.

»Sei ganz ruhig. Ich bin bei dir. Sag mir, wen du siehst.«

»Fink! Es ist Staatsanwalt Fink!«

»Erkennst du ihn deutlich?«

»Ja!«

»Das hast du sehr gut gemacht. Du wirst dich an alles erinnern, was du gesehen und erlebt hast.«

Der erfahrene Psychologe wusste, wie wichtig die Rückholung, die langsame Herausführung aus der Trance, war. Schritt für Schritt nahm er die Vertiefung, die Entspannung und die Induktion zurück.

»Ich zähle jetzt von eins nach fünf.« Abermals legte er die Hand auf ihre Stirn. »Eins: Wir gehen langsam in die Realität zurück ... Zwei: Deine Arme und Beine fühlen sich nicht mehr schwer an ... Drei: Deine Atmung normalisiert sich ... Du öffnest deine Augen.«

Ihre Lider flatterten zunächst, dann schlug sie die Augen auf.

»Vier: Nimm dir Zeit, um deinen Körper wahrzunehmen, den Raum um dich herum, die Geräusche ... Fünf: Du bist zurück im Hier und Jetzt, bist hellwach und voller Energie.«

Charlotte blieb noch einen Moment ruhig liegen. Philipp

schaltete die Aufnahmefunktion seines Smartphones aus, erhob sich und setzte sich neben seine Lebensgefährtin.

»Wie fühlst du dich?«

Sie horchte in sich hinein.

»Gut.«

»Erinnerst du dich an das, was du gesehen hast?«

»An jede Einzelheit. Du bist ein Genie.«

»Das war deine Leistung, nicht meine.«

»Aber ohne deine Hilfe hätte ich das nicht geschafft.« Sie rückte näher und lehnte sich an ihn. »Im Normalzustand wäre ich nie auf Fink gekommen. Nun fällt mir auf, dass auch Größe und Figur des Attentäters zu ihm passen. Auch wie er sich bewegt hat.« In banger Erwartung schaute sie ihn an. »Oder kann es sein, dass ich mich geirrt habe? Dass ich etwas gesehen habe, was ich unbewusst unbedingt sehen wollte? Weil ich von den Differenzen zwischen Hannes und Fink wusste?«

»Das halte ich für ausgeschlossen. Trotzdem muss dir klar sein, dass das, was wir hier gemacht haben, keine Beweiskraft hat.«

»Aber ich kann den Kollegen sagen, in welche Richtung sie ermitteln müssen und nach wem sie auf den Überwachungsbändern suchen sollten.«

»Glaubst du, dass Fink auch der Unfallfahrer ist?«

Sie überlegte einen Moment.

»Eigentlich nicht. Es gehört eine Menge dazu, jemanden mit voller Absicht zu überfahren. Dazu das unkalkulierbare Risiko, ob man selbst unverletzt und ungesehen davonkommt. So eine offene Konfrontation passt nicht zu Fink. Ich halte ihn für einen hinterhältigen Feigling, der nur aktiv wird, wenn das Opfer total wehrlos ist. Außerdem sollte das Risiko vor Entdeckung so gering wie möglich sein. Beides trifft auf den Anschlag in der Klinik zu.«

»Wärst du nicht zufällig im Zimmer gewesen, wäre Fink, wie jeder andere Arzt, hinein- und hinausgegangen. Irgendwann hätte die diensthabende Schwester festgestellt, dass Hannes Bremer nicht mehr lebt, was bei der Schwere seiner Verletzungen durchaus nicht ungewöhnlich wäre. Niemand wäre auf den Gedanken gekommen, dass jemand nachgeholfen haben könnte.«

»Das wäre der perfekte Mord gewesen«, fügte sie schaudernd hinzu. »Diesmal kommt er nicht ungestraft davon. Ich fahre nach dem Mittagessen zu Frau Dr. Pauli.«

Charlotte hatte die Oberstaatsanwältin nicht erreicht, ihr aber eine WhatsApp-Nachricht hinterlassen, dass sie dringend mit ihr sprechen müsse, und 14 Uhr vorgeschlagen. Gegen Mittag kam die knappe Antwort: »Gern.«

Mit neuem Elan hantierte Conrad in der Küche. Aus zwei Auflaufformen duftete die Spinat-Schafskäse-Lasagne mit Champignons und Pinienkernen. Zum Dessert verwöhnte er die Freunde mit frischen Himbeeren auf Vanilleeis. Während Elisabeth das Haus verließ, um Anneliese am Krankenbett abzulösen, half Charlotte dem Wetterfrosch, die Küche aufzuräumen. Philipp ging unterdessen nach oben, um ein wenig Schlaf nachzuholen.

Bei strahlendem Sonnenschein fuhr Charlotte über die Hildesheimer Straße Richtung Innenstadt. Mit einem mulmigen Gefühl in der Magengegend passierte sie die Stelle in Höhe des Döhrener Turms, an der Hannes verunglückt war. Sie verscheuchte die Schreckensbilder und konzentrierte sich auf den Verkehr. Über Aegi, Schiffgraben und Hinüberstraße erreichte sie den Volgersweg, an dem die Staatsanwaltschaft Hannover ihren Sitz hatte. Sie entdeckte auf Anhieb einen Stellplatz, stieg aus und zog ein Parkticket.

Das Büro der Oberstaatsanwältin befand sich in der fünften Etage. Zwar war Charlotte schon einmal dort gewesen, aber das war lange her, sodass sie sich nach Verlassen des Aufzugs kurz orientierte. Das neue Arbeitszimmer der Oberstaatsanwältin musste am Ende des langen Flurs liegen. Deshalb wandte sie sich nach rechts.

Vor einem der hohen Fenster stand ein Mann, der, ihr den Rücken zugekehrt, telefonierte. Obwohl sie bequeme Sneakers trug, schien er das leise näherkommende Geräusch ihrer Schuhsohlen zu hören. Mit dem Handy am Ohr drehte er sich herum – und riss die Augen auf. Unwillkürlich verlangsamte Charlotte ihre Schritte. Fink! Mit genau diesem Blick hatte er sie auf der Intensivstation angestarrt. Am liebsten hätte sie diesen Kerl sofort zur Rede gestellt. Es kostete sie Mühe, sich zu beherrschen. Sie brachte es sogar fertig, ihm zuzunicken, während sie an ihm vorüberging. Sollte er sich nun in Sicherheit wiegen, würde er bald merken, dass das ein Fehler war. Seit ihrem ersten Aufeinandertreffen war dieser Mann für sie so etwas wie das rote Tuch für den Stier. Fink war es Ende des letzten Jahres gelungen, Philipp in Untersuchungshaft zu bringen. Alle an den Ermittlungen Beteiligten waren von seiner Unschuld überzeugt, aber der Staatsanwalt hatte sich auf den Professor als Täter festgelegt und ließ sich nicht belehren. Erst dem Eingreifen seiner Vorgesetzten Benita Pauli war es zu verdanken, dass Philipp freigekommen war.

Charlotte spürte seinen bohrenden Blick in ihrem Rücken. Sie widerstand der Versuchung, über ihre Schulter zu schauen, und ging langsam weiter bis zur Tür, neben der ein Schild mit dem Namen der Oberstaatsanwältin hing. Rasch sah Charlotte auf ihre Armbanduhr. Sie war zehn Minuten zu früh und beschloss zu warten. Die Zeit der Juristin war knapp bemessen.

Kaum hatte sie sich abgewandt, wurde die Tür von innen geöffnet.

»Kommen Sie, Frau Stern. Sie wurden angekündigt.«

In ihrem Arbeitszimmer deutete Benita Pauli auf die Besucherstühle vor ihrem Schreibtisch. Voller Erwartung schaute sie ihren Gast an.

»Ihre Idee mit dem Krimiwettbewerb ist kaum noch zu toppen. Ich bin gespannt, was Sie noch aus dem Hut zaubern.«

»Den Mann, der Hannes Bremer für immer ausschalten wollte.«

»Ist nicht wahr.« Sie verschränkte die Finger ineinander und beugte sich etwas vor. »Ihnen ist eingefallen, zu wem die Augen des Vermummten aus der Klinik gehören?«

»Ganz so war es nicht.«

Ohne etwas auszulassen erzählte Charlotte von ihrer ersten Erfahrung mit Hypnose, von dem, was sie in Trace erlebt hatte, und dass das mit ihrer Aussage bei der Polizei übereinstimmte. Schließlich gelangte sie an den Punkt, an dem sie aus ihrer Erinnerung kein gespeichertes Bild hatte abrufen können. Die Person, die zu den Augen gehörte, war im Dunkel verborgen geblieben – bis Philipp ihr den entscheidenden Rat gab, sich vorzustellen, dass der Mann die Maske ablegte.

»Und? Spannen Sie mich nicht auf die Folter. Wer war es? Kenne ich ihn?«

»Es war Ihr Kollege Ansgar Roderick Fink.«

»Fink? Ich fasse es nicht!« Sie war sichtlich bestürzt. »Das muss ich erst mal sacken lassen.«

»Mich hat es zuerst auch erstaunt, aber inzwischen wurde mir klar, dass es mit meiner Wahrnehmung über Größe und Statur des Attentäters zusammenpasst. Außerdem weiß ich, dass Hannes nach den Ermittlungen im Dezember an ihm drangeblieben ist, weil er überzeugt war, dass Fink in dem Fall mit drinsteckte.«

Nachdenklich nickte die Oberstaatsanwältin.

»Soviel ich weiß, sind die zahlreichen sichergestellten Speichermedien aus dem Besitz der Haupttäterin von den IT-Leuten der Kripo noch nicht vollständig ausgewertet. Es fehlt eben überall an Fachkräften. Ob die darauf etwas finden, das Fink belastet, bleibt abzuwarten.«

»Hannes hat mir vor ein paar Wochen erzählt, dass ihm Fink zufällig im Präsidium über den Weg gelaufen ist. Er hat den Staatsanwalt wohl damit provoziert, dass es für ihn noch nicht vorbei sei. Daraufhin hat Fink ihm gedroht, ihn fertigzumachen. Hannes hat das anscheinend nicht ernst genug genommen und mir gegenüber gescherzt, falls er mal mit einem Messer im Rücken aufgefunden würde, solle man Finks Alibi überprüfen.«

Dr. Pauli stand auf und trat an die niedrigen Regale, die eine gesamte Wandseite einnahmen. Zwischen unzähligen Aktenstapeln stand ein Tablett mit einer Wasserflasche und Gläsern darauf. Sie füllte zwei davon und reichte das eine an Charlotte weiter.

»Fassen wir mal zusammen: Wir wissen, dass Fink und Bremer einander nicht leiden können. Fink fürchtet, dass Bremer keine Ruhe gibt, bis er etwas gegen ihn in der Hand hat. Das ist ein Motiv, ihn auszuschalten. Nach dem Unfall ergibt sich die Gelegenheit, den Hauptkommissar für immer loszuwerden. Fink beschafft sich OP-Kleidung. Die man übrigens problemlos im Internet bestellen kann. Wir haben das recherchiert. Die OP-Haube, die Sie beschrieben haben, nennt sich *Astro-Haube* in Helmform. Wenn man dazu einen Mundschutz trägt, sind tatsächlich nur noch die Augen sichtbar. So ausstaffiert wird man in einem Krankenhaus kaum gefragt, ob man wirklich Arzt ist.«

»Auf diese Weise kommt man mit etwas Glück auch auf die Intensivstation.«

»Richtig. Wenn es sich bei dem Mann um Fink handelte, nehme ich an, dass er Sie im Zimmer gesehen hat, aber seinen Plan dennoch durchziehen wollte. War das nun leichtsinnig oder überheblich? Immerhin hat er Sie schon einmal unterschätzt.«

»Hat er nicht generell ein Problem mit Frauen?«

»Unbestritten.« Die Staatsanwältin lächelte, griff nach ihrem Glas und nippte daran. »Er fühlte sich vermutlich vollkommen sicher vor Entdeckung. Womit er gar nicht so falsch lag. Sie haben ihn in seiner Verkleidung nicht erkannt.«

»Trotzdem bin ich inzwischen sicher, dass ich Fink in der Klinik gesehen habe, aber Philipp meinte, das würde vor Gericht nicht anerkannt.«

»Das ist leider richtig. Nur Informationen, die im normalen Wachzustand erlangt werden, haben vor Gericht Bestand.«

Aus Charlottes Sicht war das nicht zeitgemäß.

»Warum ist das so? Forensische Hypnose ist kein Hokuspokus, sondern mittlerweile wissenschaftlich anerkannt.«

Die Oberstaatsanwältin erklärte, dass die Strafprozessordnung in Deutschland Vernehmungsmethoden von Beschuldigten und Zeugen verbieten würde, die den freien Willen beschnitten. Nur unter zwei Voraussetzungen war die Forensische Hypnose zugelassen: wenn der jeweilige Zeuge einverstanden war, und wenn die zuständige Staatsanwaltschaft zustimmte. Gerichtlich verwendbar war allerdings nur das, was der Zeuge in der Vernehmung *nach* der Hypnose aussagte. Über den tatsächlichen Wahrheitsgehalt hypnotischer Erinnerungen konnte man letzten Endes erst Aussagen treffen, wenn andere Beweise diese Erinnerungen stützten.

Das machte auch für Charlotte Sinn, obwohl sie bedauerte, dass man Fink dadurch nicht sofort zur Rechenschaft ziehen konnte.

»Das Ergebnis der Hypnose kann aber dazu beitragen, die Polizei auf die richtige Spur zu bringen und dadurch die Ermittlungen voranzutreiben.«

»Genau«, bestätigte die Juristin. »Deshalb werde ich Hauptkommissar Münster noch heute informieren, damit er weiß, wonach sie auf den Überwachungsvideos suchen müssen. Wenn sie Fink oder sein Auto entdecken, wird es eng für ihn – sehr eng.«

KAPITEL 33

Gedankenverloren verließ Charlotte das Gebäude der Staatsanwaltschaft. Sie musste Geduld haben. Das fiel ihr unter normalen Umständen nicht leicht. In diesem besonderen Fall erst recht nicht. Aber ihr blieb keine Wahl. Sie selbst konnte nichts mehr ausrichten. Frau Dr. Pauli war erleichtert, dass es nun eine Spur gab, die sie weiterverfolgen konnten. Sie würde tun, was nötig war.

»Charlotte!«

Sie blickte auf und sah den Rechtsmediziner auf sich zukommen. In der Hand trug er die inzwischen abgewetzte Lederaktenmappe, die sie ihm zu seinem 40. Geburtstag geschenkt hatte.

»Grüß dich, Horst. Was tust du denn hier?«

»Ich war als Gutachter in einem Prozess bestellt. – Und wo warst du?«

»Bei Frau Dr. Pauli.« Sie deutete die Straße hinunter. »Hast du Zeit für einen Kaffee?«

Erfreut nickte er, worauf sie sich bei ihm einhängte.

Bis zu dem kleinen Café waren es nur wenige Schritte. Um das milde Frühlingswetter zu genießen, setzten sie sich an einen Tisch im Freien unter einen aufgespannten Sonnenschirm. Charlotte entschied sich für Cappuccino, ihr Begleiter wählte aufgrund seiner Diät Filterkaffee ohne Milch und Zucker.

Die Getränke wurden rasch serviert.

»Du bist immer noch eisern dabei?«

»So leicht gebe ich nicht auf – auch wenn es manchmal schwerfällt. 18 Kilo sind mittlerweile runter.«

»Deine Disziplin ist bewundernswert.«

»Was tut man nicht alles für die Gesundheit?«

»Das steht dir jedenfalls. Gut siehst du aus.«

»Du auch.« Mit leichter Sorge musterte er sie. »Obwohl in letzter Zeit ziemlich viel auf dich eingestürmt ist. Gibt es etwas Neues von Hannes?«

»Sein Zustand ist unverändert. Das macht mir Angst. Müsste er nicht längst aufgewacht sein?«

»Wenn jemand bei einem Unfall ein Schädel-Hirn-Trauma erleidet und ins Koma fällt, kann er in der Regel durch nichts geweckt werden. Das Koma kann mehrere Stunden, Tage oder gar Wochen anhalten.«

»Warum kann das so unterschiedlich lange dauern?«

»Dafür kommen mehrere Gründe infrage. Zunächst die Schwere des Schädel-Hirn-Traumas. Außerdem könnte der Druck im Inneren des Schädels weiterhin erhöht und die Hirnfunktion durch Wassereinlagerungen im Hirngewebe gestört sein. Die Stoffwechselvorgänge können in Teilen des Gehirns stark beeinträchtigt sein.«

»Das klingt nicht gerade beruhigend.«

Ein bedauernder Ausdruck erschien auf seinem etwas schmaler gewordenem Gesicht.

»Ich will dir nichts vormachen: Solange der Patient komatös ist, liegt immer noch eine akute Erkrankung des Gehirns vor.«

Ein leichtes Frösteln überzog ihre Haut. Sie umfasste die warme Tasse mit beiden Händen und starrte auf die kunstvolle *Latte Art* im Milchschaum.

»Welche Prognose würdest du stellen? – Ganz ehrlich.«
Bedächtig wiegte er den Kopf. Er zog ein Taschentuch hervor und putzte sich die Nase.

»Entschuldige. Ich habe mir bei der Leichenschau am Kopperloch nasse Füße und einen Schnupfen geholt.« Umständlich steckte er das Papiertaschentuch ein. Dabei war ihm klar, dass Charlotte auf seiner Einschätzung bestehen würde. »Zu deiner Frage: Wie sich die Folgen einer Schädel-Hirn-Verletzung äußern, hängt auch von der betroffenen Hirnregion ab. Es ist gut möglich, dass mit dem Aufwachen des Patienten sämtliche geistige Funktionen wiederkehren.«

»Und wenn nicht?«

»Darüber sollten wir uns zum jetzigen Zeitpunkt keine Gedanken machen.«

»Trotzdem möchte ich wissen, was unter Umständen zurückbleibt. – Bitte, Horst.«

»Eine allgemeine Aussage über die Prognose bei einem Schädel-Hirn-Trauma zu treffen, ist schwierig, weil eventuelle Folgen vom Ausmaß der Verletzung abhängen. Aus einer Hirnverletzung können motorische Störungen wie schlaffe oder spastische Lähmungen resultieren, aber auch geistige Einschränkungen sind möglich.« Eindringlich blickte er ihr in die Augen. »Hannes ist ein Kämpfer. Er schafft das.«

»Hoffentlich …«, murmelte sie und setzte die Tasse an die Lippen. »Sonst triumphiert Fink am Ende doch noch.«

»Wieso Fink?«

Sie erzählte dem Freund, auf welche Weise Philipp ihr geholfen hatte, die Augen aus dem Intensivzimmer einer Person zuzuordnen. Horst war sichtlich beeindruckt.

»Von Forensischer Hypnose habe ich gehört, aber ich wusste nicht, dass das so gut funktioniert.«

»Für mich war das auch eine ganz neue Erfahrung.«

»Woher wusstest du eigentlich, dass nachträgliches Zumischen von Medikamenten in eine Infusionslösung vermieden werden sollte?«

»Das war nur so ein Gefühl«, gestand sie. »Was genau bewirkt eigentlich eine Überdosis Morphium?«

»Die Hauptgefahr bei der Überdosierung mit Morphin und anderen Opioiden ist die Dämpfung des Atemzentrums, die zur Bewusstlosigkeit und schließlich zum Atemstillstand führen kann. Deshalb muss man bei einer Morphin-Überdosis schnell handeln. Man spritzt sogenannte Opioid-Antagonisten direkt in die Blutbahn, damit sie die Morphin-Andockstellen blockieren und somit einen lebensbedrohlichen Atemstillstand verhindern.«

Seit dem frühen Nachmittag saß Elisabeth am Bett des Hauptkommissars. In ihren Händen lag ein kleines Buch mit rosafarbenem Einband. Sie liebte Gedichte und hatte ihm einige davon vorgelesen. Inzwischen war sie bei einem ihrer Lieblingsgedichte angekommen: *Willkommen und Abschied* von Johann Wolfgang von Goethe.

»Und doch, welch Glück, geliebt zu werden. Und lieben, Götter, welch ein Glück!« Sie ließ den Gedichtband in ihren Schoß sinken. »Ist das nicht wundervoll? Der alte Goethe wusste, was Liebe ist, und konnte dieses Gefühl herrlich in Worte kleiden.« Sie betrachtete den reglos Daliegenden. »Habe ich Ihnen erzählt, wie ich meinen Mann kennengelernt habe? Nein, ich glaube nicht. Und wenn ich Sie langweile, sagen Sie einfach, ich soll den Mund halten. In Ordnung?« Natürlich erwartete sie keine Antwort. Deshalb plauderte sie weiter. »Damals war ich 18. Können Sie sich vorstellen, dass ich mal so jung war? Wahrscheinlich nicht.« Ihr Blick schweifte in die Ferne. »Den blonden Achim habe ich auf der Geburtstagsfeier meiner Freundin Renate kennengelernt. Er war ein entfernter Cousin von ihr und bei den Mädels sofort Hahn im Korb. Ich fand das ziemlich peinlich, wie sie um ihn herumscharwenzelten und ihm schöne Augen machten. Obwohl … Er war tatsächlich viel attraktiver und ein paar Jahre älter als die anderen Jungs. Eben ein Mann: groß und kräftig – und er hatte dieses ansteckende Lachen. Außerdem war er der Sohn eines Unternehmers. Na ja, sein Vater hatte eine kleine Fabrik, in der irgendwelche Teile für landwirtschaftliche Geräte hergestellt wurden. Achim hat Maschinenbau in Darmstadt studiert. Er war so was wie der Traum aller Schwiegermütter. Mich hat dieses ganze Theater um ihn nicht interessiert. Irgendwann ging mir das scheinheilige Getue der anderen auf die Nerven, und ich habe mich in die Küche verzogen, in der ein Berg Geschirr wartete. Renates Eltern waren verreist, und sie sollte nicht am nächsten Morgen alles allein aufräumen und abwaschen müssen. Nach einer Weile kam Achim herein und fragte, warum sich das hübscheste Mädel des Abends in der Küche versteckt.« In Erinnerung an diese Szene lächelte sie. »Ich habe ihm gesagt, dass er sich das Gesülze sparen kann und sich verziehen soll. Er hat mich verblüfft angeguckt, sich ein Handtuch geschnappt und angefangen abzutrocknen.«

»Cooler … Typ …«

»Ja, das war er. Außerdem hatte er …«

Ungläubig hielt sie inne und richtete den Blick auf Hannes. Hatte er das gerade wirklich gesagt? Oder hatte sie sich diese leisen Worte eingebildet? Seine Augen waren nach wie vor geschlossen. Wahrscheinlich neigte sie zu Halluzinationen. Sie stand auf und trat ans Fenster.

»Jedenfalls haben wir uns beim Abwasch unterhalten. Überraschend ernsthaft und ohne Hintergedanken. Am nächsten Tag ist er abgereist, und ich habe nichts mehr von ihm gehört. Nach drei Wochen kam ein Brief mit einem Liebesgedichт. Acht Monate später hat er mir einen Heiratsantrag gemacht.«

»Kluger ... Mann ...«

Elli wirbelte herum und setzte sich ans Bett. Verwundert stellte sie fest, dass sich offenbar nichts am Zustand des Patienten geändert hatte. Reglos und mit geschlossenen Augen lag er da. Aber sie hatte doch seine Stimme gehört. Zwar leise, aber deutlich.

»Herr Bremer«, sprach sie ihn an und fasste nach seiner Hand. »Sind Sie wach?«

Keine Reaktion. Enttäuscht lehnte sie sich zurück. Im nächsten Moment nickte er leicht mit dem Kopf.

Erwartungsvoll beugte sie sich vor und griff abermals nach seiner Rechten.

»Wenn Sie mich verstehen, drücken Sie bitte meine Hand.«

Sein Druck war nicht fest, aber spürbar.

»Wunderbar«, lobte sie ihn. »Ich gehe kurz raus und hole einen Arzt.«

»Warten ... Sie.« Hannes mobilisierte anscheinend seine Kräfte und hielt ihre Hand fest. Es kostete ihn sichtlich Mühe, die Augen zu öffnen. »Was ist ... passiert?«

»Sie hatten einen Unfall. Alles andere wird Ihnen der Doktor sagen.«

Gegen Abend betrat Charlotte die Klinik. Sie hatte Elisabeth versprochen, sie um 18 Uhr abzulösen, und war eine Viertelstunde über die verabredete Zeit. Neben der Tür zur Intensivstation saß ein Polizeibeamter, den Charlotte nicht kannte. Sie nannte ihm ihren Namen und klingelte. Eine junge Schwester erschien und erkundigte sich ebenfalls, wer sie sei und zu wem sie wollte.

»Sie sind Frau Stern? Der Doktor hat gesagt, er möchte mit Ihnen sprechen, wenn Sie kommen.«

Beunruhigt folgte sie der Schwester, wobei sie sich nach dem Grund für ein Gespräch fragte. Eine Verschlechterung von Hannes' Zustand? Nur das nicht, flehte sie insgeheim.

»Warten Sie bitte hier. Der Doktor ist noch bei einem Patienten.«

Mit diesen Worten verschwand die junge Frau. Unruhig ging Charlotte auf und ab. Mit jeder Minute wurde sie nervöser. Sprach etwas dagegen, im Zimmer des Freundes zu warten? Dort könnte sie Elli fragen, ob sie wusste, was los war – und sie ablösen. Entschlossen ging sie den Flur entlang. Im Näherkommen sah sie die offenstehende Tür. Alarmiert fragte sie sich nach dem Grund. Es musste etwas passiert sein! Ein schrecklicher Gedanke schoss durch ihren Kopf. Unwillkürlich verlangsamte sie ihre Schritte, um die Wahrheit hinauszuzögern. Schließlich blieb sie stehen und schaute in den Raum. Das Bett war weg!

»Nein …«, flüsterte sie, wobei Tränen in ihre Augen schossen. Wie ferngesteuert betrat sie das Krankenzimmer, registrierte die dunklen Monitore und die Abwesenheit von Elisabeth. Normalerweise wäre die Freundin nicht einfach gegangen. Hatte man sie nach Hause geschickt, weil …? Verzweifelt sank Charlotte auf den Stuhl neben der Tür und schlug die Hände vors Gesicht.

Nach einer Weile hörte sie Geräusche vom Flur her. Sie suchte in ihrer großen Tasche, fand ein zerdrücktes Päckchen *Tempo* und nestelte ein Papiertuch heraus. Während sie die feuchten Spuren von ihren Wangen wischte und die Nase putzte, wurde ein Bett hereingeschoben. Zwei Schwestern manövrierten es an seinen Platz in der Mitte der Wand und machten sich an den medizinischen Geräten zu schaffen. Anscheinend wurde der Raum bereits neu belegt. Müde stand Charlotte auf, um sich zurückzuziehen. Dabei konnte sie einen Blick auf den Patienten werfen. Sie glaubte, ihren Augen nicht zu trauen. Hannes! Erneut füllten sich ihre Augen mit Tränen. Grenzenlos erleichtert trat sie näher und sah, dass einer der inzwischen angeschlossenen Monitore den Herzschlag des Patienten anzeigte.

»Gott sei Dank«, murmelte sie und wandte sich um. An der Tür stand Dr. Kramke und bat sie zu sich.

Im Arztzimmer berichtete er ihr, dass Hannes aus dem Koma erwacht sei und was die folgenden Untersuchungen ergeben hatten.

»Das Schlimmste ist überstanden, Charlotte. Ich bin zuversichtlich, dass es nun bergauf geht. Allerdings braucht dein Freund noch reichlich Ruhe und wird viel schlafen.«

»Ich bin so froh, dass er aufgewacht ist.« Trotzdem war sie noch besorgt. »Kannst du schon sagen, ob etwas zurückbleiben wird?«

»Soweit wir das bislang beurteilen können, sind die körperlichen Funktionen nicht beeinträchtigt.«

»Und die geistigen?«

»Der Patient hat Gedächtnislücken, aber das ist zu diesem Zeitpunkt kein Grund zur Beunruhigung. Beispielsweise erinnert er sich absolut nicht an das Unfallgeschehen. Andererseits weiß er genau, dass er eigentlich gar keine Zeit hat, in der Klinik zu liegen, weil er den *Plagiator* fangen muss.«

Darüber konnte sie schon wieder lächeln.

»Das ist typisch Hannes. – Darf ich zu ihm?«

Er nickte und begleitete sie hinaus. Auf dem Flur stand Elisabeth. Die zierliche Seniorin wirkte etwas verloren. Charlotte ging auf sie zu und umarmte sie.

»Du hast dazu beigetragen, dass Hannes aufgewacht ist. Wie hast du das gemacht?«

»Ich habe ihm nur ein paar Geheimnisse aus meinem Leben erzählt.« Schuldbewusst schaute sie die Freundin an. »Der

Doktor hat mich in die Cafeteria geschickt, weil die Untersuchungen eine Weile dauern. Ich wollte dich gleich benachrichtigen, aber die Batterie von meinem Handy war leer.« Sie benutzte das mobile Telefon selten und stand mit dessen Bedienung immer noch auf Kriegsfuß. »Ich dachte, dass ich es dir sagen kann, wenn du gleich kommen würdest.«

»Alles gut.« Charlotte berichtete, was die Untersuchungen ergeben hatten. »Fahr nach Hause, Elli. Ich bleibe wie verabredet hier, bis Marlene um 22 Uhr kommt.«

Jedes Geräusch vermeidend, setzte sich Charlotte an das Bett des Freundes. Um ihn nicht zu wecken, verhielt sie sich ganz still. Sie holte den Hannover-Krimi aus der Tasche, aus dem sie ihm heute hatte vorlesen wollen. Dieses Buch kannte sie selbst noch nicht. Sogleich vertiefte sie sich darin. Zwischendurch stand sie einige Male auf und bewegte sich auf leisen Sohlen durch den Raum. »Spannend?«, hörte sie nach fast drei Stunden die leise Stimme des Freundes, worauf sie lächelnd aufsah.

»Sehr sogar.« Sie klappte das Buch zu. »Wie fühlst du dich?«

»Als wäre ich … mit Vollgas von einem Auto … erwischt worden.«

»Ach, Hannes …« Sie nahm seine Hand und drückte sie ein wenig. »Du hast mir einen Wahnsinnsschrecken eingejagt.«

»Soll nicht … wieder vorkommen.«

»Das will ich dir auch nicht raten. In den letzten Tagen bin ich um Jahre gealtert.«

»Sieht man dir … gar nicht an.« Er versuchte ein Lächeln, was aber nicht ganz gelang. Erschöpft fielen ihm die Augen zu.

KAPITEL 34

Mit Hannes' Erwachen hatte sich die Stimmung der WG-ler schlagartig gebessert. Erleichtert versammelten sie sich in der Küche zum Frühstück. Anneliese hatte ihr Tablet dabei. Durch ihr *HAZ+-Abo* war sie meistens die Erste, die frühmorgens einen Blick in die Zeitung geworfen hatte.

»Die haben das mit dem Krimiwettbewerb geschickt aufgezogen.« Lächelnd schaute sie Conrad an, der ein Croissant auf ihren Teller legte. »Danke, mein Lieber. – Die Zeitung schreibt, dass sie nach all den schrecklichen Ereignissen im Zusammenhang mit dem Krimifestival etwas Positives beitragen möchte. Die Vorgaben sind eindeutig.« Mit einem Finger wischte sie über das Display, worauf die aufgerufene Seite sichtbar wurde. »Die Autoren müssen einen Bezug zu Hannover haben, der Krimi muss fertig geschrieben sein, die Vita und ein Exposé müssen beiliegen. Der Einsendeschluss ist mit dem Ende des Krimifestivals angegeben. Das wäre in knapp einer Woche.«

»Wenn jemand einen fertigen Roman in der Schublade hat, dürfte das kein Problem sein.« Charlotte konnte es kaum erwarten loszulegen. »Ich bin gespannt, was da auf uns zukommt. Für die Einsendungen wurde ein Extra-Mailpostfach eingerichtet. Pia hat mir gestern Abend die Zugangsdaten geschickt.«

»Wer weiß eigentlich, dass der Wettbewerb ein Fake ist?«

»Außer uns nur Frau Pauli, Münster, Pia und Martin. Und natürlich Marlene und ihr Chef bei der *HAZ*. Die Veranstalter vom Krimifestival sind nicht eingeweiht.«

»Steht etwas über die gestrige Lesung in der Zeitung?«, wollte Philipp wissen. »Gab es Zwischenfälle?«

»Es wird über eine gelungene Veranstaltung berichtet. Tote gab es offenbar nur auf dem Papier.«

»Das war zu erwarten, weil das Landgericht ein ohnehin gut gesicherter Ort ist. Selbst dem *Plagiator* wäre es schwergefallen, dort reinzukommen, um einen Mord vorzubereiten.«

»Und da die restlichen Veranstaltungen online stattfinden, war es das hoffentlich mit dieser schrecklichen Mordserie.«

»Und es kehrt endlich Normalität ein«, fügte Elisabeth zuversichtlich hinzu, schüttelte dann jedoch den Kopf. »Jedenfalls so lange, bis bei euch die ersten Entzugserscheinungen auftreten und ihr, aller Vernunft zum Trotz, wieder auf Verbrecherjagd geht.«

Dennis Eisner war sauer – stinksauer. Eine Streifenwagenbesatzung hatte ihn am frühen Morgen zum Verhör abgeholt. Allmählich fühlte er sich wie ein Dauergast im hannoverschen Polizeipräsidium. Ungeduldig saß er im Vernehmungsraum und wartete auf seinen Rechtsbeistand. Mit einer Kaskade wüster Beschimpfungen empfing er den Anwalt. Schließlich drohte er, ihm das Mandat zu entziehen, wenn er nicht dafür sorgen würde, dass diese ständigen Vernehmungen endlich aufhörten. Dem Juristen gelang es, Eisner halbwegs zu beruhigen.

Mit einem prall gefüllten Aktendeckel trat der Hauptkommissar in Begleitung seiner Kollegin Wagner ein. Die Beamten setzten sich zu den Wartenden an den Tisch.

Vor der offiziellen Vernehmung durch Ralf Münster brachte Anwalt Schulz eine Beschwerde vor, die der Kommissar mit unbewegter Miene zur Kenntnis nahm.

»Dann können wir wohl anfangen.« Sein Blick wechselte zu dem Mann, der immer noch als Hauptverdächtiger galt. »Herr Eisner, Sie wurden kürzlich gefragt, ob Sie sich vom 4. bis 6. April ausschließlich in Bremen aufgehalten haben. Damals haben Sie das bejaht. – Bleiben Sie bei dieser Aussage?«

»Sicher.«

»Warum sagen Sie uns nicht die Wahrheit?« Er schlug die Akte auf und nahm das Foto eines Mittelklassewagens heraus, das er auf den Tisch legte. »Unsere Ermittlungen haben ergeben, dass Sie sich am Nachmittag des Todes von Erpo Tennstedt diesen Wagen gemietet haben und nach Hannover gefahren sind.«

Trotzig verschränkte der Mann die Arme vor der Brust.

»Und wenn ... Das beweist gar nichts.«

»Erzählen Sie uns, aus welchem Grund Sie in Hannover waren. Um Ihren Freund zu ermorden?«

»Schwachsinn. Ich habe ihn nur beobachtet, weil ich wissen wollte, wobei ich ihn stören würde.«

»Sie waren eifersüchtig«, übernahm Pia, »und wollten rausfinden, ob er Ihnen untreu ist.«

»Ist das vielleicht verboten?«

»Mangelndes Vertrauen ist allenfalls verwerflich, aber nicht verboten. Jemanden zu töten, schon. Sie haben Ihren Lebensgefährten in der Begleitung eines anderen Mannes gesehen und daraus geschlossen, dass er Sie betrügt. Deshalb haben Sie ihn zur Rede gestellt. Die Situation eskalierte, und Sie haben ihn umgebracht.«

»Bullshit!«

»Möglicherweise war er nicht das erste Mal untreu«, ging sie darüber hinweg. »Sie waren darauf vorbereitet, ihn zu ertappen, und wollten sich an ihm rächen. Ihr Vorgehen war genau geplant. Damit handelt es sich um vorsätzlichen Mord.«

Nun schaltete sich sein Anwalt ein.

»Haben Sie irgendeinen Beweis für Ihre Theorie – außer einem Foto von einem Leihwagen?«

»Erpo Tennstedt hat Herrn Eisner kurz vor seinem Tod angerufen. Aber es kam keine Verbindung zustande, weil Ihr Mandant das Handy in seinem Hotelzimmer in Bremen zurückgelassen hat, damit man seinen Aufenthalt in Hannover zum Zeitpunkt des Todes nicht anhand des Bewegungsprofils lokalisieren kann.«

»Genauso gut könnte mein Mandant einfach nur vergessen haben, das Telefon einzustecken.«

»Ach, wirklich?« Spöttisch blickte Münster von einem zum anderen. Aus seiner Akte zog er ein Porträtfoto heraus und schob es gut sichtbar zwischen beide auf den Tisch. »Kennen Sie diesen Mann?«

Eisner schüttelte den Kopf.

»Wer soll das sein?«

»Ein Kollege Ihres Lebensgefährten. Georg Sievers. Sein Bild war gestern in allen Zeitungen.«

»Ich lese keine Zeitung.«

»Wo waren Sie vorgestern Abend zwischen 21 und 22 Uhr?«

Eisner schien einen Moment zu überlegen.

»Zu Hause.«

»Kann das jemand bezeugen?«

»Ihnen dürfte bekannt sein, dass der Mann, mit dem ich zusammengelebt habe, tot ist. Deshalb war ich allein zu Haus.«

»Etwas anderes hätte mich gewundert.« Nacheinander legte er ein Foto von Erpo Tennstedt, Loretta Lamar und Askold Radelsfahr dazu. »Diese drei Autoren wurden grausam ermordet. Sie haben für keinen der ermittelten Todeszeiträume ein Alibi.«

»Sie unterstellen meinem Mandanten, Erpo Tennstedt aus Eifersucht umgebracht zu haben. Aus welchem Grund sollte er danach noch zwei Menschen getötet haben? Leute, die ihm völlig unbekannt sind.«

»Dabei könnte es sich um Vertuschungstaten handeln«, antwortete Pia, ohne zu zögern. »Um von sich abzulenken.«

»Da Sie offenbar nur nicht belegbare Theorien vorzuweisen haben, werden wir gehen.« Er gab seinem Mandanten ein Zeichen und erhob sich. »Kommen Sie.«

Die Ermittler hatten nicht genug in der Hand, um einen Haftbefehl für den Verdächtigen zu erwirken. Notgedrungen ließ der Hauptkommissar Eisner mit seinem Anwalt ziehen.

»Halten Sie sich zu unserer Verfügung.«

In ihrem Büro ließ Münster seinen Frust raus.

»Ich habe es satt! Und das nicht zu knapp!«

Pia blieb ruhiger und warf die Kaffeemaschine an.

»Ich würde Eisner auch mit Vergnügen festnageln, aber allmählich fürchte ich, dass er nicht unser Täter ist.«

»Warum nicht? Alles spricht gegen ihn.«

»Der Typ hat nicht die Geduld, einen Mord bis ins kleinste Detail zu planen. Und wahrscheinlich nicht das nötige Knowhow, jemanden umzubringen, ohne Spuren zu hinterlassen.«

»Immerhin war er mit einem Krimiautor verbandelt. Er könnte von Tennstedt und dessen Romanfiguren gelernt haben, wie man dabei vorgeht.«

Nicht überzeugt schüttelte Pia den Kopf. Sie war seit einigen Jahren bei der Mordkommission und hatte mehr Erfahrung auf diesem Gebiet. Der Kollege gehörte erst seit Anfang des Jahres zu diesem Dezernat.

»Das glaube ich nicht.« Sie warf einen Blick auf die blubbernde Maschine. »Was ist eigentlich mit Fink? Den würde ich lieber heute als morgen in die Zange nehmen.«

»Die Oberstaatsanwältin will erst die Auswertung der Kameraaufzeichnungen abwarten. Leider genügt die Aussage von Frau Stern nicht. Wenn Fink zu früh von ihren Angaben erfährt, ist er gewarnt und kann sich darauf einstellen. Frau Pauli möchte das Überraschungsmoment auf ihrer Seite haben.«

Am Nachmittag betrat Charlotte die Intensivstation. Da Hannes schlief, setzte sie sich auf den Stuhl an seinem Bett. Sie war froh und dankbar, dass der Freund die kritische Phase überstanden hatte. Zwar würde seine Genesung noch dauern, aber es ging bergauf.

Nachdenklich betrachtete sie das entspannte Gesicht des Mannes, der ihr näherstand als ihr eigener Bruder. Andreas ... Mit der Zeit war sein Bild in ihrer Erinnerung verblasst. Wenige Tage nach seinem 18. Geburtstag war er ohne ein Wort gegangen. Vor fast 40 Jahren. Seitdem hatte er sich nicht gemeldet. Weder bei den Eltern noch bei seiner einzigen Schwester. Niemand aus der Familie hatte je wieder etwas von ihm gehört. Am meisten hatte ihre Mutter darunter gelitten. Insgeheim hatte sie ihrem Mann die Schuld gegeben, weil er oft zu streng mit dem Jungen gewesen war. Beide lebten nicht mehr. Charlotte hatte ihren Bruder nicht informieren können. Seit seinem Verschwinden fragte sie sich, ob sie etwas falsch gemacht hatte, ob sie hätte erkennen müssen, dass ihr Bruder Probleme mit sich herumschleppte oder unglücklich war. Wäre sie aufmerksamer gewesen, hätte sie ihm möglicherweise helfen können.

Vor vielen Jahren hatte sie Hannes von ihrem Bruder erzählt. Daraufhin hatte der Freund versucht, ihn durch Polizeimittel aufzuspüren. Vergeblich. Ein Andreas Arndt im passenden Alter war in Deutschland nirgends gemeldet. Anfragen bei den Kollegen in Österreich und der Schweiz brachten ebenfalls nicht den gewünschten Erfolg. Andreas blieb unauffindbar. Vielleicht war er ausgewandert oder hatte einen anderen Namen angenommen. – Schlimmstenfalls hatte er durch einen Unfall sein Gedächtnis verloren oder war ums Leben gekommen. Unwillkürlich füllten sich ihre Augen mit Tränen. Diese Ungewissheit war so quälend, dass Charlotte stets soweit wie möglich verdrängte, dass sie irgendwo auf dieser Welt einen Bruder hatte, der anscheinend nichts mit ihr zu tun haben wollte.

»So nachdenklich?« Hannes' leise, aber kräftiger gewordene Stimme schreckte sie aus ihren Gedanken. »Du siehst besorgt aus. Ist was passiert?«

Verstohlen wischte sie sich über die Wangen.

»Nein, alles gut.«

»Komm schon«, drängte er sanft. »Was ist los?«

»Ich habe an Andreas gedacht.«

»Du musst endlich versuchen, mit diesem Kapitel abzuschließen.«

»Das gelingt mir leider nicht.«

»Solange du dir immer noch Vorwürfe machst, wird dich das immer, wenn du an ihn denkst, runterziehen. Du hast dir nichts vorzuwerfen. Es war die Entscheidung deines Bruders zu verschwinden.«

»Ich weiß. Trotzdem möchte ich es wenigstens verstehen. Warum ist er gegangen – ohne ein Wort, ohne Erklärung? Diese Fragen werden mich wohl ein Leben lang begleiten.« Unbewusst straffte sie die Schultern. »Egal. Jetzt möchte ich erst mal hören, wie es dir geht.«

»Wenn man den Ärzten glauben darf, erhole ich mich erstaunlich schnell. Die Verletzungen heilen gut, und das

Chaos in meinem Kopf legt sich.« Jungenhaft zwinkerte er ihr zu. »Jedenfalls habe ich dich sofort erkannt.«

»Welch ein Glück. Dann muss ich dir nicht von mir und meinen Schwächen erzählen. Du kennst sie seit Langem.«

»Eine davon scheine ich zu sein. Ich habe in den letzten Tagen deine Stimme gehört, die von eurer Strick-Liesel, von der reizenden Frau Seegers und von deinem Professor. Marlene hat gesagt, dass du sogar nachts an meinem Bett gesessen hast.«

»Wir haben uns hier abgewechselt, damit immer jemand bei dir ist.«

»Und ich hatte bereits befürchtet, dass ich plötzlich zu den Gruftis zähle und man mich in eurer umtriebigen WG einquartiert hat.«

»Dafür bist du zu jung. Frag in zehn Jahren noch mal nach, ob wir einen Platz für dich frei haben.«

»Mach ich. Danke, Charly … für alles.«

KAPITEL 34,5

Wie gewöhnlich kam er erst in seiner Mittagspause dazu, die Zeitung zu lesen. Den Politikteil überflog er, der Wirtschaftsteil interessierte ihn nicht, mit Sport konnte er nichts anfangen. Den Hannover-Seiten und den Kulturnachrichten widmete er sich eingehend. Er las über den Sanierungsstau im *Ihme-Zentrum*, von Sperrungen für den Autoverkehr in der Altstadt und der Nutzung der Raschplatzhochstraße als Kulturbühne. Ein Artikel beschäftigte sich mit der erfolgreichen Lesung im Landgericht, der er beigewohnt hatte. Der Begeisterung des Verfassers konnte er sich nur teilweise anschließen. Inzwischen wusste er, dass dies die letzte Lesung vor Publikum war. Alle weiteren würden online stattfinden. Damit konnte er leben. Für die Umsetzung seiner Pläne war keine öffentliche Veranstaltung nötig. Anscheinend glaubte die Polizei, dass sie ihn auf diese Weise ausbremsen würde. Wie naiv! So einfach konnte man einen bösen Jungen nicht aufhalten. Von vornherein hatte er einkalkuliert, dass Polizei und Organisatoren die Festivalabläufe nach den ersten Toten ändern und die Sicherheitsvorkehrungen verstärken würden. Sogar einen Abbruch des Events hatte er für möglich gehalten, wodurch die meisten Autoren abgereist wären. Selbst das hätte seine Pläne keineswegs zunichtegemacht. Immerhin gab es in Hannover ansässige Schriftsteller, auf die er notfalls zurückgreifen konnte. Zwar zählten sie nicht zu den allergrößten Stars am Literaturhimmel, dennoch hatte er einige davon sozusagen als stille Reserve in seine Pläne einbezogen. Er hatte an alles gedacht. Sie würden noch einsehen, dass er ihnen haushoch überlegen war.

Zufrieden mit sich blätterte er weiter und richtete den Blick auf die fettgedruckte Überschrift: KRIMIWETTBEWERB. Allein dieses Wort bewirkte, dass er feuchte Hände bekam.

Mit großem Interesse las er den Artikel – erst einmal, dann ein zweites Mal. Das war seine Chance! Wettbewerbsbeiträge wurden von Fachleuten gelesen. Bei Einsendungen an Verlage wusste man im Grunde nie, ob sie ein Manuskript ablehnten, weil es schlecht war, oder weil sie dort gar nicht die Zeit hatten, sich mit unverlangt eingeschickten Werken zu beschäftigen. Meist hieß es, das Buch würde nicht ins Programm passen. Bei seinem Krimi hatte es stets eine ausführlichere Begründung gegeben, die sich fast immer darauf bezog, dass die Geschichte unrealistisch sei.

Beim Erscheinen eines Kollegen faltete er die Zeitung unwirsch zusammen. Sorgfältig verstaute er die *HAZ* in seiner Aktentasche.

Selten hatte er dem Feierabend so ungeduldig entgegengefiebert. Kaum war er zu Hause, verschwand er in seinem Zimmer. Er warf seine Jacke über einen Stuhl und holte die Zeitung aus der Mappe. Am Tisch schlug er die Wettbewerbsseite auf und las den Artikel noch einmal gründlich. Die Bedingungen waren ideal für ihn. Es gab gewiss nicht viele hannoversche Autoren, die ein druckreifes Manuskript vorweisen konnten. Niemand würde etwas geschrieben haben, was so nahe an der Realität war. Das erhöhte seine Chancen. Er musste nur an sich und sein Talent glauben. Mit etwas Glück würde er mit dem Ruhm endlich eine Frau finden. Das war es, was ihn antrieb. Eines Tages würden alle zu ihm aufsehen, ihn bewundern – ohne zu ahnen, dass sein Krimi fast so etwas wie eine Biografie war. Sein erstes Werk trug den Titel: *Familiengruft*. Es sollte unter einem Pseudonym erscheinen. Seinen eigenen Namen hielt er für ungeeignet, für nicht klangvoll genug. Deshalb hatte er sich für den göttlichen Vornamen Elias entschieden. Dazu passte der Nachname Falke. Bei vielen alten Völkern spielten Falken eine Rolle in der Mythologie. So galt der majestätische Vogel bei den Kelten als Mittler zwischen dem Diesseits und dem Jenseits. Das gefiel ihm. Und es passte zu ihm. Seinen Lebenslauf hatte er kreativ darauf abgestimmt.

Noch einmal überflog er die Wettbewerbsbedingungen. Das Manuskript sollte zusammen mit einem Exposé und der Vita per Mail versendet werden. Kein Problem für ihn. Vor rund einem Jahr hatte er sich einen E-Mail-Account mit seinem Alias-Namen eingerichtet. Seinen privaten Internetzugang nutzte er dafür allerdings nicht. Damit vorläufig niemand von seiner Autorentätigkeit erfahren würde, suchte er stets ein Internetcafé auf, wenn er seinen Falke-Postkasten checkte. Sicher war sicher. Immerhin hatte es einmal einen Hackerangriff auf das System in seinem Betrieb gegeben. Seine nebenberuflichen Aktivitäten gingen nur ihn etwas an. Sie gehörten zu seinem anderen Ich, von dem niemand wusste.

Er stand auf und holte eine große Metallkassette aus dem Schrank. Zurück am Tisch, zog er das Schlüsselbund aus der Tasche und öffnete die Kassette. Darin befand sich eine kleine externe Festplatte, auf der all seine Geheimnisse gespeichert waren. Flink fuhr er seinen Laptop hoch und verband das Anschlusskabel des Speichermediums mit dem dafür vorgesehenen Port. Der Ordner *Familiengruft* war schnell auf den Desktop kopiert. Die Festplatte verschwand wieder in ihrer Metallaufbewahrung und diese im Schrank. Erst, nachdem sich alles an seinem angestammten Platz befand, setzte er sich und öffnete die Datei. Das Datum im Anschreiben war rasch aktualisiert. Seine Wohnanschrift gab er nicht an. Die Mailadresse musste vorläufig reichen. Noch wenige Korrekturen, nach denen er den gesamten Ordner auf einen USB-Stick verschob. Zufrieden klappte er das Notebook zu und ließ den Stick in seiner Hosentasche verschwinden. Nun musste er nur noch überlegen, in welches Internetcafé er gehen sollte. Er kannte etwa 20 davon in der Stadt und besuchte nie zweimal hintereinander dasselbe. In seiner besonderen Situation musste er sehr vorsichtig sein. Immerhin war er klug genug zu wissen, dass seine Ambitionen, ein berühmter Bestsellerautor zu werden, nicht so recht mit seinen mörderischen Aktivitäten zusammenpassten. Eigentlich sollte er Aufmerksamkeit vermeiden, aber er war davon überzeugt, dass man ihm nicht auf die Schliche kommen konnte. Er war gut im Manipulieren und wirkte auf seine Umwelt völlig harmlos. Ein stets freundlicher und hilfsbereiter Mensch konnte gar nicht in den Verdacht geraten, ein eiskalter Mörder zu sein.

Er nahm seine Jacke, warf sie über und verließ sein Zimmer.

»Ich muss noch mal weg!«, rief er im Vorbeigehen Richtung Wohnzimmer. Ohne eine Antwort abzuwarten, fiel die Haustür hinter ihm ins Schloss.

KAPITEL 35

Nach dem Abendessen verschwanden Charlotte, Anneliese und Philipp im Stiftungsbüro. Die Freundinnen setzten sich an die Schreibtische; der Professor nahm am Konferenztisch Platz.

Routiniert schaltete die Strick-Liesel ihren Computer ein, die Freunde jeweils ihr Notebook. Die Zugangsdaten für den Wettbewerbsaccount hatte Charlotte auf einem gelben Klebezettel notiert. Sie öffnete das Postfach und hob überrascht die Brauen.

»Oh!«

»Was?«, fragte Anneliese. »Nur Spams? Wenn ich meine Mails checke, finde ich neuerdings Werbung für Hörgeräte, Treppenlifte, oder Inkontinenzprodukte. Nicht zu vergessen, die Gesundheitstipps für Gruftis. Anscheinend hat sich längst rumgesprochen, dass das der Briefkasten einer alten Schachtel ist.«

»Wahrscheinlich hast du mal nach einer günstigen Arthrose-Salbe gesucht«, neckte Charlotte sie. »Oder nach Stützstrümpfen?«

»Sehr witzig.«

»Google merkt sich alles – ohne zu wissen, dass du trotz deines hohen Alters eine heiß begehrte Braut bist.«

»Das ist auch gut so«, erwiderte die Strick-Liesel trocken.

»Sonst würde ich noch Angebote für Reizwäsche erhalten. Kannst du dir mich in Spitzenhöschen und Strapsen vorstellen?«

Während Charlotte kichernd den Kopf schüttelte, unterdrückte Philipp ein Lachen.

»Was ist denn nun ›oh‹, Sternchen?«

»Bis jetzt sind neun Wettbewerbsbeiträge eingetrudelt.«

»Nicht schlecht für den ersten Tag.«

»Für jeden von uns drei. Ist euch das recht?«

Beide waren einverstanden.

»Gut. Ich leite sie euch weiter und lege für Pia eine Liste mit den Kontaktdaten der Autoren an.« Fragend blickte sie von einem zu anderen. »Laut Profil ist der Täter männlich. Sollen wir die Frauen von vornherein aussortieren?«

»Das würde ich nicht tun«, überlegte die Freundin. »Der Mörder könnte der Partner oder Ehemann einer verhinderten Autorin sein.« Um Verständnis bittend, wechselte ihr Blick zu Philipp. »Damit will ich deine Beurteilung des Täters nicht in Zweifel ziehen. Du bist der Fachmann. Trotzdem würde ich vorläufig nichts für unmöglich halten.«

»Das ist völlig okay«, stimmte der Professor ihr zu. »Ich bin nicht unfehlbar.«

»Wir behalten sie erst mal dabei«, sagte Charlotte und konzentrierte sich auf den Monitor. Die ersten drei Einsendungen schickte sie an Anneliese, die nächsten drei an Philipp. Danach erstellte sie eine *Excel*-Liste, in die sie die Namen und Adressen der Autoren eintrug. Bei zweien war nur eine Mailadresse angegeben. Sie hoffte, dass die Kollegen dennoch etwas damit anfangen konnten. Zumindest in der Meldedatei müssten die Namen zu finden sein.

Nachdem sie die Aufstellung ans Präsidium versandt hatte, schaute sie zu ihren Helfern hinüber, die bereits in ihre Lektüre vertieft waren.

Um die beiden nicht zu stören, öffnete sie das erste Exposé.

Auf dem morgendlichen Weg von ihrer Wohnung in Linden zum Büro im Volgersweg erreichte die Oberstaatsanwältin ein Anruf. Über die Lenkradtaste ihres MINI Cabrios nahm sie das Gespräch an.

»Pauli.«

»Pia Wagner hier.«

»Moin, Frau Wagner. Was gibt es?«

»Die Spedition auf der Rückseite der Klinik hat Kameraüberwachung. Auf den Aufzeichnungen haben wir etwas Interessantes entdeckt.«

»Fink?«

»Sieht so aus. Soll ich Ihnen die Videodatei ins Büro schicken?«

»Ich komme ins Präsidium. Bis gleich.«

Sie passierte gerade das Neue Rathaus Richtung Aegidientorplatz. Nach einem Blick in die Seitenspiegel setzte sie den Blinker und wechselte die Spur. Statt, wie ursprünglich geplant, in den Schiffgraben abzubiegen, fuhr sie um den Aegi herum und zurück auf den Friedrichswall, bog in die Lavesallee und schließlich in die Waterloostraße. Vorbei am Justizministerium erreichte sie das Polizeipräsidium.

Die Kommissare begrüßten die Oberstaatsanwältin auf dem Flur und baten sie in den Konferenzraum. Martin Drews hatte inzwischen alles vorbereitet, um die Aufnahmen auf dem breiten Wandmonitor wiederzugeben.

Bei einer Tasse Kaffee blickten sie gespannt auf das 55-Zoll-Display. Aus dem Blickwinkel der Überwachungskamera zu schließen, schien sie ziemlich weit oben angebracht zu sein. Vielleicht an einem Lichtmasten oder auf einem Dach. Trotz der nächtlichen Stunde war das Bild durch die Straßenbeleuchtung von guter Qualität, was auf eine hochwertige Kamera schließen ließ. Außer einem Teil des geschlossenen Tors der Transportfirma sah man einen Straßenausschnitt mit geparkten Autos am Bordstein sowie einen Metallzaun, der das Klinikgelände begrenzte. Zunächst war ein von rechts kommender schwankender Passant zu sehen, der den Abend offenbar in der Gesellschaft eines hochprozentigen Freundes verbracht hatte. Auf der linken Monitorseite verschwand er torkelnd aus dem Erfassungsradius der Kamera. Kurz darauf näherte sich im Schritttempo ein weißer SUV. Anscheinend war der Fahrer auf der Suche nach einem Parkplatz.

Mit der Fernbedienung hielt der Kommissar das Bild an und zoomte das Kennzeichen heran: H-AF 100. Es war klar und deutlich zu erkennen.

»Das ist Finks Wagen«, erklärte Pia missbilligend. »Dieser Giftzwerg braucht so eine protzige Karre für sein Ego.«

Benita Pauli kommentierte diese Worte nicht, verzog nur belustigt die Lippen. Insgeheim gab sie der Oberkommissarin recht. Staatsanwalt Fink wollte stets mehr darstellen, als er war. Wie viele klein geratene Männer versuchte er, mangelnde Größe mit lautstarker Rechthaberei zu kompensieren. Der Jurist war nicht nur ein Macho, sondern ein typischer Narzisst, der durch Selbsterhöhung und Selbstdarstellung Bewunderung erwartete. Demgegenüber reagierte er auf fehlende Anerkennung und Kritik mit Abwertung anderer sowie durch aggressives Verhalten.

»Hoffentlich behauptet Fink nicht, dass er seinen Toyota verliehen hat«, bemerkte Martin. »Oder dass er ihm gestohlen wurde.«

»Gestern stand sein Wagen tagsüber definitiv noch in der Tiefgarage Augustenstraße. Mein Dauerstellplatz befindet sich direkt gegenüber von seinem.«

Das beruhigte den Kommissar.

»Und wenn er sagt, dass er sein Auto in der Tatnacht verliehen hat, wird er uns ja wohl Auskunft darüber geben können, an wen.«

»Das beurteile ich genauso.« Die Staatsanwältin blickte von einem zum anderen. »Haben wir noch mehr?«

Beide schüttelten den Kopf.

»Das sollte vorläufig reichen. Holen Sie ihn zur Vernehmung her. Ich telefoniere inzwischen mit dem Richter.«

Während Pia und Martin unterwegs zur Staatsanwaltschaft im Volgersweg waren, ließ sich Benita Pauli von Hauptkommissar Münster über den Ermittlungsstand im Fall *Plagiator* unterrichten.

»Frau Stern hat uns gestern Abend eine Liste der Autoren geschickt, die bisher beim Wettbewerb mitmachen. Wir sind dabei, die Teilnehmer zu überprüfen. Bei zweien davon wird es allerdings schwierig werden.«

»Warum?«

»Sie benutzen offenbar ein Pseudonym und haben vergessen, ihren Klarnamen und ihre Adresse anzugeben.«

Darin sah die Oberstaatsanwältin kein Problem.

»Wenn die Ermittlungen bei den anderen ins Leere laufen, müssen eben die IT-Leute versuchen, die fehlenden Daten dieser beiden Autoren über die IP-Adresse rauszufinden.«

»So haben wir das geplant«, fügte er hinzu. »Ich bin gespannt, ob uns diese Aktion überhaupt was bringt, oder ob der Krimiwettbewerb eine Schnapsidee war.«

»Erfahrungsgemäß sind die Einfälle von Frau Stern unkonventionell – und gerade deshalb meist von Erfolg gekrönt. Auf den ersten Blick mögen ihre Methoden seltsam erscheinen, weil sie eine andere Herangehensweise bevorzugt. Ich habe längt aufgehört, mich darüber zu wundern.«

»Man erzählt sich, dass sie schon öfter das Ass im Ärmel des Morddezernats war. Bislang kenne ich sie ja nur von ihrem Einsatz im Internat Rabeneck. Und da war sie richtig gut.«

»Ohne sie wären die Kinder verloren gewesen«, stimmte sie zu. Und erzählte ihm von anderen komplizierten Fällen, bei denen Charlotte maßgeblich an der Aufklärung beteiligt gewesen war.

Nach einer Weile warf sie einen Blick zur Uhr, wobei sie sich fragte, warum es so lange dauerte, Fink ins Präsidium zu schaffen. Seit Charlottes Besuch hatte sie ein Auge auf ihn. Sie kannte seinen Terminkalender, wusste, woran er arbeitete und wann er bei Gericht agierte. Normalerweise müsste er um diese Stunde an seinem Schreibtisch sitzen.

Zwar lag bei ihr an diesem Vormittag nichts Wichtiges an, dennoch wurde sie allmählich ungeduldig. Sie zog ihr Smartphone aus der Tasche, um Pia Wagner anzurufen. Im nächsten Moment betrat die Kommissarin mit ihrem Kollegen den Nebenraum. Durch die Verbindungstür kamen die beiden herein. Ihnen war anzusehen, dass ihre Mission missglückt war.

»Was ist los? Hat Fink sich geweigert, Sie zu begleiten?«

»Der war nicht in seinem Büro.« Pia wirkte wütend. »Einer seiner Kollegen sagte, dass er heute gar nicht aufgetaucht ist. Deshalb sind wir zu ihm nach Hause gefahren. Da war er aber nicht. Sein Nachbar hat ihn gestern Abend gesehen. Angeblich hat er mehrere Koffer in sein Auto geladen und ist weggefahren.«

»Verflixt noch mal!« Verärgert sprang Benita Pauli auf. »Wie konnte er wissen, dass wir ihm auf der Spur sind? Gibt es hier eine undichte Stelle?« Sie wartete nicht auf eine Antwort. »Schreiben Sie Fink sofort zur Fahndung aus. Ich will ihn mir so schnell wie möglich vorknöpfen. – Und dann gnade ihm Gott!«

KAPITEL 36

Charlotte, Anneliese und Philipp beschäftigten sich in den nächsten Tagen überwiegend mit dem Lesen der eingesandten Manuskripte. Sie hatten sich die Texte auf ihre Tablets geladen, weil sie sich mit diesen leichten Geräten problemlos in Haus und Garten bewegen konnten. Gegen Mittag setzten sie sich zusammen auf die Terrasse in die warme Frühlingssonne, um ihre bisherigen Eindrücke auszutauschen.

»*Tod am Bahnhof* ist langweilig«, verkündete die Strick-Liesel. »Ein typisches Erstlingswerk. Wie ein Schulaufsatz. Da würde nicht mal ein gutes Lektorat helfen. Der Autor ist ein 17-jähriger Malerlehrling. Oder Azubi, wie das heutzutage heißt. Ich glaube nicht, dass der Junge zu irgendwelchen Gräueltaten fähig ist.« Nun wandte sie sich direkt an den Professor. »Vorsichtshalber könntest du das Exposé und die Vita aus Sicht des Psychologen beurteilen.«

Er nickte und gab das Wort durch einen Blick an Charlotte weiter.

»Mit dem zweiten Krimi bin ich durch. Mit 113 Seiten ist das wahrscheinlich eher ein Kurzroman. Die Story ist … Na ja: nix Neues, viele Klischees und eine miserable Rechtschreibung. Die Autorin ist eine junge Mutter, die nach eigenen Angaben immer gern geschrieben hat und Journalistin werden wollte, was aber nicht geklappt hat, weil sie nach der

Schulzeit schwanger wurde und inzwischen drei Kinder hat. Nun träumt sie davon, in Heimarbeit mit dem Schreiben Geld zu verdienen. Ich halte sie für harmlos.«

»Nimm dir bitte das nächste Manuskript vor«, bat Philipp. »Der Roman, den ich lese, stammt von einem Autor, der schon in Anthologien veröffentlicht hat. Trotz einiger Schwächen erscheint mir der Plot im Großen und Ganzen gut durchdacht. Aus der Vita des Mannes geht hervor, dass er ein selbstbewusster, von sich überzeugter Lehrer im Ruhestand ist. Ob ich ihn aus dem Kreis der Verdächtigen ausschließen werde, kann ich erst sagen, wenn ich mit dem Krimi durch bin.«

Es dauerte nicht lange, bis Elli die Freunde in die Küche rief. Auf dem Tisch standen eine Platte mit gebratenem Lachs, zwei Thermo-Saucieren mit Honig-Senfsoße und zwei Schüsseln mit buntem Gemüsereis.

»Köstlich«, lobte Charlotte, die ein absoluter Fischfan war. »Ich freue mich auf die Osterferien am Meer.« Philipp hatte ein großes Ferienhaus an der Ostsee gebucht. Anneliese und Conrad würden sie begleiten – und Anton natürlich. Albert wollte sich in dieser Zeit in einer Kurklinik behandeln lassen; Elisabeth plante, zu Hause zu bleiben und auf die Heimkehr ihres Enkels zu warten, dessen Studienjahr in Australien zu der Zeit endete.

»Wie sieht es denn mit euren Krimis aus?«, fragte Conrad. »Habt ihr bereits einen Verdächtigen?«

»So schnell geht das nicht«, erwiderte der Professor. »Nach dem Essen fahre ich übrigens zum Internat.«

»Obwohl ihr so viel mit dem Wettbewerb zu tun habt?«

»Anton muss sich darauf verlassen können, dass Absprachen eingehalten werden. Er ist mir wichtiger. Der Junge wartet auf mich. Ich werde ihn nicht enttäuschen.«

Während Charlotte lächelte, zeigten die anderen Senioren ebenfalls Verständnis für diese Entscheidung. Sie bewunderten, dass Philipp einmal in der Woche nach Rabeneck fuhr, um Zeit mit Anton zu verbringen. Neben Charlotte war er die wichtigste Bezugsperson für den Jungen geworden.

»Ich muss noch mal los«, ließ der General verlauten. »Mein Hörgerät piept. Wahrscheinlich geht die Batterie zur Neige.« Erstaunt schaute die Strick-Liesel ihn an.

»Seit wann hast du einen Lautsprecher im Ohr?«

»Seit einiger Zeit.«

»Warum wissen wir nichts davon?«

»Weil die Hilfsmittel immer mehr werden. Damit gehe ich nicht hausieren.« Er klopfte auf die Armlehne seines Rollis. »Es reicht, dass eins davon so offensichtlich ist.«

»Um dein Turbo-Modell beneiden dich bestimmt einige Leute. – Und du musst noch nicht mal einen Helm tragen, wenn du losdüst.«

»Im Gegensatz zu dir«, neckte Charlotte die Freundin. »Du hast deinen Kopfschutz inzwischen richtig lieb gewonnen, oder?«

»Und wie«, ging Anneliese darauf ein. »Es ist wirklich bedauerlich, dass die Rotkehlchen darin nisten. Nun muss ich in nächster Zeit leider oben ohne Rad fahren.«

»Vergiss es. Ich habe dir meinen Ersatzhelm mitgebracht. Der ist topmodisch und baumelt seit ein paar Tagen an deinem Lenker.«

Nachdem Philipp abgefahren war, zog sich Charlotte in ihre Räume zurück. In ihrem Wohnzimmer schweifte ihr Blick über das gewohnte Chaos. Sie müsste dringend für Ordnung sorgen. Anderseits war es wichtiger, den *Plagiator* aufzuspüren. Sie stand vor der Wahl: stundenlang aufräumen oder sich für einen kurzen Moment schämen – und entschied sich für Letzteres.

Flink nahm sie den Weidenkorb mit der Wäsche, die sie am Vorabend aus dem Trockner geholt hatte, von der Couch, stellte ihn auf den Dielenboden und schob ihn mit dem Fuß unter den Tisch. Mit dem Tablet setzte sie sich in die Sofaecke und schlug die Beine unter. Zuerst las sie das Exposé von *Familiengruft*. Diese sachliche Dokumentation der Grundidee und der grob umrissene Handlungsverlauf wirkten professionell und weckten ihre Neugier auf den Krimi. Sie wechselte zur Manuskriptdatei und begann zu lesen.

Auf den ersten 20 Seiten passierte nicht viel. Der Leser lernte einige Protagonisten kennen: Vater, Mutter, zwei Söhne. Oberflächlich betrachtet, eine ganz normale Patchwork-Familie.

Der Vater hatte den älteren Sohn mit in die Ehe gebracht; die Mutter den jüngeren. Zunächst klappte das Zusammenleben recht gut, aber bald gab es Reibereien – besonders zwischen den Jungen. Der 14-jährige Steffen drangsalierte den achtjährigen Nils. Wenn dieser sich beschwerte, stellte sich der Vater auf die Seite seines leiblichen Sohnes.

Die Mutter sagte nichts dazu, nahm es gleichgültig hin. Das Verhältnis zu ihrem Kind war weder herzlich noch liebevoll. Der Junge erinnerte sie tagtäglich an den Mann, der sie schwanger sitzen gelassen und dadurch angeblich ihr Leben zerstört hatte.

Nils litt sehr darunter. Sein Stiefbruder konnte sich alles erlauben und schob die Schuld auf den jüngeren, wenn er etwas angestellt hatte. In den Augen der Mutter war Nils ein böser Junge und kassierte die Strafe für etwas, das auf das Konto seines Bruders ging. Obendrein drohte ihm der ältere Schläge an, sollte er ihn verraten. Oft genug schubste er den kleineren, schmächtigeren oder trat nach ihm, um ihm klarzumachen, dass er keinen »Scheißbruder« brauchte. Anerkennung gab es nur für Steffen, obwohl dessen schulische Leistungen nur mittelmäßig waren. Allerdings war er ein begeisterter Sportler, der als Torschützenkönig für Furore sorgte.

Nils strengte sich an und brachte bessere Zeugnisse nach Hause. Nur der Sportunterricht lag ihm nicht. Er bewegte sich nicht gern, hing beim Turnen wie ein nasser Sack am Stufenbarren, und Fußball oder Hockey interessierten ihn nicht. Die schlechte Sportzensur brachte ihm nicht nur die Bezeichnung »Versager« ein, sondern dazu den Hohn und Spott der Familie ...

Mehrmals unterbrach Charlotte das Lesen. Nachdenklich blickte sie zum Fenster. Ein mysteriöses Unbehagen hatte sie beim Lesen ergriffen, aber sie fand keine Erklärung dafür. Deshalb folgte sie dem Verlauf der Story weiterhin.

Der Junge zog sich immer mehr in sich selbst zurück, erschuf sich eine Fantasiewelt, in der er erfolgreich war und geliebt wurde. Außerdem schwor er, sich zu rächen – an jedem Mitglied dieser verhassten Familie. Ganz oben auf seiner Liste stand sein Stiefbruder. Steffen war größer und stärker. Da er ihm körperlich unterlegen war, würde er ihn mit dem Verstand fertigmachen. Nach langem Nachdenken begann Nils mit der Planung. Der zunächst anvisierte Denkzettel verwandelte sich dabei wie von selbst in den Vorsatz, seinen Bruder zu töten ...

Das Klopfen an der Tür unterbrach Charlotte bei ihrer Lektüre. Sie ahnte, dass Anneliese draußen stand.

»Komm rein!«

Tatsächlich steckte die Strick-Liesel den Kopf zur Tür herein.

»Störe ich?«

»Ich brauche sowieso mal eine Pause.« Sie nahm die Füße vom Sofa. »Was gibt es?«

Die Freundin klaubte die zerlesenen Ausgaben der *HAZ* vom Sessel, legte sie auf den Tisch und nahm Platz.

»Mit meinem ersten Krimi bin ich fertig.« Unbewusst legte sie die Zeitungsseiten eine nach der anderen akkurat zusammen. »Wie ich das beurteile, ist der Autor ein naiver junger Mann, der sich besser ein anderes Hobby suchen sollte.«

»Kannst du bitte damit aufhören?«, erwiderte Charlotte und deutete auf den Tisch. »Das ist meine Unordnung.«

Abwehrend hob Anneliese die Hände.

»Sorry. Ich wollte dein Chaos nicht durcheinanderbringen.«

»Das beruhigt mich.« Schelmisch zwinkerte sie ihr zu und legte das Tablet aus der Hand. »Inzwischen habe ich mich mit *Familiengruft* befasst. Ich habe das Lesen ein paar Mal unterbrochen, weil mich irgendetwas irritiert hat. Ich komme aber nicht dahinter, was es ist.«

Gespannt beugte sich Anneliese vor.

»Kribbelt deine Spürnase?«

»Bislang ist das mehr so ein Bauchgefühl. Das kommt vielleicht daher, dass ich die Ereignisse um das Krimifestival im Hinterkopf habe. Das ist wie ... ein Datenabgleich auf der Suche nach Übereinstimmungen. Hätte ich das Manuskript vor ein paar Monaten gelesen, wäre ich allenfalls bei einem Logikfehler stutzig geworden.«

»War das genauso beim Krimi der jungen Mutter?«

Darüber musste Charlotte nicht lange nachdenken.

»Überhaupt nicht. Den habe ich ganz entspannt gelesen, während der hier ...« Sie zeigte auf das Tablet. »Der löste nach wenigen Seiten eine seltsame Beklemmung bei mir aus.«

»Könnte das vom Autor gewollt sein?«

»Ausschließen kann ich das nicht. Das wäre ein genialer psychologischer Schachzug. Andererseits ist bislang noch nichts Dramatisches passiert. Ich muss nachher mit Philipp darüber sprechen.«

»Mach das. Inzwischen sollten wir zu unserer Kaffeerunde in die Küche gehen. Elli hat einen Rhabarberkuchen gebacken.«

Wie nach jedem Besuch bei Anton kehrte Philipp erst am frühen Abend zurück. Stimmengewirr drang aus dem Wohnzimmer, sodass er sich dorthin wandte. Er freute sich immer, wenn er seine Mitbewohner so einträchtig beisammensitzen sah. Mit Blumen im Arm trat er ein. Einen der Sträuße reichte er Elisabeth, den zweiten Anneliese. Mit dem dritten blieb er vor Charlotte stehen.

»Und der ist für mein Sternchen.«

Ihr warmes Lächeln war wie ein Streicheln.

»Danke, mein Lieber.«

Auch die anderen beiden Damen waren von seiner Geste angetan. Es war nicht das erste Mal, dass er nicht nur seine Lebensgefährtin mit Blumen überraschte.

»Wie geht es Anton?«

Philipp setzte sich Charlotte gegenüber in seinen Lieblingssessel und schlug die Beine übereinander.

»Gut. Der Junge lässt euch herzlich grüßen.«

»Beschäftigen ihn die Ereignisse vom Kopperloch noch?«

»Anton verfolgt sämtliche Presseberichte über die Krimifestival-Morde im Internet und hat mich mit 1.000 Fragen gelöchert. Schließlich wollte er wissen, warum manche Menschen so schlimme Dinge tun und andere nicht. Ich habe versucht, ihm das kindgerecht zu erklären.«

»War er damit zufrieden?«

»Vorläufig. Unser Junior ist ein pfiffiges Kerlchen. Er findet es wichtig, dass ich der Polizei helfe – und dass ich einen megacoolen Job habe.«

»Eines Tages tritt er noch in eure Fußstapfen«, sagte Elli mit einem Seufzer und erhob sich, um ihre Blumen ins Wasser zu stellen. Sie bot Charlotte an, ihren Strauß mitzunehmen. Anneliese begleitete die Freundin in die Küche.

Charlotte beugte sich zu Philipp hinüber.

»Ich möchte dich um etwas bitten.«

»Was du willst.«

»Zum Wettbewerbsende, gestern um Mitternacht, sind noch mal 13 Beiträge eingetroffen. Kannst du dir trotzdem zuerst das Manuskript *Familiengruft* ansehen?«

»Gibt es einen besonderen Grund dafür?«

»Ich kann es nicht erklären. Irgendwas hat beim Lesen ein seltsames Gefühl bei mir ausgelöst. Vielleicht lag es am Stil oder an den detaillierten Beschreibungen. Oder an dem akribisch ausgearbeiteten Plan des Jungen, seinen Bruder umzubringen.« Vage zuckte sie die Achseln. »Möglicherweise war ich einfach nur irritiert, weil ich weiß, dass es sich bei dem Krimi um eine der anonymen Einsendungen handelt.«

»Wir werden rausfinden, was dahintersteckt. Schick mir die Datei bitte per Mail.«

»Das habe ich vorhin getan.«

Sogleich erhob er sich.

»Bis zum Abendessen kann ich mich schon mal damit befassen.«

Im Vorbeigehen legte er die Hand auf Charlottes Schulter. Wie immer beinhaltete diese simple Geste etwas Beruhigendes.

In der nächsten Stunde las Philipp mit analytischem Blick zuerst das Exposé und die Vita des Autors. Mit diesen Vorkenntnissen begann er mit dem Roman. Bei Auffälligkeiten machte er sich wie gewohnt Notizen. Darüber vergaß er das Abendessen. Gedankenverloren streifte sein Blick die Fliegeruhr im *Art Deco*-Stil. Dieses Geschenk seiner Tochter war aus Flugzeugaluminium hergestellt und erinnerte an die Zeit, in der er mit Begeisterung eine kleine Maschine gesteuert hatte.

Philipp zog die Lesebrille von der Nase, stand auf und ging in die Küche.

»Entschuldigt meine Verspätung«, bat er und setzte sich neben Charlotte. »Zuerst habe ich quergelesen, um mir einen

Überblick zu verschaffen. Aber bald erging es mir ähnlich wie dir. Deshalb habe ich noch mal von vorn angefangen, diesmal ganz intensiv.«

»Du kannst querlesen?« Elli war beeindruckt. »Das ist diese Schnelllesetechnik, oder?«

»Die hohe Lesegeschwindigkeit wird erreicht, weil man den Inhalt von der linken oberen Ecke in diagonalen Sprüngen zur rechten unteren Ecke überfliegt.« Er griff nach einer Scheibe Vollkornbrot. »Der durchschnittliche Leser verarbeitet circa 240 Wörter pro Minute. Bei Querlesern können es etwa 900 sein.«

»Wann hast du das gelernt?«

»Das habe ich mir während des Studiums angewöhnt. Damals musste ich sehr viel Fachliteratur abarbeiten. Durch das Querlesen konnte ich mir die wichtigen Informationen rausfiltern.«

Charlotte wusste, was er abends gern aß. Sie hatte einen kleinen Glasteller mit Kirschtomaten, Gurke und Radieschen für ihn vorbereitet und schob ihn in seine Reichweite.

»Kannst du schon was zu *Familiengruft* sagen?«

»Noch nichts Konkretes. Über Auffälliges habe ich mir Notizen gemacht. Wenn ich mit dem Manuskript durch bin, vergleiche ich sie mit den Ermittlungsergebnissen und dem Profil.«

Charlottes Unruhe gipfelte darin, dass sie Tom Vellner anrief. Der Informatikstudent hatte sie einmal bei Ermittlungen unterstützt. Als Mitglied im *Chaos Computer Club* wusste er, wie man sich in fremde Systeme hackte. Sie bat ihn, die Mail des Einsenders Elias Falke zu dessen IP-Adresse zurückzuverfolgen.

KAPITEL 36,5

Zu dieser nächtlichen Stunde war die Luft kühl und nebelverhangen. Wie so oft in der letzten Zeit war es spät geworden. Noch nicht einmal zum Essen war er gekommen. Im Flur zog er die Schuhe aus, ging in die Küche und öffnete den Kühlschrank. Wie erwartet, war das Angebot überschaubar. Warum war immer er für den Einkauf zuständig? Er hasste das. Lustlos nahm er den Margarinepott und die halbe Edelsalami heraus. Im Brotkasten fand er einen nicht mehr frischen Kanten Gersterbrot und mühte sich damit, eine Scheibe abzuschneiden. Rasch war sie bestrichen, mit Wurststücken belegt und zusammengeklappt. Dazu fehlte nur noch ein Bier. Das holte er aus der Speisekammer.

Mit seiner Vesper schlurfte er in sein Zimmer und gab der Tür mit dem Fuß einen Schubs, worauf sie ins Schloss fiel.

Am Tisch ließ er sich auf einen Stuhl fallen. Während er sich über seine späte Mahlzeit hermachte, überdachte er die letzten Ereignisse. Dabei kehrte seine euphorische Stimmung zurück, die er immer verspürte, wenn es ihm gelungen war, einem Menschen das Lebenslicht auszublasen.

Seit Tagen hatte er sich auf sein nächstes Opfer gefreut, dabei aber seine Vorsicht keine Sekunde lang vergessen. Zum Glück hatten die Zeitungen ihn nach dem misslungenen Mord an Sievers nicht verspottet. Dennoch hatte er sich heute akribisch an seinen Plan gehalten. Diesmal durfte nichts schiefgehen. Er wollte der Welt dort draußen zeigen, dass er sich nicht aufhalten ließ. Anfangs war es ihm nur um seine Rache gegangen. Inzwischen hatte er Gefallen am Töten gefunden, an der Macht, die er über seine Opfer besaß. Er hauchte den Tätern aus den Krimis Leben ein. Sie wurden zu seinen Marionetten, die er führte, um die Morde in der Realität zu wiederholen. Ein berühmter Autor wollte er trotzdem werden. Nicht allein, um der Alten zu demonstrieren, was in ihm steckte. Als Bestsellerautor würden ihm zudem die Frauen zu Füßen liegen. Seine Sehnsucht nach einer Partnerin würde sich endlich erfüllen. Niemand ahnte, dass hinter seiner bürgerlichen Fassade ein eiskalter Killer lauerte. Wie ein Chamäleon seine Farben veränderte, so wechselte er von nett und freundlich zu grausam und tödlich.

Heute war deutlich geworden, wie wichtig gute Vorbereitung war, dachte er und nahm einen tiefen Zug aus der Flasche. Wie stets, wenn er seine Tat in Gedanken noch einmal genüsslich rekonstruieren wollte, zog er sich aus, legte sich auf sein Bett und löschte das Licht.

Mit geschlossenen Augen erinnerte er sich daran, wie oft er die Autorin observiert und dadurch ihre Gewohnheiten studiert hatte. Er kannte ihren Tagesablauf, ihre Vorliebe für ausgefallene Möbel und Accessoires, die Zeit, die sie mit dem Schreiben verbrachte und wusste, wie gern sie sogar mit Mitte 50 noch spätabends durch die menschenleeren Straßen joggte. Sie kannte keine Angst. Jedenfalls war das bis vor ein paar Stunden so gewesen. – Bis sie ihm begegnet war.

Ohne von ihr bemerkt zu werden, war er ihr oft auf ihrer Laufroute gefolgt. Mit dem Fahrrad war das kein Problem für jemanden, der Sport verabscheute. Die dunklen Ecken, die eine Frau nachts ohne Begleitung meiden sollte, hatte er genau ausgekundschaftet. Schließlich hatte er sich für den Pfad entschieden, der vom Robert-Koch-Platz an den Kleingärten vorbeiführte und in die Lindemannallee mündete. Spätabends, wenn die Hundebesitzer ihre letzte Gassirunde absolviert hatten, war es dort wie ausgestorben.

Unwillkürlich löste sich bei dieser Bezeichnung ein heiseres Lachen aus seiner Kehle. Ausgestorben ... Dieses Wort gefiel ihm. Immerhin sorgte er dafür, dass in dieser Stadt mehr als sonst gestorben wurde. Wenn er so weitermachte, würde er von den Bestattern eine Prämie verlangen müssen ... Nochmals kicherte er in die Dunkelheit. Das Töten förderte eindeutig seine Kreativität. Wie fast jeder Autor machte er sich über das Erlebte Notizen. Seit er dem ersten Autor die Kehle durchgeschnitten hatte, schrieb er die Gefühle auf, die ihn während und nach der Tat durchdrungen hatten. Die Worte flossen von seinen Fingern zunächst in sein Notizbuch und später in die Computertastatur. Für jeden Mord gab es einen Dateiordner, in dem sich alles von der Planung über die Ausführung, seine Empfindungen und die Pressemeldungen, befand. – Stoff für seinen nächsten Thriller, gespeichert auf einem gut versteckten USB-Stick.

Was die Presse wohl morgen schrieb? Am liebsten würde er lesen, wie genial er war. Aber das würden sie nicht zugeben. Der Ablageort der Leiche war jedenfalls gut gewählt. Wenn die Ermittler ihren Grips zur Abwechslung mal anstrengten, würden sie eine Verbindung zwischen ihr und dem Fundort erkennen. Schließlich war es kein Geheimnis, dass die toughe Kommissarin in den Krimis der Autorin ein Loft bewohnte, das sich in einer ehemaligen Fabrik befand. Der Rechtsmediziner würde bei der Obduktion feststellen, dass die Frau vor ihrer Ermordung betäubt worden war.

Der Gedanke daran, dass er in diesem Zustand alles hätte mit ihr tun können, wonach es ihm gelüstete, trieb ihm den Schweiß auf die Stirn. Zwar mochte er ältere Frauen, aber diese hier war nicht hübsch. Im Gegenteil: Sie war hässlich! Klein und dürr – und diese Nase! Wie eine dicke Kartoffel! Abscheulich! Kein Wunder, dass sie unbemannt war. Wenn man so aussah, hatte man bestimmt viel Hohn und Spott im Leben ertragen müssen. Wahrscheinlich war sie Krimiautorin geworden, um sich den Frust von der Seele zu schreiben. Die Taten in ihren Romanen wurden von Mal zu Mal grausamer. Er musste die Welt von ihr befreien!

Plötzlich wurden die Bilder lebendig, liefen wie ein Film in seinem Kopf ab. Er spürte ein heftiges Pochen am Hals, dort wo die Schlagader saß. Sein Herz schlug laut in seiner Brust, während sich das Rauschen des Blutes in seinen Ohren bis ins Unerträgliche steigerte ...

KAPITEL 37

Woher kam dieses elende Brummen? Sauste seine nervige Nachbarin etwa frühmorgens mit dem Staubsauger durch die Räume? Wie er das hasste! Im Halbschlaf drehte er sich auf die Seite und lauschte. Das Geräusch schien von unten zu kommen. Mühsam schlug er die Augen auf und blinzelte ins helle Sonnenlicht.

»Was, zum Teufel ...?«

Nur allmählich begriff er, dass er auf dem Sofa lag. Offenbar hatte er es in der Nacht nicht mehr bis ins Bett geschafft und war eingeschlafen, kurz nachdem er nach Hause gekommen war. Träge richtete er sich etwas auf. Sein Blick folgte dem gleichmäßigen Brummton bis auf den Fußboden. Sein Telefon zappelte unter dem Couchtisch.

»Mist ...«

Hatte er etwa verschlafen? Seine Finger tasteten nach dem Smartphone, bekamen es zu fassen und wischten übers Display. 6.03 Uhr. Er hatte knapp vier Stunden geschlafen. Dieser Job brachte ihn noch um! Der Name der Kollegin war in großen Buchstaben auf dem Telefon zu lesen, während es in seiner Hand vibrierte. Mit einem leisen Stöhnen setzte er sich vollends auf und nahm das Gespräch an.

»Münster!«, raunzte er überlaunig. »Hatten wir nicht verabredet, uns erst um 8 Uhr im Präsidium zu treffen?«

»Moin, Kollege«, vernahm er die frische Stimme von Pia Wagner. Wie konnte man am frühen Morgen so munter klingen? Sie würde kaum mehr als er selbst geschlafen haben.

»Sind Sie wach?«

»Mit Sicherheit nicht.«

»Und wenn wir einen Leichenfund haben?«

»Nur, wenn es sich um ein Opfer des *Plagiators* handelt.«

»Davon gehen wir aus.«

»Wo?«

»Kennen Sie das Fachmarktzentrum in der Südstadt?«

»An der Weide?«

»Genau. Auf dem Parkplatz vom *SofaLoft*.«

»Sind Spusi und Rechtsmedizin informiert?«

»Die sind unterwegs.«

»Okay, in einer halben Stunde bin ich vor Ort.«

Das Handy landete auf dem Tisch.

Innerhalb weniger Sekunden war der Hauptkommissar auf den Beinen, zog die Klamotten vom Vortag aus und tappte ins Bad. Eine Fünfminutendusche musste reichen. Das Rasieren schenkte er sich wie so oft in den letzten Tagen. Nackt ging er ins Schlafzimmer, nahm Wäsche aus dem Schrank und zog sich hastig an. Mit leerem Magen sprintete er die Treppe hinunter und verließ das Jugendstilhaus in der Bödekerstraße. Auf dem Gehsteig zögerte er und schaute sich um. Wo hatte er in der Nacht seinen Wagen geparkt? War nicht in der Nähe der roten Telefonzelle ein Platz frei gewesen? Im Eilschritt lief er dorthin. Tatsächlich stand sein Dienstfahrzeug wenige Meter vom britischen Telefonhäuschen entfernt. Ralf Münster stieg ein, setzte die mobile Signalleuchte aufs Dach und rangierte auf die Straße. Mit eingeschaltetem Blaulicht und Martinshorn fuhr er zügig nach Nordwesten Richtung Wedekind- und Hohenzollernstraße. Über Berliner Allee und Sallstraße erreichte er den von der Kollegin angegebenen Fundort der Leiche. Zwei Polizeifahrzeuge standen quer und riegelten somit die Zufahrt ab. Er stoppte dahinter und stieg aus. Einige Schaulustige hielten sich in der Nähe auf und machten Handyfotos. Münster drängte sich vorbei und zeigte einem der uniformierten Kollegen seinen Ausweis, worauf der Mann zum Parkplatz des *SofaLofts* deutete. Beim Hinübergehen sah der Hauptkommissar die Absperrungen an der Fachmarktseite und den Sichtschutz, den die Kriminaltechniker aufbauten. Auch dort drängten sich Neugierige. Sogar ein Übertragungswagen eines Fernsehsenders war eingetroffen.

Münster warf einen Blick auf das weiße Gebäude des größten Wohnzimmers Hannovers. Hier hatte er auf Empfehlung eines Freundes vor zwei Jahren nach einem bequemen Sitzmöbel gesucht. Das Modell, zu dem ihm die nette Verkäuferin geraten hatte, entsprach überhaupt nicht seiner Vorstellung. Trotzdem hatte er es gekauft. Nach kurzer Zeit war es sein Lieblingssessel geworden.

»Moin!« Unbemerkt war Pia hinter ihm aufgetaucht und reichte ihm einen *Hannoccino*-Kaffeebecher. »Zum Wachwerden.«

»Was für ein toller Service. Danke.«

»Gewohnheit«, erwiderte sie lapidar. »Hannes braucht immer zuerst einen Kaffee, wenn er wegen einer Leiche aus dem Schlaf gerissen wird.«

»Geht wohl den meisten von uns so.« Er trank einen Schluck des starken Gebräus und ließ das Koffein in seinen Kreislauf sickern. Zwar würde die Wirkung erst später einsetzen, dennoch fühlte er sich besser. Er folgte Pia über den Parkplatz. »Was wissen wir?«

»Die Tote heißt Emilia Curdt, 56 Jahre alt. Fundort ist Tatort. Ihr wurden die Pulsadern geöffnet.«

Abrupt blieb er stehen und kratzte sich das vom blonden Dreitagebart bestoppelte Kinn.

»Könnte es sich nicht um Suizid handeln?«

»Unwahrscheinlich. Sie ist ... war eine bekannte hannoversche Autorin. Ich habe inzwischen ihre Krimis mit dem Schlagwort ›Pulsadern‹ gegoogelt. Sie hat einen Roman mit dem Titel: *Aderlass* geschrieben. Laut Inhaltsangabe lässt darin ein Täter seine Opfer ausbluten.«

»Das scheint zu passen.«

Sie setzten sich in Bewegung. An der Seite der Halle, in der sich die Warenausgabe befand, gab es einen angelegten Strandabschnitt. Der helle Sand wirkte wie frisch von der Küste importiert. Palmen und das an der Gebäudewand befestigte Riesenpanorama des blauen Ozeans vermittelten karibisches Flair. Tagsüber luden dort mehrere Liegestühle zum Verweilen ein, wie Pia erklärte. Über Nacht wurden sie reingeräumt. Mit dem Rücken zum Meer saß die Tote an die Wand gelehnt. Ihre Arme ruhten leicht angewinkelt dicht am Körper, die Handflächen zeigten nach oben. Das Blut aus den geöffneten Pulsadern war überwiegend im Sand versickert, wodurch er zu beiden Seiten der Leiche dunkelrot verfärbt war.

Münster wandte sich an den stattlichen Mann im weißen Schutzanzug, den er für den Rechtsmediziner hielt.

»Doc Fleischmann? Können Sie uns Näheres sagen?«

Horst richtete sich mit einem leisen Stöhnen auf. Seine Stimmung war nicht gerade euphorisch, wenn er morgens wegen einer Leiche aus dem Bett geklingelt wurde.

»Fragt wer?«

»Hauptkommissar Münster.«

Der Schwergewichtige verdrehte die Augen. Zwar hatte er von dem Mann gehört, der Hannes zurzeit vertrat, aber ein neuer Kollege war kein Grund für ihn, von seinen Gewohnheiten abzurücken.

»Nicht jetzt.«

Ohne ein weiteres Wort widmete er sich der Leichenschau, worauf der Kripobeamte seine Kollegin konsterniert anschaute.

»Was war das denn?«

»Er ist noch nicht soweit.« Pia fasste ihn am Arm und schob ihn in die Richtung, in der Benno Winkler arbeitete. Der Chef der Kriminaltechnik sah sie kommen und ging ihnen entgegen.

»Moin, Pia.« Mit einem Griff zog er seinen Mundschutz herunter und grinste ihren Begleiter an. »Ich bin Benno. Bist du die Krankenvertretung von Hannes? Dann habe ich was für dich.«

»Ja ... äh ... Hauptkommissar Münster ... ich meine: Ralf ... Was hast du für uns?«

Der Kriminaltechniker zog ein Asservatentütchen hervor, in dem ein Zettel steckte und reichte es ihm.

»Mit freundlichen Grüßen vom *Plagiator*.«

Der Hauptkommissar drehte die Klarsichthülle so, dass seine Kollegin mitlesen konnte, was auf dem darin befindlichen Zettel stand: »Jeder Tropfen Leben entweicht.«

»Der Spruch müsste demnach aus dem Krimi *Aderlass* stammen«, vermutete er. »Überprüfen Sie das bitte, Frau Wagner.« Er warf einen Blick zum Rechtsmediziner hinüber, der aber noch beschäftigt war. »Wer hat die Tote eigentlich gefunden?«

»Die Geschäftsführerin vom *SofaLoft*. Immer, wenn sie Schlafstörungen hat, zieht es sie frühmorgens ins Büro.« Ein versonnenes Lächeln erschien auf seinem Gesicht, was Pia nicht entging. »Sie kennen sie, oder?«

»Ich habe sie mal auf einer Vernissage getroffen. Sie ist Künstlerin, malt tolle, farbgewaltige Bilder.«

»Sie interessieren sich für Malerei?«

»Ist das so abwegig?« Er setzte den Kaffeebecher an die Lippen. »Ein Ausgleich zu dem Schrecklichen, mit dem wir es in unserem Beruf täglich zu tun haben, ist für mich wichtig. Schöne Dinge, die uns Mord und Gewalt für eine Weile vergessen lassen: Musik, Kunst ... Was machen Sie, um abzuschalten?«

»Wandern. In der Natur kann ich mich am besten erholen und neue Kraft tanken.« Sie nahm den leeren Becher von ihm entgegen. »Dann fahre ich jetzt ins Präsidium. Sie wollen bestimmt allein mit der hübschen Künstlerin sprechen.«

»Ich mag es, wenn Kollegen mitdenken.«

KAPITEL 38

Wenn Elisabeth morgens die Küche betrat, um den Frühstückstisch zu decken, schaltete sie zuerst das Radio ein. Bei Musik und den Neuigkeiten des Tages gingen ihr die Vorbereitungen leicht von der Hand. Meistens war es Anneliese, die kurz nach ihr auftauchte und sie unterstützte.

Bald saßen die WG-ler plaudernd beisammen und genossen das reichhaltige Angebot. Im Hintergrund irrte Helene Fischer atemlos durch die Nacht, bis der Nachrichtensprecher sie erlöste.

»Pst«, bat Anneliese, drehte sich herum und stellte das Radio in ihrem Rücken lauter.

»… heute Morgen gegen 6 Uhr eine Leiche in der Südstadt gefunden. Die Tote saß im Sand des zu Werbezwecken angelegten Strandes am *SofaLoft*. Nach noch unbestätigten Informationen handelt es sich um eine hannoversche Krimiautorin. Sowie wir Näheres erfahren, halten wir unsere Hörer wie immer auf dem Laufenden.«

Die Strick-Liesel reduzierte die Lautstärke des Radios. Sekundenlang waren ihre Mitbewohner ungewöhnlich still.

Charlotte wandte sich an Philipp, der ihr gegenübersaß.

»Wir sollten Frau Dr. Pauli über unseren Verdacht informieren, anstatt zu warten, bis wir alle Einsendungen überprüft haben.«

»Nach dem heutigen Leichenfund stimme ich dir zu. Wir dürfen keine Zeit verlieren.«

Seine Lebensgefährtin nickte, nahm das Smartphone vom Tisch und stand auf. In der Halle setzte sie sich auf eine Treppenstufe und informierte die Oberstaatsanwältin, die sie bat, sich mit den Ermittlern so bald wie möglich im Präsidium zu treffen. 20 Minuten später war sie mit Philipp dorthin unterwegs.

Im Konferenzraum wurden sie von Benita Pauli, Hauptkommissar Münster und seinem Team erwartet.

Nachdem sie Platz genommen hatten, überließ Charlotte es Philipp, die Anwesenden über den Text des anonymen Einsenders und ihre Schlussfolgerungen in Kenntnis zu setzen.

Der Professor nahm einige Unterlagen aus seiner Aktenmappe und schob sie zur Oberstaatsanwältin hinüber.

»Während des Lesens des Manuskripts *Familiengruft* hatte Charlotte ein ungutes Gefühl. Mir erging es genauso. Deshalb habe ich einige Aspekte mit dem Täterprofil abgeglichen, was mich zu dem Ergebnis geführt hat, dass der Autor dieses Krimis auffallend viel mit dem *Plagiator* gemein hat.«

»Wir müssen diesen Autor sofort überprüfen«, sagte Martin voller Tatendrang. »Haben Sie die Kontaktdaten mitgebracht?«

»Es handelt sich bei ihm um einen der anonymen Einsender«, übernahm Charlotte. »Ich habe unseren Freund Tom Vellner gebeten, ihn über die IP-Adresse aufzuspüren. Leider kam dabei raus, dass er den Wettbewerbsbeitrag aus einem Internetcafé abgeschickt hat. – Und der Autorenname Elias Falke dürfte ein Pseudonym sein.«

Die Oberstaatsanwältin blätterte in den Unterlagen des Professors, fand den Mailverkehr zwischen Charlotte und Tom. Dort war die Adresse des Internetcafés angegeben. Sie reichte die Seiten an Münster weiter.

»Wir schicken sofort ein paar Leute hin. Vielleicht erinnert man sich dort an einen Kunden, der sich auffällig verhalten hat.« Er gab die Ausdrucke Martin, der damit hinauslief.

Fragend schaute Benita Pauli daraufhin in die Runde.

»Irgendeine Idee, was wir im Moment sonst noch tun könnten?«

Während nachdenkliche Stille herrschte, rutschte Charlotte auf ihrem Stuhl ein wenig nach vorn. Sie hatte seit Toms Nachricht darüber nachgedacht, wie man den Täter aus der Reserve locken könnte, scheute sich jedoch, darüber zu sprechen, weil ihre Methoden oft von üblicher Polizeiarbeit abwichen und von den Kollegen gern mal belächelt wurden.

Aufmerksam fixierte die Staatsanwältin sie.

»Frau Stern? Täusche ich mich, oder ist Ihnen was eingefallen? Immer raus damit. Ich bin für jeden Vorschlag dankbar.«

Charlotte wechselte einen kurzen Blick mit Philipp, der sie wie die anderen erwartungsvoll anschaute.

»Ich glaube nicht, dass der Täter sich ein Internetcafé ausgesucht hat, in dem man ihn kennt«, begann sie. »Man wird sich dort nicht an ihn erinnern.«

Benita Pauli nickte aufmunternd.

»Weiter?«

»Die einzige Möglichkeit, ihn zu fassen, scheint mir, ihn zu überlisten, indem man ihn bei seinem Ego packt.«

»Wie stellen Sie sich das vor?«

Charlotte zögerte.

»Das, was ich jetzt sage, ist ungefähr das, was mir gestern Nacht durch den Kopf gegangen ist.« Sie blickte einen nach dem anderen an. »Man müsste auf seine Einsendungsmail antworten, dass es sein Krimi in die Endrunde geschafft hat, aber leider nicht der Gewinner ist. Jemand gibt sich als Mitglied der Jury aus, zum Beispiel als Literaturagentin, die schon viele Manuskripte vermittelt hat. Sein Werk hat sie überzeugt, und sie könnte es in einem Verlag unterbringen. Sie schlägt ihm ein Treffen zum unverbindlichen Kennenlernen vor – in einem Restaurant oder Café. Vielleicht könnte man das mit einer versteckten Kamera aufzeichnen. Die Polizei müsste unsichtbar in der Nähe sein. Beim Verlassen des Treffpunkts könnte der Mann festgenommen werden.«

Eine Weile dachte die Runde über ihre Worte nach. Ralf Münster war der Erste, der sich dazu äußerte.

»Ich befürchte, wenn er wirklich der Täter ist, wird er sich nicht darauf einlassen. Warum sollte er mit der Einsendung so viel Wert auf seine Anonymität legen und sich trotzdem öffentlich mit jemandem aus der Jury treffen?«

»Seine Eitelkeit könnte aber zu Lasten seiner Vorsicht gehen«, gab Pia zu bedenken. »Wenn unsere Theorie stimmt, dass der *Plagiator* ein verhinderter Krimiautor ist, der unbedingt ein berühmter Schriftsteller werden will, wird er diese einmalige Chance ergreifen.«

»Er weiß ja nicht, dass wir diesen Wettbewerb nur seinetwegen inszeniert haben, um ihn in die Falle zu locken«, fügte die Oberstaatsanwältin hinzu. »Deshalb könnte es funktionieren. Ob er definitiv unser Täter ist, wird sich ohnehin erst nach seiner Verhaftung rausstellen.« Sie wunderte sich darüber, dass Philipp keinen Kommentar zum Vorschlag seiner Lebensgefährtin abgab, obwohl ihm anzusehen war, dass er von ihren Überlegungen nichts gewusst hatte. »Herr Professor«, sprach sie ihn an. »Was sagen Sie aus psychologischer Sicht dazu?«

»Wenn wir davon ausgehen, dass unsere sämtlichen Einschätzungen zutreffen, handelt es sich beim Verfasser von *Familiengruft* mit an Sicherheit grenzender Wahrscheinlichkeit um den gesuchten Täter. Seine Teilnahme am Wettbewerb zeugt davon, wie wichtig es ihm ist, Anerkennung für sein Werk zu bekommen. Deshalb denke ich, dass er einem persönlichen Treffen mit Aussicht auf eine Verlagsvermittlung nicht widerstehen kann.«

»Das klingt vielversprechend.« Sie überlegte einen Moment. »Für das Treffen bräuchten wir eine glaubwürdige und erfahrene Person, der man die erfolgreiche Literaturagentin abnimmt. Ich würde das selbst durchziehen, aber die Öffentlichkeit weiß, dass ich die ermittelnde Staatsanwältin in den Fällen der Autorenmorde bin. Der Täter würde auf dem Absatz kehrtmachen, wenn er mich beim Betreten des Cafés sieht.« Ihr Blick schweifte zu Charlotte. »Würden Sie das übernehmen? Mit fällt niemand ein, der geeigneter für diesen Job wäre. Bei Ihrem Einsatz im Internat sind Sie auch überzeugend in eine Rolle geschlüpft.«

»Ich?« Damit hatte sie nicht gerechnet. Zwar half sie den ehemaligen Kollegen gern, wollte aber so weit wie möglich im Hintergrund bleiben. Oft genug war sie in den letzten Monaten in gefährliche Situationen geraten. Das wollte sie künftig unbedingt vermeiden. Andererseits wollte sie verhindern, dass dem Killer noch mehr Menschen zum Opfer fielen. Hilfesuchend schaute sie Philipp an.

»Was meinst du dazu?«

»Ich nehme mal an, dass ein Treffen im öffentlichen Raum mit der Polizei in der Nähe relativ ungefährlich ist. Zumal der *Plagiator* jedes Aufsehen vermeiden wird. Er agiert im Schutz der Dunkelheit. Dort fühlt er sich sicher. Anstatt zum Angriff überzugehen, würde er eher die Flucht ergreifen.«

»Das Gebäude würde natürlich bestmöglich gesichert. Außerdem werden wir einige Beamte ins Café setzen.«

»Davon rate ich ab. Manche Täter riechen es förmlich, wenn Polizei anwesend ist. Wahrscheinlich würde er gleich wieder gehen, ohne sich zu erkennen zu geben. Um niemanden zu gefährden, sollte der Zugriff trotzdem erst erfolgen, wenn der Mann das Lokal nach dem Treffen verlassen hat.«

»Was sagen Sie dazu, Frau Stern?«, fragte die Juristin. »Sollten Sie trotz aller Sicherheitsvorkehrungen Bedenken haben, lassen wir uns etwas anderes einfallen.«

Entschlossen straffte Charlotte ihre Haltung.

»Der Kerl muss so schnell wie möglich gestoppt werden, deshalb ziehen wir das zusammen durch. Wählen Sie einen geeigneten Ort für das Treffen aus. Dann antworte ich dem Autor auf seine Mail. Bis dahin mache ich mich über das Tätigkeitsfeld von Literaturagenten schlau.«

Nachdem sie noch einmal alles durchgesprochen hatten, verließen Charlotte und Philipp das Präsidium. Auf dem Heimweg sprachen sie nicht viel. Beide hingen ihren Gedanken nach. Erst vor dem Haus thematisierte Charlotte ihr Vorhaben noch einmal.

»Hast du wirklich nichts dagegen, dass ich mich mit einem Mann treffe, der womöglich ein eiskalter Killer ist?«

»Natürlich wäre es mir lieber, wenn eine Polizistin diesen Job übernehmen würde. Andererseits hat Frau Dr. Pauli leider recht, dass diese Rolle perfekt zu dir passt. Du warst eine glaubwürdige Vertretungslehrerin und hast authentisch gewirkt. Wir besprechen vor deinem Einsatz, was du ihn fragen solltest, und basteln dir einen netten Lebenslauf, mit dem du ihn auf Nachfrage beeindrucken kannst.«

»Okay.« Sie war erleichtert, dass Philipp ihr keine Vorhaltungen machte, sondern sie unterstützte. »Wir bringen das gemeinsam zu einem guten Ende.«

KAPITEL 38,5

Das Krimifestival war inzwischen vorbei; die Abschlussgala hatte man aus verständlichen Gründen abgesagt.

Seit Wettbewerbsende kontrollierte er täglich in einem der Internetcafés der Stadt sein Falke-Postfach. Diesmal saß er in einem der Läden in der Nordstadt am Rechner. Nur eine Nachricht befand sich im Briefkasten. Er warf einen kurzen Blick auf den Absender und erkannte, dass es sich um die Adresse des Wettbewerbs handelte. Ungelesen druckte er sie aus und schloss das Postfach sofort. Mit dem Brief in der Tasche trat er auf die Straße. Obwohl er es vor Spannung kaum aushielt, setzte er sich in seinen Wagen und fuhr nach Hause. Erst in seinem Zimmer holte er den Bogen hervor und las:

Sehr geehrter Herr Falke,

im Namen der Jury möchte ich mich herzlich für Ihren Beitrag zu unserem Krimiwettbewerb bedanken. Wie Sie wissen, haben wir uns kurzfristig dazu entschlossen, um einen positiven Akzent im Rahmen des Krimifestivals zu setzen, das durch dramatische Ereignisse gezeichnet war. Trotz der engmaschigen Wettbewerbsbedingungen haben uns zahlreiche Manuskripte erreicht. Ich freue mich, Ihnen mittei-

len zu dürfen, dass Ihr Krimi sowie eine weitere Ein-
sendung es in die Endrunde geschafft haben. Leider
wurde ich von den Jurymitgliedern final überstimmt,
sodass der Preis an Ihren Konkurrenten geht ...

Enttäuscht schlug er mit der Faust auf den Tisch. Er war
drauf und dran, das Blatt vor Wut zu zerfetzen, besann sich
aber im letzten Moment. Er atmete tief durch und las weiter:

Da ich von Haus aus Literaturagentin bin, kann ich
die Qualität Ihres Werkes und Ihr Potenzial beurtei-
len. Ich bin davon überzeugt, einen der großen Ver-
lage für eine Veröffentlichung gewinnen zu können.
Sollten Sie Interesse an einer Zusammenarbeit haben,
würde ich mich gern so bald wie möglich mit Ihnen
treffen ...

Es folgten Datum, Uhrzeit und der Name eines Bistros in
der hannoverschen City. Unterzeichnet war der Brief mit:
Charlotte Arndt.

Seine Wut war vollständig verflogen. Eine Literaturagentin
war von seinem Talent überzeugt! Diese Frau würde seinen Krimi an einen Verlag vermitteln! Endlich hatte jemand
erkannt, was in ihm steckte!
   Abermals las er den Brief. Natürlich würde er sich mit ihr
treffen. Sie konnte ja nicht wissen, dass er nicht nur ein begna-
deter Krimiautor, sondern außerdem ein begabter Killer war.
Er musste ihr so schnell wie möglich antworten. Rasch holte
er seinen Laptop herbei und formulierte ein Dankschreiben,
das er auf einem Stick speicherte.
   Minuten später verließ er das Haus und fuhr zu einem
Internetcafé nach Bemerode.

Wieder zu Hause, betrat er die Küche, um etwas zu essen. Nach diesem Erfolg hatte er Appetit auf etwas Besonderes, aber der Kühlschrank gab nichts Leckeres her. Ungehalten warf er die Tür zu.

»Muss das sein?«, ertönte eine Stimme hinter ihm. »Der kann nichts dafür, dass du nicht eingekauft hast.«

»Lass mich in Ruhe!«

»Schon klar, dass du das nicht hören willst. Du konntest ja noch nie für deine Fehler einstehen, du elender Versager!«

»Ich bin kein Versager! Das wirst du bald erkennen! Mein Buch ist so gut wie veröffentlicht! Ich werde eine wunderschöne Frau haben und dich in die Wüste schicken!«

»Das glaubst du doch selbst nicht!«, höhnte seine Mutter. Mit einem lauten Knall fiel die Tür hinter ihr zu.

»Widerliche Hexe!« Er zitterte am ganzen Körper, während er in den Keller hinabstieg, um sich ein Fertiggericht aus der Tiefkühltruhe zu holen. »Eines Tages werde ich dich kaltmachen«, brummte er und schloss behutsam den Deckel. Hier unten, gleich nebenan, war sein geheimer Raum, von dem niemand wusste. Der Eingang war gut getarnt und schwer zu entdecken. Irgendwann würde er die Alte dort auf ewig verschwinden lassen …

KAPITEL 39

Nach dem Frühstück verschwand Charlotte im Stiftungsbüro und schaltete den Computer in der Hoffnung auf eine Antwort von Elias Falke ein. Sie öffnete das Wettbewerbspostfach, sah die Nachricht vom späten Abend und öffnete sie.

»Jepp!«, entfuhr es ihr zufrieden. Mit wenigen Mausklicks schickte sie die Mail an die Oberstaatsanwältin und an den Hauptkommissar weiter. Charlotte hoffte inständig, dass der *Plagiator* bis zum morgigen Treffen nicht aktiv würde.

Nach der täglichen Kaffeerunde fuhr sie mit Philipp noch einmal zum Präsidium. Dort wurden sie über die vorbereiteten Maßnahmen informiert. Die Sicherheitsvorkehrungen schienen optimal zu sein, sodass alles nach Plan verlaufen sollte.

Dennoch kämpfte Charlotte am Abend mit Einschlafschwierigkeiten. Obwohl Philipp sie mit einer entspannenden Massage verwöhnt hatte, kreisten die Gedanken in ihrem Kopf. Zwar vertraute sie auf die jahrelange Erfahrung der Kollegen, wurde aber trotzdem von einer unterschwelligen Unruhe geplagt. Sie hatte nicht nur die Polizeiberichte, sondern dazu das Profil, den Krimi und die Vita des vermeintlichen Täters gelesen. Ein vollständiges Bild von ihm ergab das für sie nicht. Sie hatte das Gefühl, dass ein Teil von ihm fehlte, etwas, das nicht greifbar war. Außerdem war sie wie Philipp davon überzeugt, dass er ein Doppelleben führte. Tagsüber ging er wahrscheinlich unauffällig einem ganz normalen Beruf nach, während er die übrige Zeit zwanghaft handelte. Das Profil wies ihn als intelligenten Psychopathen, möglicherweise mit einer Persönlichkeitsstörung aus. Sie dachte an sein Antwortschreiben, das in einem höflich-freundlichen Ton verfasst war. Dagegen waren seine Taten gnadenlos und grausam. Man könnte meinen, es würde sich um zwei unterschiedliche Personen handeln …

Charlotte nutzte den Vormittag, um Hannes zu besuchen. Intensivmedizinische Behandlung war nicht mehr vonnöten, sodass er in ein hübsches Einzelzimmer mit Blick in den Klinikpark verlegt worden war. Da die Fahndung nach Fink bislang ergebnislos verlief, saß hier ebenfalls ein Polizeibeamter vor der Tür. Obwohl Hannes und Fink mehrfach aneinandergeraten waren, hätte der Hauptkommissar nicht erwartet, dass der Mann ihm deshalb nach dem Leben trachten könnte. Von ihrem geplanten Einsatz erzählte sie dem Freund nichts, um ihn nicht zu beunruhigen.

Am frühen Nachmittag kam Charlotte die Treppe herunter. Sie hatte sich sorgfältig für das Treffen mit dem mutmaßlichen Killer zurechtgemacht. Zu einem knielangen taubenblauen Hosenrock trug sie die dazugehörige leicht taillierte Kostümjacke mit einer weißen Bluse darunter. Ihre Füße steckten in dunkelblauen Pumps. Eine gleichfarbige Umhängetasche vervollständigte das elegante Outfit.

Ihre Mitbewohner erwarteten sie in der Wohnhalle. Seit dem Vorabend waren sie über den Einsatz informiert. Anneliese hätte die Freundin gern begleitet, aber möglicherweise wusste der *Plagiator* über ihre Rolle bei der Lesung von Georg Sievers Bescheid, vielleicht war ihm sogar bekannt, dass sie zu seiner Rettung beigetragen hatte. Das könnte die Aktion gefährden. Deshalb musste die Strick-Liesel auf das Abenteuer verzichten und zu Hause bleiben. Was ihr schwerfiel. Conrad war darüber erleichtert, dass seine Liesel daheim bleiben musste. Gleichzeitig bewunderte er genau wie der General Charlottes Mut. Nur Elisabeth waren sofort 1.000 Dinge eingefallen, die schiefgehen könnten. An ihrer besorgten Miene war abzulesen, was sie empfand.

Charlotte blieb bei den Freunden stehen und drehte sich einmal im Kreis, wobei der weich fließende Stoff des Hosenrocks ihre langen Beine umschmeichelte.

»Was sagt ihr? Wirke ich wie eine angesehene Literaturagentin? Oder soll ich besser einen Hosenanzug anziehen?«

»Du siehst perfekt aus«, sagte Anneliese, die Charlottes Stilsicherheit oft beeindruckte. »Erfolgreich, selbstbewusst, attraktiv.«

Die anderen waren der gleichen Meinung. Philipp nahm ihre Hand und begleitete sie bis zu den Garagen. Dort schaute er Charlotte aus ernsten Augen an.

»Pass gut auf dich auf, Sternchen. Und ruf bitte gleich an, wenn alles vorbei ist. Bis dahin werde ich keine ruhige Minute haben.«

Sie legte die Hand an seine Wange und küsste ihn zart auf den Mund.

»Mach dir keine Sorgen. Mir passiert nichts. Ich melde mich, sowie er verhaftet ist.«

Er zog sie kurz an sich und atmete ihren Duft ein. Widerstrebend gab er seine Lebensgefährtin frei. Sie lächelte ihm aufmunternd zu.

»Ich hasse Abschiedsszenen. Geh wieder zu den anderen.«

Zögernd setzte er sich in Bewegung. Daraufhin betrat sie die Garage. Aufgescheucht suchte das Rotkehlchen aus dem Fahrradhelm das Weite. Beim Öffnen der Autotür streifte

Charlottes Blick das Vogelnest. Sechs weit aufgesperrte Schnäbel reckten sich in die Höhe. Sekundenlang hielt sie inne. Gestern waren die Kleinen noch nicht geschlüpft. Sie konnten erst wenige Stunden alt sein. Nach ihrem Einsatz würde sie ihre Kamera holen und einige Aufnahmen von den nackten Vogelbabys machen.

Wie besprochen, stellte Charlotte ihren Wagen unter der Oper ab. Die kurze Strecke bis zum Bistro legte sie zu Fuß zurück. Sie wusste, welcher Tisch für sie reserviert war. Dennoch blickte sie sich zuerst um, bevor sie darauf zusteuerte und sich setzte. Von hier aus konnte sie nicht nur den Gastraum überblicken, sondern durch die große Scheibe den Außenbereich einsehen. Sie schob das Reservierungsschild etwas beiseite und zog das Smartphone aus der Tasche. Unauffällig drückte sie eine Taste und legte das Telefon mit dem Display nach unten auf den Tisch.

Eine Kellnerin trat zu ihr und erkundigte sich nach ihren Wünschen. Sie bestellte eine Latte macchiato und lehnte sich zurück. Die Anzeige der großen Wanduhr verriet ihr, dass sie sieben Minuten zu früh war. Sie musste sich in Geduld fassen. Hoffentlich würde der Mann pünktlich kommen. Sie schaute sich im Gastraum um, der sich mehr und mehr füllte. Um diese Uhrzeit meldete sich bei vielen Menschen Kaffeedurst. Eine Gruppe älterer Damen rauschte herein. Alle um die 70 mit weißem Haar und bequemer Kleidung. Einige trugen einen Rucksack bei sich. Anscheinend Touristinnen. Witwenexpress, schoss es Charlotte durch den Kopf, worauf sie leise lachte. Dazu würde sie in ein paar Jahren ebenfalls zählen.

Ihr Getränk wurde serviert, die Kellnerin zog sich zurück, sodass Charlotte freie Sicht auf den Eingangsbereich hatte.

Ein Ruck ging durch ihren Körper, als ein Mann mittleren Alters eintrat. Dieses Gesicht ... War das nicht ...?

KAPITEL 39,5

Nervös wischte er seine feuchten Hände an der Hose ab und rückte seine Umhängetasche zurecht. Wenn es sich um Berufliches oder die Durchführung seiner Pläne handelte, konnte er selbstbewusst auftreten. Problemlos gelang es ihm, sich voll und ganz darauf zu konzentrieren. Je nach Situation konnte er sogar charmant oder witzig sein. Im Privatleben hatte er seit jeher mit Unsicherheiten zu kämpfen – besonders, wenn er es mit einer Frau zu tun hatte. Meist wirkte er dann verkrampft, schüchtern und steif. Manchmal fing er sogar an zu stottern. Das durfte ihm heute nicht passieren. Es musste ihm gelingen, die Literaturagentin zu beeindrucken. Hoffentlich war sie eine graue Büchermaus. Das würde es ihm erleichtern.

Eine Weile stand er noch an der Straßenecke, bis er sich überwand, das Bistro zu betreten. Sein Blick schweifte über die Köpfe der Gäste hinweg, blieb schließlich an einer Frau mit blond gelocktem Haar haften, die allein an einem Fenstertisch saß. Er wusste sofort, dass es sich bei ihr um seine Verabredung handelte, und setzte sich in Bewegung. Im Näherkommen bemerkte er nicht nur, wie attraktiv sie war, sondern dass er sie schon mal gesehen hatte. Aber wo?

Zögernd trat er an den Tisch und zog die Baseballkappe vom Kopf.

»Frau Arndt?«

Lächelnd nickte sie. Bei solchen Aktionen benutzte sie gewöhnlich ihren Mädchennamen.

»Und Sie sind Herr …? Ich weiß gar nicht, wie Sie mit bürgerlichem Namen heißen. – Aber bitte, setzen Sie sich doch.«

»Falke ist okay«, sagte er und nahm ihr gegenüber Platz. »Die Namensänderung ist nur noch Formsache.« Sie schien ihm zu glauben, denn sie beließ es dabei.

»Tut mir leid, dass ich etwas zu spät bin, aber ich musste lange nach einen Parkplatz suchen«, schwindelte er. »Sind Sie auch mit dem Wagen hier?«

Was für eine belanglose Frage, tadelte er sich insgeheim. Fiel ihm nichts Besseres ein?

»Meistens nehme ich das Fahrrad, aber heute hatte ich am Mittag den ersten Termin. Um mir die Parkplatzsuche zu ersparen, fahre ich immer in die Tiefgarage. Die liegt so schön zentral.«

»Das werde ich nächstes Mal auch machen.« Er legte sein Käppi auf den Tisch. »Ich habe mich sehr über Ihre Nachricht gefreut. Ehrlich gesagt, war ich neugierig auf Sie … auf Ihre Agentur. Aber darüber steht gar nichts im Internet.«

»Das wundert mich nicht. Ich arbeite allein und fast ausschließlich für Verlage. Im Grunde bin ich so etwas wie ein Talent-Scout. Ein Verlag bucht mich zum Beispiel bei Literaturwettbewerben, um die Einsendungen zu beurteilen und sozusagen die Rosinen aus dem Kuchen zu picken.«

»Verstehe. Ich überlege die ganze Zeit, warum Sie mir so bekannt vorkommen. Ich glaube, ich habe Sie bei der Eröffnungsgala des Krimifestivals gesehen.«

»Das ist gut möglich.«

»Und bei der Premierenlesung von Professor Thaler. – Richtig?«

»Das ist korrekt. Er zählt zu meinem Freundeskreis. Sein Krimi hat den Weg in einen Verlag auch über mich gefunden.«

»Das ist ja interessant. Sein Krimi ist wirklich gut. Ich habe ihn begeistert gelesen.«

»Ihr Manuskript hat mich genauso überzeugt. Erzählen Sie mir, wie Sie zum Schreiben gekommen sind?«

Er nickte, wandte sich aber zuvor an die Serviererin, die am Nebentisch kassierte, und bestellte ein Wasser. Vorsichtshalber entschied er sich für ein stilles, um ein Blubbern im Magen zu verhindern, das ihn womöglich hörbar aufstoßen ließ.

»Beruflich bedingt lese ich viel«, nahm er den Faden auf. »Vorzugsweise Krimis. Manchmal habe ich mich über schlecht geschriebene Szenen geärgert. Irgendwann habe ich mir mal zum Spaß so einen Abschnitt vorgenommen und neu geschrieben. Das klappte gut.« Er forschte in ihrem Gesicht. Sie schien ihm aufmerksam zuzuhören und jedes Wort abzunehmen. »Und weil ich so viele Ideen im Kopf hatte, habe ich mit *Familiengruft* angefangen.«

»Wie lange haben Sie insgesamt an diesem Buch gearbeitet?«

»Etwa drei Jahre – inklusive Recherche.«

»Wahrscheinlich haben Sie Ihr Werk inzwischen einem Verlag angeboten?«

Er wartete mit der Antwort, da die Kellnerin das Wasser servierte, und trank einen Schluck.

»Zuerst habe ich mich nicht getraut, mich an einen Verlag zu wenden. Ich dachte, mein Krimi ist nicht spannend genug für eine Veröffentlichung.« Bescheidenheit kam immer gut an. »Deshalb habe ich ihn noch ein paar Mal überarbeitet und danach die ersten Verlage angeschrieben. Leider kam eine Ablehnung nach der anderen. Vermutlich haben sie ihn gar nicht gelesen.«

Der Blick aus ihren schönen braunen Augen drückte Mitgefühl aus.

»Leider können Verlage die Flut der eingehenden Manuskripte kaum bewältigen. Dafür müssten sie eine große

Anzahl Lektoren einstellen, was viel Geld kostet und sich auf die Buchpreise auswirken würde.« Ein Lächeln umspielte ihre Lippen. »Und da kommen Leute wie ich ins Spiel.«

Es kostete ihn keine Mühe, sie dankbar anzusehen.

»Ein Glück, dass Sie auf meinen Krimi aufmerksam geworden sind. Ehrlich gesagt, wollte ich zuerst gar nicht an dem Wettbewerb teilnehmen, aber jetzt bin sehr froh darüber, dass ich es getan habe.« Abermals trank er aus dem Glas. Mittlerweile fühlte er sich immer sicherer. »Wie geht es denn nun weiter?«

»Ich sende Ihnen per Mail einen Vertragsentwurf zu. Wenn Sie mit den Modalitäten einverstanden sind, fügen Sie Ihre persönlichen Daten hinzu und senden alles an mich zurück. Sobald unser Übereinkommen unterzeichnet ist, lege ich los.«

So einfach war das? Wo war der Haken? Nach ihrer eleganten und gewiss teuren Kleidung zu urteilen, verdiente sie gut. Wahrscheinlich erwartete sie ein saftiges Honorar.

»Darf ich fragen, was mich Ihre Vermittlung kosten wird?«

»Erst mal gar nichts«, erwiderte sie zu seinem Erstaunen. »Ich arbeite auf Erfolgsbasis. Die genauen Bedingungen stehen im Vertrag. Lesen Sie sich alles in Ruhe durch. Bei Fragen oder Änderungswünschen stehe ich Ihnen gern zur Verfügung.«

»Das klingt fair.«

Sekundenlang war er durch ein Kleinkind abgelenkt, das seinem Umfeld vor dem Schaufenster eine Kostprobe seines Willens gab. Aber da war noch etwas anderes in sein Blickfeld gerückt, etwas, das ihn alarmierte: Auf dem Dach des gegenüberliegenden Gebäudes blitzte etwas auf. Gleichzeitig war für einen Sekundenbruchteil ein schwarz vermummter Kopf zu sehen.

KAPITEL 40

Während Charlotte den kleinen Trotzkopf vor der Scheibe beobachtete, fragte sie sich, was in ihrem Gegenüber vorging. Natürlich hatte sie den Mann erkannt, obwohl sie sich nicht an seinen Namen erinnerte. Im Grunde wirkte er völlig normal. Etwas aufgeregt, aber das war bei einem solchen Gespräch verständlich. War es möglich, dass sie sich getäuscht hatten? Waren die Übereinstimmungen mit dem Profil des *Plagiators* Zufall? Oder war dieser Autor einfach nur geschickt darin, sein wahres Wesen zu verschleiern?

Nachdenklich wandte sie sich ihm zu. Eine Veränderung schien mit ihm vor sich gegangen zu sein.

»Alles in Ordnung?«

»Ja ... äh ... ich bin etwas unter Zeitdruck.«

»Das kenne ich.« Sie war froh, dass sich das Gespräch offenbar dem Ende näherte. »Lassen Sie sich nicht aufhalten. Alles Wichtige haben wir besprochen. Die Vertragsunterlagen schicke ich Ihnen so bald wie möglich. Ich freue mich auf die Zusammenarbeit.«

»Danke, ich auch.« Er schien in seiner Jackentasche nach ein paar Münzen zu suchen.

»Lassen Sie nur, Herr Falke. Ich erledige das.«

»Danke«, wiederholte er, griff nach seiner Cap und stand hastig auf. »Ich muss nur eben noch ... äh ... Entschuldigung ...«

Eilig verschwand er in Richtung der Toiletten. Anscheinend war sein Gang dorthin äußerst dringend.

Mit leiser Ungeduld wartete Charlotte auf seine Rückkehr, aber er tauchte nicht mehr auf. Nach weiteren zehn Minuten vermutete sie, dass es hier einen Hinterausgang gab. Wahrscheinlich hatte die Polizei Falke dort abgefangen und festgenommen. Deshalb bestand kein Grund mehr, hier länger zu sitzen. Sie trank den Latte aus und winkte einer Serviererin, um zu bezahlen.

»Das ist nicht nötig«, sagte die junge Frau und beugte sich zu ihr hinunter. »Ich bin Polizistin. Sie sollten das Bistro jetzt unauffällig verlassen und nach Hause fahren.«

»Was bedeutet das?«, gab sie ebenso leise zurück. »Wurde er verhaftet?«

»Darüber darf ich nicht sprechen. Gehen Sie einfach.« Ohne sie weiter zu beachten, griff sie nach den Gläsern und entfernte sich.

Ärger stieg in Charlotte hoch. Man benutzte sie als Lockvogel und schickte sie ohne Erklärung nach Hause? Würde Hannes diese Aktion leiten, hätte man sie nicht so abgefertigt. Unwirsch nahm sie das Telefon vom Tisch und drückte eine Taste, um die Mithörfunktion zu beenden. Da es sich um ein präpariertes Polizeihandy handelte, hätte sie es der Polizistin beim Hinausgehen am liebsten auf die Theke geknallt, beherrschte sich aber und steckte es in die Tasche, um damit Philipp anzurufen. Da sie ungern auf der Straße telefonierte, würde sie das vom Auto aus tun. Nur seine Nummer, die der Oberstaatsanwältin und Münsters waren in der Kontaktliste gespeichert.

Auf direktem Weg ging Charlotte zum Opernplatz. Dort befand sich der Eingang zur Tiefgarage. Sie lief die wenigen Stufen hinunter zum Kassenautomaten und bezahlte. Der Fahrstuhl brachte sie ins zweite Untergeschoss. Dort verließ sie den Lift. Im Gehen zog sie den Autoschlüssel aus der Handtasche. Das Geräusch einer zufallenden Tür ließ sie kurz zusammenzucken. Rasch warf sie einen Blick über ihre Schulter, aber es war niemand zu sehen. Achselzuckend ging sie auf ihren Wagen zu und hob die Hand mit dem Schlüssel. Per Knopfdruck sprang die Zentralverriegelung mit einem Klacken auf. Im gleichen Moment sträubten sich Charlottes Nackenhärchen. Ein Zeichen, dass jemand in ihrer unmittelbaren Nähe lauerte. Instinktiv wollte sie herumwirbeln, wurde aber nach einer halben Körperdrehung von einem Arm gestoppt, der sie von hinten packte. Sie spürte etwas Feuchtes auf Mund und Nase, während eine Hand ihren Kopf an der Stirn festhielt. Süßlicher Geruch benebelte ihre Sinne. Dennoch mobilisierte sie ihre Kräfte, spannte die Muskeln an und schlug unkontrolliert um sich. Ihre Bewegungen wurden rasch langsamer und erlahmten schließlich. Übergangslos versank sie in einem schwarzen Nichts ...

KAPITEL 41

Voller Ungeduld wartete Philipp auf Charlottes Anruf. Von Minute zu Minute wurde er kribbeliger. Wie jeden Nachmittag um diese Uhrzeit saß er mit den Freunden in der Küche. Diesmal hatte er Ellis leckeren Kuchen verschmäht. Dafür trank er bereits die dritte Tasse Kaffee.

»Möchtest du nicht doch ein Stück von der Gewittertorte?«, fragte Elisabeth, von seiner Unruhe angesteckt. »Süßes ist gut für die Nerven.«

»Nimm es mir bitte nicht übel, Elli. Die Torte sieht köstlich aus, aber ich kann jetzt nichts essen.« Seufzend lehnte er sich zurück. »Charlotte war um 15 Uhr mit dem Mann verabredet. Jetzt ist es 16.10 Uhr. Die Besprechung müsste längst vorbei sein.«

»Mach dich nicht verrückt.« Anneliese ließ sich nicht anmerken, dass auch sie allmählich nervös wurde. »Wahrscheinlich muss Charlotte noch eine Aussage bei der Polizei machen. Das dauert.«

»Trotzdem hätte sie mich längst angerufen. Wir haben besprochen, dass sie sich sofort meldet, wenn der *Plagiator* verhaftet ist.«

»Es könnte sein ...«, begann Elisabeth, brach ab und senkte den Blick.

»Was meinst du?«

»Ach, nichts.« Sie wagte offenbar nicht, ihre Befürchtung auszusprechen. »Ihr wisst doch, dass ich von Anfang an kein gutes Gefühl bei der Sache hatte.«

Obwohl eingehende Nachrichten mit einem Signalton angekündigt wurden, wischte Philipp mit dem Finger über das Display des Smartphones, in der Hoffnung, irgendetwas von Charlotte vorzufinden. Sekundenlang starrte er auf den Bildschirm. Schließlich hielt er es nicht mehr aus.

»Ich rufe sie an – egal, wo ich dadurch reinplatze.« Er trat ans Fenster und griff auf die Nummer des Polizeihandys zu. Nach mehrmaligem Läuten hörte er eine Stimme:

»Der gewünschte Gesprächspartner ist vorübergehend nicht erreichbar. The person you called is temporarily unavailable.«

»Mailbox«, informierte er die Freunde niedergeschlagen. »Warum geht Charlotte nicht ran?«

»Vielleicht musste sie dem Kommissar das Handy zurückgeben«, vermutete die Strick-Liesel, aber Philipp schüttelte den Kopf.

»Dann hätte sie mich vorher angerufen.« Flink suchte er die Nummer der Oberstaatsanwältin heraus, aber sie nahm das Gespräch nicht entgegen. »Mir reicht es. Ich fahre zum Präsidium.«

Ohne ein weiteres Wort war er draußen.

Unterwegs entschied Philipp, zuerst in die City zu fahren. Möglicherweise waren die Einsatzkräfte mit Charlotte noch vor Ort. Durch seine Anwesenheit bei sämtlichen Besprechungen wusste er, in welchem Bistro das Treffen geplant war. Er stoppte direkt davor in zweiter Reihe, schaltete die Warnblinkanlage ein und lief in den Gastraum. Nach einem kurzen Rundblick war klar, dass der Einsatz beendet war. Weder Charlotte noch Ermittler waren anwesend; der Schankbetrieb schien normal zu verlaufen. Deshalb machte Philipp auf dem Absatz kehrt, stieg in seinen Wagen und fuhr in die Waterloostraße. Der diensthabende Beamte zeigte sich über sein Erscheinen nicht überrascht.

»Guten Tag, Herr Professor. Kommen Sie wegen der Lagebesprechung?«

Der Einfachheit halber nickte Philipp nur.

»Alles klar. Ich rufe oben an, dass Sie da sind.«

»Nicht nötig, Herr Welsch. Ich kenne den Weg.«

Der Uniformierte zögerte einen Moment. Weil er wusste, dass der Professor in diesen Fall eingebunden war, machte er eine Ausnahme und ließ ihn passieren.

Der Aufzug brachte Philipp in die 4. Etage. Gewöhnlich fanden Besprechungen im Konferenzraum statt. Deshalb wandte er sich dorthin. Auf dem Flur begegnete ihm Hauptkommissar Münster.

»Was machen Sie denn hier, Professor? Hatten wir nicht besprochen, dass Sie sich raushalten?«

»Würden Sie seelenruhig daheimbleiben, wenn Ihre Frau den Lockvogel für einen vierfachen Mörder spielt – und längst überfällig ist?« Ohne eine Antwort abzuwarten, drängte er sich an ihm vorbei und betrat den Besprechungsraum. Ein einziger Blick genügte, um zu sehen, dass Charlotte nicht bei den Ermittlern saß. Außer der Oberstaatsanwältin waren nur Pia Wagner, Martin Drews und drei weitere Beamte anwesend.

»Wo ist Frau Stern?«

»Wir haben den Einsatz um 15.30 Uhr abgebrochen«, sagte Münster hinter ihm. »Sie wird längst in Ihrer WG sein.«

»Wäre ich dann hier?«, erregte sich Philipp. »Sie ist nicht zu Hause.«

»Vielleicht ist sie noch auf Shoppingtour.«

»Ist sie nicht!«

»Woher wollen Sie das so genau wissen?«

»Weil sie sich sofort bei mir melden wollte, wenn alles vorbei ist.«

»Das wird sie einfach vergessen haben.«

»Ganz bestimmt nicht. Sie weiß, dass ich mir Sorgen mache.«

»Wahrscheinlich haben Sie sich verpasst. Fahren Sie zurück. Wir haben wirklich keine Zeit für so was.«

»Den Teufel werde ich tun!«

Die zwei Männer standen sich wie zwei kampfbereite Kontrahenten gegenüber – jederzeit bereit, aufeinander loszugehen.

Benita Pauli konnte die Erregung der beiden verstehen. Der eine sorgte sich um seine Lebensgefährtin, der andere war wütend, weil die Aktion nicht wie geplant verlaufen war.

»Bitte, meine Herren«, sagte sie im Aufstehen. »Ihre Reaktion ist verständlich, bringt uns aber nicht weiter. Setzen Sie sich und lassen Sie uns das in Ruhe klären.«

Philipp nahm ihr gegenüber Platz; Münster dort, wo seine Akten lagen.

Benita Pauli schaute Philipp an.

»Fassen wir mal zusammen: Frau Stern hat sich weder nach Einsatzende telefonisch bei Ihnen gemeldet, noch ist sie nach Hause gekommen? Deshalb sind Sie schließlich hierher gefahren?«

»Vorher war ich im Bistro, aber da war schon alles vorbei.«

Für Kommissar Münster war die Lage klar.

»Inzwischen ist sie bestimmt zu Hause eingetrudelt.«

»Dann hätten mich unsere Mitbewohner längst benachrichtigt.«

»Es wäre doch möglich ...«

»Nein«, fiel ihm die Staatsanwältin ins Wort. »Wir arbeiten nicht das erste Mal zusammen. Frau Stern ist absolut zuverlässig.« Fragend hob sie die geschwungenen Brauen. »Hat sie das präparierte Telefon zurückgegeben?«

»Bislang nicht.«

»Worauf warten Sie dann noch?«

Während er die Aufforderung noch nicht begriffen hatte, klappte Martin den vor ihm stehenden Laptop auf.

»Handyortung. Ich bin dran.«

Es dauerte nicht lange, bis das Ergebnis vorlag.

»Opernplatz«, teilte der Kommissar den anderen mit. »Vermutlich Tiefgarage. Dort sollte Charly ihren Wagen abstellen.«

Pia beugte sich zu ihm hinüber.

»Bewegt sich das Signal?«

»Negativ. Soll ich eine Streife hinschicken?«

Nun kam Leben in Münster.

»Machen Sie das. Ich fahre auch hin.« Er zögerte kurz, schaute Philipp an. »Kommen Sie, Professor.«

Der war sofort auf den Beinen und verließ mit dem Hauptkommissar den Raum. Minuten später rasten sie mit eingeschaltetem Blaulicht und Martinshorn in die City und stoppten auf einem Taxistandplatz gegenüber dem Eingang zur Tiefgarage. Ein Polizeifahrzeug stand bereits am Rande der Fußgängerzone. Ein zweites hielt mit quietschenden Reifen in der Georgstraße. Martin hatte die Kollegen mit Informationen wie dem Kennzeichen des gesuchten Fahrzeugs sowie der Handynummer der Vermissten versorgt.

Im Laufschritt eilten sie die Treppe hinunter, sahen die Kollegen im ersten Untergeschoss, liefen weiter zur nächsten Ebene und blickten sich um. Philipp zog sein Telefon aus der Tasche und rief die Nummer des Polizeihandys an. Von irgendwo her ertönte ein leises Klingeln, das jedoch vom Geräusch eines startenden Motors geschluckt wurde. Als das

Fahrzeug über die Rampe verschwand, versuchte Philipp es noch einmal. Erneut war das Klingeln zu hören. Er folgte dem Läuten, das mit jedem Schritt etwas lauter wurde. An einem Pfeiler blieb er stehen und schaute sich um. Hier musste es irgendwo sein. Er umrundete einen schwarzen Golf – und entdeckte es. Das Telefon lag dicht an der Wand in einer kleinen Ausbuchtung.

»Ich habe es gefunden!«, rief er Münster zu und bückte sich nach dem Gerät.

»Nicht anfassen!«, befahl der Hauptkommissar im Näherkommen, worauf Philipp seine Finger zurückzog.

Ralf Münster hatte bereits eine kleine Beweismittelsicherungstüte in der Hand. Mit der Spitze seines Kugelschreibers schob er das Smartphone hinein. Nach einem Blick auf das Autokennzeichen schüttelte er den Kopf.

»Das ist leider nicht Frau Sterns Wagen.« Er ließ den Beutel in seiner Jackentasche verschwinden und zog sein eigenes Telefon hervor. Damit rief er die Staatsanwältin an und setzte sie in Kenntnis.

»Ich erkundige mich, ob es Videomaterial aus der Tiefgarage gibt und stelle es gegebenenfalls sicher. Anschließend kommen wir zurück ins Präsidium. Kollege Drews soll die Kriminaltechnik informieren und sich um die Aufzeichnungen der Außenkameras kümmern.« Er beendete das Gespräch und wandte sich an Philipp. »Noch ist unklar, welches Szenario dahintersteckt, aber ich fürchte, ich muss mich bei Ihnen entschuldigen. Offenbar habe ich die Situation falsch beurteilt.«

»Akzeptiert«, erwiderte der Professor knapp und setzte sich in Bewegung. »Lassen Sie uns keine Zeit verlieren.«

KAPITEL 41,5

Was für ein Tag! Er war unsicher, das Richtige getan zu haben. Hatte er womöglich übereilt gehandelt? Dieser Vermummte auf dem Dach konnte nur ein Scharfschütze gewesen sein. Der hatte ihn völlig aus dem Gleichgewicht gebracht. Hatte der seinetwegen dort gelauert? Das würde bedeuten, dass die Polizei ihn beobachtete. Aber warum war er nicht längst verhaftet worden? Möglicherweise war die Literaturagentin eine verdeckte Ermittlerin. Hatte sie ihn in eine Falle gelockt, ohne seine wahre Identität zu kennen? Oder waren die Bullen ihr heimlich gefolgt, ohne dass sie davon wusste? Er musste die Wahrheit ans Licht bringen, musste herausfinden, ob er ins Visier der Polizei geraten war. Eigentlich hielt er das für unmöglich. Jede seiner Taten war perfekt geplant und ausgeführt worden, ohne Spuren zu hinterlassen. Heute hatte er improvisieren müssen. Dennoch war er überzeugt davon, dass ihm dabei kein Fehler unterlaufen war. In Gedanken ging er die Entführung noch mal durch.

Es war nicht schwer zu erraten gewesen, wo die Frau geparkt hatte. Mit der dünnen dunkelblauen Nylonjacke, dem Fischerhut und der Sonnenbrille aus seiner Umhängetasche war es einfach gewesen, sein Äußeres zu verändern, um nicht erkannt zu werden. Er war stets für eine eventuell notwendige Tarnung gewappnet. Man wusste nie, wann man darauf zurückgreifen musste. Er hatte die Frau betäubt, auf den Beifahrersitz ihres Wagens gesetzt und vorschriftsmäßig angeschnallt. Ihr Telefon hatte er hinter einem Pfeiler verschwinden lassen. Rasch war er eingestiegen und aus der Tiefgarage gefahren.

Kurz darauf erreichte er das Parkhaus, in dem sein Auto stand. Er fuhr auf die dritte Ebene, stellte den fremden Wagen weit hinten ab, wo sich viele freie Plätze befanden. Mit ein paar Schritten war er bei seinem eigenen Auto und fuhr es direkt neben den Golf der Agentin. Das Umladen der Frau auf seinen Rücksitz ging schnell vonstatten. Hastig zog er eine Wolldecke über die Bewusstlose, lief zum Fahrstuhl und fuhr zum Kassenautomaten hinunter, um sein Ticket zu bezahlen. Als er das Parkhaus in seinem Peugeot verließ, waren nur wenige Minuten vergangen. Vorsichtshalber nahm er einige Umwege, bis er an seinem alten Haus ankam und direkt in die Garage fuhr. Der Rest war ein Kinderspiel, da es von dort einen direkten Zugang zum Souterrain gab. Früher hatte sein Stiefvater ihn hier eingesperrt, um ihn zu bestrafen. Damals war es unten nicht so komfortabel wie jetzt. Später hatte er das Haus übernommen und aus der Kellerbar des Alten den geheimen Raum geschaffen. Dort hatte er vor ein paar Jahren ein Familienmitglied eingesperrt. Deshalb war alles vorbereitet. Die Wände waren doppelt isoliert und schallgedämmt, sodass kein Laut nach außen drang.

Reglos stand er vor der Matratze, auf der sie lag, und betrachtete sie. Wie friedlich sie wirkte. Er konnte und wollte sich nicht vorstellen, dass sie womöglich für die Polizei arbeitete.

Zum ersten Mal befand sich eine Frau im Haus – eine richtige Frau. Nicht eines von den jungen Dingern, denen er früher manchmal begegnet war, die ihn immer verhöhnt hatten. Und kein verbiestertes altes Weib wie seine Mutter.

Nun konnte er kaum fassen, was er sah. Wie oft hatte er davon geträumt, einen Menschen zu finden, der zu ihm gehörte, der ihn liebte – so, wie er war? Er kannte solche Gefühle nur aus Büchern. Und plötzlich empfand er etwas, das er nicht einordnen konnte. Es verwirrte ihn und machte ihm Angst, weil er sich dieser Frau nicht gewachsen fühlte. Andererseits löste ihre Anwesenheit ein Hochgefühl bei ihm aus. Sie war schlank und ausgesprochen hübsch – und sie gefiel ihm. Schade, dass er in der Aufregung vergessen hatte, die Handtasche mit ihren Papieren aus ihrem Wagen mitzunehmen. Schätzungsweise war sie Mitte 50, etwa zehn Jahre älter als er. Das störte ihn nicht. Er mochte kluge, erfahrene Frauen.

Er ging in die Hocke und streifte ihr die Pumps von den Füßen. Dabei bemerkte er, dass durch ihre hochgerutschte Bluse ein Streifen Haut sichtbar war. Zögernd streckte er die Hand aus. Seine Finger zitterten, als er sie berührte. So warm, so samtig … Sein Atem ging stoßweise; Schweißperlen sammelten sich auf seiner Stirn. Wie in Trance wagte er sich weiter vor …

KAPITEL 42

Bei der Rückkehr in den Konferenzraum des Präsidiums saßen dort nur noch Benita Pauli sowie die Kommissare Wagner und Drews, die an ihren Notebooks arbeiteten.

Die Oberstaatsanwältin blickte Philipp schuldbewusst entgegen. Er ahnte, was in ihr vorging. Sie machte sich Vorwürfe – genau wie er.

»Es tut mir leid«, sagte sie prompt. »Leider habe ich die Gefahr nicht richtig eingeschätzt. Ich hätte Frau Stern da nicht mit reinziehen dürfen.«

»Niemand von uns hat damit gerechnet, dass dieses Treffen für Charlotte derart gefährlich werden könnte. Mir hätte es allerdings klar sein *müssen*. Ich habe das Profil erstellt und weiß, dass man bei diesem Mann auf alles gefasst sein muss. Deshalb hätte ich ihren Einsatz nicht zulassen dürfen.«

»Charly hat zugestimmt, weil sie dazu beitragen wollte, den Täter zu stoppen«, gab Pia zu bedenken. »Sie hätte nicht gekniffen.«

»Mir zuliebe hätte sie einen Rückzieher gemacht«, war er überzeugt. »Aber ich habe sie nicht darum gebeten. Das war ein Riesenfehler.«

»Wir werden sie finden«, versuchte sie, ihn zu trösten. »Dafür müssen wir die ganze Aktion noch mal Schritt für Schritt durchgehen.«

»Kann sofort losgehen«, vermeldete Martin, ohne von seinem Notebook aufzusehen. »Die Aufnahmen sind gekommen. Ich schicke sie auf den interaktiven Bildschirm.«

Alle Blicke richteten sich auf das überdimensionale Display an der Wand. Martin startete die Aufnahme, die Charlotte zeigte, wie sie sich dem Bistro näherte.

»14.50 Uhr: Charly betritt das Bistro.«

Die Kameraeinstellung wechselte zum großen Schaufenster, durch das man sehen konnte, dass sie sich an den abgesprochenen Platz setzte. Die nächsten Aufnahmen zeigten das Kommen und Gehen im Eingangsbereich. Die Kamera schwenkte zurück zu der Wartenden, zu der sich unbemerkt ein Mann gesellt hatte. An dieser Stelle hielt Martin das Bild an.

»Wie der Kollege gesagt hat: Viel ist von dem Kerl nicht zu sehen.«

»Heutzutage gibt es fast überall Kameras«, bemerkte Philipp. »Der Besitzer des Bistros hat wahrscheinlich …«

»Schön wäre es«, unterbrach Benita Pauli den Professor. »Gaststätten gelten im datenschutzrechtlichen Sinne als öffentlich zugängliche Räume. Deshalb ist eine Videoüberwachung in der Regel nicht zulässig. Ausnahme: Es muss ein konkreter Verdacht hinsichtlich einer Straftat oder einer sonstigen schwerwiegenden Verfehlung bestehen. Wir hatten uns eine richterliche Genehmigung für den Einsatz einer Kamera besorgt. Die wiederum mussten wir versteckt anbringen, weil wir nicht wissen, inwieweit der *Plagiator* sich mit den Vorschriften auskennt. Womöglich hätte er die Kamera entdeckt und sich aus dem Staub gemacht. Zusätzlich hat von der Straßenseite aus ein Kriminalbeamter gefilmt.«

Verstehend nickte Philipp.

»Nach der Sitzposition des Mannes zu urteilen, wusste er entweder von der Kamera oder er war übervorsichtig.«

»Letzteres«, vermutete Pia und wandte sich an ihren Kollegen. »Spul noch mal zum Eingang zurück, ob wir ihn beim Reinkommen sehen. Einziger Anhaltspunkt ist allerdings ein helles Hemd.« Vier Augenpaare hingen wie gebannt am Bildschirm.

»Der Typ mit der Basecap könnte es sein«, sagte die Oberstaatsanwältin schließlich. »Leider ist das Gesicht nicht zu erkennen.«

»Ich würde gern hören, was er gesagt hat«, bat Philipp. »Sie haben das Gespräch doch aufgezeichnet, oder?«

»Logisch«, erwiderte Martin. »Moment, ich lege die Tonspur über die Bilder ...« Es dauerte nicht lange, bis sie das Gespräch zwischen Charlotte und Falke hörten und die passenden Aufnahmen dazu sahen.

Philipp stützte den linken Arm auf den Tisch und den Kopf in die Hand, während er lauschte. Zunächst nahm er nur Charlottes Stimme wahr, die die unterschiedlichsten Emotionen in ihm weckte: einerseits Wärme und Zärtlichkeit, andererseits Schuldgefühle und Verlustangst. Es kostete ihn Mühe, diese Empfindungen zu verdrängen und sich auf das gesamte Gespräch zu konzentrieren. Plötzlich fiel es ihm auf.

»Augenblick«, sagte er zu Martin. »Diese Stimme ... die habe ich schon mal gehört.«

»Echt? Wo?«

Bedauernd zuckte der Professor die Schultern.

»Das weiß ich leider nicht.«

Sie waren an der Stelle der Aufnahmen angelangt, an der Falke in Richtung der Toiletten verschwand. Es war zu sehen, dass sich Charlotte während des Wartens ein paarmal nach ihm umschaute und schließlich ungeduldig mit den Fingerspitzen auf den Tisch trommelte. Zuletzt war der kurze Wortwechsel mit der Polizistin aufgezeichnet.

»Was war das denn?«, kommentierte Benita Pauli die Schlussszene missbilligend. »Unsensibler geht es wohl nicht.«

»Die Kollegin ist noch etwas unerfahren«, nahm Münster die junge Polizistin in Schutz, worauf Martin das Bild anhielt.

»Das war es soweit. Mehr haben wir nicht.«

Damit gab Philipp sich nicht zufrieden. Ihm fehlte die Information, wie der Autor entkommen konnte.

»Genau wissen wir das nicht«, musste der Hauptkommissar zugeben. »Aus dem, was er sagte, haben wir geschlossen, dass er zur Toilette geht. Das SEK ist rein und hat einen Mann im weißen Hemd zu Boden gebracht. Der hat sich mit Händen und Füßen gewehrt ...«

»Aber es war der falsche Mann«, vollendete der Professor. »Richtig?«

»Ein Musiker aus der Oper, der nach einer langen Probe einen Kaffee trinken und einen Happen essen wollte. Laut Einsatzleiter war er der einzige Gast auf der Herrentoilette. Zur Hintertür ist aber niemand rausgekommen. Deshalb vermuten wir, dass der *Plagiator* einfach Glück hatte, dass die Tür neben der Küche nicht verschlossen war. Von dort aus ist er wohl ins Treppenhaus und weiter auf die Straße gelaufen. Darauf hat niemand geachtet, weil die Kollegen davon ausgingen, dass der Mann inzwischen verhaftet wurde und der Einsatz beendet sei.«

Philipp war klar, dass es sich um eine Verkettung widriger Umstände handelte. Es lag ihm fern, einen Schuldigen am Scheitern der Aktion zu suchen. Das war Zeitverschwendung und brachte sie nicht weiter.

»Aus Charlottes Verschwinden und dem Handyfund in der Tiefgarage haben wir geschlossen, dass der Autor tatsächlich mit dem *Plagiator* identisch ist und dass er Charlotte entführt hat. Aber wir haben uns noch nicht gefragt, was ihn dazu veranlasst hat. Das war garantiert nicht geplant. Aber was war der Grund für diese spontane Handlung? Kurz vor seinem plötzlichen Aufbruch waren beide durch das schreiende Kind vor der Schaufensterscheibe abgelenkt. Irgendwas muss er noch auf der Straße beobachtet haben. Etwas, das ihn stark beunruhigt hat. Und wieso brachte er Charlotte damit in Zusammenhang? Hat er Polizei gesehen und fühlte sich von ihr verraten?«

Nicht nur der junge Kommissar schien beeindruckt von Philipps Denkweise. Er stellte genau die richtigen Fragen. Martin überlegte kurz.

»Ich habe nebenan im Außenbereich des Cafés gesessen und hatte die Umgebung im Blick. Alle Einsatzkräfte trugen Zivil. Bis auf das SEK. Als die kleine Göre dieses Mordsspektakel veranstaltet hat, saßen die Kollegen aber noch im Mannschaftsbus in der Nebenstraße. Nicht mal ich konnte sie sehen. Vom Fenstertisch des Bistros war die Sicht noch eingeschränkter. Da war niemand, der … Fuck«, murmelte er. »Der Präzisionsschütze auf dem Dach. Für einen winzigen Moment blitzte da oben was in der Sonne auf. Vielleicht das Objektiv des Zielfernrohrs. Andererseits … wenn man nicht weiß, dass da oben jemand hockt, könnte man das für sonst was halten.«

»Und wenn ein paar Meter weiter aus der Perspektive des Mannes mehr zu erkennen war?«, wandte Pia ein. »Dieser Typ hat vielleicht nur eine Bewegung auf dem Dach wahrgenommen und die richtigen Schlüsse daraus gezogen.«

»Das ist durchaus möglich«, pflichtete die Staatsanwältin ihr bei. »Aber woher wusste er, wo Frau Stern ihren Wagen geparkt hat?«

»Sie hat anfangs von einer Tiefgarage gesprochen«, erinnerte Münster. »Die nächstliegende ist unter der Oper. Die befindet sich gleich um die Ecke vom Bistro. Vielleicht ist er Frau Stern dorthin gefolgt. Dummerweise gibt es in der Tiefgarage keine Videoüberwachung.«

Nachdenklich nickte sie.

»Was ist mit den Kameras am Opernplatz und am Kröpcke? Sind diese Aufnahmen inzwischen eingetroffen?«

»Noch nicht«, gab Martin Auskunft. »An der Börse sind mehrere Banken, die bestimmt Videoüberwachung haben. Die Ausfahrt der Tiefgarage befindet sich ganz in der Nähe. Ich fordere das Filmmaterial an.«

»Unweit der Oper sind außerdem Juweliere ansässig«, wusste Philipp. »Die haben möglicherweise Kameras installiert.«

»Die frage ich gleich mit ab.«

»Kann ich mir inzwischen noch mal die Tonaufnahme anhören?«, bat der Professor. »Vielleicht fällt mir dadurch ein, woher ich diese Stimme kenne.«

Münster bot ihm seinen Laptop an und besorgte sogar Kopfhörer. Martin richtete die Tonaufnahme wie eine Endlosschleife ein, sodass sie am Ende wieder von vorn begann.

Während sich Philipp die Stimmen anhörte, kam Benno Winkler, der Chef der Kriminaltechnik, herein und informierte über die ersten Ergebnisse der Spurensuche in der Tiefgarage der Oper. Dort hatten sie ein mit Chloroform benetztes Tuch sichergestellt, von dem nun Speichelspuren extrahiert werden sollten. Bei einem Treffer war davon auszugehen, dass sie von Charlotte stammten. Vom Wasserglas aus dem Bistro wurde ebenfalls DNA sichergestellt. Außerdem wurden die Fingerabdrücke des Mannes durch ein Computerprogramm gejagt, in der Hoffnung, dass diese bereits in der Datenbank gespeichert waren.

Die Oberstaatsanwältin ging an ihrem Notebook noch einmal das Plädoyer für einen Prozess am nächsten Morgen durch.

Dabei warf sie ab und zu einen Blick zu Philipp Thaler hinüber. Sie schätzte diesen Mann. Sein scharfer Verstand, sein Fachwissen und sein Einfühlungsvermögen beeindruckten sie. Obwohl er allen Grund hatte, ihr für den gescheiterten Einsatz im Bistro Vorwürfe zu machen, tat er es nicht. Er zeigte Verständnis und suchte den Fehler bei sich selbst. Trotz der für ihn belastenden Situation ließ er sich die Angst um die Frau, die er liebte, nicht anmerken. Er saß fast reglos am Tisch. Die Kopfhörer auf den Ohren und die Augen geschlossen, schien er hochkonzentriert den Stimmen zu lauschen.

Nach fast einer Stunde nahm er die Kopfhörer ab und legte sie auf den Tisch. Es hatte den Anschein, als wolle der Professor resigniert aufgeben. Er drückte jedoch den Rücken durch und schaute Benita Pauli an.

»Jetzt weiß ich, wessen Stimme das ist.«

KAPITEL 42,5

Er war regelrecht aus dem Keller geflüchtet – vor diesen neuen Empfindungen und dem Gefühl, etwas falsch zu machen. Wie immer, wenn er überfordert war, zog er sich bis auf die Boxershorts aus, verkroch sich in seinem Bett und löschte das Licht. Von Kindesbeinen an hatte er das getan. Hier fühlte er sich sicher, kam aber nicht zur Ruhe. Diese Frau ging ihm nicht aus dem Kopf. Charlotte … Der Name passte zu ihr. Sie erschien ihm wie ein Geschenk, mit dem er nicht gerechnet hatte.

War es noch wichtig, warum er sie entführt hatte? Augenblicklich wurde ihm bewusst, dass sie *Familiengruft* nun nicht mehr an einen Verlag vermitteln konnte. Er würde eben einen anderen Weg finden müssen. Indes er ins Dunkel starrte, sprangen seine Gedanken hin und her, drehten sich vor allem darum, dass sie ihm gehörte. Sie würde ihm sagen, was er wissen wollte. Ihm war klar, dass er alles mit ihr machen, alles von ihr haben konnte, was er verlangte.

Seine Erfahrungen mit Frauen waren gleich null. In jungen Jahren hatte er es nie geschafft, sich mit Mädchen zu verabreden, geschweige denn, mit einem zu schlafen. Vorgestellt hatte er sich das oft, aber ihm fehlte der Mut, sie anzusprechen. Vor bezahltem Sex ekelte er sich.

Er würde Charlotte bei sich behalten, wenigstens für eine

Weile. – Oder war es besser, sie zu befragen und anschließend so schnell wie möglich verschwinden zu lassen? Auf seine Weise. Sie brachte sein Leben nur unnötig durcheinander. Oder nicht? Es widerstrebte ihm, diese Chance ungenutzt zu lassen. Keiner würde sie hier vermuten. Von diesem Haus wusste niemand. Es hatte seinem Stiefvater gehört, war immer noch auf dessen Namen eingetragen. Das perfekte Versteck.

Ihre gemeinsamen Erlebnisse könnte er in einem seiner nächsten Krimis verarbeiten. Die Geschichte eines Mannes, der eine Frau entführte, sie in seinem Keller gefangen hielt, bis er genug von ihr hatte, sie tötete und sich das nächste Opfer suchte ...

Sie erinnerte ihn an Annalena aus seiner Klasse: blond, bildhübsch, endlos lange Beine. Er hatte sie begehrt und sich nach ihr verzehrt, aber sie hatte ihn ausgelacht, wenn sie bemerkte, wie er sie anstarrte. Mit ihren Freundinnen hatte sie sich über ihn lustig gemacht und ihn spüren lassen, dass er es nicht wert war, sich mit ihm abzugeben.

Das würde Charlotte nicht tun. Sie war eine erfahrene Frau, die wusste, wie man einen Mann befriedigte. Wenn er daran dachte, wie gut sie sich angefühlt hatte, ihre zarte Haut, ihre weichen Locken ... Ihre Haut war straff, wahrscheinlich trieb sie Sport, vielleicht Krafttraining wie er selbst. Und wie sie duftete ... Er hatte sich sehr beherrschen müssen. Aber sein erstes Mal sollte nicht mit einer leblos daliegenden Frau sein. Er wollte ihre Leidenschaft spüren, sie wohlig seufzen hören. Lange würde es nicht mehr dauern, bis er endlich erfahren würde, was für ein Gefühl das war, eine Frau überall zu berühren, in sie zu stoßen ...

Der Gedanke daran erregte ihn. Ein Kribbeln erfasste seinen Körper. Seine Hand verschwand unter der leichten Decke, zog die Unterhose herunter und befreite mit bebenden Fingern seine harte Männlichkeit. Die Vorstellung, diese attraktive Frau dort unten im Keller würde sich an ihm reiben, überwältigte ihn. Seine Hand arbeitete schneller und schneller, wobei er laut stöhnte. Während er sich auf den Höhepunkt katapultierte, drehte er sich auf die Seite und ejakulierte auf den Bettvorleger. Schweißgebadet rollte er sich auf den Rücken und rang erschöpft nach Luft. Als sich sein Atem allmählich beruhigte, ließ ihn ein schnarrendes Geräusch zusammenzucken. Wahrscheinlich schlich seine Mutter draußen herum. Sollte sie es wagen, sich noch einmal einzumischen, würde er nicht zögern, ihr den Schädel einzuschlagen.

KAPITEL 43

Schwarz gekleidete, maskierte Gestalten schlichen auf das Haus zu. Trotz ihrer etwa 25 Kilo schweren Ausrüstung am Körper bewegten sie sich flink und fast lautlos die wenigen Stufen hinauf. Mit den Maschinengewehren im Anschlag brachten sie sich vor der Tür in Position. Einer der Männer hob die Ramme in seinen Händen. Nach zwei Schlägen in Höhe des Schlosses sprang die Tür auf. Die Kollegen stürmten hinein.

»Polizei!«, erklang es mehrmals. Kurz darauf: »Gesichert!«

Das SEK verließ die Zweiraumwohnung, worauf Hauptkommissar Münster mit Pia und dem Team der Kriminaltechnik eintrat. Sie alle trugen Schutzkleidung. Unter ihren Füßen knarrten die Dielen. Vom schmalen Flur aus verteilten sie sich in den wenigen Räumen. Pia betrat zuerst die Küche. Ein unangenehmer Geruch nach abgestandener Luft empfing sie. Alle Arbeitsflächen waren penibel sauber. Nicht einmal eine benutzte Kaffeetasse stand herum. Ein Blick in die Schränke förderte nichts Auffälliges zutage. Der Kühlschrank enthielt ein Glas Gewürzgurken und andere haltbare Lebensmittel wie Marmelade und zwei Wurstkonserven.

Auch im winzigen Bad fanden sich nur die üblichen Gegenstände wie Zahnputzzeug, Handtücher, Duschgel und Rasierutensilien.

Unterdessen forschte Münster im Wohnzimmer nach

einem Anhaltspunkt, der darauf hindeutete, dass der Wohnungsmieter mit dem *Plagiator* identisch war. Sein Blick umfasste den Raum: weiß gestrichene Wände und die Einrichtung wie aus einem schwedischen Möbelhaus. Dazu ein alter Fernseher und eine gut bestückte Bücherwand.

Das Schlafzimmer war ebenfalls unauffällig. Ein einfaches Bett, eine Kommode und ein mit einer überschaubaren Menge an Kleidungsstücken gefüllter Schrank. Der Bewohner schien ein Pedant zu sein, der akribisch darauf achtete, dass alles in seiner Umgebung sauber und ordentlich war.

Während die Kriminaltechniker Spuren sicherten, trafen sich Pia und ihr Vorgesetzter im Wohnzimmer. Sie blieb vor der Büchersammlung stehen.

»Eine Menge Lesestoff.«

»Für einen Buchhändler nicht ungewöhnlich.«

Sie zog ein Exemplar aus dem Regal, blätterte darin, stellte es zurück und ließ die Augen über die Buchrücken schweifen.

»Das sind anscheinend alles Krimis.«

»Leider ist das kein Beweis, dass hier ein eiskalter Mörder lebt.«

»Verflixter Mist!« Sie gesellte sich zum Chef der Kriminaltechnik, der in einem Ordner blätterte. »Habt ihr einen Hinweis gefunden, ob Charly hier festgehalten wurde?«

Benno Winkler schüttelte den Kopf.

»Alles deutet darauf hin, dass diese Wohnung selten benutzt wird. Wenn es sich bei dem Mieter tatsächlich um Lottis Entführer handeln sollte, scheint er noch über eine weitere Unterkunft zu verfügen.«

»Es wäre ja auch zu schön gewesen«, seufzte Pia. »Wir müssen schleunigst rausfinden, wohin er Charly verschleppt hat. Sollte er dahinterkommen, dass sie unser Lockvogel war, schwebt sie in akuter Lebensgefahr.«

Nachdem die Oberstaatsanwältin darüber informiert war, dass sich die Wohnungsdurchsuchung als Sackgasse erwiesen hatte, verließ sie das Präsidium, um in ihr Büro zu fahren. Dort gelang es ihr aber nicht, sich auf ihre Arbeit zu konzentrieren. Deshalb entschloss sie sich zu einem späten Besuch in der Klinik bei Hannes Bremer. Sie vermisste den Hauptkommissar wegen seiner Erfahrung und seiner besonnenen Vorgehensweise. Auch ohne die gelegentliche Hilfe der Senioren war er der Ermittler mit der höchsten Aufklärungsrate. Ihre Zusammenarbeit war stets harmonisch verlaufen.

Hannes lag in seinem Krankenhausbett und zappte durchs Fernsehprogramm. Er hasste es, zum Nichtstun verurteilt zu sein, und langweilte sich in seinem komfortablen Einzelzimmer. Die Prognose der Ärzte, dass es noch einige Wochen dauern würde, bis er vollständig wiederhergestellt und arbeitsfähig war, besserte seine Stimmung nicht. Ohne etwas zu tun, würde er noch depressiv – oder aggressiv – oder beides. Er konzentrierte sich auf die *Tagesschau*, danach schaltete er das an der Wand angebrachte Gerät aus und nahm das Buch mit den Detektivgeschichten vom Nachtschrank. Inzwischen wusste er von einer Schwester, was Charlotte alles getan hatte, um ihm aus dem Koma zu helfen. Sie hatte ihm viel erzählt, seine Lieblingsmusik vorgespielt oder stundenlang vorgelesen. Daran erkannte man wahre Freundschaft. Dankbarkeit erfüllte ihn außerdem, weil sie nachts bis an den Rand der eigenen Erschöpfung an seinem Bett gesessen und ihm letztlich sogar das Leben gerettet hatte.

In seine Gedanken hinein klopfte es an der Tür. Überrascht sah er die Oberstaatsanwältin eintreten.

»Störe ich?«

»Überhaupt nicht. Kommen Sie und setzen Sie sich.«

Benita Pauli schob einen Stuhl ans Bett und ließ sich darauf nieder. Sie sah müde aus. Wahrscheinlich stand sie wegen der aktuellen Fälle unter Dauerstress.

»Gibt es was Neues von Fink?«

»Leider nicht. Die Suche nach ihm läuft auf Hochtouren, aber noch gibt es keine Spur von ihm. Er scheint sich in Luft aufgelöst zu haben.«

»Wahrscheinlich hat er sich ins Ausland abgesetzt.«

»Seit ein paar Tagen wird europaweit nach ihm gefahndet. Irgendwann wird er gefasst und muss sich für seine Tat verantworten.«

Obwohl er nicht so zuversichtlich war, nickte Hannes.

»Hoffen wir es mal.« Er griff nach dem über ihm baumelnden Haltegriff des Aufrichters, der an seinem Bett befestigt war. Vorsichtig zog er sich hoch und setzte sich aus der halb liegenden Position auf. Mit dem Kopf deutete er auf die zusammengefaltete Ausgabe der *HAZ*, die auf dem Nachttisch lag. »Hat sich bei den Ermittlungen der Krimifestival-Morde was ergeben?«

Ein tiefer Seufzer löste sich von ihren Lippen.

»Wir hatten einen vielversprechenden Ansatz, aber … Es ist alles schiefgelaufen.«

Vom Krimiwettbewerb wusste er bereits. Was er nun über die Besprechung im Bistro und die Folgen davon hörte, machte ihn zunächst fassungslos, ehe sein Ärger überhandnahm.

»Sie hat mich heute Vormittag besucht, aber kein Wort über das Treffen verloren. Weil sie wusste, was ich davon halte.« Eindringlich blickte er Benita Pauli in die Augen. »Wer, zum Teufel, hat sie überredet, da mitzumachen? Münster?«

»Nein, das war ich«, gab sie kleinlaut zu und berichtete davon. Hannes machte ihr keine Vorhaltungen, war aber immer noch erregt.

»Ausgerechnet Charly musste das passieren. Das ist das zweite Mal, dass sie entführt wurde, weil sie uns bei unseren Ermittlungen unterstützt hat. Beim ersten Mal ist sie mit viel Glück mit dem Leben davongekommen. Wahrscheinlich hat der *Plagiator* sie nicht an Ort und Stelle in der Parkgarage umgebracht, weil er sich Informationen von ihr erhofft. Ein vierfacher Mörder wird nicht lange fackeln, wenn er hat, was er will.«

»Frau Stern ist keine Anfängerin. Sie weiß, dass sie ihn hinhalten muss, um uns Zeit zu verschaffen, sie lebend zu finden.«

»Ihr Schweigen wird ihn nicht daran hindern, sie grausam zu foltern, um sie zum Reden zu bringen. Was glauben Sie, wie lange sie das aushalten kann?«

Mit einer fahrigen Geste strich sie sich über die Stirn.

»Das mag ich mir nicht vorstellen.«

»Wenn ich nicht an dieses verfluchte Bett gefesselt wäre, würde ich selbst nach ihr suchen.« Resigniert ließ er sich gegen das Kissen sinken. »Wieso hat der Professor sie nicht an dieser wahnwitzigen Aktion gehindert?«

»Das wirft er sich seitdem vor. Wir alle haben die Gefahr unterschätzt. Trotzdem sind wir ein ganzes Stück weitergekommen.« Nun erzählte sie, dass Philipp Thaler die Stimme des Täters auf den Aufzeichnungen erkannt hatte, die Wohnungsdurchsuchung bislang aber ergebnislos verlaufen war.

Ungläubig schaute Hannes die Oberstaatsanwältin an.

»Sind Sie wirklich davon überzeugt, dass es sich bei ihm um den *Plagiator* handelt?«

»Es spricht vieles dafür: die Kongruenzen mit dem Profil, die selten genutzte Wohnung, in der es eine Bücherwand

voller Krimis gibt, und nicht zuletzt die Stimme. Wir haben
den Mann zur Fahndung ausgeschrieben. Parallel ermitteln
wir auf allen Ebenen, um Infos über ihn zusammenzutragen.
Wir befragen außerdem so viele Leute wie möglich aus seinem beruflichen Umfeld. Vielleicht hat er Kollegen gegenüber mal etwas erwähnt, was uns weiterhilft: einen Schreber-
garten, ein Wochenendhaus, eine Jagdhütte, irgendwas ...«

»Kann ich was dazu beitragen?«

Sie nickte und deutete auf den Laptop, der halb unter der
Tageszeitung verborgen auf dem Nachtschrank lag.

»Insgeheim habe ich gehofft, dass Sie Ihr Notebook hier-
haben. Deshalb habe ich Ihnen was mitgebracht.« Sie fischte
einen USB-Stick aus ihrer Jackentasche und reichte ihn an
Hannes weiter. »Darauf ist alles gespeichert, was wir haben.
Vielleicht fällt Ihnen etwas auf, das wir übersehen haben.«

KAPITEL 44

Ihr eigenes Stöhnen drang in ihr Bewusstsein. Gleichzeitig stieg Übelkeit in ihr hoch.

»Philipp, mir ist schlecht …« Ihre Stimme klang wie ein Krächzen. Suchend glitt ihre Hand über die Matratze. Warum lag er nicht neben ihr? Mühsam öffnete sie die Augen. Im Halbdunkel sah sie eine rötliche Wand. Alarmiert fuhr sie in die Höhe, stöhnte erneut. Das war nicht ihr Schlafzimmer! Sie schob die Wolldecke beiseite. Wo war sie? Das Nachdenken fiel ihr schwer. Bruchstückhaft kehrte die Erinnerung zurück: das Bistro … der Mann, den sie für den *Plagiator* hielten … sein Verschwinden … ihre Rückkehr in die Tiefgarage … und danach? Nur Schwärze.

Wie in Zeitlupe rappelte sie sich hoch, fiel zurück auf die Matratze, versuchte es erneut. Hinter ihrer Stirn lauerte ein dumpfer Schmerz, der sich bei jeder Bewegung verstärkte. Ihre Beine fühlten sich wie aus Gummi an. Ihr Blick fiel auf ihre Pumps, die ordentlich neben ihrem Lager abgestellt waren. Schwankend richtete sie sich auf, sah eine halb geöffnete Tür, taumelte auf Strümpfen hinüber und tastete nach dem Lichtschalter. Auch hier schwache Beleuchtung aus einer kleinen runden Wandlampe … ein winziges Bad … beige-gemusterte Fliesen … Sie spürte den Druck ihrer Blase, wankte zur Toilette. Als sie sich erleichtert hatte, zögerte sie, die Spülung zu betätigen, um nicht auf sich aufmerksam zu machen. Sie musste vorher nachdenken. Am Waschbecken wusch sie sich die Hände, die sie anschließend zu einer Schale formte und kaltes Wasser darin sammelte. Zuerst trank sie davon, benetzte danach ihr Gesicht damit. Ein frisches Handtuch hing an einem Haken. Sie tupfte damit die feuchten Spuren fort. In banger Erwartung warf sie einen Blick in den Spiegel. Dafür, dass sie sich wie der Tod auf Latschen fühlte, sah sie erstaunlich gesund aus. Wären da nicht dieser Kopfschmerz und das Rumoren in der Magengegend ... Ihr Blick schweifte durch das Minibad. Es war bemerkenswert sauber – soweit sie das sehen konnte.

Langsam verließ sie den Raum, wobei sie an ihrer Bluse zupfte, die merkwürdig spannte. Irritiert blickte sie an sich hinab. Die linke Seite war länger als die rechte. Wieso war sie falsch geknöpft? Wie konnte das sein? Hatte sie ...? Oder jemand anders ...? Sie erinnerte sich nicht, nestelte an den Knöpfen, brachte aber nicht die Kraft auf, ihre Kleidung zu ordnen. Aufstöhnend lehnte sie sich gegen die Wand. Panik stieg in ihr hoch. In einer ähnlichen Situation hatte sie sich vor einigen Monaten befunden. Im letzten Herbst war sie betäubt und verschleppt worden. Ihr Leben war keinen Pfifferling mehr wert gewesen. Trotzdem hatte sie sich nicht in ihr Schicksal gefügt. Sie musste auch diesmal kämpfen! Obwohl sie noch nicht wusste, gegen wen. Allmählich setzte ihr Verstand ein. Angestrengt dachte sie nach. Zwar hatte sie ihren Entführer nicht gesehen, aber ihr fielen nur zwei Menschen ein, die dafür infrage kämen: Staatsanwalt Fink, weil sie seinen Anschlag auf Hannes vereitelt hatte – und Elias Falke, den sie in die Falle gelockt hatte. Das setzte allerdings voraus, dass er der Polizei entkommen konnte. War das bei all den Sicherheitsvorkehrungen überhaupt möglich? Sie wusste es nicht. Ihr war klar, dass sie in jedem Fall so schnell wie möglich hier rausmusste. Wie lange wurde sie überhaupt in diesem Raum festgehalten? Sie hatte jedes Zeitgefühl verloren und wollte einen Blick auf ihre Uhr werfen, aber die war verschwunden.

Obgleich Charlotte sich noch wackelig fühlte, stieß sie sich von der Wand ab, um nach einer Möglichkeit zu suchen, ihrem Gefängnis zu entkommen. Ein Fenster existierte nicht. Das Licht war anscheinend so etwas wie eine Notbeleuchtung über der Badezimmertür, die nicht den gesamten Raum erfasste. Außerdem gab es offenbar ein Belüftungssystem, wie das leise Brummen verriet. Sie entdeckte einen kleinen, runden vergitterten Wandausschnitt oben unter der Raumdecke, die ansonsten – ebenso wie die Wände – mit rötlichen Platten bedeckt war. Schallschutz, schoss es ihr durch den Kopf. Sie kannte diese Geräuschabsorber. Ihr Sohn hatte im Teenageralter mit dem Trompetenspiel begonnen, was für die ganze Familie eine Herausforderung gewesen war. Schließlich hatte ihr Mann in ihrem Reihenhaus einen Kellerraum schallisolieren lassen, in dem Ben üben konnte, ohne dass die anderen Bewohner gestört wurden. Augenblicklich war Charlotte klar, dass sie sich Hilfeschreie sparen konnte. Niemand würde sie hören. Niedergeschlagen wandte sie sich nach links, entdeckte in der Raummitte einen quadratischen Tisch mit vier Stühlen. Über einem davon hing ihre Kostümjacke. Schräg gegenüber stand ein halbhoher Stahlschrank an der Wand. Wahrscheinlich grau. Genau konnte sie das in dem diffusen Licht nicht erkennen. Sie fasste nach dem altmodischen Türgriff, versuchte, ihn nach rechts zu drehen, und musste feststellen, dass abgeschlossen war. Vorsichtig rüttelte sie daran, aber es war zwecklos. Ohne Werkzeug würde sie den Schrank nicht öffnen können. An der Wand entlang tastete sie sich weiter in den Teil des Raumes, der vollkommen im Schatten lag. Von dort war ebenfalls ein leises Brummen zu hören, das womöglich von einer zweiten Belüftung erzeugt wurde. Ihre Augen gewöhnten sich rasch an das Dämmerlicht, sahen einen Umriss in der Raumecke. War das ein Sessel? Sie bewegte sich darauf zu, erkannte ihren Irrtum. Das war ein Schaukelstuhl. Arglos trat sie näher heran. Entsetzt weiteten sich ihre Augen, während sie das Grausen packte. Ein Würgereiz stieg in ihre Kehle. Impulsiv schlug sie die Hand vor den Mund. Sie wirbelte herum, stieß sich die Hüfte schmerzhaft am Stahlschrank, taumelte weiter ins Bad und übergab sich ins Waschbecken.

KAPITEL 45

Niedergeschlagen kam Philipp nach Hause. Seine Mitbewohner bestürmten ihn sofort mit Fragen nach Charlotte. Erschüttert hörten sie sich seinen Bericht an.

»Ich hätte sie davon abhalten müssen. Es ist meine Schuld, dass sie dem *Plagiator* in die Hände gefallen ist.«

Anneliese schüttelte den Kopf.

»Du weißt genau, dass sich Charlotte von niemandem Vorschriften machen lässt.«

»Aber wenn ich sie darum gebeten hätte ...«

»Die Polizei hätte alle Eventualitäten einkalkulieren müssen, aber die haben es wieder mal gründlich versemmelt.«

»Und Charlotte muss das ausbaden«, fügte Conrad hinzu. »Können wir was tun, um zu helfen?«

»Zurzeit nicht.«

»Wir können nicht rumsitzen und abwarten.« Das war Elisabeth. »Beim letzten Mal hat uns das fast verrückt gemacht.«

»Ich muss erst nachdenken und sämtliche Fakten noch mal durchgehen. Wenn ich das richtig beurteile, muss alles nach dem Willen des Täters geschehen. Charlotte hat ihn aus dem Konzept gebracht. Hoffentlich braucht er Zeit, um einen neuen Plan zu schmieden.«

Philipp zog sich in sein Arbeitszimmer zurück. Erst im Moment des Alleinseins ließ er seine Emotionen zu. Die Angst um Charlotte drohte, ihn zu lähmen. Dennoch wurde ihm klar, dass seine Gefühle nicht die Oberhand gewinnen durften. Er musste sie soweit wie möglich ausblenden, um analytisch denken zu können. Nur dadurch würde er Charlotte hoffentlich helfen können.

Er überflog zuerst alles, was an Material über die Fälle auf seinem Computer gespeichert war. Sogar das von ihm erstellte Profil klopfte er noch einmal auf alternative Beurteilungen ab. Das brachte ihn nicht weiter. Nervös ging er vor der Bücherwand auf und ab. Er spürte, dass er irgendetwas übersehen hatte. Aber was? Denk nach!, befahl seine innere Stimme. Abermals setzte er sich an den Schreibtisch, klickte durch die Dateien. Vergeblich. Schließlich drehte er sich mitsamt dem Chefsessel zum Fenster. Er beugte sich vor, stützte die Ellenbogen auf die Oberschenkel und schloss die Augen, um sich jedes Detail ins Gedächtnis zu rufen, was an diesem Nachmittag geschehen war.

Im Geiste sah er Charlotte die Treppe herunterkommen. So schön und elegant, dass er sich gefragt hatte, womit er diese wundervolle Frau überhaupt verdiente. Sie blieb vor ihm stehen, worauf sein Blick auf ihren schlanken Hals gefallen war. Seit er die Kette vor ihrem Einsatz im Internat Rabeneck für sie ausgesucht hatte, trug sie den silbernen Schutzengelanhänger. Philipp war nicht abergläubisch, dennoch wirkte es beruhigend auf ihn, dass er stets dabei war.

In der Wohnhalle hatte er nach Charlottes Hand gegriffen. Wie gewöhnlich steckte ein schmaler Ring an ihrem Finger – Weißgold mit einem kleinen Diamanten. Ein Erbstück von ihrer verstorbenen Mutter. Unter dem Ärmel der blauen Jacke blitzte ein helles Armband hervor … Natürlich! Das war es! Charlotte hatte sein Weihnachtsgeschenk, die Smartwatch, angelegt. Normalerweise trug sie diese Uhr überwiegend beim Fitnesstraining oder beim Joggen. Neben Funktionen wie Telefonieren, Puls- und Herzfrequenzmessung, Schrittzähler und dem Versenden von Benachrichtigungen verfügte dieses Teil an ihrem Handgelenk über GPS! Tom hatte es am Heiligen Abend übernommen, sämtliche Apps einzurichten. Im nächsten Moment wurde Philipp bewusst, dass er keine Ahnung hatte, was man tun musste, um die Uhr zu orten. Bislang hatte er Charlotte erst ein einziges Mal eine Nachricht auf das Gerät gesandt. Er brauchte Hilfe! Rasch griff er nach seinem Smartphone. Die Uhrzeit auf dem Display ließ ihn zögern. Kurz vor 2 Uhr. Egal! Das war ein Notfall! Er öffnete die Kontaktliste und tippte auf den Namen des Informatikstudenten. Der Ruf ging raus.

»Wer, zum Henker …?«

»Tom, ich bin es: Philipp. Tut mir leid, dass ich dich aus dem Schlaf reiße, aber ich brauche dich.« Knapp berichtete er, was passiert war. »Kann ich zu dir kommen?«

»Besser, ich komme zu dir, sonst baust du unterwegs noch einen Unfall, so aufgeregt, wie du klingst.«

»Okay, danke. Ruf dir bitte ein Taxi. Ich zahle es.«

»Nicht nötig, ich nehme den Wagen von meinem Kumpel. – Bis gleich.«

Während Philipp wartete, geriet er in Versuchung, Charlotte eine Nachricht auf ihre Uhr zu schicken, wagte es aber nicht, da er nicht wusste, ob sie den Klingelton stumm oder auf Vibrieren geschaltet hatte. Womöglich war der Entführer in der Nähe und würde ihr die Uhr sofort abnehmen, bevor Tom den Standort geortet hätte.

KAPITEL 45,5

Es war spät – oder früh. Fast 2.30 Uhr, und er hatte immer noch nicht in den Schlaf gefunden. Das Bild der Frau in seinem Kopf ließ ihn nicht zur Ruhe kommen. Inzwischen müsste die Betäubung nachgelassen haben. Nach dem Erwachen hatte sie sich bestimmt in ihrem neuen Zuhause umgesehen – und nach einem Fluchtweg gesucht. Wahrscheinlich war ihr klar, dass es kein Entkommen gab. Er würde ihr gern sagen, was sie erwartete – und vor allem, was *er* von ihr erwartete. Oder sollte er sie erst eine Weile zappeln lassen?

Ungehalten ballte er die Hände zu Fäusten und schlug auf die Matratze neben sich ein. Diese Unsicherheit war unerträglich. Es musste schnell ein Plan her, an den er sich halten konnte. Vor Jahren hatte er gelernt, dass alles am besten funktionierte, wenn es gut strukturiert war und einer festgelegten Ordnung folgte. Damals hatte er sich angewöhnt, wichtige Dinge Punkt für Punkt aufzuschreiben und sich bei der Durchführung exakt danach zu richten. Diese Vorgehensweise vermittelte ihm die Sicherheit, an der es ihm seit jeher im privaten Bereich mangelte.

Trotz dieses Wissens hielt er es in seinem Bett nicht mehr aus. Er wollte sie sehen! So schnell wie möglich! In leicht nach vorn gebeugter Haltung schlurfte er ins Bad und machte sich frisch. Der Blick in den Spiegel auf fahle Haut und die etwas zu tief in den Höhlen liegenden Augen war nicht neu für ihn. Seine Nase war gerade, die Lippen schmal. Er sah weder anziehend noch besonders hässlich aus. Der Vorteil von seinem Allerweltsgesicht war, dass man sich kaum an ihn erinnerte. Im Hinblick auf seine erfolgreiche Nebentätigkeit war ihm das nur recht. Wenn er allerdings an die gut aussehende Frau in seinem Keller dachte, hätte er gern etwas von diesen attraktiven Männern gehabt, denen die Herzen zuflogen.

Nachdem sich ihr Magen beruhigt hatte, war Charlotte auf einen der Stühle gesunken. Geschockt war sie noch immer. Sie wagte kaum, in die Richtung des Schaukelstuhls zu sehen, obwohl sie auf diese Entfernung nicht einmal Umrisse erkennen konnte. Ihre Entdeckung war so unwirklich – wie in einem Horrorfilm. Dieser Wahnsinnige hatte sie zusammen mit einer mumifizierten Leiche eingesperrt! Fast wie im Hitchcock-Krimi *Psycho* sah sie aus! Nun kam für sie nur noch der *Plagiator* als Täter infrage. Anscheinend hatte er nicht nur die vier Menschen während des Krimifestivals umgebracht, sondern schon vorher gemordet. Diese Erkenntnis schürte nicht gerade ihre Hoffnung, hier lebend rauszukommen. Tränen schossen ihr in die Augen, aber sie wischte die feuchten Spuren energisch fort. Sie würde es ihm nicht leicht machen, sondern sich wehren, solange ein Funken Energie in ihr war.

Ein Geräusch von der Tür her ließ sie aufhorchen. Jemand machte sich offenbar am Schloss zu schaffen. Rasch stand sie auf und straffte ihre Gestalt. Sie wollte nicht wie ein hilfloses Häufchen Unglück wirken.

Als er den Raum betrat, nahm sie sich vor, erst einmal die Unwissende zu spielen.

»Herr Falke?« Charlotte tat erstaunt. Sie wich weder seinem Blick aus noch vor ihm zurück. Im Gegenteil, sie tat einen Schritt auf ihn zu. Angriff war die beste Verteidigung. »Was soll das alles? Wieso bin ich hier?«

»Wollen wir uns nicht setzen?«

»Ich stehe lieber.« Das Flackern in seinen Augen ließ sie vorsichtiger werden. Widerstrebend nahm sie auf dem Stuhl Platz. »Beantworten Sie mir jetzt meine Frage?«

Mit zufriedener Miene setzte er sich ihr gegenüber.

»Die Fragen stelle ich.« Er beugte sich etwas vor. »Wer bist du wirklich?«

»Sollten Sie das nicht wissen, wenn Sie jemanden verschleppen?«

Mit der flachen Hand schlug er auf die Tischplatte.

»Vorsicht, meine Liebe. Ich kann sehr ungemütlich werden. Also noch mal: Wer bist du und für wen arbeitest du?«

»Ich heiße Charlotte Arndt und bin für verschiedene Verlage tätig.«

»Und nebenbei für die Bullen.«

Das klang wie eine Feststellung, die sie aber nicht bestätigen würde.

»Wie kommen Sie denn darauf? Mit der Polizei habe ich nichts am Hut.«

»Warum nicht?«

»Weil ich mit dem Verein keine guten Erfahrungen gemacht habe«, behauptete sie, wobei sie sich blitzschnell einen Grund überlegte, falls er …

»Erzähl mir davon.«

»Bei mir ist eingebrochen worden … vor ungefähr zwei Jahren.« Sie legte eine Portion Empörung in ihre Stimme. »Die Beamten haben tatsächlich gesagt, dass ich selbst schuld bin, weil ich bei offenem Fenster schlafe. In der ersten Etage! Die haben sie doch nicht mehr alle!«

Mit einem anerkennenden Blick musterte er sie.

»Du hast ja richtig Temperament. Das gefällt mir. – Sehr sogar.«

Sie hoffte immer noch, sich richtig zu verhalten.

»Warum lassen Sie mich nicht einfach gehen? Statt hier rumzusitzen, würde ich gern unseren Vertrag fertigmachen und die ersten Verlage kontaktieren.«

»Daraus wird leider nichts. Du gehörst mir und bleibst bei mir. Solange du lebst – und darüber hinaus.«

Seine Worte ließen sie frösteln. Eine Gänsehaut kroch über ihren Körper.

»Wie meinen Sie das?«

»Du kannst mich ruhig duzen. Immerhin werden wir uns sehr nahe kommen. Wir sind ganz allein. Nur wir beide. Fernab der Zivilisation. Außer mir war seit Jahren kein Mensch hier. Schreien kannst du dir also sparen. Keiner wird dich hören, und niemand wird uns stören. Du wirst mir jeden Wunsch erfüllen. Wenn nicht …«

Er ließ offen, was in dem Fall passieren würde, stand auf und wandte sich zur Tür.

»Warten Sie!« Alle Selbstbeherrschung fiel von Charlotte ab. Erregt sprang sie auf. »Hier drin ersticke ich! Ich brauche frische Luft!«

Mit dem Zeigefinger deutete er in eine Ecke unter der Decke. »Durch die Lüftung dort oben wird ständig frische Luft in den Raum geleitet. Und da drüben, auf der anderen Seite, wird die verbrauchte Luft abgesaugt. Es wird dir an nichts fehlen.«

»Ich will trotzdem hier raus! Sie können mich nicht in diesem Loch einsperren!«

»Und ob ich das kann.« Er deutete in die dunkle Raumecke. »Du bist in richtig guter Gesellschaft. – Aber keine Sorge, ich komme gleich zurück. Freu dich inzwischen auf unser erstes Date.«

Sein diabolisches Kichern war zu hören. Augenblicke später fiel die Metalltür hinter ihm zu und wurde abgeschlossen. Charlotte war allein mit ihrer Angst.

KAPITEL 46

Kaum war Tom auf das Grundstück gefahren, schloss Philipp das schmiedeeiserne Tor per Knopfdruck und öffnete die Haustür. Der junge Mann sprang aus dem alten Polo, nahm seinen Rucksack vom Beifahrersitz und sprintete die wenigen Stufen zum Eingang hinauf.

»Danke, dass du gekommen bist.«

»Ist selbstverständlich. – Gehen wir in die Küche? Ich brauche dringend eine Koffeinspritze.«

Der Professor nickte, ging voraus und setzte die chromblitzende Maschine in Gang. Unterdessen zog Tom sein Notebook hervor und legte es auf den Tisch.

Während der Kaffee durchlief, kamen Anneliese und Conrad herein, beide in Puschen und Morgenmantel. Die Begrüßung fiel, der späten Stunde entsprechend, verhalten aus. Beide setzten sich an den Tisch und warteten auf eine Erklärung. Im nächsten Moment rückte der General an. In einem gestreiften Schlafanzug mit einer karierten Decke über den Beinen und dem Hauskater auf dem Schoß steuerte er den Rollstuhl auf seinen Stammplatz.

»Elli kommt gleich«, vermutete er. »Sie rumort seit Stunden über mir rum.«

Wie aufs Stichwort erschien Elisabeth. Sie trug dieselbe

Kleidung wie am Abend. Offenbar war sie noch gar nicht im Bett gewesen.

Philipp informierte seine Mitbewohner, warum Tom mitten in der Nacht an ihrem Küchentisch saß.

»Solltest du nicht die Polizei unterrichten?«, fragte Conrad. »Oder wenigstens die Staatsanwältin?«

»Das mache ich, sobald wir mehr wissen.«

»Wie funktioniert das denn mit der Ortung?«, wandte sich die Strick-Liesel an Tom. »Kann das jeder machen?«

»So einfach ist das nicht«, erklärte der Informatikstudent. »Es sind folgende Voraussetzungen dafür nötig: Die Uhr muss eingeschaltet und über WLAN oder die mobilen Daten mit dem Internet verbunden sein. Außerdem müssen die Standortermittlung und die Funktion ›mein Gerät finden‹ aktiviert sein.«

»Und wenn das so ist?«

»Dann kommt es darauf an, wer Zugriff hat. Das ist in diesem Fall nur Charlotte. Ihr eine Nachricht zu schicken, ist zu gefährlich. Deshalb müssen wir ihre Uhr durch die Hintertür orten.«

Er klappte sein Notebook auf und schaltete es an. Mit wenigen Klicks rief er ein Programm auf, öffnete die Kontaktliste seines Smartphones und übernahm Charlottes Handynummer von dort. Anschließend bearbeitete er seine Tastatur in einer Geschwindigkeit, der niemand aus dem Seniorenkreis folgen konnte. Auf dem Bildschirm liefen vor einem schwarzen Hintergrund verschiedene giftgrüne Zahlenreihen.

»Das kann eine Weile dauern«, kündigte Tom an und griff nach dem Kaffeebecher.

Daraufhin stand Conrad auf, öffnete den Kühlschrank und holte eine Flasche Milch heraus, um eine Kanne Kakao zu kochen. Unterdessen kündigte das Signal von Philipps Handy den Eingang einer Nachricht an.

Der Professor wischte übers Display, öffnete die Whats-App und las:

»Sind Sie wach? Bitte dringend um Rückruf! Pauli«.

»Die Oberstaatsanwältin«, murmelte er und rief sie an.

»Ich brauche eine Info«, kam sie ohne Umschweife zur Sache. »Herr Bremer hat sich gerade gemeldet, weil ihm eingefallen ist, dass Frau Stern bei ihrem Besuch bei ihm eine Fitnessuhr am Arm hatte. Erste Frage: Hat sie die beim Treffen im Bistro getragen? Zweite Frage: Hat die Uhr GPS?«

»Ja und ja. Ich habe mich vorhin auch daran erinnert und Tom Vellner angerufen. Aus verschiedenen Gründen ist die Ortung schwierig. Tom sitzt hier bei uns am Küchentisch und versucht, die Uhr zu lokalisieren, ohne dass der Entführer davon etwas mitbekommt.«

»Sehr gut. Melden Sie sich bitte umgehend, wenn Sie die Standortdaten haben. Ich werde alles für einen SEK-Einsatz vorbereiten. – Bleiben Sie zu Hause und unternehmen nichts auf eigene Faust. Das ist Sache der Polizei. Haben wir uns verstanden?«

»Ich melde mich«, erwiderte er knapp und beendete das Gespräch. Er würde sich von niemandem daran hindern lassen, sich sofort ins Auto zu setzen, um dort hinzufahren.

KAPITEL 46,5

Er stand unter der Dusche und spülte den Schweiß von seinem Körper. Sie sollte sich nicht vor ihm ekeln, sondern es genauso genießen wie er. Großzügig verteilte er das Duschgel auf seiner Haut. Dabei erinnerte er sich an Berichte, dass Männer bei ihrem ersten Mal angeblich viel zu schnell kamen oder gar versagten. Das durfte ihm auf keinen Fall passieren. Am Ende würde sie ihn auslachen. Das könnte er nicht ertragen. Er musste seinen Mann stehen und sie mit seiner Potenz beeindrucken. Theoretisch wusste er, was er tun musste, um eine Frau zu befriedigen. Immerhin hatte er viel darüber gelesen.

Nackt lief er in sein Zimmer, holte frische Boxershorts aus der Kommode und streifte sie über. Was sollte er anziehen? fragte er sich im nächsten Moment. Lohnte sich der Aufwand überhaupt? Er würde sich bei ihr sowieso gleich wieder ausziehen. Deshalb entschied er sich für den Bademantel. Nicht für den alten, verwaschenen, bei dem der Frotteestoff an manchen Stellen dünn geworden war und den er zu Hause oft trug, sondern den neuen aus Biobaumwolle, den er sich im letzten Jahr zugelegt hatte, da er wegen eines kleinen Eingriffs zwei Tage in einer Klinik war. Der stand ihm gut und machte was her, dachte er zufrieden, wobei er sich im Spiegel betrachtete, der innen an der Schranktür befestigt war. Nun erst wurde ihm richtig bewusst, dass er ein Glückspilz war. Seine perfekt geplante Rache an den Verlagen war 100-prozentig erfolgreich verlaufen. Außerdem hatte sich seine Sehnsucht nach einer Frau in seinem Leben unerwartet erfüllt. Sein dritter großer Wunsch, die Veröffentlichung seines Krimis, würde bestimmt noch wahr werden. Wenn Charlotte sich erst an ihn gewöhnt hätte, würde sie ihn unterstützen. Dessen war er sicher.

Charlotte bemühte sich vergeblich, die Panik niederzukämpfen. Die Worte dieses Wahnsinnigen waren deutlich genug gewesen, um zu wissen, was er von ihr wollte. Ein Date hatte er es genannt, und dass sie sich sehr nahe kommen würden und sie ihm jeden Wunsch erfüllen sollte ... Das war völlig verrückt. Immerhin war sie gut und gerne 20 Jahre älter. Sie wusste aus der Presse von Tätern, die sich an über 80-Jährigen vergangen hatten, aber das waren Einzelfälle. Reizten den *Plagiator* etwa Mumien? Unwillkürlich drängte sich ihr das Bild der Toten im Schaukelstuhl auf. War sie etwa auch ...? Immerhin hatte er vorhin gesagt, sie gehöre ihm, solange sie lebte – und darüber hinaus. Das Wort »Leichenschändung« schoss ihr durch den Kopf. Erneut stieg ein Würgereiz in ihre Kehle. Entsetzt schlug sie die Hände vors Gesicht. Sie musste hier raus! So schnell wie möglich! Hastig sprang sie auf und stieß dabei den Stuhl um. Ohne darauf zu achten, suchte sie den Raum nach etwas ab, das sie als Waffe benutzen könnte. Vergeblich. Auch im Bad fand sie nichts, was sich zur Verteidigung eignete.

Ihr blieb keine Zeit, darüber nachzudenken, wie sie sich verhalten sollte. Die Geräusche an der Tür kündigten ihn an. Mit zwei Plastikbechern in den Händen kam er herein, stellte sie auf dem Schrank ab und verschloss die Tür von innen. Die Tatsache, dass er einen Bademantel trug, ließ Charlotte erschaudern. Barfuß kam er näher und hielt ihr einen der Becher hin.

»Was ist das?«

»Sekt. Lass uns anstoßen.«

»Den vertrage ich nicht.«

»Ein Schluck wird nicht schaden.«

»Ich musste mich vorhin schon übergeben. Einmal reicht.«

»Kotz mir hier bloß nicht alles voll.« Er setzte einen der Becher an die Lippen und leerte ihn in einem Zug. Vorsichtig stellte er beide auf dem Tisch ab. »Und jetzt komm her.«

Sie rührte sich nicht.

»Nein.«

Flink war er bei ihr, packte sie am Handgelenk und zog sie bis in die Nähe der Matratze. Aufdringlicher Geruch eines billigen Rasierwassers vermischt mit dem alkoholgeschwängerten Atem ihres Entführers stieg ihr in die Nase, weckte Abscheu und Übelkeit.

»Du wirst dich jetzt ganz langsam ausziehen.«

»Auf keinen Fall.«

»Du tust, was ich will!« Unvermittelt holte er aus. Seine Faust sauste auf ihr Gesicht zu. Reflexartig drehte sie den Kopf zur Seite. Dennoch streifte sein Schlag ihr rechtes Jochbein. Sie biss die Zähne zusammen und unterdrückte einen schmerzhaften Laut.

»Wirst du nun endlich gehorchen?«

Entschlossen blickte sie ihm in die Augen.

»Niemals!«

Blitzschnell griff er nach dem Ausschnitt ihre Bluse und zerrte ruckartig daran. Die Knöpfe sprangen in alle Richtungen davon; der Stoff zerriss an einigen Stellen.

»Du krankes Arschloch!« Außer sich wich sie bis an die Wand zurück. Als er noch einmal nach ihr greifen wollte, riss sie ihr Knie hoch – und traf ihn an seiner empfindlichsten Stelle zwischen den Beinen.

Gequält jaulte er auf und krümmte sich.

»Dafür wirst du büßen!« Er taumelte ein paar Schritte rückwärts. Sein Gesicht verfärbte sich hochrot, während er die Hände auf seine Weichteile presste. »Du bist kein bisschen besser als die Frauen, die mich verspottet und abgewiesen haben! Ich werde dafür sorgen, dass dir ganz schnell die Luft ausgeht!«

KAPITEL 47

Tom war es gelungen, die Smartwatch zu orten. Die Freunde in der Küche der Villa hofften inständig, dass der Täter Charlotte die Uhr nicht abgenommen und weggeworfen hatte. Wenn sie jemand gefunden und mit nach Hause genommen hätte, wären sie auf einer völlig falschen Spur. Trotz dieser Möglichkeit schickte Philipp der Oberstaatsanwältin eine Whats-App mit den Koordinaten und der dazugehörigen Adresse.

Eilig verließ er mit Tom das Haus. In der Garage stiegen sie in den Mercedes des Professors und fuhren vom Grundstück. Das Ziel lag nur wenige Kilometer entfernt. Tom navigierte Philipp durch die nächtlichen Straßen. Dabei sprachen sie nicht viel. Die Anspannung im Wageninneren war deutlich zu spüren.

»Die nächste Straße rechts«, sagte Tom schließlich, worauf der Professor den Blinker setzte und abbog. Langsam fuhr er weiter.

»Was für eine gottverlassene Gegend«, murmelte Philipp. Auf der linken Seite standen kleine Arbeiter-Siedlungshäuser, etwa Ende des 19. Jahrhunderts erbaut und ziemlich heruntergekommen. Hinter allen Fenstern war es dunkel. Auf der gegenüberliegenden Seite wuchsen am Straßenrand dichtes Gestrüpp und hohe Bäume. Was dahinterlag, war in nächtlicher Schwärze versunken.

»Stopp!«, bat der junge Mann, worauf Philipp auf die Bremse trat, den Wagen im Schatten der Bäume zum Stehen brachte und den Motor ausschaltete. Tom hielt das Notebook schräg, damit der Freund einen Blick auf den Monitor werfen konnte. Umrisse der Häuser und Grundstücke waren zu sehen. Inmitten des letzten Gebäudes, das in größerem Abstand zu den anderen stand, blinkte ein dicker roter Punkt. Philipps Finger tasteten zum Türgriff, aber Tom schüttelte den Kopf.

»Du hast es versprochen.«

»Ich weiß.« Leise aufstöhnend zog er die Hand zurück. »Es ist furchtbar schwer, auf das SEK zu warten, während Charlotte da drinnen womöglich gerade gequält wird.«

»Ich würde auch lieber was unternehmen, aber wir haben keine Erfahrung darin, ein Haus zu stürmen. Außerdem sind wir unbewaffnet.«

Dazu sagte Philipps nichts. Tom musste nichts von der Waffe in seiner Jackentasche wissen. Kurz vor Verlassen der Villa hatte der General ihm seine alte Armeepistole mit den Worten zugesteckt: »Tu, was du tun musst.« Er hatte nicht vor, auf einen Menschen zu schießen – es sei denn, er hätte keine Wahl, um Charlotte zu retten.

Minuten verstrichen. Ungeduldig blickte er in den Außenspiegel.

»Wo bleiben die so lange?«

»Sie werden bestimmt gleich hier sein.«

Durch die Windschutzscheibe beobachteten sie das Haus. Viel sehen konnten sie allerdings nicht, da der Beleuchtungsradius der letzten Straßenlaterne nur bis etwa zur Grundstücksgrenze reichte. Dennoch waren die geschlossenen Außenrollladen an den Erdgeschossfenstern zu erkennen. In der oberen Etage war ebenfalls kein Lichtschein zu sehen. Scheinbar lagen die Bewohner in tiefem Schlaf.

»Scheiße«, entschlüpfte es Tom. »Sorry.« Er zeigte Philipp den Monitor. »Das GPS-Signal ist weg.«

»Was bedeutet das?«

»Entweder wurde die Uhr oder die mobile Datenübertragung komplett ausgeschaltet.« Er zuckte die Schultern. »Von einem technischen Defekt bis zur Zerstörung der Uhr ist alles möglich.«

»Das gefällt mir ganz und gar nicht.«

»Wir dürfen nicht die Nerven verlieren.«

Philipp seufzte und konzentrierte sich auf den Rückspiegel.

Endlich sah er Fahrzeuge, die mit ausgeschalteten Scheinwerfern näherkamen und schließlich hinter seinem Wagen stoppten. Während der Mannschaftsbus des SEK schwarze Gestalten ausspuckte, blieb Hauptkommissar Münster neben dem silberfarbenen Mercedes stehen und beugte sich zur geöffneten Seitenscheibe hinunter. Er trug eine Schutzweste, auf der in großen Buchstaben »POLIZEI« stand.

»Haben Sie irgendwas beobachtet?«

»Nein. Bislang war alles ruhig, aber das GPS-Signal war plötzlich weg.«

»Okay, Sie bleiben im Wagen, bis das gesamte Gelände gesichert ist.«

Philipp nickte nur, worauf sich Münster aufrichtete und dem Einsatzleiter der Sondereinheit ein Zeichen gab. Mit ihren Waffen im Anschlag schlich die Truppe vorbei.

Die hintere Wagentür wurde geöffnet, und Benita Pauli rutschte auf die Rückbank.

»Keine Sorge, diesmal wird alles gutgehen.«

Erneut nickte Philipp nur. Er saß wie auf glühenden Kohlen und beobachtete die Schwarzvermummten, die mit der Dunkelheit zu verschmelzen schienen.

Vor der schief in den Angeln hängenden Pforte blieben sie stehen. Erfahrungsgemäß quietschten diese alten Scharniere. Deshalb stiegen die Beamten mit langen Schritten darüber hinweg auf den unebenen Plattenweg, der durch den verwilderten Vorgarten zur Haustür führte. Dort teilte sich die Gruppe. Während einige der Männer um die Ecke schlichen, um nach einem Hintereingang zu suchen, sicherten die restlichen die Vorderseite. Um möglichst unbemerkt ins Gebäude zu kommen, machte sich einer der Männer am Türschloss zu schaffen. Wenige Augenblicke später betraten sie das Haus und verteilten sich auf dem Flur.

»Polizei!«, ertönte es mehrmals, wobei sie sämtliche Räume und die Aufgänge zum Ober- und Untergeschoss stürmten. Zwei Beamte stellten den Hausbesitzer am Fuße der Kellertreppe und brachten ihn zu Boden. Obwohl er heftigen Widerstand leistete, waren seine Hände im Nu auf dem Rücken mit Kabelbindern fixiert. Anschließend zogen die Polizisten den Mann, der nichts außer einem Bademantel über seinen Boxershorts trug, auf die Beine und geleiteten ihn ins Erdgeschoss.

Im Flur tauchte Münster auf und musterte ihn aus zusammengekniffenen Augen.

»Uwe Harms, ich verhafte Sie wegen des Verdachts des vierfachen Mordes zum Nachteil von Erpo Tennstedt, Loretta Lamar, Askold Radelsfahr und Emilia Curdt, des Mordversuchs an Georg Sievers und der Entführung von Charlotte St... Arndt. Sie haben das Recht zu schweigen. Alles, was Sie sagen, kann und wird vor Gericht gegen Sie verwendet werden. Sie haben das Recht, zu jeder Vernehmung einen Verteidiger hinzuzuziehen. Wenn Sie sich keinen leisten können, wird Ihnen einer gestellt.« Der hasserfüllte Blick des Mannes ließ ihn kalt. »Und jetzt sagen Sie uns, wo Frau Arndt ist.«

»Woher soll ich wissen, wo die steckt? Das alles muss ein Irrtum sein. Ich habe nichts verbrochen.«

»Das wird sich noch zeigen.« Er wandte sich an die beiden Kollegen vom SEK. »Abführen!«

Im Flur trafen sie auf Philipp, der sich ihnen in den Weg stellte. Eindringlich blickte er den Buchhändler an.

»Wo ist sie?«

»Ein kluger Mann wie Sie sollte das allein rausfinden können, Herr Professor. Immerhin sind Sie es gewohnt, tief zu graben.«

Bevor Philipp darauf antworten konnte, drängten ihn die Vermummten zur Seite. Harms wurde nach draußen gebracht. Daraufhin verließen alle SEK-Beamten das Haus. An ihrer Stelle verteilten sich Kriminaltechniker in weißen Overalls in den Räumen.

Hauptkommissar Münster blieb bei Philipp stehen, der ihn in banger Erwartung ansah.

»Nichts. Keine Spur von Frau Stern.«

»Das ist nicht wahr.«

»Wir haben das ganze Gebäude vom Keller bis zum Dach abgesucht. Sie ist nicht hier.«

»Das glaube ich nicht. Darf ich mich umsehen?«

»Meinetwegen.« Er zog ein Paar Einmalhandschuhe hervor und reichte sie ihm.

»Danke.«

Wie der Hauptkommissar vor ihm, betrat Philipp jeden Raum im Haus, suchte auf dem Dachboden und im Keller nach Charlotte, entdeckte aber nicht den geringsten Anhaltspunkt, dass sie dieses Haus jemals betreten hatte.

Zuletzt betrat er die Küche, in der ihn ein beißender Geruch empfing. Der Chef der Kriminaltechnik deutete auf den Herd. Dort stand ein kleiner gusseiserner Topf mit einem total verschmorten schwarzen Gebilde darin.

»Das werden die Überreste der Smartwatch sein«, vermutete Benno Winkler und tütete alles in einen großen Beweismittelsicherungsbeutel ein. »Völlig verkohlt. Wie ich das beurteile, werden wir nicht mehr nachweisen können, wem sie gehörte. Da hat jemand ganze Arbeit geleistet.«

Niedergeschlagen lehnte sich Philipp an die Arbeitsplatte.

Das durfte nicht wahr sein! Die Uhr war ihr einziger Hinweis. Wenn Harms alle Vorwürfe bestritt, weil er sicher war, dass man Charlotte nicht finden würde, gab es keine Handhabe gegen ihn. An den Leichenfundorten waren keine Spuren von ihm nachgewiesen worden. Man würde ihn freilassen müssen. Unterdessen war Charlotte irgendwo eingesperrt. Ohne Wasser, ohne Nahrung war es nur eine Frage der Zeit, wann sie …

Mit schleppenden Schritten verließ der Professor das Haus. An der Staatsanwältin und den Einsatzkräften vorbei ging er zu seinem Wagen.

»Nichts«, teilte er Tom mit, der etwas abseits mit in den Hosentaschen vergrabenen Händen stand. »Steig ein. Wir fahren.«

Stumm lenkte er den Mercedes am wartenden Rettungswagen vorbei nach Hause. Vor den Garagen ließ er Tom aussteigen.

»Ich halte dich auf dem Laufenden. Danke für deine Hilfe.«

Der junge Mann nickte ihm zu, setzte sich in den alten Polo und fuhr vom Grundstück.

Philipp blieb gedankenverloren in seinem Wagen sitzen und warf einen Blick zur Villa hinüber. Hinter den meisten Fenstern war Lichtschein zu erkennen. Natürlich waren die Freunde nicht ins Bett gegangen. Sie warteten auf erlösende Neuigkeiten. Er konnte jetzt nicht hineingehen und ihnen von der Niederlage berichten. Erst einmal musste er allein sein, um das alles zu verdauen. Außerdem musste er über die Fakten nachdenken, sie aneinanderreihen und versuchen, sich in die Psyche des Täters hineinzuversetzen. Normalerweise müsste er dazu viele Therapiegespräche mit ihm führen. Dem würde Harms vermutlich nicht zustimmen, außerdem würde das viel zu viel Zeit kosten. Ihm blieb nur die Möglichkeit der Analyse über seinen Roman, den er mittlerweile für autobiografisch hielt. Und dazu das Täterprofil.

Ihm fielen die Worte ein, die Harms zu ihm gesagt hatte: »Ein kluger Mann wie Sie sollte das allein rausfinden können, Herr Professor. Immerhin sind Sie es gewohnt, tief zu graben.« Tief zu graben? Prompt produzierte sein Gedächtnis Bilder von Entführten, die in einer Kiste im Wald vergraben den Tod gefunden hatten. War es denkbar, dass Harms Charlotte in seinem Garten …? Ohne weiter darüber nachzudenken, startete Philipp den Motor. Beim Wenden sah er Anneliese im Morgenmantel ratlos vor der Haustür stehen, hielt aber nicht an. Er durfte keine Zeit verlieren.

KAPITEL 48

Im Morgengrauen stoppte Philipp den Mercedes mitten auf der Straße, in der Uwe Harms wohnte, und sprang aus dem Fahrzeug. Ihm blieb beim Anblick des Leichenwagens vor dem Haus fast das Herz stehen. Der Volvo des Rechtsmediziners parkte direkt dahinter.

Kriminaltechniker eilten aus der Eingangstür durch den ungepflegten Vorgarten und verschwanden im hinteren Teil des Grundstücks. Mit versteinerter Miene folgte Philipp den Männern. In Sichtweite erkannte er den Hauptkommissar mit seinem Team, die Oberstaatsanwältin und Horst Fleischmann. Mehrere Männer in weißen Overalls standen um eine Grube herum, hoben etwas Längliches heraus und legten es neben dem aufgeworfenen Erdwall ab. Der Professor wagte sich nur wenige Schritte näher heran, sah die Umrisse eines menschlichen Körpers unter der schwarzen Plastikfolie und die herumgeschlungenen Schnüre. Wie erstarrt blieb Philipp stehen. Er bemerkte kaum, dass Benita Pauli zu ihm trat und seinen Arm nahm. Offenbar spürte sie, dass er sich nicht von der Stelle rühren würde, und verharrte wortlos neben ihm.

Der Rechtsmediziner holte ein Skalpell aus seinem aufgeklappten Aluminiumkoffer und zerschnitt vorsichtig die dünnen Stricke. Unter seiner Schutzkleidung war sein

Gesicht kaum erkennbar, aber Philipp ahnte, dass es Horst ähnlich wie ihm selbst zumute war.

Die Kriminaltechniker lösten behutsam die Folie, was den Blick auf eine stark verweste Leiche freigab.

»Gott sei Dank«, murmelte die Oberstaatsanwältin, der noch vor Philipp bewusst war, dass es sich nicht um Charlotte handeln konnte. Dennoch blieb sie an seiner Seite und warf ihm einen besorgten Blick zu.

»Alles in Ordnung«, sagte er mit vor Erleichterung fast tonloser Stimme. »Danke.«

Er fühlte sich etwas benommen. Ein Glas Wasser würde ihm guttun. Kraftlos ging er durch den Garten und betrat das Haus. In der Küche packte Benno Winkler seine Sachen zusammen.

»Ich dachte, Sie sind längt zu Hause.«

»Da war ich, aber ...«

Knapp berichtete er, was ihn bewogen hatte, noch einmal zurückzukommen.

»So falsch lagen Sie mit Ihrer Vermutung ja nicht«, meinte Benno und schloss seinen Spusikoffer. »Wir alle sind froh, dass nicht Lotti in der Grube lag.«

»Haben Sie den Rest des Grundstücks abgesucht?«

»Das werden wir gleich tun. Danach nehmen wir uns das angrenzende Brachland vor. Bis wir Ergebnisse haben, kann es eine Weile dauern. Fahren Sie nach Hause. Wir melden uns, wenn ...«

»Kann man das nicht irgendwie beschleunigen?«, fiel Philipp ihm ins Wort, öffnete einen Hängeschrank und fand auf Anhieb ein Glas, das er an der Spüle mit Wasser füllte und an die Lippen setzte. »Mich lässt der Gedanke nicht los, dass der Kerl mit Charlotte das gleiche gemacht hat wie mit ...« Mit einer Kopfbewegung deutete er zum Fenster. »Dann käme es auf jede Minute an.«

»Wir tun alles, was in unserer Macht steht, um sie …«

»Das reicht mir nicht. Man liest oft von Vermissten, die mit Hubschraubern gesucht werden, die mit Wärmebildkameras ausgerüstet sind.«

»Die werden meist bei Überschwemmungen oder Explosionen eingesetzt. Außerdem ist die Helikoptersuche sehr teuer, aber ich …«

»Egal, was das kostet. Können Sie das veranlassen, oder an wen muss ich mich wenden?«

»Darf ich mal ausreden? Ich habe eine bessere Idee. Kommen Sie.«

Philipp stellte das Glas ab und folgte dem Chef der KT hinaus, der zuerst die Haustür von außen versiegelte. Anschließend führte er Philipp zu seinem Einsatzwagen. Winkler öffnete die Heckklappe und stellte seinen Alukoffer hinein.

»Unser hochmoderner Ausstattungsstandard unterstützt uns maßgeblich bei der Suche nach relevanten Spuren. Das ermöglicht uns die Arbeit unabhängig von Witterungseinflüssen, Lichtverhältnissen oder beispielsweise baulichen Besonderheiten.« Er kletterte in den Wagen, um kurz darauf mit einem schwarzen Koffer in der Hand aufzutauchen. Darin befand sich eine zusammengeklappte Drohne. Mit wenigen Handgriffen nahm er das Fluggerät heraus und machte es startklar.

»Eine hilfreiche technische Errungenschaft«, meinte Benno. »Das Teil verfügt über eine Thermalkamera mit Personensuchfunktion.« Er setzte die Drohne auf den Boden und griff nach dem Controller. »Vereinfacht gesagt, nehme ich die Farbe für alles, was für uns nicht relevant ist, raus. Der Hintergrund ist dadurch einheitlich grau. Personen lasse ich durch ihre Körpertemperatur orangerot erscheinen.« Er warf dem Professor einen Blick zu, um sich zu vergewissern, dass er alles verstanden hatte. Philipp bestätigte das durch ein Nicken.

»Solange die Kollegen hinten im Garten arbeiten, macht es wenig Sinn, dort anzufangen. Ich schlage vor, wir überfliegen zuerst das Brachgelände, okay?«

»Einverstanden.«

Gleich darauf hob die Drohne ab. Um die angrenzende Brachfläche zu erreichen, musste Winkler sie übers Haus lenken. Philipp behielt den Monitor im Auge, sah für einen Sekundenbruchteil einen roten Fleck.

»Da!«

Benno, der einen Blick zum Himmel hinaufgeworfen hatte, schaute nun ebenfalls auf den kleinen Bildschirm.

»Da ist nichts.«

»Doch, da war etwas Rotes«, beharrte Philipp erregt. »Noch während die Drohne das Haus überflogen hat.«

»Das ist unmöglich. Im Haus ist niemand. Wir waren die Letzten, die es verlassen haben.«

»Auf die Gefahr, dass Sie mich für hysterisch halten, ich weiß, was ich gesehen habe. Lassen Sie das Ding bitte noch mal übers Dach fliegen.«

Mit einem unterdrückten Seufzer lenkte er das Fluggerät in eine Kurve, reduzierte die Geschwindigkeit und leitete es langsam übers Gebäude.

»Das gibt es nicht«, stieß er verblüfft hervor, da in dem dunklen Grau des Monitors plötzlich ein orangeroter Fleck auftauchte, der sich nicht bewegte. Er ließ die Drohne darüber schweben. »Wir haben alles bis in den letzten Winkel durchsucht. Vielleicht ist durch die offenstehende Haustür eine Katze reingehuscht.«

»Das glaube ich nicht.« Sein Bauchgefühl sagte Philipp etwas anderes. »Selbst wenn es nur eine Katze sein sollte, möchten Sie sicher nicht, dass sie da drin verhungert, oder?«

»Okay, wir gehen noch mal rein.«

Er landete die Drohne, verfrachtete sie in den T5 und kam

mit zwei Stabtaschenlampen zurück, von der er eine an den Professor weiterreichte. Die Tür war mithilfe eines Schlüssels vom Schlüsselbund des Hausbesitzers rasch geöffnet.

»Ich oben, Sie unten.«

Philipp ging noch einmal durch sämtliche Räume im Erdgeschoss, schaute in und leuchtete hinter Schränke. Danach nahm er die Treppe zum Keller, durchsuchte die verwinkelten Ecken, stöberte in Regalen und Kisten, schaute in die große Tiefkühltruhe. Etwas dort unten kam ihm merkwürdig vor, aber er konnte es nicht definieren. Was irritierte ihn? Er lehnte sich gegen eine weiß getünchte Backsteinwand und ließ den Blick schweifen. Die einzige Beleuchtung bestand aus einer nackten allenfalls 25-Watt- Glühbirne, die von der Decke baumelte. Er schaltete die Taschenlampe erneut ein und ließ den Lichtkegel über Wände und Decke gleiten. Mit einem Mal wurde ihm klar, was ihm aufgefallen war. Das Untergeschoss wirkte kleiner als die Etage darüber. Hatte man diese alten Arbeiterhäuser damals aus Kostengründen nur teilunterkellert? Da er sich im Bauwesen nicht auskannte, hielt er das durchaus für möglich. Die Anwesenheit seiner Schwester oder seines Schwagers wäre nun hilfreich, die zusammen das familieneigene Bauunternehmen leiteten.

Ein weiteres Mal leuchtete er über die Wände, streifte dabei ein kleines quadratisches Kunststoffgitter in der linken Ecke unterhalb der Decke. Es war ihm bereits beim ersten Mal aufgefallen, aber er hatte dem keine Bedeutung beigemessen. Nun fragte er sich, wozu das dort angebracht war.

»Herr Professor?« Winkler kam die Treppe herunter. »Ich habe nichts gefunden.«

»Sehen Sie sich das mal an.« Philipp hob die Taschenlampe und zielte mit dem Lichtstrahl auf das Gitter. »Was könnte das sein?«

»Wahrscheinlich ein Lüftungsschacht.«

»Wozu ist der nötig?«

»Vielleicht ist der Keller feucht.«

Philipp zeigte erst nach links, danach schräg nach rechts.

»Hier sind zwei Fenster, die man öffnen könnte.«

»Hmm ...« Der Kriminaltechniker schaute sich um, reichte Philipp seine Stablampe und rückte eine große Holzkiste an die betreffende Wand. Er stieg darauf und bat den Professor um mehr Licht. Im hellen Schein der Taschenlampe griff er in das Gitter und zog daran. Anscheinend war es passend zur Öffnung zugeschnitten und nur aufgesteckt, sodass es sich leicht lösen ließ. Benno stellte sich auf die Fußspitzen und blickte in das Loch.

»Tatsächlich eine Lüftung.« Mit einem Schritt stieg er runter. »Anscheinend ist das eine dezentrale Anlage Marke Eigenbau.« Auf der rechten Wandseite entdeckte er eine ähnliche Vorrichtung und machte Philipp darauf aufmerksam. »Wahrscheinlich wird auf der einen Seite die verbrauchte Luft abgesaugt und auf der anderen frische zugeführt. – Aber wohin?«

Physik zählte nicht gerade zu seinen Interessengebieten. Dennoch war Philipp klar, dass man, um eine Lüftung zu betreiben, Strom benötigte.

»Ist die Anlage in Betrieb?«

»Nein.«

»Müsste nicht trotzdem irgendwo ein Schalter sein?«

»Genau.«

Sofort suchten sie danach. Im zweiten Fach des raumhohen Regals an der gleichen Wandseite wurden sie hinter einer Werkzeugkiste fündig. Benno schaltete aber nur kurz ein. Dabei berührte er die glatte Wand. Sein Blick glitt über die Backsteinwände auf den anderen Kellerseiten.

Philipp schien dasselbe wie er zu denken.

»Wir müssen das Regal wegschieben«, sagte er. »Irgendwas befindet sich dahinter.«

Auch mit vereinten Kräften gelang ihnen das nicht. Ratlos standen sie davor.

»Ein Mann allein schafft das erst recht nicht«, überlegte Benno. »Es muss eine Vorrichtung geben, die das Regal bewegt.«

Die Suche begann von Neuem. Dazu räumten sie alles aus den langen Fächern. Schließlich war es Philipp, der unter einem Haufen dicker Seile einen Griff ertastete. Er machte seinen Mitstreiter darauf aufmerksam, legte den Hebel um und trat einen Schritt zurück. Wie von Geisterhand bewegte sich die Wand mit dem gesamten Regal ein Stück zur Seite und gab einen circa 50 Zentimeter breiten Durchlass frei. Philipp wollte sofort hindurchgehen, aber Benno hielt ihn zurück und blockierte das Regal vorsichtshalber mit einem Brecheisen aus dem Werkzeugkasten.

Nacheinander schlüpften sie seitwärts durch den Spalt und standen vor einer Metalltür. Philipp drücke die Klinke herunter.

»Abgeschlossen«, stellte er enttäuscht fest. »Da kommen wir nicht rein.«

»Vielleicht doch.« Benno zog das Schlüsselbund von Harms aus der Overalltasche. Der vierte Schlüssel passte.

Vorsichtig betraten sie in den kleinen Raum. Gedämpftes Licht empfing sie. Winkler leuchtete zunächst die Decke ab, Philipp den Boden. Der Lichtkegel seiner Taschenlampe erfasste einen Schrank, Tisch und Stühle, eine Matratze, wanderte weiter, kehrte zu dem Lager zurück. Was er für eine zusammengeknüllte Tagesdecke gehalten hatte, ließ ihn stutzen. Beim näheren Hinsehen sah er darunter einige fast verborgene blonde Locken.

KAPITEL 49

Philipp schickte ein Stoßgebet zum Himmel, lief hinüber und kniete sich neben das Polster. Behutsam zog er den Wollstoff herunter. Charlotte! Sie rührte sich nicht. Mit den Fingerspitzen strich er eine Strähne aus ihrem Gesicht, sah die bläuliche Verfärbung an ihrer rechten Wange.

»Sternchen?«

Benno kam dazu, wusste aber offenbar nicht, was er tun sollte. Geschäftig griff er nach dem umgestürzten Stuhl und stellte ihn auf.

Unterdessen tastete Philipp nach Charlottes Puls, spürte ihn schwach, aber regelmäßig.

»Ich glaube, hier ist viel zu wenig Sauerstoff im Raum. Schalten Sie die Lüftung ein und holen Sie die Sanitäter. Die sollen was zur Beatmung mitbringen.«

Kommentarlos lief Benno hinaus. Augenblicke später sprang die Lüftung an.

Philipp beugte sich über seine Lebensgefährtin und begann mit der Atemspende.

Nach mehreren Luftgaben flatterten ihre Lider. Sie schlug die Augen auf und spannte sofort reflexartig die Muskeln an.

»Ich bin es«, sagte er leise und fasste nach ihrer Hand. »Bleib ganz ruhig liegen. Alles wird gut. Gleich kommt Hilfe.«

Durch den Klang seiner vertrauten Stimme entspannte sie sich.

Im nächsten Moment kamen Notarzt und Sanitäter in roten Jacken hereingelaufen, die sich um sie kümmerten.

Deshalb trat Philipp etwas beiseite und sah gleich darauf den Chef der Kriminaltechnik mit einem Kollegen an der Tür. Im Nu war ein großer Scheinwerfer aufgebaut, der den gesamten Raum ausleuchtete.

»Professor Thaler!«, rief Benno. »Das müssen Sie sich ansehen!«

Nach kurzem Blickkontakt mit Charlotte ging Philipp zu ihm hinüber. Abrupt blieb er stehen und starrte auf die mumifizierte Leiche, die mit weit aufgerissenem Mund in einem Schaukelstuhl saß. Der Kopf mit dem wirren grauen Haarschopf lehnte am abgewetzten Lederpolster. Der Kleidung zufolge handelte es sich um eine Frau.

»Er hat Lotti zusammen mit einer Toten eingesperrt. Wie durchgeknallt kann man eigentlich sein?«

Philipp antwortete nicht, da nun der Rechtsmediziner auftauchte. Der Schwergewichtige vergewisserte sich zunächst, dass die langjährige Freundin gut versorgt wurde. Erst danach stellte er seinen Koffer ab und wandte sich der Mumie zu. Nach kurzer Untersuchung richtete er sich auf.

»Und?«, fragte Benno gespannt. »Was glaubst du, wie lange Ötzi da schon schaukelt?«

»Schwer zu schätzen. Aus dem alten Ägypten stammt sie jedenfalls nicht. Es gibt verschiedene natürliche Mumifizierungsvorgänge wie Eismumien, Moorleichen, Trockenmumien und Salzmumien, dazu künstliche, die von den Ägyptern, im asiatischen Raum oder in Südamerika angewandt wurden. Es werden genauere Untersuchungen nötig sein, um das Geheimnis dieser Dame zu lüften. Ich lasse sie abholen.«

Vor Verlassen des Raumes blieb Horst kurz bei Charlotte stehen, die durch eine Maske mit Sauerstoff versorgt wurde. Sie hob leicht die Hand, um ihm zu signalisieren, dass alles in Ordnung war. Beruhigt ging der Rechtsmediziner hinaus. Unterdessen öffnete ein Kriminaltechniker den Stahlschrank mithilfe eines Brecheisens. Erschrocken zuckte der Mann zurück, als ihm eine Gestalt vor die Füße fiel. Benno trat zu ihm und erkannte, dass es sich um eine lebensgroße Puppe handelte. Wahrscheinlich um die, die am frühen Morgen der Führung zum Kopperloch gegen den toten Autor ausgetauscht worden war.

Nach einigen Untersuchungen entfernte der Notarzt die Maske von Charlottes Gesicht.

»Vorsichtshalber nehmen wir Sie zur Beobachtung mit in die Klinik.«

»Das ist nicht nötig«, widersprach Charlotte mit erstaunlich fester Stimme. Auf keinen Fall wollte sie allein in einem Krankenzimmer liegen. »Ich möchte nach Hause. Mein Mann passt auf mich auf.«

»Oder spricht aus medizinischer Sicht etwas dagegen?«, fragte Philipp besorgt, worauf der Doktor den Kopf schüttelte.

»Die Werte Ihrer Frau sind wieder im Normbereich. Achten Sie darauf, dass sie sich ausruht.«

Das hätte er sowieso getan. Deshalb nickte er nur. Daraufhin packte das Rettungsteam zusammen und zog ab.

Charlotte streckte die Hand aus und ließ sich von Philipp hochhelfen. Sie fühlte sich so erschöpft wie nach einem Marathonlauf und lehnte sich an ihn. Behutsam legte er den Arm um sie, führte sie die wenigen Schritte zum Tisch und drückte sie auf den Stuhl, über dem ihre Jacke hing. Beim Eintreten von Münster und der Oberstaatsanwältin nahm er das Kleidungsstück von der Lehne und legte es um Charlottes Schultern, sodass sie hineinschlüpfen konnte. Eng zog sie den Stoff um ihren Oberkörper.

Benita Pauli setzte sich zu ihr an den Tisch und schaute sie schuldbewusst an.

»Ich möchte mich bei Ihnen entschuldigen, Frau Stern. Was passiert ist, tut mir sehr leid. Mir hätte klar sein müssen ...«

»Lassen Sie es gut sein«, unterbrach Charlotte sie. »Damit konnte niemand rechnen.« Sie wartete, bis Philipp und Münster sich gesetzt hatten. »Sie wollen hören, was genau passiert ist«, vermutete sie. »Ich erinnere mich nur noch, dass mich jemand in der Tiefgarage der Oper von hinten überfallen und betäubt hat. Erst in diesem Loch bin ich zu mir gekommen. Wie lange ich bewusstlos war, weiß ich nicht, weil meine Uhr weg war.«

Mit kurzen Unterbrechungen erzählte sie von ihrer Entdeckung der Mumie und was Harms gesagt hatte, als er das erste Mal in den Keller gekommen war. Anschließend berichtete sie von den Ereignissen bei seinem zweiten Auftauchen.

»Nachdem er mich eingeschlossen hatte, war es für einen Moment totenstill. Offenbar hatte er die Lüftung ausgeschaltet. Kurz danach fing der Absauger auf der anderen Wandseite an zu brummen. Da wusste ich, was er mit mir vorhatte.« Nun schaute sie Philipp entschuldigend an. »Mir war klar, dass ich durch meine Gegenwehr jede Chance verspielt hatte und hier nicht mehr lebend rauskommen würde. Trotzdem wollte ich nicht aufgeben, bin rumgelaufen, um mich wachzuhalten, aber irgendwann wurde ich so furchtbar müde und habe mich hingelegt. Es würde mich sowieso niemand finden ...«

»Wir haben dieses Versteck zuerst tatsächlich nicht entdeckt, Lotti«, räumte Benno Winkler ein, der in der Nähe stand und zugehört hatte. »Dafür ist es zu gut getarnt. Wäre dein Professor nicht so hartnäckig gewesen ...«

»Für heute ist es erst mal genug«, sagte Philipp. »Wir brauchen alle eine Pause.«

Nacheinander verließen sie den Keller. Philipp legte den Arm um Charlottes Taille und führte sie zu seinem Wagen. Dort zog er sie sekundenlang an sich, öffnete die Fahrzeugtür und ließ sie einsteigen.

Kaum hatten sie die Villa betreten, begrüßten die wartenden Freunde sie erleichtert in der Diele. Jeder ihrer Mitbewohner umarmte Charlotte.

»Es ist zwar Frühstückszeit, aber wir sollten diese Mahlzeit heute ausfallen lassen und uns erst zum Mittagessen treffen«, schlug Philipp vor. »Wir alle müssen Schlaf nachholen.«

Niemand widersprach. Unbemerkt steckte Philipp dem General seine Pistole zu, die der Rollstuhlfahrer wortlos unter die Decke schob, die wie stets über seinen Beinen lag.

Charlotte und Philipp lagen kurz darauf in ihrem Schlafzimmer im Bett. Sein besorgter Blick ruhte auf ihr.

»Möchtest du über das Erlebte reden?«

»Später.« Sie rutschte näher und schmiegte sich an ihn. »Halt mich einfach nur fest.«

KAPITEL 50

Zum nächsten Stammtisch waren die Kollegen nicht wie gewöhnlich in der Altstadtkneipe *Alibi* verabredet, sondern bei Hannes Bremer im Wohnzimmer. Er war vor ein paar Tagen aus der Klinik entlassen worden, aber noch längst nicht vollständig wiederhergestellt. Seine Freundin Marlene bereitete Getränke und Knabbereien für die Besucher vor und fuhr zum Spätdienst in die Redaktion.

Charlottes Golf war in einem Parkhaus in der Innenstadt gefunden und von der Kriminaltechnik nach der Spurensicherung an sie zurückgegeben worden. Weil jedoch, wie fast überall in der Leinemetropole, im Flussviertel Parkplatzmangel herrschte, brachte Philipp seine Lebensgefährtin in seinem Wagen nach Döhren. Sie kam absichtlich etwas zu früh an, um vorher allein mit Hannes zu reden.

Nach dem Läuten stieg sie in die zweite Etage hinauf. Hannes stand, auf eine Gehhilfe gestützt, in der offenen Wohnungstür. Ohne sich mit einer Begrüßung aufzuhalten, schloss sie den Freund in die Arme.

»Es ist schön, dich zu Hause zu sehen.«

»Das Gröbste habe ich überstanden.« Fragend schaute er ihr in die Augen. »Und was ist mit dir?«

»Alles in Ordnung.«

»Wirklich? Ich habe in den Akten gelesen, was du durchgemacht hast.«

»Du weißt, mit wem ich zusammenlebe. Philipp hat mir auch diesmal über das furchtbare Erlebnis hinweggeholfen – und tut es immer noch. Ohne ihn hätte ich das alles nicht so gut verkraftet.«

Ihre Worte schienen ihn zu beruhigen. Sie schlüpfte aus ihrer Jacke und hängte sie an die Garderobe. Im Wohnzimmer forderte sie Hannes auf, sich zu setzen und sein geschientes Bein hochzulegen. Sie selbst nahm in einem der Sessel Platz. Mitfühlend deutete sie in die Richtung des Polsterhockers.

»Tut es noch sehr weh?«

»Das Bein nicht. Der Doc hat gesagt, dass es gut heilt. Bald kann ich mit der Bewegungstherapie anfangen.« Er hob den linken Arm etwas an, der von der Hand bis über den Unterarm eingegipst war. »Der Bänderriss nervt noch. Wenn alles nach Plan verläuft, werden die Drähte in sechs Wochen entfernt.«

»Auch wenn es dir schwerfällt, du musst Geduld haben. Die Zeit vergeht so schnell. Hauptsache, du wirst ganz gesund.«

Hannes beugte sich zu einem Beistelltisch und griff nach einer kleinen Specksteinfigur.

»Möglicherweise hat dieser Schutzengel dazu beigetragen, dass ich noch mal davongekommen bin. Hast du den in der Klinik an mein Bett gestellt?«

»Das geschah aus purem Egoismus. Immerhin musste ich befürchten, dass du solange schläfst wie Dornröschen. So viel Zeit habe ich nicht mehr. Deshalb habe ich auf kompetente Hilfe vertraut.«

Ein dankbares Lächeln huschte über sein Gesicht.

»Ohne deinen Einsatz läge ich vielleicht immer noch im Koma – von Finks Anschlag mal ganz abgesehen.«

»Alle, denen du wichtig bist, haben dazu beitragen, dich zurückzuholen: Marlene, Pia, Elli, Anneliese, Philipp ... Sogar Frau Dr. Pauli hat eine Zeit lang an deinem Bett gesessen. Ich soll dich übrigens von meinen Mitbewohnern grüßen – und von Anton.« Da nun die Türglocke anschlug, stand sie auf. »Bleib sitzen. Ich mache das.«

Sie eilte in die Diele und drückte auf den Summer. Pia und Martin kamen flink die Treppe herauf, der Rechtsmediziner brauchte trotz seiner Gewichtsabnahme etwas länger. Charlotte begrüßte ihn mit einer Umarmung, bevor sie ihn musterte.

»Allmählich sieht man den Erfolg. Wie viel hast du bislang geschafft?«

»23 überflüssige Kilo.«

»Großartig. Ich bin stolz auf dich.«

Ein Lächeln erschien auf seinem Gesicht, wurde aber schnell von einer ernsten Miene abgelöst.

»Und du? Fühlst du dich so gut, wie du aussiehst?«

»Dank Philipp«, bestätigte sie und begleitete ihn ins Wohnzimmer. Dort erkundigte sie sich zuerst, was die Gäste trinken wollten. Pia half ihr, die Anwesenden zu versorgen.

Es dauerte nicht lange, bis sie auf den *Plagiator* zu sprechen kamen. Pia und Martin berichteten vom neuesten Ermittlungsstand, verschwiegen aber das Ergebnis der Auswertung von Harms Handy.

Benno Winkler hatte darauf Fotos entdeckt, die Charlotte offenbar während ihrer Bewusstlosigkeit mit geöffneter Bluse in einem weißen Spitzen-BH zeigten. In Absprache mit Philipp sollte sie nichts davon erfahren. Ansonsten war Charlotte durch ihren Lebensgefährten weitestgehend auf dem Laufenden. So wusste sie, dass der Täter die Telefone seiner Opfer in der Leine versenkt hatte.

»Erstaunlich finde ich, dass Harms bei seiner Begutachtung durch einen Psychiater auf der Anwesenheit von Professor Thaler bestanden hat«, sagte Pia nachdenklich. »Was verspricht er sich davon?«

»Vielleicht erhofft er sich Verständnis von einem Psychologen, der selbst Krimis schreibt«, überlegte Horst. »Dass Philipp aus Gründen der Befangenheit nicht als Gutachter fungieren darf, scheint der Mann nicht wahrhaben zu wollen.«

»Jedenfalls ist der Täter ein Psychopath mit einer multiplen Persönlichkeitsstörung«, warf Martin ein. »Der spricht mit seiner toten Mutter. Das muss man sich mal vorstellen.«

»Aber er hat sie nicht umgebracht.« Auch Pia fiel es schwer, das Handeln des Täters zu verstehen. »Er hat sie gehasst, aber als sie vor 21 Jahren plötzlich tot umgefallen ist, wollte er nicht ohne sie leben und hat sie mumifiziert.«

Beim Gedanken an die Mumie im Keller fröstelte Charlotte.

»Hat er inzwischen ausgesagt, wie er das gemacht hat?«

»Noch nicht.«

»Fest steht, dass er sie aufgeschnitten und ihre Organe entfernt hat«, fügte Horst hinzu. »Wahrscheinlich hat er sich im Internet schlau gemacht, was er tun muss, um die Verwesung zu unterbinden.«

Die Vorstellung, dass Harms seine tote Mutter wie ein Tier ausgeweidet hatte, verstärkte Charlottes Entsetzen.

»Philipp meint, dass sie ihn von Kind an drangsaliert hat. In ihren Augen war er ein Versager. Er wollte ihr das Gegenteil beweisen. Da ihm das vor ihrem Tod nicht gelungen ist, musste er sie bei sich behalten – zumindest so lange, bis er aller Welt bewiesen hätte, dass ein Gewinner in ihm steckt.«

»Der war von klein auf verkorkst.« Hannes hatte inzwischen *Familiengruft* gelesen. »Seit wir wissen, dass sein Roman autobiografisch ist, wundert mich nichts mehr. Harms hat mit zwölf den Mord an seinem Stiefbruder geplant – und zwar so gründlich und gut durchdacht, dass niemand an einem Unfall gezweifelt hat.«

»Wenn man einmal mit so was durchgekommen ist, tut man es wieder.«

»Deshalb musste der verhasste Stiefvater dran glauben, weil der ihm ständig vorhielt, ein Schlappschwanz zu sein«, fügte der Hauptkommissar ihren Worten hinzu. »Um den Mord zu vertuschen, hat er ihn unter dem Gemüsebeet entsorgt und überall rumerzählt, der Alte würde seinen Lebensabend im sonnigen Spanien verbringen.«

»Insgesamt gehen sechs Morde auf sein Konto«, resümierte Pia. »Wie ich das beurteile, wird er für den Rest seines Lebens in der Psychiatrie verschwinden – ohne Hoffnung, noch mal in Freiheit zu leben. Hätte Charly nicht die Idee mit dem Krimiwettbewerb gehabt, wäre er nie in den Fokus der Ermittlungen gerückt.«

Hannes nickte zustimmend.

»Und dass er sich ausgerechnet in unsere Miss Marple vergucken musste, hat ihm schließlich das Genick gebrochen.«

»Erinnert mich bloß nicht daran«, erwiderte Charlotte mit einem Seufzer. Inzwischen wusste sie, woraus die Vorliebe des Täters für reife Frauen resultierte: Der einzige Mensch, der ihn in der Kindheit ernst genommen hatte, war seine Deutschlehrerin. Eine attraktive, warmherzige Frau in den 50ern, die ihm das Reich der Bücher nähergebracht hatte.

»Lasst uns das Thema wechseln«, bat Charlotte. Sie beugte sich vor und zog ein paar Salzstangen aus einem Glasgefäß. »Was ist mit Fink? Gibt es immer noch keine Spur von ihm?«

»Fink wird mit internationalem Haftbefehl gesucht, ist aber nach wie vor unauffindbar. Ich tippe auf ein Land, das nicht ausliefert: Guatemala, Kuba, Malediven …« Hannes schien sich damit abgefunden zu haben, dass der Staatsanwalt ungestraft davonkommen würde. »Ich fürchte, den sehen wir nie wieder. Das erspart dir die Aussage vor Gericht.«

»Gegen diesen Giftzwerg würde ich mit Vergnügen aussagen.«

»Wenn er eines Tages Sehnsucht nach der Heimat hat, kriegen wir ihn«, versprach er. »Dafür wurde der Unfallfahrer ermittelt: ein 19-jähriger Abiturient, der an einem illegalen Rennen teilgenommen und verloren hat. Aus Wut darüber ist er mit 120 Sachen durch die Stadt geheizt.«

»Und hat sich dadurch seine Zukunft zerstört«, vollendete Charlotte. »Jetzt haben wir aber wirklich genug über berufliche Dinge gesprochen. Gibt es nichts Erfreuliches aus eurem Privatleben zu berichten?« Sie wandte sich an den jungen Kommissar. »Wie sieht es bei dir und deiner Linda aus, Martin? Fliegen bei euch immer noch die Fetzen, oder habt ihr euch endlich zusammengerauft?«

»Mal so, mal so.« Verschmitzt grinste er und fischte eine Handvoll Erdnüsse aus einer Schale. »Wir sind eben beide temperamentvoll und leidenschaftlich.«

»Irgendwann werdet ihr erwachsen«, neckte Pia ihn, worauf er die Augen verdrehte.

»So wie du und dein Langweiler? Never!«

Pia winkte ab und schaute zu Charlotte hinüber.

»Wie steht es denn mit dir und deinem Traummann? Habt ihr euch inzwischen auf einen Hochzeitstermin geeinigt?«

Amüsiert schüttelte die Ältere den Kopf.

»Geht das wieder los? Warum bist du eigentlich so erpicht darauf, dass ich Philipp heirate?«

»Weil er klug ist … und humorvoll … und unverschämt gut aussieht. Weil er dich liebt … und weil er für dich durchs Feuer gehen würde.«

»Daran würde ein Ehering nichts ändern.«

»Und wenn ihn dir eine andere vor der Nase wegschnappt?«

»Diese Möglichkeit hast du eben selbst ad absurdum geführt.«

Die junge Kommissarin stöhnte theatralisch.

»Dir ist nicht zu helfen, Charly. Ihr seid ein so schönes Paar. Ich würde gern auf eurer Hochzeit tanzen.«

Geheimnisvoll lächelte Charlotte.

»Vielleicht ... irgendwann ... in ein paar Jahren ... Erst mal seid ihr jungen Leute an der Reihe, aber ihr traut euch ja nicht.«

Die Stimmung wurde zunehmend lockerer. Sogar Hannes wurde über sein Liebesleben ausgequetscht. Danach war Horst an der Reihe. Zwar wussten alle, was er für Charlotte empfand, aber Pia neckte ihn damit, dass nur eine Frau hinter seiner radikalen Diät stecken konnte.

Zu vorgerückter Stunde verabschiedeten sie sich voneinander.

Pia, die mit dem Bus gekommen war, fuhr mit Horst, Martin stieg auf sein Rennrad. Charlotte räumte noch die Gläser in die Küche, bevor sie das vierstöckige Eckhaus verließ. Sie warf einen Blick auf die neue Smartwatch an ihrem Handgelenk. Ein Geschenk von Philipp. Im nächsten Moment sah sie ihn aus seinem Mercedes steigen, den er ein Stück die Straße runter in zweiter Reihe mit eingeschalteter Warnblinkanlage abgestellt hatte. Sie eilte hinüber und blieb lächelnd vor ihm stehen.

»Da ist ja der kluge, humorvolle, gut aussehende Mann, den ich unbedingt heiraten soll.«

»Au ja.«

»Das würde dir gefallen, was?«

»Ich kann mir nichts Schöneres vorstellen.« In freudiger Erwartung hob er die Brauen. »Wer hat dich denn auf diese wunderbare Idee gebracht?«

»Pia hat mich mal wieder darauf angesprochen. Allmählich habe ich den Verdacht, dass sie mit dir unter einer Decke steckt.«

»Du bist die Einzige, mit der ich unter einer Decke stecke – und das mit wachsender Begeisterung. Egal ob in deinem oder in meinem Bett.«

Sie beugte sich vor und tupfte einen Kuss auf seinen Mund.

»Das sollten wir unbedingt noch mal überprüfen. Lass uns keine Zeit verlieren und nach Hause fahren.«

DANKSAGUNG

Zuerst möchte ich allen Lesern und treuen Charlotte-Stern-Fans danken. Ohne euch würde Charlotte ihren Ruhestand längst jenseits gefährlicher Ermittlungen genießen. Sie würde sich weiterhin im Fitnessstudio und beim Joggen auspowern, sich nachmittags mit ihren Mitbewohnern zu Kaffee und Kuchen treffen und Philipps Liebe genießen. Vielleicht würde sie sogar den Ehrgeiz entwickeln, ihren Hang zum Chaos für immer zu bändigen. Dennoch würde ihr etwas fehlen. Deshalb kann sie nicht nein sagen, wenn ihre Spürnase gebraucht wird. In Gefahr bringen möchte sie sich dabei allerdings nie wieder. Ob ihr das gelingt? Lassen wir uns überraschen.

Wie immer danke ich meinen Erstleserinnen Monika, Sigrid und Barbara für ihren Einsatz. Selbst wenn ich nach mehrmaligem Korrekturlesen glaube, dass ihr kaum einen Tippfehler, ein vergessenes oder doppeltes Wort finden werdet, beweist ihr mir, wie betriebsblind ich bei meinen eigenen Texten bin.

An dieser Stelle möchte ich mich ebenfalls bei den großen und kleinen Buchhandlungen bedanken, die Regionalautoren auf vielfältige Weise unterstützen.

Ein weiterer Dank gilt meiner wunderbaren Lektorin Claudia Senghaas für ihren unermüdlichen Einsatz. Außerdem bedanke ich mich beim gesamten Team des Gmeiner-Verlags, dass immer alles rund ums Buch und darüber hinaus reibungslos klappt.

Meiner Familie und meinen Freunden danke ich, dass ihr immer für mich da seid und meine Mordsgedanken ertragt.

Zu guter Letzt danke ich meinen beiden Hannover-Lit-Ladys Barbara Schlüter und Heike Wolpert für die gegenseitige freundschaftliche Unterstützung und den immer großartigen Austausch. Nicht nur unsere Frühstückstreffen sind stets etwas Besonderes.

Alle Bücher von Claudia Rimkus:

Hobbyermittlerin Charlotte Stern:
1. Fall: Eichengrund
ISBN 978-3-8392-2204-1

2. Fall: Rabeneck
ISBN 978-3-8392-2588-2

3. Fall: Uhlenbrock
ISBN 978-3-8392-0088-9

4. Fall: Erlenried
ISBN 978-3-8392-0259-3

5. Fall: Letztes Kapitel Hannover
ISBN 978-3-8392-0612-6

weitere:
Mörderisches aus Hannover (mit Heike Wolpert)
ISBN 978-3-8392-2540-0

GMEINER SPANNUNG

WWW.GMEINER-VERLAG.DE
Wir machen's spannend